국학현대문학연구총서 ⑦

새로운
道의 시학

The Poetics of the Tao

김영석

국학자료원

증보판을 내면서

이 『道의 시학』이 처음 논문으로 발표된 지는 스물 세 해가 되었고 책으로 다듬어져 초판이 나온 지는 일곱 해가 되었다. 그 동안 책이 절판되어 많은 사람들이 이 책을 복사하여 서로 나누어 본다는 말을 여러 번 전문으로 들었는데 다행히 이번에 증보판을 내게 되었다.

이십여 년 전 도, 태극, 역리, 음양 오행 등의 개념과 논리를 통해 현대 시를 이야기하는 이 글이 발표되었을 때 사람들은 충격을 넘어 황당스럽기까지 한 일로 받아 들였다. 왜냐하면 그 때까지만 해도 그러한 개념과 논리를 문학론에 적용한 사례가 없음은 물론이고 아무도 상상조차 하지 않은 일이었기 때문이다.

당시 이 논문을 처음으로 읽은 이들 중에 지금은 고인이 된 정한모 선생님께서 내게 이런 말씀을 하셨다. <김 선생, 솔직히 말하면 나는 이 글을 읽기도 전에 목차에 나오는 도, 태극, 음양 오행 등의 용어를 보고, 참 별 미친 놈도 다 있구나, 하고 생각하면서 그만 덮어버렸습니다. 그런데 며칠 뒤 본문을 읽어 보다가 시를 분석하면서 전개하는 논리가 아주 합당할 뿐만 아니라 참신하다는 생각을 여러 번 하면서

끝까지 읽을 수 있었습니다. 미개지를 개척하는 큰 일을 해 냈습니다.> 이렇게 말씀하시면서 과분하게도 몇 번이나 격려하고 고무해 주셨다. 선생님의 이와 같은 이해와 격려는, 병고와 궁핍 속에서 그리고 화급한 시간에 쫓기며 단시일 내에 이 글을 써야만 했던, 그 외롭던 시절 참으로 내게 큰 힘이 되어 주었다.

이 일화는, 당시 학계에서 이 글을 얼마나 기이하고 돌출적인 것으로 받아 들였는지를 짐작하게 한다. 그런데 이 글이 발표된 지 몇 해가 지나고 나서부터 주역의 괘를 기호학적으로 해석하면서 문학론에 적용한다던가, 도, 태극, 음양 오행, 기상 등의 용어를 문학적 논의에서 사용한다던가, 『道의 시학』에서 가장 핵심적인 개념의 하나인 <전일성>이란 용어를 원용하여 시 세계를 해명한다던가 하는 일들이 드물지 않게 나타나기 시작했다.

그리고 근래에는 어느 외국 문학 전공자가 도와 태극의 개념으로 라캉의 이론을 보면서 그의 네 가지 담론을 해명하는 글도 나왔다. 지금 나는 이와 같은 현상들이 꼭 『道의 시학』의 영향이었다고 말하는 것은 아니다. 다만 이십여 년 전과 달리 이제 동양 사상의 여러 개념들이 학제간의 벽을 무너뜨리면서 적용될 만큼 시대가 달라지고 학계의 상황이 많이 달라졌다는 것을 말하기 위한 것일 뿐이다.

그런데 근자에 몇 몇 의욕적인 철학자들이 도 또는 태극론 등에 나타나는 기학(氣學)적 관점을 통해 독창적인 기 철학의 체계를 세우려 하고, 또 그것을 통해 여러 철학적 난제들을 해결하면서 동서 철학을 통합하려는 활발한 움직임을 보이고 있는 반면, 아직도 국문학계에서는 피상적인 용어의 사용에 머물러 있을 뿐 좀더 본격적이고 깊은 연구 활동은 보여주지 못하고 있다. 국문학도로서, 그리고 서투르나마 처음으로 도를 통해 현대 시를 논의한 사람으로서 이와 같은 상황을 조금은 안타깝게 생각하지 않을 수 없다.

도는 동양의 철학과 문학의 가장 핵심적인 개념이다. 그래서 도를 통해 문학을 이야기하게 되면 철학과 문학의 경계가 흐릿하게 지워져 버린다. 도는 시간과 공간의 경계를 무너뜨리고 모든 장르의 벽을 무너뜨린다. 그런 까닭으로 이 『道의 시학』은 고대로부터 현대에 이르는 여러 시대가, 동서의 철학적 진술과 문학적 진술이, 나아가서는 여러 분과 학문의 개념과 용어들이 기묘하게 얼버무려져 있다.

더구나 시학적 체계를 줄기로 하여 논리가 전개되기 때문에 그러한 개념과 용어들이 마치 제련되지 않은 광석처럼 여기저기 흩어져 있을 뿐만 아니라, 논지를 풀어 가는 문장도 그런 까닭에 때로는 치밀하고 때로는 엉성하며, 문체 또한 표정을 달리 하는 여러 문체들이 아무렇지 않게 연속되어 출몰하기도 한다. 더욱 난감하게 느껴지는 것은 논리의 전개가 명쾌하게 앞으로 나아가는 것이 아니라 계속 원점으로 회귀하면서 진행되는 형식이기 때문에, 비슷한 내용이 반복되고 동어 반복이 빈출하며 끊임없이 역설적인 표현들이 꼬리를 물고 이어진다는 점이다.

이 책의 이와 같은 특징에서 나타나는 여러 약점들은 물론 기본적으로 저자의 능력의 한계에서 기인한다고 해야 하겠지만, 한편으로 이러한 문제점들이 도의 현묘함으로부터 어느 정도 연유될 수 있다는 것도 전혀 부정할 수는 없는 일이라 여겨지기도 한다. 어쨌든 이 흠결이 많은 책을 읽는 독자들에게 부탁하고 싶은 것은, 번거롭고 성가신 일이기는 하지만 각주의 설명을 함께 보면서 좀 인내심을 가지고 끝까지 읽어 보라는 것이다. 끝까지 읽고 나서야 모호하게 부유하고 있는 듯한 각 부분과 개념들이 비로소 전체성 안에서 제 자리를 잡으면서 은폐되었던 각각의 제 의미들을 비로소 방출하게 되기 때문이다.

만일 이 책의 중심 내용을 곧바로 접하고 싶다면 제2장의 <태극의 개념>을 읽고 제3장과 제4장을 읽어 나가는 방식을 취해도 된다. 그리고 제1장과 나머지는 나중에 읽어 보는 것도 한 방법이다.

나는 다만 이 작은 책이 이 분야에 관심을 가진 사람들에게 초행의 길잡이라도 되어 주고 하나의 디딤돌이라도 되어 주기를 간절히 바랄 뿐이다. 그리고 나는 내심으로 분명히 그럴 수 있으리라 믿고 있으며, 나아가서 눈 밝은 이들에게는 더러 자신의 독창적인 사상과 논리를 얻는 자득의 계기가 될 수도 있으리라고 생각한다.

끝으로 번역하기가 아주 까다롭기 짝이 없는 문장임에도 이 책의 개요를 영문으로 옮긴 윤 준 교수의 우정과 성의에 감사한다. 그리고 이 증보판 간행을 기꺼이 맡아 준 국학자료원에도 감사의 뜻을 전한다.

2006년 8월, 청계산 然竹堂에서
何人 김 영 석

초판 서문

　아주 오랫동안 인연을 기다려 이제 한 권의 책으로 펴내게 되는 이 글은 원래 1984년에 발표했던 논문이다. 이제 막상 이것을 세상에 내놓으려 하니 두려움은 말할 것 없거니와, 학문의 준엄함 앞에 초라하게 서 있는 나 자신의 모습을 다시 한번 아프게 새기지 않을 수 없다.

　이 책은 무엇에 대하여 내가 쓴 것이라기보다 정체를 알 수 없는 거대한 그 무엇과 운명적으로 맞닥뜨려 싸우면서 얻은 내 상처의 기록일 뿐이라고 말하는 것이 옳다. 그러므로 그 무엇에 대하여 아직도 잘 모른다면, 다른 사람보다 먼저 그것과 만나 싸웠다는 그 호사가적 이야깃거리만으로 상처는 정당화되거나 미화되지 않는다. 상처를 입은 사람에게 상처는 어디까지나 부끄러움일 뿐이다. 사정이 이러함에도 불구하고 이것을 쓴 지 15년이 지난 이제야 새삼 책으로 펴내고자 용기를 낸 것은 무엇보다도 앞서 가는 사람의 실족이야말로 뒤에 오는 사람을 바른 길로 인도하는 가장 확실한 가르침이 될 뿐만 아니라 그

실족 자체마저도 우리가 탐색하는 <길>에 대한 가장 중요한 정보가 된다는 믿음 때문이었다. 이런 까닭에 이 책에 누더기처럼 딱지가 앉은 나의 상흔도 또 하나의 <길>이 될 수 있다고 나는 생각했다.

시 창작에 주로 뜻을 두고 있던 내가 뒤늦게 학문의 길에 들고 나서 가장 당혹스러웠던 것은 우리 한국 문학을 온통 서구의 이론과 개념으로 논의·평가하고 있다는 사실이었다. 게다가 서구의 이론서를 읽으면서 더욱 곤혹스러웠던 것은 아무리 해도 매끄럽게 이해되지 않아 건너뛸 수밖에 없는 문맥적 간극이 여기저기 상존하고 있다는 점이었다. 나는 곧 이와 같은 문맥적 간극이 나의 우둔함으로부터 오는 것만이 아니라 상당한 정도로 문화적 전통 혹은 문화적 토양의 차이에서 비롯되기도 한다는 것을 알았다. 그래서 서구적 보편성으로 한국적 보편성을 이야기하되 한국 문화의 실체적 개별성을 다 드러낼 수 없듯이, 서구 문화의 실체적 개별성을 다 드러낼 수는 없지만 마땅히 한국적 보편성으로 서구적 보편성을 포괄하여 말할 수 있어야 한다는 아주 당연한 생각을 하게 되었다.

내가 동양 사상의 본원이자 한국 문학사의 핵심에 자리잡고 있는 도의 사상과 개념에 주목한 것은 바로 그 때문이다. 잘 알려진 바와 같이 도는 유·불·선 삼교가 회통하는 동양 사상의 중심이라 할 수 있고, 흔히 재도 문학관으로 부르는 동양 혹은 한국의 전통적 문학관은, 우리의 경우 19세기 말엽 이른바 근대 문학이 발생되기까지 실로 한국 문학사 전체를 관통하면서 지속되어 온 것이다. 따라서 도의 사상과 개념을 중심으로 현대 시학의 체계를 수립해 보려고 하는 노력과 시도는 그 성패와 성취의 수준을 떠나서 누군가 앞장서 한번은 해야 할 일이고 또 마땅히 그래야만 한다고 나는 생각했다.

동양과 서양의 인식 태도 혹은 사상을 비교해 보면, 전자는 시간화의 원리를 중시하고 후자는 공간화의 원리를 중시한다. 전자는 인식과 사유에서 이것과 저것이 하나이면서 둘이요 둘이면서 하나라고 하는 일여론으로 기울어 있고, 후자는 정태적 관점을 취하여 일원론 혹은 다원론으로 기울어 있다. 그러므로 동양의 시학은 기상을 중시하면서 무의미를 지향하게 되고, 서양의 시학은 구조를 중시하면서 의미를 지향하게 된다. 바로 여기에서 동서의 시학은 첨예한 호각을 드러낸다. 도의 관점에서 본다면 언어의 의미를 생성시킨 무의미는 진정한 뜻이 있어 알찬 것이고, 뜻이 있고 알찬 것이므로 참된 현실이 되지만, 언어의 의미는 오히려 진정한 뜻이 없어 빈 것이고, 뜻이 없고 빈 것이므로 의사 현실이 된다. 동양 시에는 선미(禪味)의 전통이 있지만 서양 시에 그것이 뚜렷하지 못한 것은 바로 이러한 연유에서이다. 이와 같이 동서의 한두 가지의 차이만 비교해 보더라도 왜 도의 시학이 이야기되어야 하는가 하는 것은 분명해진다.

　율곡은 일찍이 <도는 오묘하여 형상이 없으므로 글로써 도를 형상화한다>고 말했다. 이제 도와 시를 꽃과 향기처럼 하나로 보고 그것을 동시에 이해하여 보고자 한 나의 이 작은 글이 과연 얼마나 그것을 드러내고 그렸는지 판단하는 것은 오로지 독자의 몫이다. 이 글의 모든 흠은 나의 미욱함 탓이지만, 만일 조금의 미덕이라도 있다고 한다면 그것은 오직 많은 선학과 동학들의 힘을 빌어 이루어진 것이라 나는 믿는다.

우선 은사인 황순원, 박노춘, 조병화, 서정범 교수님의 보살핌 아래 있었음을 나는 과분한 행복으로 생각한다. 또 이 글을 처음으로 읽고 나서 누구보다도 격려를 아끼지 않은, 이제는 우리와 유명을 달리한 정한모 선생님의 은혜가 크다. 다시 한번 명복을 빈다. 돌아보건대 여러 가지 학문적 조언을 아끼지 않은 정규복 교수님, 허물없는 이해와 격려로 큰 힘이 되어 준 최동호 교수님, 난해한 경서와 고전의 해석에 도움을 준 김언종 교수님, 모두 잊을 수 없는 분들이다.

마지막으로 원고 정리를 도와 준 양창열, 박정기 조교에게도 감사의 뜻을 전한다.

1998년 12월,
고봉산 기슭의 삼가재(三可齋)에서
김 영 석

차 례

제5장 맺음말

제1장 도의 실마리를 찾아서

1 도와 시학의 얽힘

우리 선인들이 지녀 왔던 한국의 전통적 문학 사상이나 문학관을 한마디로 요약한다면 그것은 문이재도(文以載道), 관도지기(貫道之器) 등의 말로 간명하게 집약되는 재도 문학관(載道文學觀)이다.[1]

이 글은 바로 문이재도, 관도지기 등과 같이 관용되어 왔던 도(道)와 관련하여 다음과 같은 한국 현대 시의 연구에 관한 근본적인 세 가지의 질문을 제기하고 그 응답을 찾기 위한 있을 수 있는 여러 모

---

[1] 도학을 전제한 문이재도, 관도지기 등은 주장하는 바와 그 관점이 시대와 사람에 따라서 미묘한 차이가 있을 수 있다. 그러나 일반적으로 재도 문학관이라는 용어를 포괄적으로 관용하고 있으므로 이에 따른다. 그리고 이 글은 오직 여러 문맥 속에서 다양하게 쓰이고 있는 도(道) 자체의 본래적 의미에 관심을 두고 있을 뿐이므로 그와 같은 세부적 차이들을 크게 문제 삼지 않는다.

색 과정의 하나로서 쓰여진다.

첫째, 도는 한국 현대 시 속에서 어떻게 형상화되고 있는가?

둘째, 한국 현대 시 속에서 형상화되고 있는 도의 의미를 어떻게 드러낼 것인가?

셋째, 한국 시를 어떤 관점에서 어떻게 논의해야 하는가?

이상의 세 가지 물음이 지닌 당위성에 대하여 순차적으로 설명하면서 이에 따라 그 연구의 범위가 밝혀지도록 하겠다.

첫 번째의 물음은 일견 그 발상 자체가 매우 파격적이고 논리적인 비약이 지나치게 심하여 여러 모로 의아스러운 바가 없지 않아 보인다. 그러나 이 물음은 곰곰이 따지고 보면 적어도 한국 시문학의 역사적 맥락 속에서만은 지극히 당연한 물음임을 알 수 있다. 왜냐하면 우리 선인들이 문이재도라고 하는 문학 사상을 그토록 오랫동안 지녀왔고, 또한 한결같이 그것을 주창해 왔다는 실증적 사실 자체가 무엇보다도 먼저 그러한 물음에 대한 가장 설득력 있는 근거가 되어 주고 있기 때문이다.

이와 같은 문학 사상을 동양 문화권으로 좀더 확대하여 살펴본다면, 그것은 이미 기원전 약 12세기 은말(殷末) 혹은 주초(周初)에 출현했던 것으로 보이는 『역경(易經)』으로부터 비롯한다고 볼 수 있고,[2]

---

2) 『주역』, 「계사전」 상. <성인이 괘(卦)를 베풀어 상(象)을 관찰하고, 거기에 말을 붙여 좋고 나쁜 일을 밝혔다.……육효(六爻)의 움직임은 삼극(三極)의 도이다.>(聖人設卦 觀象 繫辭焉而明吉凶……六爻之動 三極之道也.) 여기 보이는 바와 같이 성인이 천지의 문(文)의 상(象)을 관찰하여 괘를 그었을 때, 이미 인문(人文)이 시작되어 천지인(天地人) 삼극의 도가 세워졌음을 알 수 있다. 즉 도문일체(道文一體)의 토대가 마련된 셈이다. 또 비괘(賁卦)의 단사(彖辭)에는 도를 나란히 현시하고 있는 것으로 볼 수 있는, 천문과 인문의 유추를 다음과 같이 적고 있다. <천문을 관찰하여 때의 변화를 살피고, 인문을 관찰하여 천하를 화육 육성시킨다.>(觀乎天文 以察時變 觀

우리나라에서는 늦잡아도 통일 신라 시대까지 소급된다고 볼 수 있다.

　　다만 저는 출세에는 생각이 없었으므로 물러갈 것에 뜻을 두었으며, 시편(詩篇)으로써 양성(養性)의 자료로 삼고 서권(書卷)으로써 입신의 근본으로 삼았습니다. 그런데 비록 녹은 먹으나 가난 걱정은 면치 못했기 때문에…… 3)

　　과거에 중원에서 이름을 얻어 장구(章句) 사이에서 아름답고 좋은 것을 맛보았으나 미처 성인의 도리를 마시어 취하지 못하였으므로 오직 진흙 속에서 허위적거림이 부끄러울 뿐이다. 하물며 불법(佛法)은 문자를 초월하였으므로 말을 부칠 곳이 없으니 구차히 말하려 하면 수레채를 북으로 두고 남으로 영(郢)의 땅에 가려는 셈이다.4)

　　<시편으로써 양성의 자료로 삼고>와 같은 구절은 바로 도학의 존심 양성(存心養性)과 직통하는 말이다. 또 아름다운 <장구>와 <성인의 도리>로 이분하여 대립적으로 파악하고 있는 구절은 훗날 조선초에 문학 사조를 형성하면서 크게 대립된 두 가지의 문학적 경향, 즉 사장학(詞章學)에 치우친 관료적 문학과 도학을 중시한 처사적(處士的) 문학의 단초적 양상을 보이는 것으로서 주목된다.

乎人文 以化成天下.) 이와 같이 도와 관련한 문학 사상의 단초는 그것이 확실하게 언표된 「역전(易傳)」의 저작 시기로 충분히 늦잡아 본다고 해도 전국 시대인 기원전 약 3세기까지로 소급된다.

3) 최치원, 「여객장서」, 『최문창후전집』(성대 대동문화연구원 영인), 396쪽. <但以某無 媒進取 有志退去 以詩篇爲養性之資 以書卷爲立身之本 却緣雖曾食祿 未免憂貧.>

4) 최치원, 「진감화상비명」, 위의 책, 137-138쪽. <頃捕名中州 嚼腴咀雋于章句間 未能 盡醉衢罇 惟塊淺跧泥鼇 況法離文字 無地措言 苟或言之 北轅適郢.>

이와 같이 문학을 도와 관련하여 생각하는 재도적 문학관을 엿볼수 있는 발언들은 점점 구체적으로 이론화된 다음 빈번히 심각한 논쟁을 야기하면서 고려와 조선을 거쳐 19세기 말엽 이른바 반봉건적인 신문학의 싹이 움틀 때까지 실로 한국 문학사 전체를 관통하며 지배하는 핵심적 이념이 되었다. 더구나 주목해야 할 점은 이러한 문학적 이념이 개인과 파당이 지닌 사상의 다름에도 불구하고, 그리고 끊임없는 시대적 변화에도 상관없이 그야말로 초역사적으로 지속되어 왔다는 사실이다. 물론 시대와 사상의 같고 다름에 따라서 필연적으로 수반되는 어느 정도의 의미 굴절이 없었다고는 볼 수 없겠지만, 핵심적인 이념의 골격은 근본적으로 크게 손상 받지 않은 채 지속되어 왔다고 볼 수 있다.

단적인 예로 고려조의 이른바 시론 사대가를 들어보자. 이규보(李奎報)는 도가적(道家的), 이인로(李仁老)는 불가적(佛家的), 최자(崔滋)는 유가적(儒家的), 이제현(李齊賢)은 유가적·도가적 사상을 각기 지니고 있었다.[5] 그러나 사상적 경향이 다름에도 불구하고 이들은 모두 한결 같이 그들의 시화(詩話) 속에서 도의 문학 사상을 주장하였다. 조선초의 사장파(詞章派)와 사림파(士林派)의 대립에 있어서도 그와 같은 양상은 마찬가지였다. 다시 말하면 사장 중심의 관료적 문학이나 도학 중심의 처사적 문학이나 모두 문이재도라는 주자주의(朱子主義)적 문학관을 고수하였다.[6]

한 걸음 더 나아가 조선 후기에 이르러 경세 치용(經世致用)·이용

---

5) 전형대 외, 『한국고전시학사』(홍성사, 1980), 34쪽.

6) 임형택, 「조선전기의 한문학」, 『한국사』 제11권(국사편찬위원회 편, 1974), 261쪽.

후생(利用厚生) · 실사 구시(實事求是) 등의 새로운 학풍 아래 탈주자주의적 문학관을 확립하려고 했던 실학파의 문인들마저도 의도와는 달리 오히려 관료 문인들보다 더욱 강렬하고 절실하게 재도적 문학관을 피력하게 되었다. 다시 말하면 이들 실학자들이 주자학을 비판하면서 실학의 학풍을 진작시키기는 했지만 그들의 철학적 배경은 여전히 유학에서 벗어나지 못한 채 공맹(孔孟)의 원시 유교적 복고 사상을 중심으로 삼고 있었다. 따라서 그들은 재도적 문학관으로부터 한 걸음도 벗어날 수는 없었다.

그럴 뿐만 아니라 이들이 당시 혼란한 사회의 모순을 바로 잡고 개혁을 이루고자 하는 강한 현실 참여의 욕구를 드러내었던 만큼, 어지러운 민심을 바로 잡고 치국(治國)의 도를 이루고자 하는 의식은 더욱 더 도에 대한 강한 욕구를 당연히 불러 일으켰을 것이다. 요약하건대 성리학에 대하여 반론을 폈던 실학 역시 조선조의 유학을 부정했던 것이라기보다는 공리 공론에 치우쳤던 유가 정신에 대한 하나의 수정주의에 불과했던 것이라고 볼 수 있다.[7]

단적인 예를 하나씩만 들어보자.

(1) 성현의 가르침은 육경(六經)에 실려 있는데, 육경이라는 것은 도에 들어가는 문입니다. 어찌 이것으로써 녹을 구하는 도구로 삼기를 바라겠습니까? 도가 나타난 것을 일러 글(文)이라 하니, 글은 도를 꿰는 그릇입니다. 어찌 이것으로써 자잘한 문예의 새기고 다듬는 재주로 삼기를 바라겠습니까?[8]

---

7) 천관우, 『한국사의 재발견』(일조각, 1975), 108쪽.

8) 이율곡, 「문무책」, 『율곡전서』 권 2(성대 대동문화연구원, 1978), 539쪽. <聖賢之訓

(2) 후세의 글은, 먼저 글을 짓는 데 뜻이 있어서, 혹은 도에 순수하지 못합니다. 지금의 학자들이 진실로 능히 도에 마음을 두어서 글을 위해 글을 하지 않고, 경(經)을 근본삼아서 제자(諸子)를 규범 삼지 않으며, 아정(雅正)을 숭상하고 부허(浮虛)를 쫓아버려 고명 정대(高明正大)하게 된다면 그 거룩한 경전을 우익(羽翼)함에 있어 반드시 길이 있을 것입니다.[9]

(3) 하(夏)·은(殷)·주(周) 삼대에 지어진 성인의 글인 육경이나 황노(黃老) 등, 제자 백가의 글은 모두 그네들의 도를 주로 하는 것이어서 그 글이 알기 쉽고 고아하다. 후세에 와서는 글과 도가 분리되면서부터 험사(險辭)나 교어(巧語)로써 공교함을 서로 다투는 자가 있게 되었다. 이것은 글의 횡액이며 글의 지극한 경지가 아니다. 나는 비록 우둔하지만 감히 그렇게 하기를 원하지 않는다.[10]

(1)은 사림파인 이율곡의 발언이고, (2)는 사장파인 서거정의 것이고, (3)은 실학파인 허균의 진술이다. 관점이 다르고 지향하는 바가 다를지라도 여전히 글이 도를 드러내야 한다는 신념에는 변함이 없다.

장구한 세월과 역사의 변천을 이겨내면서 우리 선인들은 글 속에서

載在六經 六經者 入道之門也 豈期以此爲干祿之具耶 道之顯者 謂之文 文者 貫道之器也 豈期以此爲雕蟲篆刻之巧耶.>

9) 서거정,「동문선서」,『동문선Ⅰ』(민족문화추진회, 1982), 552쪽. <後世之文 先有意於文 而或未純乎道 今之學者 誠能心於道 不文於文 本乎經 不規於諸子 崇雅黜浮 高明正大 則其所以羽翼聖經者 必有其道矣.>

10) 허균,「성소복부고」,『허균전집』(성대 대동문화연구원 영인, 1973), 128쪽. <當三代 六經聖人之書 與夫黃老諸子百家語 皆爲論其道 故其文易曉 而文自古雅 降及後世 文與道爲二 而始有釣章棘句 以險辭巧語爭其工者 此文之厄也 非文之至 吾雖駑不願爲也.>

도를 발견했고, 글 속에서 도를 드러내려 하였으며, 끊임없이 글로 하여금 도와 일체가 되도록 갈고 다듬었던 것이다. 이러한 도가 진실로 선인들이 주창하던 대로 우주 만물의 참다운 원리요 인간적 삶과 행위의 진정한 지도적 원리라면, 그리고 그와 같이 오랫동안 지속되어 온 문학사가 완전한 허상이 아니라면 당연히 그 도는 한국의 현대 시 속에서도 어떤 형태로든지 형상화되어 있을 것이다. 그렇지 않다면 그것은 진정한 도가 아닐 뿐만 아니라 바로 근대 이전의 한국 문학사 전체를 부정하는 논리와도 통할 수 있기 때문이다.

그러므로 이 글이 다루고자 하는 첫 번째의 물음은 한편으로 지극히 당연하고 평범한 물음일 수밖에 없다. 지극히 당연하고 평범한 물음이기 때문에 우리는 당연히 그 물음의 본질과 그 물음에 대한 응답의 내용과 그리고 거기에 수반하는 제반 관련 사항을 익히 파악하고 있어야만 한다. 과연 우리는 그러한 이해 위에 서있는 것인가. 혹시 너무나 평범하고 당연한 나머지 그만 지나쳐버린 것은 아닌가.[11]

물론 이 글이 첫 번째 질문으로 제기한 물음은 다음과 같은 문제들의 검토를 전제하고 난 뒤의 것이어야 할 것이다.

(1) 문이재도라는 재도적 문학관은 한문학과 관계되는 것이다. 그러나 한국 시는 한시뿐만 아니라 한글과 이두로 표기된 것은 물론, 넓게는 구전 민요까지를 포함할 수 있는 개념이다.

(2) 도의 문학 사상을 지니고 글을 썼던 사람들은 사대부라는 일부 계층일 뿐이다.

(3) 유가 사상에서 비롯한 재도적 문학관은 중세적 봉건 사회의 이

---

11) 필자가 과문한 탓도 있겠지만, 도의 의미를 문학적 관련에서 구체적이고 집약적으로 파악하고자 했던 논문은 아직 찾아보지 못했다.

넘이 되었던 주자주의를 대변할 뿐이다.

이 세 가지의 문제적 진술은 모두 사실이며 타당하다. 오늘날의 한국 현대 시는 한문이 아닌 한글로 쓰여지고 있고, 작자는 모든 계층의 한국인을 포괄하고 있으며, 민주주의 이념 아래 획일적인 사상의 압력을 받고 있지만은 않다. 하지만 그렇다고 하더라도 이와 같은 문제적 진술은 일면적 의의와 타당성을 지니고 있을 뿐, 근본적이고도 전체적인 진실에는 이르지 못하고 있다.

(1)의 문제적 진술은 문학의 매체에 관한 것이다. 문학적 매체인 언어에 따라서 그 언어로 표현되는 문학과 문학 사상의 양태는 사뭇 달라지기 마련이다. 그뿐만 아니라 실제적인 창작의 방법에 관련된 사항에 있어서는 더욱 더 이질적인 요소가 뒤따르게 될 것이다. 그러나 여기서 문제가 되고 있는 도는 언어 매체에 뒤따르는 단순한 시대적, 지역적 제한을 지닌 사상이 아닐 뿐만 아니라, 더구나 실제적인 창작 방법과는 다소 거리가 먼 것이다.

여기서 말하고 있는 도는 근원적인 형이상학적 개념에 해당하며 문학의 일반 원리에 해당되는 것이다. 뒤에서 논의되겠지만, 이러한 연유로 불교·도교·유교 등이 각자가 지닌 사상의 다름에도 불구하고 다 같이 도를 말하게 되고, 또 이러한 도에 의해서 이른바 삼교 회통(三敎會通)의 운동이 가능하게 된다. 또한 그것이 문학의 일반 원리일 수 있기 때문에 사상과 시대를 넘어서 지속적으로 작용할 수 있었던 것이다.

그러므로 문학의 표기 매체가 한문이라 하더라도 그 한문학이 지닌 일반 원리가 폐쇄적으로 한문학 자체에만 적용되고 한정되는 것은 아니다. 영문학의 일반 원리는 정도의 차이는 있겠으나 불문학에 적용되는 정도로 한국 문학에도 적용될 수 있으며, 또한 그 역으로도 그만큼의 가능성은 열려 있기 마련이다. 더구나 우리의 한문학은 말과 글이 분리되어 오직 글자만 빌어 썼을 뿐인 것으로, 일반 원리라는 측면에서 볼 때 그것이 지닌 한국 문학에서의 적용력이 완전히 부정될 수는 없는 일이다.

(2)의 진술은 사대부라는 작자의 계층 문제인데 이것도 (1)의 문제와 관련하여 생각해 본다면 그렇게 크게 문제될 것이 없다. 도라는 것이 형이상학적 개념이요 일반 원리라고 할 때, 그것이 한문 사용 능력을 지닌 사대부 지식인 계층의 사고와 의식에만 적용되고 그렇지 못한 일반 서민 계층의 사고와 의식에는 적용되지 않는다면, 그것은 명백한 모순이기 때문이다. 바꾸어 말해서 도는 모든 계층에 두루 통용되어야 도인 것이며, 그것을 이론화하여 원리로 삼는 일은 고도의 지적 능력을 요구하는 일이므로 다만 지식인 계층이 그것을 대행하게 되었다는 말이다.

이것을 또 다른 시각에서 본다면 사대부라는 지식인 계층도 민족이라는 큰 집단의 일부이며, 이 일부의 특수한 의식은 근본적으로 이보다 큰 집단의 의식에 의하여 부단히 조정된다고 볼 수도 있다. 따라서 민족 단위의 문화 전통과 집단의 의식이라는 심층적 개념 속에서 소수 집단과 여러 계층은 본질적인 동질성을 얻게 된다.

(3)의 문제적 진술은 지나친 단순 논리의 결과다. 전통적인 하나의 문학 사상이 특정한 시대의 특정한 이념적 가치에 의하여 세련되고 강조되었다고 해서, 그리고 그 이념적 시대가 단순히 지나간 과거라고

해서, 그 사상이 시대를 넘어 지속될 수 있는 창조적 의미의 가능성마저도 간과된다면, 그것이야말로 지나친 논리의 단순화요 피상적인 견해라고 하지 않을 수 없기 때문이다. 그리고 또 다른 측면에서 볼 때, 도라는 개념이 상식적인 차원의 윤리적·도덕적 규범만을 의미하는 것이 아니라, 그것이 보다 더 심원한 형이상학적 토대를 지니고 있음을 수락한다면, 그렇게 장구한 세월 동안 생명을 유지해 오던 것이 갑자기 시대가 바뀜에 따라 사라졌다고는 할 수 없는 노릇이기 때문이다.

재도적 문학관이 성현들의 경서를 받들고 그 경서의 가르침에 따라 풍교와 양성에 힘쓰고자 했던 까닭은 그 경서나 풍교와 양성 자체가 맹목적인 가치를 지니고 있었기 때문이 아니다. 즉 성현이 성현인 까닭은 그들이 높은 덕을 지니고 있을 뿐만이 아니라 천지 자연의 도를 깨달았기 때문이고, 경서가 고귀한 것은 그것이 도덕적 행위의 규범을 가르칠 뿐만 아니라 심오한 도가 구체화되었기 때문이며, 풍교와 양성이 값진 것은 치세와 수신을 넘어 그것이 마침내 도를 겨누고 있기 때문이다.

재도적 문학관이 전제하고 있는 도학은 그와 같이 표층적인 공리적 의미가 심층적인 형이상학적 의미에 의해서 지탱되고 있다. 그러므로 시대의 변천에 따라서 그 표층적 가치는 쓸모없는 것이 되어 쉽게 사라질 수 있겠지만, 심층적 토대, 즉 만세 불역이라고 하는 도 자체의 형이상학적 의미는 오늘날에도 의연히 새로운 생성력을 지닌 채 지속되고 있다고 보아야 할 것이다.

시대의 바뀜에 따라서 봉건적인 정치·사회·문화의 제도가 근대적인 제도로 일시에 대체될 수는 있지만, 그리하여 의식적 차원의 여러 관념들을 손쉽게 새로운 관념으로 교체할 수도 있겠지만, 그러나 그러한 봉건적 관념이나 사상을 요구하고 산출하여 변화 지속시켜 왔던 의식의 심층은 그렇게 쉽사리 교체되지 않는다. 인간의 의식은 근본적으로 보수적인 경향을 제1의 원리로 삼고 있다.[12]한번 의식 속에 수용된 사상은 그것이 자생적이거나 외래적인 것이거나 상관없이, 문화 인류학의 용어로 문화 원형cultural pattern에 의하여 부단히 재조정되고 변형되어 생명력을 얻은 다음 역사를 통하여 지속되기 마련이다.[13]

따라서 도라는 형이상학적 이념도 이미 한국 민족의 문화 원형에 의하여 조정·수용되었기 때문에 그렇게 오랫동안 전해질 수 있었다고 보아야 한다. 또 한 걸음 나아가서 그와 같은 논리에 의해 오늘날 한국 문화에 수용된 서구 사상도 어떤 형태로든지 이 도에 의하여 조정되고 있다고 볼 수도 있을 것이다. 그러므로 도가 시대의 바뀜에 따라 갑자기 무용한 것이 되어 사라져버린 것이 아니라, 다만 도라는 낱말이 사라졌거나, 그 낱말에 부착되어 관용되던 시대적 이념이 사라졌을 뿐, 그것은 어떤 형태로든지 여전히 지속되고 있다고 보아야 한다.

---

12) 칼빈. S. 홀, 『프로이트심리학입문』, 이용호 역(백조출판사, 1980), 55쪽.

13) Maud Bodkin, *Archetypal Patterns in Poetry*(London: Oxford Univ. Press, 1978), 3쪽.
   <새로운 문화적 요소들이 한 민족에 의해 수용되는 과정을 연구하는 데 있어서, 인류학자들은 새 요소에 대한 그 집단의 구성원들의 반응을 결정짓는, 경향들의 기존의 '배치' 즉 배열 순서를 지칭하기 위하여 '문화 원형'이라는 용어를 사용해 왔다.>(In studying the reception by a people of new cultural elements anthropologists have made use of the term 'Cutural pattern' to designate the pre-existing 'Configuration', or order of arrangement, of tendencies which determines the response of members of the group to the new element.)

더구나 시에 있어서 표층적 의미와 심층적 의미의 구조가 의미 있는 개념으로 적용될 수 있는 것이라면, 과거에 우리 문학사를 관류해 온 도의 형이상학적 의미가 오늘날 현대 시의 의미의 성층 구조(成層構造) 속에서 어떤 방식으로건 간에 하나의 중추적 층을 이루고 있으리라고 생각하는 것은 지극히 당연한 일이다.

이 글이 대답을 구하고자 하는 두 번째의 물음은 <한국 현대 시속에 형상화되고 있는 도의 의미를 어떻게 드러낼 것인가?> 하는 질문이다.

도의 드러남을 보기 위해서는 우선 도의 의미와 정체가 파악되어야한다. 지금까지 도는 일반적으로 천지 자연의 이치, 도덕적 규범, 육경 속에 포함된 성현들의 실천 도덕적 언행 등으로 이해되고 관용되어 왔다. 그리고 이러한 이해는 실제로 정확하고 타당하기도 하다. 다만 이와 같은 도의 의미 규정에 있어서 문제가 되는 것은 도의 궁극적이고 근원적인 의미와 그 생성의 원리를 배제한 채 이미 공리적으로 경화된 개념만을 고집하는 데에 있다.

문이재도의 문학관은 축자적 의미 그대로 글이란 도를 싣는 수단에 불과하다고 보는 관점이다. 이런 까닭에 규범 도덕과 세교(世敎)를 강조한 나머지 그 수단이 되는 글은 으레 폄시되었고 거리낌 없이 소기(小技)로 비하되었다.[14] 그러나 우리가 이 도라는 가치를 보다 긍정적인 의미의 전통적 문학관으로 수용하고 오늘날에도 의미 있는 문학의

---

14) 서거정, 『동인시화』권 하, 장홍재 역주 (학우사, 1980), 203쪽. <시란 것은 작은 재주이다. 그러나 간혹 세교와 관련을 가지고 있어서 군자가 거기에서 취하는 것이 있다.>(詩者小技 然或有關於世敎 君子宜有所取之.); 안정복, 「백선시서」, 『순암총서』(성대 대동문화연구원 영인), 394쪽. <문장은 하나의 작은 재주이며, 시 또한 하찮은 기예이다.>(文章一小技 而詩又爲其偏藝.)

형이상학적 개념으로 이해하기 위해서는 좀더 심층적인 관점을 택하지 않으면 안된다.

유가에서는 근본적으로 <천리(天理)는 곧 인성(人性)>[15] 이라는 전제를 벗어나지 않는 범위에서 성인이 자연의 도와 일치시켜 확립시켜 두었던 개인과 개인의 도덕적 관계, 혹은 현실적 생활의 도를 강조하였고, 도가에서는 개인과 자연의 관계에 있어서 도를 포착하려고 하였다. 강조점과 지향은 다를지라도 그들은 모두 <도는 만물의 유일한 원칙이며 모든 존재의 전체>라고 하는 정의에서 근본적으로 일치하고 있다고 볼 수 있다.[16]

그런데 문제는, 이와 같은 포괄적 이해를 벗어나서 도의 의미를 보다 협소하고 한정적인 외연으로 고정시키며 일방적으로 객관화하려는 경향에 있다. 즉 도를 완성된 의미체로, 그리고 객관성을 부여하여 하나의 실용적 가치로만 파악하려고 하는 것이다. 도에 관한 모든 오해와 혼란은 바로 여기서 비롯된다. 도의 의미를 이와 같이 객관적인 완료형의 의미체로 볼 때, 도는 일방적으로 공리적이고 효용론적인 굴절을 강요당하게 되고 만다.

그러나 성즉리(性卽理)라는 말이 암시하고 있듯이 그렇게 간단하게 도의 완료적 객관성은 확보되지 않는다. 천리가 곧 인성이라면 우리는 여기서 이른바 일여적(一如的) 사유 구조를 볼 수 있을 뿐, 인식의 객

---

15) 『이정전서』(경문사 영인, 1981), 140쪽. <성(性)은 곧 이(理)다. 이(理)라는 것은 요순 임금으로부터 일반 백성들에 이르기까지 한 가지다.>(性卽是理 理卽自堯舜 至於塗人一也.); 『성리대전』(경문사 영인, 1981), 500쪽. <성(性)은 곧 이(理)이니, 마음에 있어서는 성이라 하고 사물에 있어서는 이라고 한다.>(性卽理也 在心喚做 性 在事喚做理.)

16) 유약우, 『중국문학의 이론』, 이장우 역(범학사, 1978), 40쪽.

관성이 틈입할 여지는 조금도 발견할 수가 없다.[17] 주관과 객관, 물질과 정신 등이 이와 같이 하나로 통합된 인식의 구조 속에서는 물질과 정신이 생성 변화되는 대로 의미도 역시 생성 변화되어 갈 수밖에 없다고 보아야 한다. 도는 객관적인 것도 주관적인 것도 아니며, 도의 의미 또한 완료된 것이 아니다. 여기서 도의 모호한 형이상성이 드러난다.

도의 이와 같은 미래적 비완료성은 공자 같은 성인이 <아침에 도를 깨닫는다면 저녁에 죽어도 좋다>라고 말했던 것이나, 또 노자가 더욱 역설적으로, <말로 표현하면 이미 참다운 도가 아니다>라고 말했던 것을 보아도 어느 정도 짐작되는 일이다.[18]

문학에서 도를 본받을 만한 의의가 있는 것으로 이야기하고 있는 한, 동양의 문학관이 효용론적 관점 위에 확립되어 있음을 부정할 수는 없다. 그리고 이것은 또한 가치 있는 문학전통이기도 하며, 뒤에서 논의하겠지만 동양의 특수한 인식 전통으로부터 필연적으로 뒤따르는 것이기도 하다.

그러나 우리가 일단 도라는 것을 오늘날의 현대 시에 적용할 수 있는 유용한 개념으로 구제하기 위해서는 바로 위에서 설명한 바와 같이 그것을 비완료적인 본래적 의미로 되돌려 놓고 보아야 한다. 그래야만 그 도식적이고 경화된 효용론적 관점으로부터 빠져나와 문학의

---

17) <일여적>이란 말은 <일원적> 혹은 <일원론적>이란 말과 흡사한 듯하면서도 일원론이나 이원론 등이 지닌 결정론적 의미와 근본적으로 구별된다. 그것은 <둘이면서 동시에 하나>이고, <이것이면서 동시에 저것>이라고 하는 생성론적 의미와 관점을 가리키는 것이다. 이러한 관점이 뒤에 <전동성의 역설>을 논하면서 좀더 분명하게 밝혀질 것이다.

18) 『논어』, 「이인」 <朝聞道 夕死可矣.> ; 『도덕경』, 제1장. <道可道非常道.>

자율성을 아울러 껴안을 수 있다. 바꾸어 말해서 도라는 것이 문이재도와 같은 식으로 글로써 실어 전달할 수 있는 것이 아니라, 성즉리의 원리가 암시하고 있듯이, 그것이 우리의 정신 활동과 함께 생성되는 것이라고 한다면, 우리는 거기서 얼마든지 문학의 자율성과 심미적 가치를 확보할 수 있다.[19] 이런 의미에서 율곡(栗谷)이 <도란 오묘하여 객관적으로 파악할 수 있는 어떤 형상적인 것이 아니라, 인간의 언어를 통하여 형상화할 수 있는 어떤 것>이라고 말한 것은 그야말로 요체를 얻은 탁견이라고 아니 할 수 없다.[20]

도의 개념을 위와 같이 설명해 놓고 보면 이제 도의 의미는 더 더욱 신비의 안개에 가려진 채 우리의 인식 능력의 한계를 훨씬 벗어나 버린 듯한 감이 없지 않다. 왜냐하면 도라는 것이 객관적인 것도 주관적인 것도 아니요, 그리하여 비완료성을 본질로 해서 생성되는 것이라고 한다면, 그리고 언어에 의해서 무한히 형상화될 수 있는 하나의

---

19) <성즉리>의 해석은 관점에 따라서 물론 달라진다. 퇴계(退溪)와 같이 성을 본연지성(本然之性)과 기질지성(氣質之性)으로 나누어 이원적 대립 구조로 파악한다면 이 글이 설명하고 있는 논리는 성립되지 않는다. 그러나 기질지성은 본연지성을 포괄하고, 인심(人心)은 도심(道心)을 포괄한다는 다음과 같은 율곡의 견해 위에 설 때, 성즉리의 성은 이 글의 논리와 같이 인간의 정신 활동 전체를 포괄할 수 있게 된다. <사단과 칠정의 관계는 꼭 본연성과 기질성의 관계와 같으니, 본연성이 기질성을 겸한 것이 아니라 기질성이 본연성을 겸하고 있다고 말한 것이다. 사단은 칠정을 겸하지 못하나 칠정은 사단을 겸한 것이다. 주자의 이른바, '이에서 발하고 기에서 발한다.'하는 말은 다만 대강만을 말한 것인데, 후인들이 이렇게 심히 나눌 줄 어찌 알았겠는가. 배우는 사람은 이런 것을 널리 보는 것이 옳을 것이다.>(四端七情 正如本然之性 氣質之性 本然之性 則不兼氣質 而爲言也 氣質之性 則却兼本然之性 故四端不能兼七情 七情則兼四端 朱子所謂 發於理發於氣者 只是大綱說 豈料後人之分開太甚乎 學者活看可也.) 이율곡, 「답성호원」, 앞의 책, 권 2, 192쪽.

20) 이율곡, 「성학집요서」, 앞의 책, 권 1, 420쪽. <道妙無形 文以形道.>

의미 가능성이라고 한다면, 우리는 아예 도의 의미에 대한 탐구를 포기할 수밖에 없기 때문이다. 이렇게 되면 이 글이 도의 의미를 드러내려는 의도는 처음부터 좌절되고 만다.

그러나 도의 이와 같은 모호한, 그리고 열려있는 가능성이야말로 역설적으로 도의 탐구를 가능하게 하는 가장 확실한 근거가 된다고 볼 수 있다. 도의 의미를 드러내는 방법과 척도에 따라서 도는 어떤 형태로든지 드러나기 마련이라는 논리가 되기 때문이다. 즉 기(器)도 도이고, 도 역시 기라는 말이다.[21]

이렇게 볼 때, 도의 탐구는 결국 도를 드러내는 방법론의 탐구에 불과하다는 것을 알 수 있다. 그러나 방법론의 가능성도 도역기(道亦器)라는 앞의 논리에 의하여 무한히 열려 있음은 당연한 논리의 귀결이다. 그렇다고 해서 무한한 방법론을 가지고 무한한 도의 의미를 파악하기를 원한다면 그것은 처음부터 불가능한 일일 뿐만 아니라 이른바 소모의 오류exhaustive fallacy에 빠지고 말 것이다.[22]

우리는 가장 의미 있다고 판단되는 하나의 방법론을 선택하지 않으면 안 된다. 또 일단 선택된 방법론에 의해 설정된 도의 연구에 있어서도 도의 의미의 역사적 변천의 관계, 도와 각 문학 작품의 관계, 도

---

21) 이율곡, 위의 글, 위의 책, 456쪽. <원래부터 서로 떨어질 수 없는 것이기 때문에 두 가지라고 할 수 없다. 그러므로 정자는 말하기를 '기도 도요, 도도 기다'라고 하였다.>(元不相離 不可指爲二物 故程子曰 器亦道 道亦器.) 여기서 도는 형이상자이고 기는 형이하자이다. 따라서 일사 일물은 물론 일체의 정신 활동이 도리를 떠나서는 이루어질 수 없다는 점에서 도를 이해하기 위한 구체적 방법론 자체도 기(器)의 개념에 포함되는 것이라고 본다.

22) Joseph & Trelka ed., *Problems of Literary Evaluation*(Pennsylvania: Pennsylvania State Univ. Press, 1969), 29쪽.

와 각 작가의 관계, 도와 문학의 일반 원리의 관계 등등 다양한 연구의 영역을 상정할 수 있을 것이다.

이와 같이 다양하게 열려있는 방법론과 연구 영역의 범위에서 이 글은 가장 순편한 쪽을 택하고자 한다. 도를 드러내는 방법적 도구로서 역리(易理)를, 그리고 연구의 방향은 도가 본질적으로 포괄적인 개념인 만큼 원리적 측면을 각각 택하여 그것이 한국 현대 시에 적용될 수 있는 의미와 그 가능성을 모색하고자 한다.[23] 그러므로 이 글은 도의 모든 문맥적 의미와 역사적 변천에 따르는 문학과의 관련 의미를 개별적으로 파악하고자 하지 않는다.

<도역기>의 논리에 의해서 밝힌 바와 같이 방법론 자체가 이미 도의 현시라고 할 수 있으므로 방법론의 체계를 세워 가면서 그 체계가 한국 시의 원리적 측면에서 지닐 수 있는 의의와 관련 양상을 검색해 보고자 하는 것이 이 글의 핵심적 의도인 것이다. 그리고 이러한 연구는 결국 주 관심사인 한국 시의 연구를 위한 것이므로 모든 논의의 범위는 문학적 관련 사항이라고 판단되는 것들로 한정된다.

마지막으로 남은 이 글의 세 번째의 물음은 <한국 시를 어떤 관점에서 어떻게 논의해야 하는가?>하는 질문이다. 이것은 한국 시의 연구에 관한 일반적인 시의 이론에 관련된 사항이다. 이는 물론 대단히 광범위하고 지난한 과제임에 틀림없다. 그러나 우리가 이미 선택된 주제에 관련하여 있을 수 있는 모색 과정의 하나로써 만족한다면 그렇

---

23) 역리에 의해서 도를 해명한다는 것은 너무나 당연한 일이다. 원래 도가의 용어인 도라는 낱말이 역전(易傳) 속에서 새롭게 철학적 의미로 심화되었을 뿐만 아니라, 그것이 주역 철학의 실질적 내용이고 정신이기 때문이다. 좀더 구체적인 내용은 뒤의 <2. 방법론의 모색>에서 설명된다.

게 절망적인 일만은 아니다.

　첫 번째의 물음, <도는 한국 현대 시 속에서 어떻게 형상화되고 있는가?> 하는 질문은 결국 형상화되는 도의 정체를 먼저 파악해야 하므로 자연히 두 번째의 물음인 <한국 현대 시 속에 형상화되고 있는 도의 의미를 어떻게 드러낼 것인가?> 하는 질문 속에 수렴되고 만다. 도가 본질적으로 <도역기>요 <기역도>라고 한다면 도의 의미를 드러내는 방법론의 체계 자체가 도를 현시하고 있다는 논리이므로 한국 현대 시 속에 내재하고 있는 도의 의미를 드러내는 방법론의 체계는 바로 한국 현대 시의 이론으로 자리매김이 된다고 볼 수 있다. 즉 도의 의미를 어떻게 드러내야 하는가 하는 물음은 곧바로 한국 시를 어떻게 논의해야 하는가 하는 시의 이론적 국면으로 이어진다는 말이다. 그래서 다시 두 번째의 물음은 결국 세 번째의 물음 속에 수렴되고 만다.

　위에서 제시한 이 세 개의 질문은 상호 포괄적인 관계 위에 놓여 있다. 즉 역으로 말한다면 세 번째의 물음, <한국 시를 어떤 관점에서 어떻게 논의해야 하는가?> 하는 시에 대한 이론적이고 방법론적인 반성은 두 번째의 물음인 도의 의미를 드러내는 방법론의 체계에 포괄되고, 다시 그것은 첫 번째의 물음 속에 포괄된다는 말이다. 요약하건대, <한국 시를 어떤 관점에서 어떻게 논의해야 하는가?> 하는 질문은 <도는 한국 현대 시 속에서 어떻게 형상화되고 있는가?> 하는 첫 번째의 질문과 동시적 출발점을 이루면서 두 번째의 방법론적 체계에 대한 물음을 중심축으로 서로 매개되고 또 상호 포괄되는 관계 위에 놓여 있다.

2 방법론의 모색

2.1 시간적 인식과 공간적 인식

<한국 시를 어떤 관점에서 어떻게 논의해야 하는가?> 하는 질문
은 당연히 <한국 시를 어떤 관점에서 어떻게 논의해 왔는가?> 하는
반성적 전제에서 비롯한다.

연구자에 따라서 다소 강조점의 차이는 있을지라도, 한국의 근대화
는 한국 사회 자체의 자생적인 힘의 논리라기보다 서구의 충격에 의
해서 비롯되었다고 보는 것이 일반적인 견해다. 마찬가지로 서구 문예
사조의 거센 혼류와 더불어 출발한 한국의 현대 시가[24]서구 문학의
영향을 일방적으로 받으면서 출발할 수밖에 없었다는 것도 누구나 다
동의하는 사실이라고 볼 수 있다.[25] 따라서 한국 현대 시의 연구는
자연스럽게 서구의 문학 이론이 적용되어 왔다. 좀 심하게 말한다면
서구 이론의 타당성을 증명하기 위한 적용 대상으로서의 종속 개념밖
에 지닐 수 없었던 것이 그간의 한국 시의 상황이었다고까지 말할 수

---

24) 한국 문학사에서 근대와 현대의 개념은 아직도 모호하고 매우 논쟁적인 용어에
해당된다. 정한모는 현대 시의 개념을 다음과 같이 항목화하여 정리하고 있는데,
이 글은 세 번째의 개념을 채택한다. <첫째, 시간적인 구획으로 당대를 살고 있는
시인들에 의하여 쓰여지고 있는 시. 둘째, 현대 시로서의 제특질을 갖추고 나타난
시기부터 현대까지의 시. 셋째, 자유시가 처음 나타난 시기부터 현대까지의 시.
넷째, 새로운 문화가 수입되고 생성되던 개화 초기부터 현대까지의 시.> 정한모,
『한국현대시문학사』(일지사, 1974), 7쪽.

25) 이병기, 백철, 『국문학전사』(신구문화사, 1976), 225쪽.

있을 것이다.

　그 동안 많은 국문학도들이 이와 같이 전도된 연구 상황에 대한 모순과 부당성을 지적하면서 여러모로 새로운 출구를 모색해 온 것도 사실이다. 그러나 한국 문학은 한국 문학적 관점에서 논의되어야 한다는 당위성을 단순히 주장하기만 한다면 그것은 마치 공허한 구호의 동어 반복과 다를 바가 없다. 무엇보다 그 당위성의 논리적 근거를 제시하는 일이 선행되어야 할 것이다.

　한국 문학의 연구에 있어서 서구의 문학 이론을 일방적으로 적용할 수 없다는 주장은 동양과 서양의 전통적인 사고 방식의 차이, 그리고 인식론적인 태도의 차이 등을 명확히 밝혀낼 때 비로소 합당한 설득력을 얻을 수 있다고 본다. 따라서 <한국 현대 시를 어떤 관점에서 어떻게 논의해야 하는가?> 하는 질문에 대한 응답의 단서로서, 나아가서 도의 의미에 대한 하나의 단서로서 동양과 서양의 인식 구조의 차이를 예각적으로 드러내어 살펴볼 필요가 있다.

　20세기 최대의 비평가로 평가되는 노드롭 프라이Northrop Frye는 그의 한 저서에서 문학·미술·음악 등에 대한 하나의 흥미 있는 관점을 제시하고 있다. 즉 음악은 시간 예술이고 미술은 공간 예술이지만, 때로 우리는 음악을 미술의 본질인 공간적 패턴으로 볼 수 있으며, 미술은 음악의 본질인 시간적 리듬으로 접근할 수 있다는 것이다. 그리고 모든 예술은 이와 같이 시간적으로, 혹은 공간적으로 동시에 접근할 수 있는 것이라고 말한다. 또 한편으로 문학은 음악과 미술의 중간 영역에 위치하고 있는데, 문학에서 음악적 시간성은 리듬으로 나타나고 미술적 공간성은 문자의 상형이나 심상으로 드러난다고 말한다.[26]

노드롭 프라이의 이와 같은 진술은 따지고 보면 예술의 공감각적 현상에 대한 설명의 부연에 지나지 않는다. 다만 여기서 우리가 주목하고자 하는 것은 문학에 대한 시간과 공간이라는 보편적 관점이다. 노드롭 프라이가 뜻하고 있는 바의 매우 한정적인 의미, 즉 언어의 리듬이라든가 이미지의 패턴이라든가 하는 의미의 한계에　구속되지 않는다면, 문학을 산출한 의식이, 그리고 문학을 바라보는 관점이 공간적이냐 혹은 시간적이냐 하는 물음은 문학의 연구에 있어서 대단히 유용한 논거가 될 수 있다고 본다.

　　동양과 서양의 사유 구조 혹은 의식의 성향이 각기 공간적이냐 시간적이냐 하는 판단은 인식론적인 태도를 비교해 보면 분명히 드러난다. 물론 의식 활동을 포함한 우리의 온갖 삶의 활동이 이 우주를 떠나서는 영위될 수 없듯이, 인식 자체도 공간과 시간이라는 감성 형식

---

26) Northrop Frye, *Fables of Identity*(New York: Harcourt Brace Jovanovich, 1963), 14쪽. <그리하여 우리는 음악의 리듬과 회화의 패턴에 관해 말한다. 그러나 뒤에서, 세련됨을 과시하기 위해, 회화의 리듬과 음악의 패턴에 관해 말할 수도 있다. 다른 말로 하면, 모든 예술은 시간적·공간적인 관점에서 표현될 수 있는 것이다. 어떤 악곡의 악보는 즉각 연구될 수 있다. 또 하나의 그림은 눈의 정교한 춤의 자취로 간주될 수도 있다. 문학은 음악과 회화의 중간 단계인 것처럼 보인다. 문학의 낱말들은 그 경계의 한편에서는 소리들의 음악적 연쇄에 근접하는 리듬들을 형성하고, 다른 한편에서는 상형적 또는 회화적 이미지에 근접하는 패턴들을 형성한다.>(Thus we speak of the rhythm of music and the pattern of painting; but later, to show off our sophistication, we may begin to speak of the rhythm of painting and the pattern of music. In other words, all arts may be conceived both temporally and spatially. The score of a musical composition may be studied all at once; a picture may be seen as the track of an intricate dance of the eye. Literature seems to be intermediate between music and painting: its words form rhythms which approach a musical sequence of sounds at one of its boundaries, and form patterns which approach the hieroglyphic or pictorial image at the other.)

중 어느 하나라도 배제해서는 절대로 성립될 수 없는 개념이다.[27] 그러므로 사유 구조와 의식의 성향이 공간적이냐 시간적이냐 하는 위의 물음은 결국 인식론적 태도에 있어서 공간 형식과 시간 형식 중 어느 것이 강조되고 있느냐 하는 물음이다. 그리고 그 물음은 어느 형식이 강조되고 있느냐에 따라서 의식의 형태가 미묘한 차이를 드러낼 수밖에 없다는 점을 전제하고 있다.

서양의 전통적 사고를 지배해 온 것은 합리적 경험주의의 추상적 사고의 경향이다. 합리적 경험주의는 우리가 인식하는 대상이 원래의 재료original data로서 외재적이고 물리적인 사물이 아니라 우리의 주관적인 내적 상태의 추론과 투영의 결과라고 믿는 데서 출발한다. 그리하여 빛깔, 소리, 냄새 등 이른바 주관적인 제2성질은 극히 사적인 현상으로 취급되고, 다종 다양한 구체적 경험의 세계는 신통치 않은 재료sloppy data로 경시된다.[28] 합리적 경험주의가 추구하는 것은 오

---

27) 우(宇)는 무한한 공간을 뜻하고, 주(宙)는 영원한 시간을 뜻한다. 『회남자(淮南子)』, 「제속훈」(齊俗訓)에는 이렇게 쓰여 있다. <사방과 위 아래를 우(宇)라 하고, 가고 오는 옛날과 지금을 주(宙)라 한다.>(四方上下謂之宇 往來古今謂之宙.)

28) 영국의 경험주의 철학을 대표하는 존 로크는 인식의 재료로써 소요되는 관념의 성질을 다음과 같이 두 종류로 분류하고 있다. (1) 제1성질: 연장, 형태, 강경성, 운동, 정지, 수 등으로서 외적 대상의 객관적 성질이다. (2) 제2성질: 빛깔, 소리, 냄새, 맛 등으로서 주관적 성질이다. 그런데 존 로크의 이와 같은 경험주의적 사고는 근원적으로 합리주의적 사유와 추론을 거치고 나서야 성립될 수 있는 것이다. 이성의 분석적 사유를 기초로 하고 공간적 분별을 전제하는 논리를 중시하며 존재적 통일의 관계에 있는 주체와 객체, 대상과 대상을 분리한다는 점에서, 인식론상의 합리주의와 경험주의는 다 같이 일반적 기술 용어인 합리주의에 포괄될 수 있는 것들이다. 이 점은 논리 실증주의 혹은 분석 철학, 특히 후기 비트겐슈타인의 사상이 입증한다. 필자가 <합리적 경험주의>라는 용어를 쓰는 것은 바로 이런 까닭에서 다. Jhon Wild, *The Challenge of Existentialism*(Bloomington: Indiana Univ. Press, 1955), 안병욱 역, 『실존주의철학』(탐구당, 1958), 7-26쪽; 『철학대사전』(학원사, 1972), 268

직 객관적 성질을 지니고 있다고 믿어지는 제1성질뿐이다. 즉 측량할 수 있고 계량할 수 있는 성질만이 참다운 사물의 본질이다.

사물의 객관적 성질을 추상하고 측정하기 위해서는 무엇보다 먼저 외감external sense의 근원적 조건이 되는 공간성이 강조되지 않으면 안 된다. 따라서 측정하고 계량하기 위해서 측정 대상은 여타의 모든 대상으로부터 공간적으로 분리되어야 하고, 측정되는 순간적 현재는 지속되지 않는 추상적 시간으로서 공간상의 일점(一點)으로 가정되지 않으면 안 된다. 계량되고 측정되는 사물은 지속과 변화의 시간 속에 놓이는 것이 아니라 이른바 <T>라고 하는 물리적 기호의 공간화된 시간 속에 놓이게 된다.[29] 이것이 바로 그 유명한, 제논의 날지 않는 화살이라는 궤변을 성립시킨 논리적 근거다.[30] 또 측정된 결과는 역시 마찬가지로 객관성을 유지하기 위해 추상적 기호와 개념으로 표시되고 기술된다. 그래서 기호와 개념과 논리는, 생성의 원리 속에 존재하는 구체적인 경험적 사물과는 달리, 생성과 변화의 시간으로부터 벗어나 추상적인 영원성과 항존성을 지닐 수 있게 된다.

이러한 과정을 통하여 결국 인식론적 관심의 대상은 우리들의 구체적이고 현실적인 경험적 대상의 실존성으로부터 개념적인 논리적 장치conceptual and logical apparatus로 교체되고 만다.[31] 그리고 우리가

쪽 참조.

29) Hans Meyerhoff, *Time in Literature*(Berkeley: California Univ. Press, 1974), 5쪽.

30) 이와 같은 부동의 공간적 시점은 장자와 같은 시대에 살았던 혜시(惠施)의 학설에서도 엿볼 수 있어 주목된다. 『장자』, 「천하편」에는 다음 같은 구절이 있다. <아무리 날쌘 화살이라도 가지도 않고 멈추지도 않는 시간이 있다.>(鏃矢之疾 而有不行不止之時.)

31) Jhon Wild, 앞의 책, 7쪽.

현실적으로 관계하는 세계와 모든 사물은 한결같이 추상적인 개념과 논리에 의해 설명되고 그 본질이 이해될 수 있다고 믿는다.

그러나 이와 같이 추상적 개념과 논리적 장치라는 이해의 도구를 안다는 것은 대상 자체를 안다는 것과 전혀 다른 별개의 문제다. 안경의 크기와 굴절 등을 아는 것이 시각 자체 혹은 시각의 대상을 이해하는 것은 아니다. 그럼에도 불구하고 합리적인 사고는 추상화와 공간화의 과정을 통하여 주관과 대상을 분리하고, 인식의 대상을 여타의 대상들로부터 엄격히 분리하며, 동일 대상 안에서도 상이성(相異性)을 기준으로 해서 그 속성들을 분리해 낸다.

측정 가능한 객관성을 확보하기 위해서는 추상하지 않을 수 없고, 측정하기 위해서는 동일한 속성을 지닌 최소의 측정 단위를 분리해 내야 하며, 그러기 위해서는 상이한 여타의 속성들을 끝없이 분리해 내지 않으면 안된다. 결국 세계는 구체적인 관계로 얽혀있는 실존적인 상관적 구조relational structure를 상실하고 각각 고립된 배타적 울타리 self-enclosed의 대립적 사물들로 변질되고 만다.[32] 그리하여 인간을 포함한 우주는 최소의 물리적 단위인 라이프니쯔의 이른바 모나드 monad라는 실체의 집합체로 이해된다.[33] 예컨대 우리가 지금 눈으로 보고 있는 방 안의 책상은 아주 빠른 속도로 날아다니는 미립자를 지닌 텅 빈 하나의 공간이라는 이론적 이해를 낳게 되는 것이다. 바로 이와 같은 세계를 흔히 추상적 객관주의abstract objectivism, 혹은 원자론적 형이상학atomistic metaphysics이라고 부른다.[34]

---

32) 위의 책, 118쪽.

33) 박이문, 『철학이란 무엇인가』(일조각, 1976), 120쪽.

한 걸음 더 나아가 데이비드 흄David Hume은 원자론적 형이상학의 입장에서 자아의 개념까지도 부정하게 된다. 그는 그의 『인성론(人性論)』에서 개인적 동일성이라는 전통적 개념은 오류에 지나지 않으며, 단지 그것은 여러 가지 상이한 지각들의 묶음이나 집합에 지나지 않는다고 보았다.[35] 즉 지각들이 상상할 수 없을 정도의 빠른 속도로 서로 계기하고 유동하는 현상일 뿐으로, 그 지각들을 하나로 합류시킬 수도 없으며, 또한 각각의 지각들이 지니고 있는 상이성을 무시할 수 없으므로, 자아 동일성이란 처음부터 존재하지 않는다는 것이다.

그래서 흄은 우리의 마음을 고립 단절된 지각들이 차례로 등장하는 극장에 비유하고 있다.[36] 앞서 예로 보인 텅 빈 공간으로서의 책상과 같이 자아라는 개념도 역시 무수하고 상이한 지각들이 부단히 생멸하는 극장과 같은 공간으로 이해되고 있다. 바꾸어 말하면 책상이라는 실체도 하나의 환영에 불과하며 자아라는 것도 결국은 일종의 착각에

---

34) Jhon Wild, 앞의 책, 84쪽.

35) Hans Meyerhoff, 앞의 책, 31쪽.

36) 위의 책, 32쪽. <마음은 일종의 극장이다. 거기에는 여러 가지 지각들이 차례로 등장한다.……우리가 자연스럽게 단순성과 동일성을 상상하는 성향을 가지고 있더라도 그 마음 속에 한 시라도 **단순성**이나 **동일성**이 존재하지 않는 것은 당연하다. 그리하여 인간정신에 존재하는 것으로 생각하는 동일성은……**여러 다른 지각들을 하나로 합류시킬 수도 없으며**, 그 지각들의 본질을 이루는 구별과 차이라는 특성을 잃어버리도록 할 수도 없다는 것은 명백하다.>(The mind is a kind of theatre, where several perceptions successively make their appearance……There is properly no *simplicity* in it at one time, nor *identity* in different; whatever natural propensity we may have to imagine that simplicity and identity. Thus it is evident that the identity, which we attribute to the human mind……*is not able to run the several different perceptions into one,* and make them lose their characters of distinction and difference, which are essential to them.)

지나지 않는다는 것이다. 따라서 우리들이 감각하는 모든 것은 믿을 수 없는 환상에 불과하다.

이와 같은 놀라운 인식의 결과는 애초에 세계와 자아, 그리고 대상과 주관의 공간적 분리에서 비롯된 것이다. 불가분의 상관적 구조인 자아와 세계를 분리해 낸 결과로 측정 가능한 추상적 객관성을 얻을 수 있었고, 따라서 그 객관적인 측정을 통해서 매우 한정적인 물리적 법칙을 세울 수도 있었지만, 그 대신 우리는 실제의 구체적인 실존 세계를 상실해 버린 셈이다.

논리를 분명히 하기 위하여 위의 과정을 다시 한번 순차적으로 확인해 보자.

첫째, 자아와 세계의 공간적 분리가 발생한다. 자아는 내감(內感)의 원천이고 세계는 외감(外感)의 원천이므로, 자아는 주관적 성질인 시간성이 강조되는 개념이고 세계는 객관적 성질인 공간성이 강조되는 개념이다. 그러나 공간 원리에 의해서 자아 동일성으로 표현되는 지속으로서의 시간성은 이미 부정되었다. 따라서 자아와 세계의 공간적 분리에 의해서 세계는 이론적인 추상적 객관성을 얻게 된다.

둘째, 세계는 개관적 측정의 조건으로 전제되는 <T>라고 부르는 물리적인 객관적 시간 구조, 즉 지속이 아니라 각기 분리되어 측정 가능한 양으로 치환된 공간적 표지로서의 시간 위에 놓인다.[37] 다시

---

37) 위의 책, 15쪽. <이런 관점에 의하면 물리학은 시간을 공간의 차원으로 변화시킨다. 즉 베르그송은 지성이 시간을 '공간화'한다고 말했다. 그의 이 말이 뜻하는 것은 시간 경험의 특징인 연속적 흐름, 즉 지속, 그리고 '다양성 속의 통일체'라는 성질이 물리학적 이론에 의하여 하나하나 분리되고 서로 무관계하고 그리고 측정 가능한 양들로 치환된다는 것, 그리고 이 양들은 공간에 있는 점이나 시계의 표지처럼 언제나 서로 아무 관련도 없이 흩어져 있다는 것이었다.>(Physics, according to this

말하면 세계는 다시 한번 추상적 객관성을 위하여 생성과 변화의 실존적 원리인 시간성을 벗어나 공간화된다.

셋째, 생성과 변화의 원리인 지속적 시간으로부터 벗어난 세계는 이제 종적·횡적으로 분화의 길을 밟게 된다. 먼저 배타적 상이성을 기준으로 해서 모든 사물 사이의 횡적인 분화가 일어난다. 예컨대 산과 나무는 각기 지니고 있는 배타적 상이성 때문에 서로 아무 관계도 없는 것으로 구별되고 분리된다. 돌멩이는 흙과 구별되고 나무는 물과 구별된다. 한걸음 더 나아가서 나무의 외피는 내피와 구별되고 분자는 분자끼리 구별된다. 그 다음에는 종적인 분화가 일어난다. 이미 시간은 지속이 아니라 정지된 공간의 일점으로 양화(量化)되었으므로 모든 사물은 그 자체의 동일성을 상실해 버린 셈이다. 예컨대 같은 나무를 관찰할 경우라도 공간화된 각각의 시점에서 바라본 나무는 동일한 나무가 아니라 공간화된 각기 다른 나무로 분화, 구별된다.

이와 같은 물리적 공간 원리가 그대로 인간에게 적용될 때 흄이 고안해 낸 그 기묘한 공간적 자아가 생겨나게 된다. 다시 말하면 자아는 단지 무수하고 상이한 지각들의 가상적인 결합을 의미하므로 실제에 있어서 자아는 그 지각들이 출현하는 극장과 같은 공간이다. 어제의 나는 결코 오늘의 나와 동일할 수가 없다.

위와 같은 세 단계의 설명이 의미하는 바는, 한마디로 요약해서 생성의 원리인 시간의 지속성을 부정한 결과라고 할 수 있다. 공간 사

view, translates time into the dimension of space; the intellect 'spatializes' time, as Bergson said, by which he meant that the quality of continuous flow, duration, and 'unity within multiplicity,' characteristic of the experience of time, is converted, by the physical theory, into separate, distinct, measurable quantities which always remain separate, disparate, and unrelated, like points in space or marks on a chronometer.)

고와 공간 경험은 언제나 이와 같이 사물들을 분화시키면서 시간적 연속체를 공간적인 대립물의 파편들로 환원시켜 버린다. 그러나 우리들의 경험적 시간의 지속성 위에서 사물들을 관찰한다면, 빗물은 나무와 관계되고, 나무는 흙과 관계되고, 흙은 산과 관계되며, 산은 돌멩이와 관계된다. 이들은 결코 배타적인 것들로서 단절 고립될 수만은 없다. 그것들은 근원적으로 분리할 수 없는 상관 구조를 서로 유지하면서 생성하고 있는 것이다.[38]

상이성을 기준삼아 분화되는 정도로 역시 동일성을 기준으로 동화될 수 있는 세계가 바로 삶의 세계의 실상이다. 마찬가지로 자아라는 개념도 상이한 지각들을 수용하는 공간적인 용기일 뿐만 아니라, 그 상이한 지각들을 일정한 방향으로 조직하고 통일성을 부여하는 능동

---

38) Fritjof Capra, *The Tao of Physics*(Boulder: Shambhala Publications, Inc., 1975), 23-24쪽. <이 인간의 내적 분열은 곧 '외부의' 세계를 제각기 분열된 대상과 사건의 집합으로 보는 관점을 반영하는 것이다. 자연 환경은 제각기 다른 이해 집단에 의해 착취되는, 따로 떨어진 부분들로서 구성되어 있는 것처럼 취급된다. …… 기계적인 서양적 관점과는 대조적으로 동양의 세계관은 '유기적인 것'이다. 동양의 신비론에 있어서는 감각에 비치는 모든 사물과 사건은 상호 관련되고 연결되어 있으며 다 같은 궁극적인 실재의 다른 양상 내지 현시에 지나지 않는 것이다. 우리가 인식하는 세계를 개별적이고 분리된 것으로 구분하고 이 세계내에서 고립된 자아로서 우리 스스로를 체험해 보려는 경향은 우리들이 측정하고 분류하려는 심성으로부터 연유되는 환각이라고 보여지는 것이다.>(This inner fragmentation of man mirrors his view of the world 'outside' which is seen as a multitude of separate objects and events. The natural environment is treated as if it consited of separate parts to be exploited by different interest groups. …… In contrast to the mechanistic Western view, the Eastern view of the world is 'organic'. For the Eastern mystic, all things and events perceived by the senses are interrelated, connected, and are but different aspects or manifestations of the same ultimate reality. Our tendency to divide the perceived world into individual and separate things and to experience ourselves as isolated egos in this world is seen as an illusion which comes from our measuring and categorizing mentality.)

적인 연속성으로 이해되어야 실상에 합치된다.

자아는 내감의 원천으로서 의식, 정서, 느낌, 인상 등등 가장 보편적인 시간 경험의 통일적 구조라고 할 수 있는 것이다. 그래서 이와 같은 자아의 연속적 통일성은 심리학의 저작 속에서 자아 심리학ego psychology으로 명명되면서 매우 중요한 심리적 통찰의 주제를 이루고 있는데, 이와 같은 심리학적 통찰에 따르면 자아는 역동적 조직과 시간적 지속의 원리를 의미한다.[39]

이상에서 살펴본 서양의 전통적인 합리적 경험주의의 인식태도는, 물론 이와 다른 여러 각도에서 설명될 수도 있을 것이다. 그러나 어떤 각도에서 설명하건 간에 서양의 그와 같은 분석적 인식 태도가 상관 구조적인 삶의 세계를 전체적이고 통일적으로 드러내는 것이 아니라 결국은 폐쇄되고 고립된 분자적 세계를 지향하고 있다는 사실만은 우리가 쉽게 동의할 수 있는 일이다.

어쨌든 서양의 이와 같은 분석적 인식 태도에서 본다면, 분과적 학문과 지식의 체계는 독자적인 원리에 따라서 사실을 사실 자체로서 추구하게 되고, 그리하여 가치가 있기 때문에 그것을 추구하는 것이 아니라 아직 이론화되지 않은 사실과 사물이 존재하기 때문에 그것을 추구한다는 결과가 되고 만다. 왜냐하면 가치는 단절된 사물과 사실

---

39) Hans Meyerhoff, 앞의 책, 151쪽. <나는 두 가지 조건, 즉 경험에 있어서 개인적 동일성이라고 알려진 것을 위한 최소한의 조건으로서 동적 조직과 시간적 연속의 원리를 제시했다.>(I have introduced the two conditions, the principles of dynamic orgarnization and tempral continuity, as minimum conditions for what is known as personal identity in experience.) 융의 심리학적 견해는, Jolande Jacobi, *The Psychology of C. G. Jung: An Introduction with Illustrations,* 이태동 역, 『칼 융의 심리학』(성문각, 1978), 15쪽. 참조.

자체에서 나오는 것이 아니라 그것들의 상관적인 관계에서 생기는 것이기 때문이다.

바로 여기에서 합리적 경험주의의 인식 태도가 마침내 도달한 가장 심각한 문제가 발생한다. 즉 합리적 경험주의의 인식에는 도덕적 신념의 부재, 혹은 도덕적 감정의 약화가 필연적으로 뒤따르게 된다는 사실이다. 이미 이러한 도덕적 신념의 약화 현상은, 위에서 예로 든 책상과 같이, 우리가 사물을 그것이 실제로 존재하는 대로 인식할 수 없다는 인식론상의 이른바 회의주의에 의해서 시작되었다고 할 수 있다.

바꾸어 말해서 우리가 현실적으로 인식하고 있는 사물들이 한낱 환영에 가까운 것이라고 한다면 우리는 무슨 일이나 도덕적으로 정당화하거나 합리화할 수가 없다. 여기에다 우리가 살고 있는 실존적 지평의 상관 구조와 자아 동일성이 파괴되면서 이러한 현상은 더욱 심각한 양상을 띠게 된다. 왜냐하면 자아가 지각들을 수용하는 단순한 용기로서 다만 물리적 필연성으로 규정될 때 가치를 향한 자아의 능동적 실천 가능성으로부터 도출되는 도덕 의식은 전혀 기대할 수 없을 것이기 때문이다.

위에서 서양의 뿌리 깊은 추상적 객관주의—우리는 이것을 흔히 과학적 사고라고 부른다—를 거칠게나마 요약해 보았다. 그 결과 우리는 서양의 전통적인 인식 태도와 사유 구조가 언제나 공간 원리에 의해서 이루어진다는 사실을 알았다. 이제 동양의 인식 태도와 사유 구조를 해명해야 할 순서인데, 이것은 이미 이와 대조적인 서양의 사유 구조를 설명함으로써 어느 정도 자연스럽게 드러났다고 본다. 한마디로 줄여서 말한다면 동양의 전통적 사유 구조는 시간 원리, 즉 생성의 원리에 근본을 두고 있다고 볼 수 있다.

가장 고전적인 동양적 시간 사고를 엿볼 수 있는 대목은 자주 인용되는 다음의 공자의 말이다.

흘러가는 만물은 이와 같도다. 밤낮을 가리지 않음이여.[40)]
공자의 이 말에 대한 주자와 정자의 설명은 이에 더욱 구체적이면서 형이상학적인 깊이를 더하고 있다.

천지의 변화란 가는 것이 지나가고 오는 것이 그 지나간 것을 이어가는 데에서 이루어진다. 이렇게 한번 숨쉴 사이도 없이 그치지 아니하므로 바로 이것이 도체(道體)의 본연이다. …… 정자는 말하였다. 이것은 도체이다. 하늘이 쉬지 않고 운행한다. 해가 지면 달이 뜨고 추위가 가면 더위가 온다. 물은 쉬지 않고 흐르고 만물은 끝없이 생성한다. 모든 것이 도를 몸으로 삼아 밤낮으로 운행하여 일찍이 멈춘 적이 없다. 이로써 군자는 그것을 본받아 쉬지 않고 노력한다.[41)]

천지 만물이 한 순간도 쉬지 않고 끊임없이 운행하며 생성 변화하는 까닭은 바로 그와 같이 끊임없이 흐르는 시간을 몸으로 삼고 있기 때문이다. 바로 시간 원리가 도체이며 그것은 끊임없는 생성의 현상으로 나타나는 것이다. 이와 같이 우주와 만물의 근원적인 본체를 공간

---

40) 『논어』, 「자한」. <逝者如斯夫 不舍晝夜.>

41) 윗글의 주. <天地之化 往者過 來者續 無一息之停 乃道體之本然也…… 程子曰 此道體也 天運而不已 日往則月來 寒往則暑來 水流而不息 物生而不窮 皆與道爲 體 運乎晝夜 未嘗已也 是以君子法之 自彊不息.>

적인 측면에서 보지 않고 시간적인 측면에서 시종 일관 이해하고 인
식하려는 태도는 동양의 많은 경전과 시구 속에 일일이 예거할 수 없
을 정도로 풍부하게 나타나 있다.

   그렇다면 시간 형식의 사고와 공간 형식의 사고 구조는 어떻게 다
른가. 앞에서 살펴본 대로 좁은 뜻의 인식이라 할 수 있는 서양의 객
관적 인식 구조는 먼저 자아와 세계를 이원적으로 분리한 다음에 외
감의 연장성(延長性)으로서의 세계를 지향하여 공간적 분화를 수행하
였다.42) 그리고 그 원자론적 분화의 수행은 <추상(抽象)>을 통해서
이루어졌다. 그러나 이와 반대로 시간 사고의 구조는 자아와 세계가
일여적으로 미분된 채 내감의 지속성으로서의 자아를 지향하기 때문
에 시간적 동화를 성취하게 된다. 그리고 그 일여적 동화의 성취는
<취상(取象)>을 통해서 이루어진다.43)

---

42) 필자가 여기서 좁은 뜻의 인식이라고 말하는 인식의 개념은 엄격한 의미에서 이성에
   의한 반성적 사유 작용만을 뜻한다. 즉 위에서 설명한 추상적 객관주의의 인식
   혹은 이론적 인식이 바로 그것이다. 그러나 동양에서는 물론 베르그송, 후설, 하이데
   거, 메를로 퐁티 등도 감성적 인식 혹은 직관을 보다 근원적인 것으로 주장하고
   있다. 그러므로 이 글에서 <좁은 뜻>이라는 한정어를 쓰지 않을 경우는 감성적
   인식까지를 포함하는 넓은 의미로 쓰는 것이다. 그리고 엄격한 의미에서 사유 구조
   라는 용어는 이성적 작용의 측면을 의미하고 의식 구조라는 용어는 감성의 측면까지
   를 포괄하는 넓은 의미이지만, 역시 이 글에서는 <좁은 뜻의>라는 단서를 달지
   않는 한 문맥에 따라 두루 통용하는 의미로 사용한다. 박이문, 앞의 책, 36쪽. 참조.
   용어의 심리학적 해석은, Jolande Jacobi, 앞의 책, 20-31쪽. 참조.

43) 취상은 동양 철학의 용어로서 서양의 인식론적 개념인 추상에 대응하는 개념이다.
   추상은 오성을 통해 사물을 개념화하여 이른바 사물의 순수 형상(純粹形相) 즉
   이데아를 인식하지만, 취상은 감성을 통해 사물의 순수 동작(純粹動作)을 직관한다.
   즉 <상(象)>이란 순수 동작을 뜻한다. 전자는 공간 형식을 통하여 불변하는 형상을
   파악하지만, 후자는 시간 형식을 통하여 생성 변화하는 동작을 파악하는 것이다.
   이 상이라는 용어는 본론에 들어가서 계속 중요한 개념으로 사용된다. 김경탁, 『중

다시 말하면 분화는 상이성을 기준삼아 공간 원리에 의해 사물들을 구별하지만, 동화는 시간 원리에 의해 사물들이 생성되어 가는 순수 동작을 파악함으로써 동일성을 기준삼아 사물들이 서로 포괄되는 양상을 드러낸다. 예컨대 추상을 통한 분화는 물과 나무와 흙을 공간화하여 서로 관계가 없는 것으로 분리하지만, 취상을 통한 동화는 물과 나무와 흙이 시간 원리 속에서 생성되어 가는 지속성을 파악함으로써 그것들을 하나의 상관 구조로 이해한다.

요약하건대 이러한 두 가지의 상반된 인식 구조는 최초로 시간 원리의 함수인 자아를 세계로부터 분화하느냐 아니면 미분하느냐에 따라서 발생한다고 볼 수 있다. 이 두 가지의 인식 구조를 알기 쉽게 표시한 것이 다음의 도식들이다.

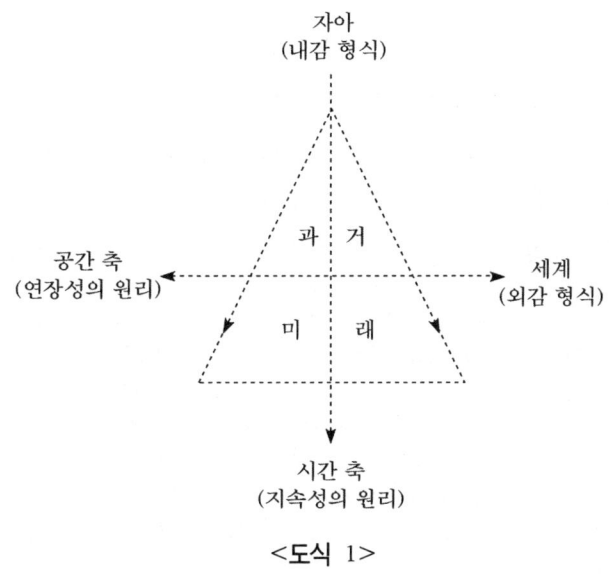

<도식 1>

국철학』(범학사, 1981), 3쪽. 참조.

위의 <도식 1>은 공간적 인식 구조의 원리와 양상을 나타낸 것이다. 자아와 세계의 이원적 분리를 교차되는 두 개의 점선으로 표시하고 있다. 지속성의 원리인 자아를 분리해 냄으로써 세계는 공간적 분화가 시작된다. 그리고 역시 자아도 공간화될 때 무수히 단절되고 고립된 배타적 지각들로 분화되어 버린다. 두 점선의 무수한 점들은 이와 같이 배타적으로 고립된 존재의 양상을 나타내고 있다. 공간 축의 두 방향의 화살표는 분화의 정도를 표시한다. 즉 화살표의 방향으로 나아갈수록 자아와 세계의 분리에서 비롯된 세계의 분화가 점점 미립자를 향하여 분리되어 간다. 다시 말하면 유개념이 종개념으로, 문(門)에서 강(綱)으로, 강에서 목(目)으로 점차 분화되어 간다.

그리고 시간 축의 화살표는 과거에서 미래로 이행되는 시간의 방향을 말한다. 시간은 공간화되어 서로 불연속적이고 배타적이므로 과거의 시점은 현재의 시점과 다르고, 현재의 시점은 미래의 시점과 다르다. 따라서 그 각기 다른 상이성이 기준이 되기 때문에 시간은 오직 미래를 향하여 한 방향으로만 단속적이고 기계적인 계기를 이루게 된다. 이것이 바로 이원론에서 비롯되는 시원성(始原性)이다.[44] 그리고 동시에 이것이 종말 사관을 지향하는 직선적 시간관을 나타내는 것이기도 하다.[45]

---

44) 실체적인 것이 비실체적인 것과 이분되고, 비실체적인 것은 실체적인 것으로부터 비롯되어 한 쪽의 방향으로만 진행될 뿐 반대의 방향으로는 불가역성을 지닐 때 그것을 일러서 시원적orientable이라고 한다. 즉 실체인 모나드 혹은 미립자로부터 모든 사물들이 비롯한다고 보는 것과 같다. 그러므로 시원성이란 모든 현상과 사물은 명백히 그것이 비롯하게 된 최초의 공간적 시점이 상정되고, 그 시점으로부터 직선적인 결과의 방향으로만 진행된다는 의미를 내포하는 말이다. John B. Cobb. Jr, *The Structure of Christian Existence*, 김상일 역, 『존재구조의 비교연구』(전망사, 1980), 31-36쪽. 참조.

45) 최재희, 『역사철학』(청림사, 1971), 64-67쪽. 직선적 시간관을 토대로 하고 있는

그리고 삼각형의 두 변에 표시된 화살표는 직선적인 시간의 진행과 함께 인간의 경험—여기서는 주로 현재와 관련이 없는 과거의 역사적 사실, 그리고 실존적 상황과 관련이 없는 독자적 원리를 지닌 지식의 체계—이 증대되고 축적되어 가는 모양을 나타내고 있다. 그리고 이렇게 축적되는 양상을 흔히 진보라는 개념으로 설명하고 있는데, 이 축적된 경험량은 단순히 일정한 모형적 관점paradigm에 의하여 집적된 비상관적 구조이기 때문에, 그 비상관적인 원자적 고립성을 삼각형의 점선으로 표시하고 있다. 물론 이 비상관적 세계는 가치의 세계가 아니라 사실의 세계요, 도덕적 세계가 아니라 물리적 세계다.

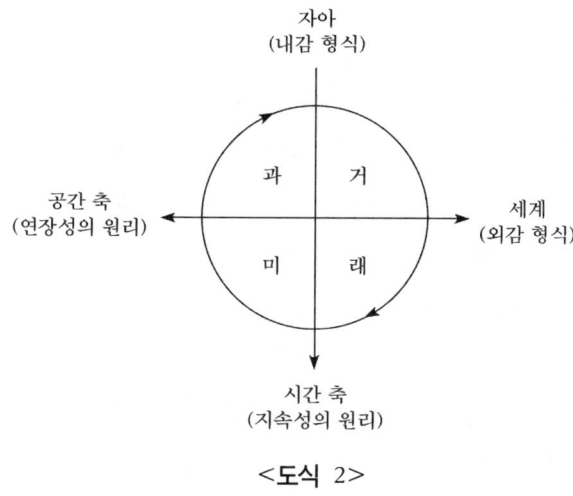

<도식 2>

종말 사관은 서구의 기독교적 역사관으로서 세계사는 어느 일정한 시점에서 출발하여 하나님의 세계 심판과 함께 종결되는 것으로 보는 입장이다. 이 사관의 주목되는 세 가지 점을 최재희는 다음과 같이 지적하고 있다. (1) 그것은 시기들의 매개 중에서 일회적인 역사적 사상(事象)을 정초하였다. (2) 초역사적인 전망을 제시하여 이것을 인간의 생활 목표이도록 하였다. (3) 그것은 희랍인의 원환적 순환 사관에 대립한 직선 사관 내지는 종말론적 목적 사관을 제시하여 주었다.

<도식 2>는 시간적 인식 구조의 원리와 양상을 나타낸 것이다. 시간적 인식 구조는 먼저 자아와 세계의 미분적 양상을 연속적인 두 개의 실선이 교차하는 것으로써 표시하고 있다. 실선으로 표시된 자아의 시간적 지속성이 전제되고 있기 때문에 시간 축을 날줄로 삼은 씨줄로서의 세계 역시 지속성을 유지할 수 있다. 공간 축의 두 방향의 화살표는 세계가 동화되어 가는 정도의 폭을 나타낸다. 그리고 이 동화는 생성하는 자아가 자신과 근원적으로 상호 포괄적인 세계의 생성을 직관적으로 취상함으로써 비롯된다. 그러므로 세계에 대한 인식은 자아의 시간 축을 벗어나서 횡적인 공간 축의 공시적 방향으로만 무한히 나아가는 것이 아니라 자아의 구심적인 동화의 힘에 의해서 원을 그리며 순환하게 된다.

자아의 생성 원리인 이(理)를 파악하는 것이 바로 세계의 이(理)를 파악하는 길이다. 즉 아무리 공간적인 원심에 존재하는 사물일지라도 상호 포괄적인 자아의 이(理)에 의하여 요해(了解)된다고 보는 것이다. 그러므로 공간적 인식에서와 같이 끝없는 분화의 길을 거쳐 미립자의 세계까지 멀리 벗어나지 않아도 모든 이해는 구심적인 시간 축에서 집약적으로 이루어진다. 이 시간 축의 날줄 한 올이야말로 만물의 이치를 대변하는, 그리고 무수한 씨줄을 관통하고 있는 하나의 벼리(綱)라고 할 수 있을 것이다.

이미 앞에서 시간이 도체라고 설명한 바가 있는데, 그런 점에서 이 시간 축을 상징하는 자아라는 한 올의 날줄이야말로 공자가, <나의 도는 하나로 꿰뚫었다(吾道一以貫之)>라고 언명한 바로 그 의미에 비교된다고 할 수 있다. 그리고 이러한 인식 구조 위에서 이른바 격물

치지(格物致知)의 원리가 성립된다. 격물 치지라는 것은 자아의 이(理)와 물(物)의 이(理)는 하나의 이치이므로 성(性), 즉 이(理)를 지니고 있는 나의 마음이 물의 이에 도달하여 합일할 때 비로소 참다운 이해가 성취됨을 이르는 말이다.[46) 주역은 이러한 인식 태도를 가리켜 다음과 같이 말하고 있다.

가까이는 자신으로부터 이(理)를 취하고 멀리는 물(物)의 이(理)를 취하여 그 상통하는 이치로 팔괘(八卦)를 만들어 신명의 덕에 통하고 만물의 정상을 나누었다.[47)

이와 같이 귀납적 특성을 다분히 지닌 공간적 인식 구조와는 다르게 시간적 인식 구조에서는 자아의 지속성을 중심으로 모든 것이 연역되기 때문에 천지 만물은 하나의 상관적 구조를 이룩하면서 결국 궁극적인 동일성을 얻게 된다.[48) 여기서 주목되는 현상은 공간적 분

---

46) 『대학집주』. <사물에 대해 격물 치지하여 하나의 이치를 궁구해 내면 나의 지식에 하나의 물리가 얻어지는 것이니, 궁구함이 많으면 많을수록 나의 지식도 더욱 넓어지게 마련이다. 그러나 사실은 모두가 하나의 이치이므로 저것을 명확히 알면 이것도 깨닫게 되는 것이다.>(格物致知於物上 窮得一分之理 則我知之 亦知得一分物理 窮得愈多 則我知之愈廣 其實只是一理 纔明彼卽曉此.)

47) 「계사전」 하. <近取諸身 遠取諸物 於是始作八卦 以通神明之德 以類萬物之情.> 이와 같은 의미의 말은 『논어』, 「자장」에도 보인다. <자하는 말하였다. 배우기를 널리 하고 뜻을 독실히 하며, 절실하게 묻고 가까운 것으로부터 생각하면 인이 그 가운데에 있다.>(子夏曰 博學而篤志 切問而近思 仁在其中矣.)

48) 이와 같은 인식 구조는 자연히 동양의 고전적 문체의 특징의 하나인 이른바 연쇄법(連鎖法)을 낳는다. 다음과 같은 예들을 들 수 있다. 『맹자』, 「진심장구」 상. <맹자께서 말씀하셨다. 그 마음을 다하는 자는 그 성을 알고 그 성을 알면 하늘을 알게 된다.>(孟子曰 盡其心者 知其性也 知其性 則知天矣.); 『대학』. <사물의 이치가

화가 약화되었기 때문에 생기는 생성적 동화 현상의 미분성이다. 특히 자아의 생성적 지속성이 강조되면서 발생하는 전통적 효(孝)의 관념은 그 대표적인 것이라고 할 수 있다. 즉 선조와 현재의 자신, 그리고 후손은 하나의 생성적 지속 관계로 미분되어 파악된다.[49]

앞에서 세계에 대한 인식이 공간 축을 따라 공시적 방향으로 무한히 나아가는 것이 아니라 자아와 세계가 생성 동화되면서 상호 포괄적인 관계에 있으므로 인식의 양상은 원형으로 표상된다고 했는데, 동양의 전통적인 보본 의식(報本意識) 혹은 반본 의식(返本意識)의 표현인 이 효의 의식도 그와 같은 인식의 양상임은 더 말할 필요가 없다. 이러한 생성론적 인식의 양상이 자연히 순환적 시간관을 낳게 된다.

<도식 2>의 원형은 인간의 경험이 원심적인 공간적 분화를 통해서 이루어지는 축적 원리의 결과만이 아니라 구심적인 생성 동화와 상호 포괄성의 원리에 의하여 순환하고 있는 시간 속에 놓여 있음을 표현하고 있다. 그리고 이러한 시간이 공간적 인식 구조에서 발생하는 물리적 시간과 구별되는 경험적 시간 혹은 문학적 시간인 것은 더 말

이른 뒤에 지식이 지극해지고, 지식이 지극해진 뒤에 뜻이 성실해지고, 뜻이 성실해진 뒤에 마음이 바르게 되고, 마음이 바르게 된 뒤에 몸이 닦아지고, 몸이 닦아진 뒤에 집안이 가지런해진다.>(格物而後知至 知至而後意誠 意誠而後心正 心正而後身修 身修而後家齊.)

49) 『시경』, 「소아」에 기록된 효에 관한 가장 오래된 노래의 하나일 듯싶은 예를 들어 본다. <아버지는 나를 낳아 주시고/ 어머니는 나를 키워 주셨네/ 쓰다듬어 주시고 먹여 주시고/ 키우시고 자라게 하여 주셨네// 언제나 돌보시고 보살피셨네/ 들고 나며 따뜻이 보살피셨네/크나큰 그 은덕 갚으려 하니/ 저 넓은 하늘처럼 끝이 없구나>(父兮生我 母兮鞠我 拊我畜我 長我育我 顧我復我 出入腹我 欲報之德 昊天罔極.) 여기에서 화자는 아직도 심리적으로 복아(腹我)의 상태에서 벗어나지 못하고 원초적인 모자 동일성mother-child identity의 심층 수준에 머물러 있다. C. G. Jung ed., *Man and His Symbol*(New York: Dell Publishing Co., 1964), 123쪽 참조.

할 나위가 없다.[50]

　결국 앞에서도 잠시 언급했거니와 비상관 구조의 세계로 기울어진 공간적 인식이 메마른 사실과 물리를 지향하고 있다면, 상관 구조의 세계로 기울어진 시간적 인식은 가치와 도덕을 강조할 수밖에 없다고 할 수 있다. 그리고 이러한 가치 지향적 태도는 필연적으로 사물의 인식에 있어서 단순한 관념적 지식이나 사실 자체의 확인만으로 그치는 것이 아니라 실존적 상황의 관련 밑에서 주체적인 능동적 결단과 행동을 요구하게 될 것이다. 아마도 이 점이 동양의 인문주의적 전통의 한 핵심이라고 할 수 있을 것인데, 다음의 인용문은 바로 이와 같은 지행(知行)에 대한 도덕적 신념의 표현이다.

　실리(實理)라는 것은 실제로 옳은 것과 그른 것을 경험했다는 것이다.…… 옛날에 범에 물린 자가 있다고 하자. 사람들이 범에 대해 이야기할 때 비록 삼척동자라도 모두 범이 무서운 줄을 알지만, 아무래도 그것은 범에 물린 적이 있는 사람이 낯빛이 변하고 두려워 떨며 진정으로 범을 무서워하는 것과는 다를 것이다. 이는 실제의 경험 때문이다.[51]

　깊이 알면 반드시 행하게 된다. 알고서 행하지 않는 자는 없다. 알고도 행하지 못함은 깊이 알지 못하고 얕게 알았기 때문이다. 사람이 굶

---

50) Hans Meyerhoff, 앞의 책, 4쪽. <문학적 시간은 **인간적 시간** 즉 경험의 막연한 배경의 일부가 되고 또 인간의 생활 속에 포함되어 있는 시간의 의식이다.>(Time in literature is *Le temps humain,* the consciousness of time as it is part of the vague background of experience or as it enters into the texture of human lives.)

51) 『이정전서』 권 15(경문사 영인, 1983), 101쪽. <實理者 實見得是 實見得非…… 昔有經傷於虎者 他人語虎 則雖三尺童子 皆知虎之可畏 終不似曾經傷者 神色慴懼 至誠畏之 是實見得也.>

주려도 극약을 먹지 않고 물과 불을 밟지 않음은 오직 앎이 있기 때문이니 불선(不善)을 행함은 오직 참으로 알지 못하기 때문이다.[52]

이치를 단순히 자족적으로 이해하는 것은 참된 이치가 아니다. 도덕적 결단과 행동을 전제하는 앎이 실리(實理)다. 이러한 실리는 따라서 추상이나 논리적 개념을 따라서 얻는 것이 아니라 추상에 의해서 훼손되지 않은 삶의 세계를 구체적으로 실견함으로써 얻는 것이다. 다시 말하면 자아의 이가 물의 이와 합일한 살아있는 이치가 실리이며, 이 실리에 의하여 자아는 가치를 위한 도덕적 행위를 적극적으로 구성할 수 있게 된다.

이와 같이 시간적 인식 구조에서 참다운 인식은 바로 행동과 직통한다. 따라서 문학이 참다운 인식을 드러내는 것이며 인간의 참된 경험적 진실을 표현하는 것이라는 믿음이 문학적 신념으로 전제되는 한에서 문학은 궁극적으로 행동적 의미를 띠는 것이라고 볼 수 있다. 게다가 문학적 감동이 아무리 순수하다고 할지라도 감동이 그 자체의 필연적 속성으로서 행동적 요소를 지니고 있는 것이라고 한다면 더욱 그렇다. 바로 이 지점에서 동양의 전통적 문학관이 미묘하게 효용론적 관점으로 경사될 수 있는 소지가 마련되고 있음을 알 수 있다.

지금까지 대조적으로 분석해 보인 동·서양의 인식 구조가 지닌 일반적 차이점을 개괄하고 요약하여 표로 나타내면 다음과 같다.

---

52) 위의 책, 112쪽. <知之深則行之必至 無有知而不能行者 知而不能行 只是知得淺 飢而不食烏喙 人不蹈水火 只是知 人爲不善 只爲不知.>

시간적 인식 구조(동양)	공간적 인식 구조(서양)
일여적	이원론적
미분된 자아와 세계	이분된 자아와 세계
내감의 지속성 지향	외감의 연장성 지향
생성 동화의 원리	분화의 원리
연역적 논리	귀납적 논리
직관 중심적	사유 중심적
순수 동작의 취상	순수 형상(形相)의 추상
상관 구조의 세계	비상관 구조의 세계
가치와 도덕의 지향	사실과 지식의 지향
순환적 시간관	직선적 시간관

이 표에서 보는 바와 같은 개괄적인 요약이 대조와 비교를 위해서 불가피하게 서로의 특성을 어느 정도 과장하고 축소하여 예각화한 것임을 인정한다고 하더라도, 두 가지의 인식 태도는 판이하게 다름을 알 수 있다. 물론 앞에서도 말한 바 있지만 두 가지의 경향은 그렇게 칼로 자르듯이 구별되는 것이 아니며, 이쪽에도 저쪽에도 그 둘은 공존하고 있다. 바꾸어 말해서 시공을 떠나서는 삶도 인식도 처음부터 성립되지 않는다는 사실이 시사하는 그 정도로 동서의 인식 구조는 유사하거나 동일하다고 할 수 있다. 또한 동시에 양자의 인식 구조에서 비롯된 한 쪽의 과학주의적 전통과 다른 쪽의 인문주의적 전통의 현격한 차이가 엄존하고 있는 만큼이나 그것은 분명히 구별되는 것이기도 하다.

그렇다면 다시 처음의 질문으로 돌아가 보자. <한국 시는 어떤 관점에서 어떻게 논의해야 하는가?> 서구의 문화적 특성과 문학 이론이 적어도 공간적 인식의 전통 속에서 자라나고 다듬어졌다는 사실을 완전히 부정할 수 없다면 이에 대한 대답은 자명하다. 한국 시는 시간적 인식 구조 위에 중심을 두고 논의되어야 한다.

그러나 이 말은 관점에 따라서 자칫 왜곡되거나 소모적인 논쟁을 야기할 수 있는 허점도 또한 지니고 있음을 인정해야만 되겠다. 왜냐하면 시간적 인식 전통의 문학을 말한다면 오히려 공간적 인식 전통의 이론이야말로 그 문학적 특성을 더 잘 드러내 줄 수 있을 것이며, 더욱이 훌륭한 상보적 역할의 기능을 다해 줄 수 있을 것이기 때문이다. 그것은 사실이다. 우리는 서구의 이론적 특성을 빌어 우리 문학을 어느 면에서 더 잘 이해하고 북돋울 수가 있다. 이것이야말로 더 말할 것 없이 긍정적인 의미의 상보적 기능이다. 문제는 이 상보적 기능을 아무 반성 없이 기계적으로 적용하는 데에서 비롯되는 부정적인 역작용이다. 상보라는 말은 서로의 모자라는 부분을 필연적으로 요구하게 되는 유기적 관계를 뜻한다. 그러므로 언제나 상보적 기능이란 부분적인 적용의 가능성을 말하는 것이지 전면적인 적용의 정당성을 말하는 것은 아니다.

따라서 한국 시는 동양의 문화 전통 속에서, 그리고 한 걸음 더 나아가 한국의 문화 전통 속에서 이해되어야 한다. 어떤 문화거나 그 문화가 자라난 고향을 떠나서는 참답게 이해되지 못한다. 왜냐하면 문화란 바로 그 고향과 불가분의 동시적 상관 구조이기 때문이다. 가브리엘 마르셀Gabriel Marcel의 말을 빌리면 인간의 사유란 경험적 위치 즉 고향과의 상관 구조를 실현시키는 역사다.[53]

---

53) 김형효, 「한국고대사상의 철학적 접근」, 『한국철학연구』 상권(동명사, 1982), .23쪽. 참조.

그러므로 인생은 고향 의식의 시간화요 문학은 다시 그 인생의 시간 형식적 언어화에 다름 아니다. 그렇기 때문에 우리가 무엇을 진정으로 이해한다고 하는 것은 고향과의 상관 구조라는 지평 속에서, 그리고 그 상관 구조내에 있는 이해 대상과의 내적 관련 속에서만 이루어진다고 할 수 있다. 이해 대상과의 내적 관련 속에서 무엇을 진정으로 이해한다는 것은 곧 자아의 이와 사물의 이가 합일하는 시간적 인식 구조의 순환 원리 혹은 격물 치지의 원리에 의해서 세계에 대한 참된 이해가 이룩된다는 말이다.

바로 이런 점에서 해석학자 가다머Gadamer의 시의 해석에 관한 순환 이론은 주목된다.

그의 <해석학적 순환The Hermeneutic Circle>이라는 제목이 붙은 도표를 보면, 본문text을 대하는 해석자는 생세계(生世界)적 관계에 의하여 이미 지니고 있는 전이해pre-understanding를 통해서 본문을 해석하게 되기 때문에 세계의 해명이 가능한 것으로 설명하고 있다.[54] 바꾸어 말해서 해석자와 작품은 단순히 대립적이고 단절적인 위치에 있지 않고 생세계의 상관 구조 안에서 연속적인 위치에 놓여 있다. 이 상관 구조의 연속성과 순환성이 구성하는 전이해에 의해서 작품의 해석과 세계의 해명이 비로소 가능해진다. 그래서 가다머는 시 작품이 해석자와 대립되어 나타나는 것 같지만 그 관계는 필연적으로 경험적인 순환 관계 속에서 파악될 수밖에 없다고 말한다.[55]

---

54) Michael Murray, *Modern Critical Theory: A Phenomenological Introduction*(The Hage: Martinus Nijhoff, 1975), 82쪽.

55) 위의 책, 83쪽. <시 작품은 해석자에게는 대극으로 나타나지만, 그로 인해 어떤 주체 위에 그리고 그 주체와 맞서서 놓여진 대상이 되는 것은 아니다. 왜냐하면

가다머의 이러한 해석학적 순환 이론은, 전이해를 구성하는 주체를 중시하며 인식론적 선후 관계를 분명히 하고 있다는 점에서 미묘하게 서양적 인식 전통의 영향을 드러내고는 있지만, 앞에서 보인 <도식 2>의 시간적 인식 구조와 매우 흡사한 것임을 알 수 있다.

해석학적 순환 논법에 의해서도 다시 한번 확인되는 바와 같이 한국 시는 당연히 한국 시의 고향과의 내적 관련 속에서 참되게 이해되어야 한다.

논점을 흐리지 않기 위하여 결론을 요약하자.

첫째, 동양의 전통적 인식 태도는 근본적으로 시간적 인식 구조 위에 성립되고 있으므로 한국 시의 참다운 이해는 이에 바탕을 두어야 한다.

둘째, 한국 시의 전통적 문학 사상의 하나인 도 역시 시간적 인식 구조 위에서 바르게 이해될 수 있다.

셋째, 한국 시는 자신을 산출한 고향, 즉 한국의 문화 전통 속에서 이해되어야 한다.

2.2 집단심의 기층과 풍류도

앞에서 논의한 바와 같이 한국인의 의식 구조는 본질적으로 시간적 인식을 모태로 하고 있다. 그리고 한국의 문화는 바로 그러한 의식

해석자와 작품의 대극성은 필연적으로 해석학적 기도의 경험적 순환성 속에 사로잡혀 있기 때문이다.>(The poetic work appears as the counter-pole to the interpreter, but is not for that reason an object set over and against a subject. For the polarity of interpreter and work is necessarily caught in the experiential circularity of the hermeneutic enterprise.)

구조 위에 세워진 것이다. 한국 시와 한국 시에 형상화되어 있는 도의 의미가 시간적 인식을 모태로 하고 있는 한국인의 의식 구조 위에서 참되게 이해되어야 한다면, 이제 당연히 그 의식 구조에 대한 일종의 고고학적 탐사가 이루어져야 할 것이다. 그래서 한국 문화를 생성해 내는 이 의식 구조의 심층 속에서 문화의 생성력과 조정력을 지닌 문화 원형과 같은 어떤 기층 구조를 발견할 수 있다면, 그리고 그 기층 구조가 도의 의미를 밝힐 수 있는 바탕이 될 수 있다면, 비로소 이 글의 방법론은 거기에 정초될 수 있을 것이다.

한 민족이 독특한 문화를 형성해 가는 중심적 골격인 이 의식 구조를 한 개인의 의식 구조와 구별하여, 그리고 특히 문화 현상의 그것을 지칭하기 위하여 우리는 역사 철학자 비코Vico가 주목했던 집단심umanita이라는 용어를 아주 유익하게 여기서 채용할 수 있으리라고 본다.[56] 비코에 의하면 각 민족의 역사와 문화는 집단심의 객관적 형태의 하나라고 한다. 이런 견지에서 비코는 민족 의식을 표현하고 있는 언어와 문예의 연구에 몰두하였다. 특히 말의 어원, 신화, 예술, 종교 현상 등을 연구하여 각 민족에 공통된 인간 본성 발전의 세 단계를 설정하였다.[57]

---

56) 근대 역사 철학의 개조로 일컬어지는 비코는 고립적 개인에서 출발했던 데카르트의 철학 방법에 일정한 제한을 전제하고, 각 민족에 공통된 본질인 집단심으로부터 그의 철학을 조직하려고 했다. 집단심은 인류를 의미하는 동시에 각 민족에 공통된 인간의 본질을 뜻한다. 따라서 집단심은 민족 의식에 가까운 개념이지만, 민족 의식이 의식적 측면이 강조되는 것인 데 비하여 집단심은 심층 심리적 측면까지를 포괄하는 개념이라고 볼 수 있다. 최재희, 앞의 책, 68쪽. 참조.

57) 위의 책, 70쪽. 그에 의하면 인간 본성은 다음과 같은 세 단계를 거쳐 발전한다고 한다. (1) 어린이의 시기 혹은 제신(諸神)의 시기. (2) 영웅적·야만적 시기. (3) 개화된 문명의 시기.

이 집단심이 한 민족의 언어 현상과 문화를 끊임없이 생성해 내는 원동력이라고 한다면, 그리하여 한국 시가 이와 같은 집단심과의 내적 관련 속에서 이해되어야 한다면, 이제 이 집단심을 어디서 찾을 것인가 하는 문제가 대두된다. 물론 비코처럼 광범위한 문화 현상을 탐구하여 그것을 추적할 수는 있을 것이다. 그러나 그러한 작업이 집단심이나 문화 자체의 성격을 연구하기 위한 것이 아니라면 별로 크게 도움이 되지 못한다. 곧장 지름길로 갈 필요가 있다. 그런 의미에서 우리의 개국 신화인 단군 신화와 나말(羅末)의 최치원의 기록은 여기에 귀중한 단서가 되어주고 있다.

그 동안 학계의 연구에 의하면 단군 신화는 도교 사상과 유교 사상, 그리고 불교 사상이 모두 하나로 조화되어 구성되어 있다고 한다.[58]그리고 사실상 이 신화가 기록으로 성문화된 시기는 삼교(三敎)가 이미 전래된 뒤일 뿐만 아니라 그 기록도 승려의 손에 의해 이루어졌다고 하는 점을 염두에 둔다면, 그 속에 삼교 사상의 여러 요소들이 혼효되어 있을 것이라는 점은 충분히 짐작되는 일이다.

그렇다면 삼교의 전래가 기록상에 나타난 바와 같이 삼국 시대 이전으로는 소급될 수 없다고 할 때, 그 이전에는 어떤 사상이 있었는가, 그리고 있었다면 그것이 외래의 것인가 혹은 고유했던 것인가 하는 문제가 대두된다. 여기에 한국의 고유 사상을 추적하려는 학자들마

---

58) 송항룡, 「백제의 도가철학사상」, 『한국철학연구』 상권(동명사, 1977), 310쪽. <법화경 서품에 '爾時釋帝桓因 與其眷屬二萬天子俱云云'이라는 말이 있고, 그 주석에 '釋帝桓因 謂帝釋也'라는 말이 있는데 단군 신화에 나오는 제석 환인은 곧 이 법화경에서 가져온 것인 듯하고, '不見日光百日', '父知子意', '弘益人間' 등은 유가의 忍苦·倫理·孝慈·德思想을, 그 전체성 속에 담고 있는 사상은 유·불·도 삼교 사상을 함유하고 있다는 점은 학계의 일치된 의견이다.>

다 맨 먼저 주목하게 되는 최치원의 「난랑비서(鸞郞碑序)」라는 기록이 다행히 하나의 길잡이가 되어주고 있다.

우리나라에는 현묘한 도가 있다. 이를 풍류(風流)라 하는데, 이 교(敎)를 설치한 근원은 선사(仙史)에 상세히 실려 있거니와, 실로 이는 삼교를 포함한 것으로 모든 민중과 접촉하여 이를 교화하였다. 또한 그들은 집에 들어가서는 부모에게 효도하고 나와서는 나라에 충성을 다하니 이는 공자의 취지와 통하며, 또한 무위(無爲)한 일에 처하여 불언(不言)의 교를 행함은 노자의 종지와 통하고, 모든 악한 일은 하지 않고 모든 착한 행실만 신봉하여 행하는 것은 불타의 교화와 통하는 것이다.[59]

최치원의 이 기록은 삼교가 전래하기 이전에 이미 우리에게 현묘한 도가 있어서 이것이 삼교를 포함할 수 있었다고 말하고 있다. 바꾸어 말하면 어떤 외래 사상을 수용하는 데 있어서 아무 토대도 없이 진공 상태에서 수용한 것이 아니라 이미 수용 가능한 자체의 사상적 골격을 지니고 있었기 때문에 성공적인 문화 수용이 이루어질 수 있었다는 말이다. 만약 수용 가능한 자체의 사상적 구조가 없었다면 삼교의 사상이 과거의 우리 문화에서 볼 수 있는 것처럼 그렇게 조화롭게 융화될 수는 없었을 것이다.[60]

---

59) 최치원, 앞의 책, 212쪽. <國有玄妙之道 曰風流 設敎之源 備祥仙史 實乃包含三敎 接化群生 此如入則孝於家 出則忠於國 魯司寇之旨也 處無爲之事 行不言之敎 周 柱史之宗也 諸惡莫作 諸善奉行 竺乾太子之化也.>

60) 한민족 전래의 여러 민간 신앙과 무속을 보면 유·불·도 삼교가 긴밀하게 융합되어 민족적 심성의 구성 요소가 되고 있음을 알 수 있다. 더구나 도교의 경우는 그 흔적을 찾을 수 없을 만큼 용해되어 있다고 한다. 김태곤, 『한국민간신앙연구』(집문 당, 1983), 참조. 또 최치원의 「난랑비서」에 나오는 무위와 불언의 사상은 바로

여기서 우리는 한민족의 집단심이 풍류도를 중핵으로 삼아 삼교를 융화하면서 스스로 형성되고 있음을 알 수 있다. 그런데 집단심의 토대가 된 고유의 도가 있어서 삼교를 포함할 수 있었다면 그 고유한 도의 구체적인 내용은 무엇일까. 그러나 아직도 문헌의 기록만으로는 그것을 자세히 알 수가 없다. 다만 이 현묘의 도를 노자의 <현묘하고 또 현묘하여 모든 미묘한 것이 나오는 문이다>[61]라는 구절과 관련시켜 도가적 사상이 고유한 것이었다고 주장을 하면서, 한편으로 그 고유한 도가 다름 아닌 선랑도(仙郎道) 혹은 화랑도(花郎道)였음을 지적하는 데까지는 여러 학자들이 동의하고 있다.[62]

그런데 여기에서 한 걸음 더 나아가 그 도에 대한 내용을 좀더 구체적으로 언급하고 있는 예가 있어서 주목된다.

국유현묘지도(國有玄妙之道)란 나라에 본래 현묘한 도가 있었다는 것이요, 이것이 삼교의 진리 내용을 포함하고 있었더라는 말이다. 또는 이것이 삼교를 포함하더라는 뜻도 된다. 그러면 그 현묘한 풍류도란 무엇인가? 그것을 우리는 샤머니즘, 특히 한국적인 샤머니즘이었다고 보는 것이다.[63]

도가 사상의 핵심적 요소라고 필자는 생각하고 있는데, 이에 학계의 일부에서 유교와 도교의 근원이 동이족에 있다고 주장하고 있어서 매우 주목된다. 여러 가지 설득력 있는 자료와 문헌을 들어 주장하고 있는 이들 학설의 몇 예는 다음의 글과 저서에서 찾아볼 수 있다. 송항룡, 앞의 글; 차주환, 「한국고대의 도교사상」,『한국고대문화와 인접문화와의 관계』(한국정신문화연구원, 1981); 유승국,『한국의 유교』(천풍인쇄사, 1980); 김상일,『한철학』(전망사, 1983).

61)『도덕경』제1장. <玄之又玄 衆妙之門.>

62) 차주환, 「신라사회와 도가사상」, 한국철학회 편, 앞의 책, 336-358쪽.

63) 유동식, 「한국종교와 기독교」, 김상일, 앞의 책, 81쪽에서 재인용. 우리는 여기서

여기서는 고유한 도가 샤머니즘으로 파악되고 있다. 어쨌든 도의 내용에 대한 탐구는 우리의 신화, 전설, 고대 소설, 그리고 무속과 민간 신앙 등을 좀더 구조적으로 분석하여 구체화할 수 있을 것이다. 그러나 그것의 핵심적 골격만을 밝히기로 한다면 이러한 우회의 방법을 택하지 않더라도 문제가 되고 있는 <포함 삼교(包含三敎)>의 의미를 분석하여 그것에 도달할 수 있다고 본다.

즉 포함 삼교가 의미하는 바를 고유의 도와 삼교가 완전히 일치한다는 뜻으로 해석하거나, 아니면 그 삼교가 서로의 배타성을 버리지 않은 채 단순히 하나의 집합체를 이루고 있음을 뜻하는 것으로 간주하지 않는다면, 그것은 삼교가 일종의 기층 구조를 지닌 포함 형식속에 융화되어 있음을 가리키는 것으로 보아야 한다.

기층 구조를 지닌 포함 형식이란 하나의 기층 구조 속에 그 기층 구조와 일치 혹은 융화가 가능한 개별자의 심층 구조를 통합시키면서 그 표층 구조의 개별성을 유지하고 있는 형식을 말한다. 이 형식을 알기 쉽게 도식화하면 다음과 같다.

화랑도가 바로 샤머니즘과 이어지는 것을 보는데, 이와 관련하여 서정범은 「훈몽자회」의 <화랑이>, 경상도 지방에서 쓰는 <화랑>, 포항 지방의 <화래기> 등이 모두 박수 무당을 뜻하며, 「삼국유사」에 나오는 차차웅(次次雄)도 본디 무당의 뜻이었음을 어학적 견지에서 밝히고 있어 주목된다. 서정범, 「화랑이 고」, 『한국민속학』(민속학회, 1974), 77-89쪽 참조.

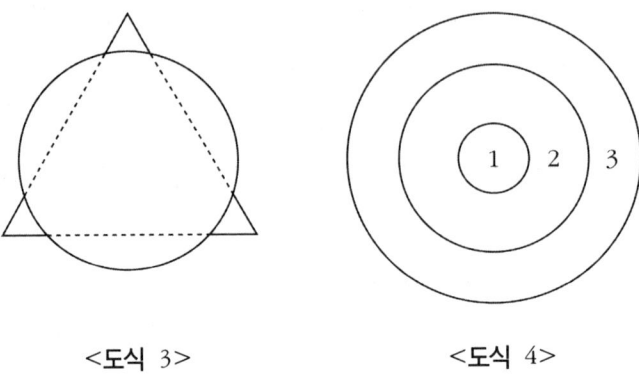

<도식 3>　　　　　　　　<도식 4>

　　<도식 3>의 원형은 고유의 도를 표시하고 삼각형은 외래의 삼교를 표시한다. 삼교는 자신의 심층 구조를 고유의 도 안에 융화시키면서 개별적 특성을 나타내는 표층 구조를 삼각형의 세 모서리에 드러내고 있다. 이 도식에서 보는 바와 같이 고유의 도, 즉 풍류도가 삼교를 포함할 수 있었던 것은 삼교의 심층 구조를 융화시킬 수 있는 기층 구조로서의 역할을 감당할 수 있었기 때문이다.

　　여기에서 보는 것처럼 외래 문화의 수용은 기층 구조의 크기와 수용의 탄력에 의해서 결정된다. 또 삼각형의 밖으로 벗어난 원형의 부분은 풍류도가 지닌 개별적 특성을 나타내는 표층 구조다. 주체적 문화의 수용은 이 자문화(自文化)가 지니고 있는 성격의 특색과 그 다양성에 의해서 결정된다.

　　<도식 4>는 집단심의 성층 구조를 보여주고 있다. 1은 집단 무의식 혹은 문화 원형cultural pattern이라 할 수 있는 풍류도이고, 2는 1에 뿌리를 내린 집단 의식으로서 유·불·도 삼교를 표시한다.[64]

────────────
64) 여기서 사용하는 집단 의식과 집단 무의식이라는 용어는 정신분석학 혹은 분석심

<도식 3>에서 원형과 원형 내부에 포함된 삼각형의 부분을 집단심이라고 할 수 있는데, <도식 4>에서는 1과 2가 집단심을 표시하고 있다. 3은 이 집단심으로부터 끊임없이 생성되어 나오는 문화를 표시한다. 그리고 2의 집단 의식은 부단한 변화를 겪으면서 그로부터 생성되는 문화에 특성을 부여하는 시대 의식에 해당된다고 할 수 있으며, 1은 그 시대 의식이 변화할 수 있는 가능성의 폭을 자신의 구심력으로 조정한다고 볼 수 있다. 그러므로 아무리 시대 의식이 변하고 외부의 문화 충격이 급격한 것이라 할지라도 3의 문화는 자기 동일성을 유지할 수 있게 된다.[65]

이제 한국 문화를 생성해 낸 집단심이 형성되어 온 포함 형식과 그 성층 구조가 밝혀졌다. 위에서 살펴본 바와 같이 고유한 풍류도의 핵심과 집단심의 핵심은 동일하다고 볼 수 있다. 그 핵심은 기층 구조라고 할 수 있는 것으로서, <도식 3>에서 원형과 삼각형이 만나면서 그 내부에서 양자가 하나로 합치된 부분, 즉 각각의 특성을 표시하고 있는 표층 구조를 제외한 부분이다. 이 기층 구조의 의미를 밝히는 일이 고유한 풍류도와 집단심의 핵심적 의미를 밝히는 일이고 동시에 한국 문화를 그 내적 관련 속에서 해명할 수 있는 방법론을 찾는 길

리학에 관련된 개념으로 쓰는 것이 아니다. 이 용어는, 비코의 집단심이라는 개념이 상당히 느슨한 대로 심리적 심층까지를 포괄하고 있기 때문에, 그 함축적 의미를 구조화하기 위하여 필자가 집단심과 관련되는 문맥에서 한정적으로 사용하는 것이다.

65) 우리는 여기서 기독교적 전통의 서구 사상이 집단심의 2에 수용되면서 오늘날 새로운 시대 의식을 형성해 가고 있음을 또한 주목하지 않을 수 없다. 그러나 이것도 역시 동일한 기층 구조에 근거하여 <도식 3>과 같이 삼각형의 모서리로 표시되는 개별성을 지닐 수밖에 없음은 문화 수용의 논리로 볼 때 자명한 일이다.

이다.

　풍류도의 핵심적 내용은 처음부터 직접 구체적으로 파악할 수 없었으므로, 이 기층 구조의 의미를 밝힐 수 있는 단서는 두 가지로 요약된다. 하나는 이미 앞에서 설명한 바와 같이 그것은 당연히 시간적 인식 구조를 바탕으로 하고 있어야 한다는 점이고, 그 둘은 삼교 사상의 심층 구조가 집단심의 기층 구조 혹은 풍류도의 기층 구조와 동일하다고 할 수 있으므로, 그것은 필연적으로 삼교 사상의 핵심적 내용과 서로 포괄적인 관계에 있을 것이라는 점이다.

　그렇다면 삼교 사상의 가장 핵심적인 부분은 무엇일까. 또 개인의 사소한 의식으로부터 아주 심오한 철학적 사색에 이르기까지 그 모든 사상의 배종(胚種)으로 작용하는 것은 무엇일까. 그것은 바로 크게는 우주론적 관점이고, 작게는 존재론적·인식론적 관점이라고 할 수 있다. 이러한 근원적 관점의 바탕 위에서 여러 철학 사상과 종교 사상이 확립된다. 그리고 이 근원적 관점의 바탕이라 할 수 있는 부분이 이른바 동양적 의미의 본체론(本體論)이다.

　그러므로 어떤 사상적 체계를 알기 위해서는 맨 먼저 그 본체론의 이해가 요구된다. 이런 까닭에 주자는 유교의 본체론을 정리하면서, 「근사록집주서(近思錄集註序)」에서 그것을 <실마리를 찾음>, 즉 <구단(求端)>이란 용어로 표현하기도 하였다.[66]

　삼교 사상의 심층 구조에 있는 핵심 부분이 본체론이고 그 본체론

---

66) 『근사록』(경문사 영인, 1981), 100쪽. <무릇 배우는 이들이 **도체(道體)의 실마리를 찾아** 힘써야 하는 까닭, 스스로의 처신과 남을 다스리는 방법, 그리고 무릇 이단을 분별하고 성현을 본받는 일의 대략은 모두 그 줄거리를 대강 나타내었다.>(凡學者 所以求端用力 處己治人之要 與夫辨異端 觀聖賢之大略 皆粗見其梗概.)

이 풍류도의 기층 구조에 포함되어 있다면, 풍류도의 핵심적 내용 즉 기층 구조의 의미는 유·불·도의 각 본체론과 일치하게 된다. 따라서, 당연한 논리의 귀결이지만, 한국의 고유한 풍류도의 핵심은 궁극적으로 삼교의 본체론과 동일한 의미 구조를 지니고 있고 그것들은 모두 시간적 인식 구조에 바탕을 두고 있을 것이므로, 풍류도의 핵심, 즉 기층 구조의 의미를 밝히기 위해서는 이제 삼교 중에서 어느 하나의 본체론을 선택하기만 하면 된다.

이 글에서는 다음에 열거하는 몇 가지의 이유 때문에 유교와 도교의 사상적 연원이 되는 역(易)의 본체론을 선택하고자 한다.67) 이 역의 본체론이 지닌 궁극적인 의미 구조가 한국 문화를 생성해 낸 집단심 혹은 풍류도의 기층 구조일 것이므로, 도와 관련하여 한국 시의 생성 원리를 찾기 위한 이 글의 방법론은 결국 역의 본체론적 방법론으로 귀결되고 마는 셈이다.68)

---

67) 다른 것도 마찬가지이지만, 특히 도교와 도가라는 용어는 엄밀한 뜻에서 그 의미의 편차가 크다. 도가는 노장 철학의 유파를 가리키지만, 도교는 노장학에서 파생된 종교를 가리킨다. 중국은 노장학(老莊學)이 있은 뒤에 그것을 교리화하여 도교가 성립되었지만, 우리는 도교가 먼저 수입되었다. 도교는 뒤에 오행설, 참위설 등이 결합되고, 노자의 곡신 불사(谷神不死), 장자의 신인설(神人說) 등을 근거로 장생 불사를 믿으면서 적선법(積善法), 토납구식법(吐納龜息法), 도인(導引), 연단 복약(練丹服藥), 방중술(房中術) 등의 수양법을 통하여 신인이 되고자 하는 비현실적·환상적 경향이 강해졌다. 그러므로 도교를 선교(仙敎)라 부르는 바와 같이 그것은 노장의 철학 사상과는 거리가 멀다. 그러나 양자의 우주론은 궁극적으로 동일한 것이므로 이 글에서는 별 문제가 없다고 보아서 두 용어를 구별 없이 혼용한다. 김경탁, 앞의 책, 172-174쪽 참조.

68) 엄밀한 의미에서 말한다면 역리를 이야기하면서 본체론이라는 용어는 원칙적으로 사용할 수가 없다. 「계사전」은 <신은 방소(方所)가 없고 역은 형체가 없다>(神无方而易无體)고 말하고 있기 때문이다. 그리고 도, 즉 태극은 서양 철학의 본체, 존재, 제일 근원 등의 개념과 매우 흡사하면서도 다르기 때문이다. 그 서로 다른 점은

이 글에서 역의 본체론을 선택해야 하는 이유는 다음과 같다.

첫째, 역의 본체는 태극(太極)이므로 역의 본체론을 태극론이라고 하는데, 역이라는 용어가 시간을 통한 생성 자체를 뜻하는 만큼 그것은 시종 일관 시간적 인식의 기초 위에 세워진 것이다.[69] 또 태극론은 그 조직이 간명하면서도 만화(萬化)의 이치를 설명할 뿐만 아니라 동시에 인간 성정의 원리, 즉 마음의 변화 원리를 설명하는 심성론이다. 따라서 태극론은 문학의 구조와 문학이라는 대상 언어에 대하여 이른바 초구조meta-structure가 되고 초언어meta-language가 될 수 있다.

둘째, 역은 동양 사상의 최고(最古)의 본원이다. 유가의 가장 중요한

크게 보아 다음과 같다. 서양 철학의 본체가 현상과 대립되는 개념으로서 이성적 사유 속에서 성립된 객관적이고 초월적인 불변의 존재라면, 태극은 사유의 주체와 하나이기 때문에 처음부터 객관적 사유의 대상이 아닐 뿐만 아니라 변화하는 현상적 존재와도 떨어질 수 없는 존재다. 또 존재론의 존재는 유(有)의 기반 위에서 성립되고 있을 뿐만 아니라 동적 개념이 없지만, 태극은 유와 무(無)를 모두 포괄하는 개념일 뿐만 아니라 생성을 뜻하는 동적 개념이기도 하다. 그리고 서양의 우주론에서 제일 근원은 능생(能生)만을 뜻하는 것이지만, 태극은 능생이면서 또한 소생(所生)이기도 하다. 이와 같은 점들 때문에 엄밀한 의미에서 태극은 본체, 존재, 제일 근원 등의 개념과 구별되는 것이다. 그러나 역무체(易无體)라는 것은 태극의 작용을 강조한 것이지 체(體)를 완전히 부정한 것이 아니라는 점에서, 그리고 작용이 있으면 이미 존재가 있다고 할 수 있다는 점에서 태극은 존재이기도 하다. 또 태극은 현상의 배후에 있는 근원이므로 본체라고 할 수도 있고, 만물을 생화(生化)한다는 점에서는 제일 근원이라고 할 수도 있다. 그러므로 존재론, 본체론, 우주론 등은 각기 태극의 개념을 완전히 포괄할 수 없지만, 태극론은 그것들을 다 포괄한다. 이 글이 본격적인 철학적 논구가 아니고, 이미 여러 동양 철학자들도 편의상 본체론, 존재론, 우주론 등의 용어를 혼용하고 있다는 점에서, 필자는 위와 같은 개념의 차이를 전제하면서 서술과 이해의 편의를 위하여 문맥에 따라 이 용어들을 그대로 사용하고자 한다.

69) 「계사전」 상. <생성하고 생성하는 것을 역이라 한다.>(生生之謂易.) 필자가 이 글에서 사용하고 있는 생성 체계, 생성 이론 등의 용어는 바로 이 역의 시간적 생성의 원리를 함축하기 위한 것이다.

최고의 경전일 뿐만 아니라 도가, 음양가, 잡가, 그리고 참위설, 점복 등에 이르기까지 전래의 모든 동양 사상이 역으로부터 그 내오(內奧)의 근거를 얻고 있다.[70]

셋째, 역의 본체인 태극을 보다 구체적으로 조직하고 완성시킨 주렴계(周濂溪)의 태극도설은 신유학의 발원지이며 모든 이론의 근거가 되는 본원적 중핵이다. 이 태극론은 당시까지 유학이 인성론 일변도로 발전하여 우주론이 결여되었기 때문에, 유학에 보다 심원한 형이상학적 체계를 갖추고자 주렴계가 도교와 불교의 본체론적 형이상학을 수렴하여 완성한 것이다. 그러므로 이미 여기에서 이른바 삼교 회통의 근거가 마련되었다. 따라서 삼교의 본체론은 적어도 그 중심적 구조에서만은 역의 그것과 동일한 기층 위에 세워진 것이라고 볼 수 있다.

넷째, 삼교 회통은 중국에서 실제로 성취되지 못한 반면에, 원광(圓光)에 의해 그것을 도입한 신라는 고유의 풍류도를 바탕으로 삼아 성취, 실현시켰다. 이 점은 이미 앞에서 지적한 바와 같이 풍류도의 본체론적 기층이 삼교의 그것을 포함할 수 있는 골격을 지니고 있었기 때문에 가능한 것이었다.[71]그런데 이 성공적인 삼교 회통의 바탕은

---

70) 한국동양철학회 편, 『동양철학의 본체론과 인성론』(연대 출판부, 1984), 7쪽.

71) 풍류도의 본체론이 실제로 어떤 내용의 것이었는지 직접 알 수가 없기 때문에 앞에서 논의한 바와 같이 삼교의 본체론으로부터 유추하고 있지만, 그러나 그것에 대한 단서가 아주 없는 것은 아니다. 유동식 교수는 풍류도가 한국의 샤머니즘이라 단정하고 있고, 필자는 앞에서 풍류도의 핵심적 의미는 한국의 신화, 전설, 고대 소설, 민간 신앙 등 전반적인 민속 현상의 분석을 통해서 알 수 있을 것이라고 말한 바 있다. 그런데 김태곤 교수는 민속 현상들을 분석하여 한국의 전통적 민간 사고는 원본 사고(原本思考)에 그 기층을 두고 있다고 말해서 주목된다. 그가 말하는 원본 사고의 구조는 필자가 보기에 조직화되지 않은 소박한 형태로나마 태극론의 역리적 사고 구조와 흡사한 데가 있다. 원본 사고가 풍류도의 본체론적 기층 구조라고

풍류도이지만 회통할 수 있는 횡적 인화력(引和力)을 발휘한 것은 주로 유교 사상이었다.[72] 요컨대 풍류도의 바탕 위에서 삼교를 회통하여 조직하는 원리와 방법이 바로 유교 사상이었다면, 그 유교 사상의 본원은 태극이므로 이런 점에서도 태극론을 채택하는 당위성이 입증된다.[73]

다섯째, 한글의 제자 원리가 역리다. 물론 언어는 문자만을 말하는 것은 아니지만, 우리말의 내적 요구와 필연성을 한글이 거의 완벽하게 구현하고 충족시켜 주고 있음이 사실이라면, 역리가 한국어의 중심부에서 작용하고 있다고 보아도 크게 잘못된 것은 아닐 것이다. 문학이 무엇보다도 본질적으로 언어 행위라는 점을 생각할 때 이 점은 충분히 고려되어야 할 것이다.

한다면, 삼교의 본체, 즉 유교의 태극, 도교의 도, 불교의 일심(一心) 등과 구체적으로 비교하여 그 같고 다른 특성을 좀더 정밀하게 밝혀내야 할 것이다. 그러나 그것은 또 다른 별개의 주제일 뿐만 아니라 풍류도와 삼교의 본체론이 크게 보아서 그 기층은 동일하다고 할 수 있으므로 이 글에서는 논외로 한다. 김태곤, 앞의 책, 314-331쪽 참조.

72) 김충열, 「삼국시대의 유교사상」, 한국철학회 편, 앞의 책, 71쪽.

73) 한국에서 삼교 회통을 어렵지 않게 성취할 수 있었던 근본적인 이유의 하나가 역리적 사유 방식에 있었다는 점에서 다음과 같은 주장들은 주목할 만하다. (1) 은허 문자(殷墟文字)를 연구하여 보면 한문의 연원이 동이족임을 알 수 있는데, 한문자의 원형이 되는 팔괘를 그린 사람이 바로 태호 복희(太皡伏羲)다. (유승국, 앞의 책, 34쪽.) (2) 중국 철학자 부사년(傅斯年)은 복희가 동이족임을 증명했으며, 최남선은 복희라는 이름이 <붉>에서 유래하므로 그는 동이족이라고 주장했다. (김상일, 앞의 책, 68쪽. 167쪽.) (3) 『규원사화(揆園史話)』의 저자인 북애자(北崖子)는 팔괘가 우리한테서 발원하여 마침내 중국에 건너가 쓰이게 되었다고 말한다.(『규원사화』, 아세아문화사 영인, 1976).

천지의 도는 음양과 오행일 뿐이다. 곤괘(坤卦)와 복괘(復卦)의 사이
가 태극인데 동정(動靜)이 있은 뒤에 음양이 된다. 천지간에 무릇 살아
있는 것으로서 음양의 이치를 버리고서 어떻게 하랴? 그러므로 사람의
음성도 다 음양의 이치가 있지만 다만 사람이 살피지 못할 뿐이다. 이
제 정음의 제작은 처음부터 사람의 지혜와 힘만으로 모색된 것이 아니
며 다만 그 성음으로 인하여 이치를 다하였을 뿐이다. 이치가 이미 둘
이 아닌즉 어찌 천지 귀신과 더불어 함께 아니하고 그렇게 할 수 있으
랴?[74]

이와 같이 한글의 제자 원리는 시종 일관 역리를 따르고 있다.

여섯째, 태극의 용(用)인 음양 오행이 우리 문화와 사고에 깊이 침
윤되어 분간할 수 없을 정도로 용해되어 있다. 물론 한국인의 사유
방식이 시간적 인식 전통 위에 서있는 만큼 시간적 생성 원리인 역리
의 개념이 그와 같이 우리의 사고에 육화되어 있음은 당연한 일이라
하겠다. 혹은 이와 반대로 음양 오행이라는 개념이 생기기 이전에 우
리의 사고 자체가 그러한 특성을 지니고 있었다고 말하는 것이 더 사
실에 가까운 것이라면, 그 음양 오행의 원리가 더욱 우리의 사유의
특성을 잘 설명해 준다고 말할 수 있을 것이다. 기분, 혈기, 절기, 절
후, 계절, 기상, 변화 등 일상적인 용어는 말할 것도 없고, 고진 감래
(苦盡甘來)라든가, 흥진 비래(興盡悲來)와 같이 우리 사고의 무의식적
바탕이 되어있는 성어로부터 관혼 상제, 점복 등등 민속적인 일상 생

---

74) 「훈민정음제자해」. <天地之道 一陰陽五行而已 坤復之間爲太極 而動靜之後爲陰
陽 凡有生類在天地之間者 捨陰陽而何之 故人之聲音 皆有陰陽之理 顧人不察耳
今正音之作 初非人智營而力索 但因其聲音 而極其理而已 理旣不二 則何得不與
天地鬼神同其用也.>

활의 구석구석에 이르기까지 우리는 그와 같은 역리적 사유의 흔적을 얼마든지 찾아볼 수 있다.[75]

3. 어떻게 쓸 것인가

지금까지 논의한 바를 종합해 볼 때, 이 연구를 진행하는 데 있어서 필연적으로 뒤따르는 하나의 난관을 예상할 수 있는데, 그것은 바로 연구의 범위와 관련된 서술의 초점에 대한 문제다. 왜냐하면 이 연구의 주제가 명확히 구획을 확정할 수 있는 비교적 독립적이고 단일한 특성을 지닌 것이라기보다 상호 포괄적인 몇 개의 연구 영역을 동시에 겨냥하고 있기 때문이다.

연구 내용의 전체적인 경개만을 예상하여 보더라도 주제는 크게 세 가지의 연구 영역과 관련되고 있음을 알 수 있다. 그 하나는 도의 의미에 관한 철학적 탐구의 영역이고, 그 둘은 도의 한국 문학 사상사적 관련이고, 그 셋은 구체적인 현대 시 작품론에 관련되는 영역이다.

---

75) 기분, 혈기, 변화, 계절 등은 모두 음양 오행 운동의 원리를 직접 표현한 말들이다. 고진 감래는 사라졌던 양(陽)이 다시 돌아오는 모양을 나타낸 반복 기도(反復其道)의 복괘(復卦)에 통하는 관념이고, 흥진 비래(興盡悲來)는 이른바 항룡 유회(亢龍有悔)의 이치를 말하는 건괘(乾卦) 혹은 구괘(姤卦)에 통하는 관념이다. 음양 오행의 관념이 우리 의식주 생활에 깊숙히 침투되어 있음을 보여주고 있는 문헌의 기록만 해도, 가장 오래된 것으로 『삼국사기』의 탈해에 대한 이야기로부터 도선(道詵)의 『도참비기(圖讖秘記)』의 영향을 받은 『고려사』의 여러 기록에 이르기까지 수없이 많다.

이와 같은 다면적 주제의 특성은 필연적으로 연구의 초점을 자칫 흐리게 할 뿐만 아니라 일정한 방향으로 진행되는 본격적인 탐색의 깊이를 가로막기 쉽다.

이와 같이 예상되는 난관은 이 글의 첫머리에서 연구의 목적과 관련하여 제기했던 서로 얽힌 세 가지의 질문으로부터 이미 비롯되었다고 할 수 있다. 그러므로 이와 같은 주제의 특성에서 불가피하게 예상되는 어려움을 가능한 한 합리적으로 타개하기 위해서는 무엇보다 먼저 서술의 방향과 방법 등을 일정하게 한정해 두는 일이 요청된다.

서술의 깊이와 방향, 그리고 방법을 분명히 한정하기 전에 불필요한 논쟁적 견해를 야기시킬지도 모르는 쟁점 하나를 미리 짚고 넘어갈 필요가 있을 것 같다. 이 글의 주제와 방법론이 처음부터 철학의 형이상학적인 문제와 깊숙히 관련되고 있기 때문에 문학의 자율성이라는 관점에서는 다소 문제점이 제기되지 않을 수 없다고 본다. 즉 철학과 문학을 결코 혼동해서는 안 될 것이기 때문이다.

그러나 사실상 문학에 있어서 이 두 영역을 명확하게 구분하기란 거의 불가능하리만큼 그것들은 상호 관련적으로 얽혀져 있다. 더구나 연구의 주제가 문학의 원리적인 측면 혹은 시학적 측면과 관련될 때, 그 연구가 가장 포괄적인 의식 형태의 하나인 철학의 개념과 방법으로부터 크게 벗어날 수 없음은 자명한 일이다.

문학의 본질에 대한 명확한 자각이 요구될수록 철학에 대한 요구는 그만큼 커지고, 철학적 문제 의식이 깊어질수록 또한 문학 연구는 심화될 수 있기 때문이다. 이러한 관계를 정면에서 다루고자 한다면 그것만으로도 하나의 벅찬 연구 과제가 될 것이므로, 다만 여기서는 딜타이Dilthey의 이른바 정신사적 문예 연구의 방법을 들어 문학 연구의 철학적 관련성에 대한 근거를 삼고자 한다.

딜타이는 우리의 삶 속에 통일적으로 형성되어 있는 것이 체험이며, 이 체험이야말로 인간의 모든 인식 능력들이 하나로 통일되어 형성한 것이라고 말한다. 그런데 단순한 감각만을 토대로 하고 있는 실증주의적 태도가 인간의 모든 경험 양상을 고립화시켜 결국 모든 학문이 세분된 전문화의 길로 들어서게 되었다는 것이다.[76] 그리하여 그는 셸러에게 보낸 서한 속에서, <전공 분야의 차이 때문에 나누어질 수 없는 정신 과학의 보편적인 연구가 틀림없이 대두될 것이며 여기에서 제반 연구가 얼마나 서로 얽혀져 있는지 밝혀질 것이다>라고 말하면서, 보편적 정신Allgemeine Geist 속에 문예학이 성립되어야 함을 역설하고 있다.[77]

요약하건대, 철학이 근원적인 체험을 논리화하고 문학이 또한 그 체험을 형상화하는 것이라면 본질적으로 그 두 영역은 엄격하게 구분될 수 없다는 말이다. 이미 앞에서 누누이 밝힌 바와 같이 이 연구가 그 근거로 삼은 생성론적 입장에서는 더욱 그러하다. 따라서 형이상학적 개념과 방법으로 문학을 논의하는 것이 얼마간 부당하다고 한다면, 마찬가지로 문학의 자율성이라는 명분 아래 문학을 문학 자체의 폐쇄적인 논리만으로 보려는 태도 또한 그만큼 부당하다고 할 수 있을 것이다.[78]

---

76) 마렌 그리제 바하, 『문학연구의 방법론』, 장영태 역(홍성사, 1982), 42쪽.

77) 위의 책, 43-44쪽.

문학의 자율성은 문학이 인접 학문에 예속되는 사태를 두고 강조될 수는 있지만, 인접 학문이 문학을 위해 어떤 형태로든지 창조적 기능을 발휘할 경우에 그러한 창조적 기능을 가로막는 구실이 될 수는 없다.

이런 점에서 다음과 같은 장자의 논리는 아주 명쾌하다.

　　손가락으로써 손가락의 손가락 아님을 깨우치는 것은 손가락 아닌 것으로써 손가락의 손가락 아님을 깨우치는 것만 같지 못하고, 말(馬)로써 말의 말 아님을 깨우치는 것은 말 아닌 것으로써 말의 말 아님을 깨우치는 것만 같지 못하나니 천지가 한 손가락이며 만물이 한 말인 것이다.[79]

형식 논리와 변증 논리는 <A는 A이다>, <A는 非A이다>와 같은 형식이지만, 생성 논리는 <A는 非A가 된다>와 같은 형식이다. 장자는 생성 논리에 의해서 모든 존재가 생성 변화되고 있으며, 그 생성 변화되는 모든 존재의 근저에는 하나의 생성 혹은 도가 있음을 연쇄

---

78) 문학의 자율성 혹은 순수성만을 강조한 나머지 문학을 체험의 현장으로부터 증발시겨 버리는 태도는 대략 두 가지 원인에서 발생한다. 첫째는 위에서 설명한 실증주의적 태도 혹은 원자론적 객관주의에 의해서 학문과 경험이 극단적으로 분화될 때 발생한다. 현대의 분석 철학이 본래의 전통적인 철학이 포괄하고 있던 사유 영역을 전문화된 분과적 실증과학에 모두 넘겨주고 오로지 자신의 독자적 영역이라고 생각되는 언어의 논리 분석에만 매달리고 있는 양상도 바로 그러한 원자론적 객관주의를 보여주는 좋은 예라고 하겠다. 둘째는 인간적 삶을 극도로 제약하는 현실적 한계 상황이 팽배해질 때 발생한다. 이 경우는 일종의 현실 도피적 퇴행성이라고 볼 수 있는 것으로서, 1930년대 식민지 치하의 한국 시에 나타난 일부 현상이 그러한 본보기의 하나라고 할 수 있다.

79) 『장자』,「제물론」. <以指喩指之非指 不若以非指喩指之非指也 以馬喩馬之非馬 不若以非馬喩馬之非馬也 天地一指也 萬物一馬也.>

부정을 통하여 암시하고 있다. 여기에서는 <손가락 아닌 것>과 <말 아닌 것>이 그 생성 혹은 도에 해당된다. 그러므로 결국 천지 만물은 <한 손가락>이 될 수밖에 없다.

장자가 천지 만물의 근원적 동일성을 말하고 있는 바와 같이 생성론적 입장에서 본다면 철학의 논리가 따로 있고 또 문학의 논리가 따로 있는 것이 아니다. 다만 철학 자체를 위한 철학적 논리인가 아니면 문학적 논리를 위한 철학적 논리인가 하는 것만이 문제될 뿐이다.

위와 같이 문학과 철학에 관한 이 글의 생성론적 입장을 전제하면서 서술의 방향과 방법을 분명히 한정하고자 한다.

서술의 방향과 방법은 당연히 연구의 목적과 유기적 관계를 유지해야 한다. 따라서 이 연구의 목적은 도를 해명하는 동시에 그 도를 통하여 한국 시를 바르게 이해하기 위한 생성 이론의 체계를 세우는 것이고, 그 방법론은 역의 본체론을 통해서 이루어지는 것이므로, 서술의 방향은 태극, 즉 도의 생성을 그 줄기로 삼는다.

그리고 도의 생성을 드러내는 데 있어서는 동양의 전통적인 사물 관찰법이요 서술 방법인 체(體)와 용(用)의 양면적 방법을 택하기로 한다.

그리고 태극론이 삼교 회통적 산물이라는 점은 물론이거니와 유가와 도가의 두 학파가 사실은 역학이라는 하나의 학파에 불과하다는 점에서,[80] 도가 철학과 유가 철학의 여러 개념과 언설들을 두루 원용하되, 그 개념과 언설들이 지닌 여러 유파의 철학적 체계나 논리의 세부적 차이점은 도외시하기로 한다. 다시 말하면, 여러 유파의 철학

---

80) 고회민, 『주역철학의 이해』, 정병석 역(문예출판사, 1995), 17쪽.

적 개념들은 이 글이 세우고자 하는 시학 이론의 체계와 문맥 속에서 새롭게 조정되고 해석될 것이다. 즉 이 글에서 철학적 개념이나 논리가 세워지는 것이 아니라 궁극적으로 시학적 개념과 이론이 수립되는 것이다.

그리고 이와 같이 새롭게 수립되는 시학적 개념과 논리가 보다 명료하게 드러나도록 하기 위하여, 또 그 보편적 적용 가능성을 확인하기 위하여, 필요한 경우에는 손 닿는 대로 서양의 이론적 주장과 개념을 들어 비교·대조하고 참조하게 될 것이다.

제2장에서는 도의 생성을 논하기 위한 기초적인 고찰이 이루어지고, 제3장에서는 도의 체와 함께 시 정신을 논하고, 제4장에서는 도의 용과 함께 시적 상상력의 양상을 논한다.

그리고 도의 생성적 의미를 체와 용을 따라 드러내면서 구체적으로 현대 시 작품을 들어 논리를 전개하겠지만, 서술의 방향과 그 한계는 어디까지나 일반 원리 혹은 시학에 두고 있으므로, 앞에서 지적한 세 가지의 연구 영역도 극히 선택적으로 취급된다.

다시 말하면 이 글은 역리나 성리학 자체를 위한 연구도 아니요, 일관된 문학 사상사의 연구도 아니다. 그리고 본격적인 현대 시 작품론도 아니다. 그 어느 영역에도 완전히 포섭되지 않으면서 그 세 영역을 가능한 한 유기적으로 포괄할 수 있는 생성 이론의 체계를 수립해야 한다. 그러므로 도의 의미와 생성에 대한 논의도 필요한 범위에 한정될 것이고, 시 작품의 분석도 도의 생성적 의미를 유형적으로 드러내고 있다고 보여지는 소수의 작품들이 예증을 위하여 선택될 것이다.

제2장 태극의 개념과 시론적 유추

1 태극의 개념

인류가 자신의 역사와 문화를 형성해 가면서 살아가는 곳에는 어디를 막론하고 으레 창조 신화가 있게 마련이다. 우주는 태초에 어떻게 생겨났으며 인간을 포함한 천지 만물은 또 어떻게 비롯하여 종국에는 어디로 가게 되는가 하는 인간의 영원하고 궁극적인 질문과 해답이 그 창조 신화 속에는 시적 의장(意匠)에 싸인 채 은밀하게 잠복되어 있다.

인류의 가장 오래된 상상과 사유의 형태요 문학적 산물이기도 한 세계의 신화들은 단순히 과거의 시간 속에 화석화되어 버린 죽은 이야기가 아니다. 그것은 미래를 향하여 영원히 다 소진될 수 없는 상징적 의미를 방사하면서 현재에 살아 움직이고 있는 진행형의 이야기라 할 수 있다. 왜냐하면 인간의 상상력과 사유의 힘이 원천적으로 고갈되지 않는 한 인간은 우주의 기원과 존재의 의미와 현상 너머의 본체에 대하여 스스로 끊임없이 질문하고 응답하기를 그치지 아니할 것이기 때문이다. 이런 점에서 문학과 철학과 종교가 모두 그 자신의 유래와 기원을 신화에 두고 있음은 지극히 당연한 일이다.

동서양을 막론하고 인간의 의미 심장한 사유의 맹아는 신화 속에 뿌리를 내리고 있는 우주론과 존재론과 본체론으로부터 비롯된다. 동양에서는 천지 만물을 주재하는 신을 우주의 근원적인 원인으로 생각하던 신화 시대로부터 벗어나, 신 대신 이법적(理法的)인 하늘을 생각하기 시작하면서 철학적 사유의 본체론이 형성된다.[1] 그리고 이러한 철학적 사유의 결과가 최초로 기록된 것이 바로 『역경』이다. 여기에는 다음과 같이 본체론에 해당되는 태극설이 아주 함축적으로 표현되어 있다.

> 이러므로 역에 태극이 있으니 이것이 양의(兩儀)를 낳고 양의는 사상(四象)을 낳고 사상은 팔괘(八卦)를 낳는다. 팔괘가 길흉을 정해 놓으니 길흉을 따라 천하의 대업이 이루어진다.[2]

---

1) 태극은 우주론과 존재론과 본체론을 다 포괄하면서도 엄밀한 뜻에서 각기 그것들과 차이가 있다. 이점은 이 책 <제1장 도의 실마리를 찾아서>의 주) 68을 참조할 것. 주자는 경전 중에 나타난 <하늘>을 세 가지로 분류하여 설명하고 있는데 창창자(蒼蒼者), 주재자(主宰者), 훈리자(訓理者)가 그것들이다. 창창자란 형질적인 하늘이고, 주재자란 종교적인 하늘이고, 훈리자란 이법적인 하늘을 말하는 것인데, 철학의 본체론적 하늘의 개념은 바로 훈리자에 해당된다. 배종호, 「동양본체론서설」, 『동양철학의 본체론과 인성론』, 동양철학회 편(연대출판부, 1984), 4-5쪽 참조.

2) 「계사전」상. <是故易有太極 是生兩儀 兩儀生四象 四象生八卦 八卦定吉凶 吉凶生大業.>

역이란 생생지위역(生生之謂易)이라 하므로 끊임없는 생성 변화 그 자체를 뜻한다.[3]끊임없이 생성하고 변화하는 것은 크게는 우주요 작게는 그 우주 안에 존재하는 온갖 만물이다. 생성이라는 하나의 통일된 흐름이 곧 우주 만물의 근원적 본질이다. 그러므로 생성 변화 그 자체, 즉 역이 천지와 더불어 가지런할 수 있고 천지의 도를 둘러쌀 수 있다고 말하게 되는 것이다.[4] 그런데 위의 인용문에서 보는 바와 같이 이러한 역에 태극이 있었다고 말한다. 역에 태극이 있었다고 하는 것은 생성이 아무 근거 없이 그냥 이루어지는 것이 아니라 역의 체, 즉 태극이 작용하는 도에 따라서 그렇게 된다는 뜻이다. 그렇다면 역이 천지와 비준(比準)하고 천지의 도를 미봉(彌縫)할 수 있는 것이므로, 당연히 태극은 천지 자연이라는 우주에도 있는 것일 뿐만 아니라 우주 안에 있는 개개의 만물 속에도 빠짐없이 존재하고 있다는 논리가 된다. 이 점은 태극의 개념을 이해하는 데에 있어서 매우 핵심적인 사항인데, 뒤에 설명할 팔괘의 분화 과정에서 좀더 분명하게 그 의미가 밝혀질 것이다.

이러한 태극이 양의를 낳고 양의는 다시 사상을 낳고 사상은 팔괘를 낳아 드디어 천하 만물이 이루어진다고 한다. 양의란 음과 양이라는 두 가지의 기(氣)를 말하는 것인데, 이것이 바로 우주 만물과 우주

---

3) 위의 글. <끊임없이 생성하고 생성하는 것을 역이라 하고, 상(象)이 이루어지는 것을 건(乾)이라 하고, 그 법칙을 본받는 것을 곤(坤)이라 한다. 수리를 극진히 하여 미래를 아는 것을 점이라 하고, 변화에 통달하는 것을 일(事)이라 하며, 음양의 헤아리기 어려움을 신(神)이라 한다.>(生生之謂易 成象之謂乾 效法之謂坤 極數知來之謂占 通變之謂事 陰陽不測之謂神.)

4) 「계사전」 상. <역은 천지와 더불어 가지런하다. 그러므로 천지의 도를 둘러 싼다.>(易與天地準 故能彌綸天地之道.)

안에서 일어나는 온갖 현상의 궁극적인 바탕이 되는 것이다. 이 두 가지의 기는 부단히 취산 화합(聚散化合)하면서 때로는 형상(形上)으로 오르기도 하고 때로는 형하(形下)로 내리기도 한다. 사상이나 팔괘나 그리고 육십사괘 등은 바로 이 음양의 이기(二氣)가 정연한 도를 따라서 끊임없이 취산하고 화합하는 모양을 본뜬 상징적 부호에 불과하다. 위의 인용문은 태극으로부터 우주 만물이 생성되고 분화되는 과정과 그 원리를 바로 그와 같은 부호에 의지해서 간명하게 설명하고 있다.

여기서 우리는 태극이 우주와 만물을 생성시킨 근원적 일자(一者)임을 알 수 있다. 「계사전」은 이렇게 쓰고 있다.

천하의 움직임은 바로 일자(一者)다.[5]

여기서 천하의 움직임은 우주 만물의 생성이고 일자는 태극이다. 천하의 움직임이 일자라고 하는 것은 일자의 움직임과 우주 만물의 움직임이 하나라는 뜻이고, 나아가서 일자와 우주 만물은 분리될 수 없는 하나의 전체라는 뜻이다. 그러나 우주 만물과 구별하여 일자를 내세운 만큼 그것들은 하나이면서 분명히 상대적으로 구별되는 것이기도 하다. 즉 우주 만물이 일자로부터 나온 것이기는 하지만, 그 우주 만물을 떠나서는 일자의 실체를 찾을 수 없다는 점에서 일자는 능생(能生)이면서 동시에 소생(所生)인 것이다.

일자인 태극으로부터 양의와 사상과 팔괘가 계속적으로 분화되는 과정을 좀더 자세히 살펴보자.

---

5) 위의 글, 하. <天下之動貞夫一者也.>

이르되 이 태극은 오히려 괘를 긋기 위해서 말한 것이거니와 괘를 아직 긋기 전에는 태극이 다만 하나의 혼론(混淪)한 도리이다. 그 안에 음양과 강유(剛柔)와 기우(奇偶)를 포함하여 가지지 않은 바가 없으므로 일기(一奇)와 일우(一偶)를 긋게 됨에 이르러 양의를 낳게 된다. 다시 일기 위에 일기를 더하니 이것이 양 중의 양이 되고, 또 일기 위에 일우를 더하면 이것이 양 중의 음이 된다. 또 일우 위에 일기를 더하면 음 중의 양이고, 일우 위에 일우를 더하면 음 중의 음이 되니 이를 일러 사상이라 한다. 이른바 팔괘라는 것은 일상(一象) 위에 두 괘를 놓아 상마다 각기 일기와 일우를 더하면 팔괘가 된다.[6]

앞의 『역경』의 인용문에서 태극이 음양을 낳았다고 했는데, 위의 인용문에서는 그 의미를 더욱 구체적으로 설명하고 있다. 유(有)로 분화되기 이전의 태극은 다만 혼론의 도리로서 그 안에 음양과 강유와 기우 등 만물의 속성과 시원적(始源的) 바탕을 미분(未分)의 상태로 지니고 있다고 한다.

이것은 하나의 모순이다. 왜냐하면 아직 유(有)로 분화되지 않은 미분성 자체는 분명히 무(無)라고 할 수밖에 없기 때문이다. 태극이 미분성으로서의 무일 수밖에 없다면 그것은 당연히 초월적인 것일 수밖에 없는 것이고, 초월적인 것일 수밖에 없는 것이라면, 또한 절대적일 수밖에 없는 것이다. 그럼에도 불구하고 그 태극의 초월성과 무에서

---

6) 김탄허, 『주역선해』(교림사, 1982), 219-220쪽. <曰此太極 却是爲畫卦說 當未畫卦前 太極只是一箇混淪底道理 裏面包含陰陽剛柔奇偶 無所不有 及畫一奇一偶 是生兩儀 再於一奇畫上加一奇 此是陽中之陽 又於一奇畫上加一偶 此是陽中之陰 又於一偶上加一奇 此是陰中之陽 又於一偶上加一偶 此是陰中之陰 是謂四象 所謂八卦者 一象上有兩卦 每象各添一奇一偶 便是八卦.>

만물이 분화되고 생성되어 나온다고 한다. 그러므로 결국 태극은 초월적이면서 초월적인 것이 아니고, 무이면서 무가 아니라고밖에 할 수가 없다.

이런 까닭에 역에서 말하는 무 혹은 유는 단순히 절대적인 무나 절대적인 유만을 뜻하지 않는다. 태극은 절대적이면서 동시에 상대적이다. 무는 언젠가 유로 생성될 가능성을 가지고 있는 상대무(相對無)이기도 하고, 유는 또한 무로 변환될 수밖에 없는 시간적 과정의 존재이기도 하다. 따라서 태극은 미분된 형이상학적 실체이면서 동시에 무한한 변화와 생성의 가능성이라고 할 수 있다. 태극의 이러한 모양을 역에서는 또 달리 다음과 같이 표현하기도 한다.

> 역은 생각도 없고 하는 것도 없어 고요히 움직이지 않다가 느껴, 드디어는 천하의 일이 되어지는 까닭으로 통한다. 천하의 지극한 신비로움이 아니면 그 누가 여기에 참여할 수 있겠느냐? 대체 역은 성인이 심원한 것을 극진히 하고 기밀(機密)을 연구하기 위함이다. 오직 심원하기 때문에 천하의 뜻(志)과 통할 수 있다.[7]

여기서 <생각도 없고 하는 것도 없어 고요히 움직이지 않는> 역은 체로써 말하는 것이므로 태극을 뜻한다. 태극의 본질을 <고요히 움직이지 않는 것(寂然不動)>으로 보고 있다. 고요함(寂然)과 부동성(不動性)은 다자(多者)와 변화의 속성이 아니라 초월적인 일자와 불변의 속성이다. 그러나 앞에서 설명한 바와 같이 일자는 다자와 구별되

---

7) 「계사전」 상. <易无思也, 无爲也, 寂然不動 感而遂通天下之故 非天下之至神 其孰能與於此 夫易聖人之所以極深而研機也 唯深也, 故能通天下之志.>

는 동시에 분리될 수 없는 하나의 전체이기도 하다.[8]

따라서 태극의 적연 부동성은 절대적인 것만이 아니라 도리에 따라 한번 느끼게 되면 끝없이 움직여 천하의 생성 변화의 까닭을 이루게 되는 가동성(可動性)을 내포하고 있는 것이다.

이와 같이 태극의 본질이 <없음이면서 있음>, 즉 무이유(無而有)이고, <움직이지 않음이면서 움직임>, 즉 부동이동(不動而動)이기 때문에 그것을 일러 신(神)이라고 부른다.[9] 또 노자는 그것을 일러 유현(幽玄)하다고 말하고,[10] 김만중 같은 이는 그것을 불교의 진공묘유(眞空妙有)에 나란히 비교하기도 한다.[11]

───────────

8) 이와 같이 태극은 이지적 사고의 논리를 초월하는 것이므로 논리적으로만 본다면 무한한 모순의 복합체라고 할 수밖에 없다. 그래서 태극의 이해는 직각적 체오(體悟)의 방법과 이지적 사고의 방법이 동시에 필요하다. 직각적 체오는 인간과 사물이 하나로 융합되는 체험에서 얻는 깨달음으로서 이른바 증지(證知)라 하는 것이고, 이지적 사고는 관찰, 비교, 분석, 귀납, 추리 등을 통해서 이루어지는 논리적 앎이다. 태극의 이해는 직각적 체오를 통해서 직접적으로 이루어지는 것이고, 직각적 체오를 가능하게 하는 것이 이지적 사고다. 그래서 태극의 이해에 도달하는 이러한 과정을 「계사전」은, <사물의 이치를 궁구하고 나의 성이 사물의 이와 하나임을 깨달음으로써 천명에 이른다>(窮理盡性以至於命)라고 쓰고 있다.

9) 『근사록』(경문사 영인, 1981), 144쪽. <그 변역하는 체를 역이라 하고, 그 변역하는 이(理)를 도라 하며, 그 작용을 신이라 한다.>(其體則謂之易 其理則謂之道 其用則謂之神.)

10) 『도덕경』, 제1장. <이 두 가지는 같은 근원에서 나오고서도 이름이 다르지만 둘 다 유현한 것이다. 유현하고 유현하여 모든 사물의 묘리가 나오는 문이 된다.>(此兩者同出而異名 同謂之玄 玄之又玄 衆妙之門.)

11) 김만중, 『서포만필』(통문관, 1971), 485쪽. <불교의 경전이 비록 번잡하나 그 요점은 진공묘유라는 네 글자를 벗어나지 않는다. 당(唐)의 선승 규봉종밀은 말하기를, 진공이라는 것은 있음의 없음과 다르지 않고, 묘유라고 하는 것은 없음의 있음과 다르지 않다고 하였다. 이 말은 주자(周子)가 이야기한 무극이태극(無極而太極)이라는 말과 자못 흡사한 것이다.>(佛書雖煩 其要不出於眞空妙有四字 圭峰宗密謂 眞空者 不

태극의 심원함은 무이유의 본질, 즉 적연 부동하다가 감이수통(感而遂通)하여 생성 변화하는 가능성에서 온다. 인용문에 보이는 바와 같이 이 생성 변화의 가능성이 천하의 <뜻(志)>과 통한다고 하니, 이 뜻이라고 하는 것은 바로 생성 변화하고자 하는 의지에 다름 아니다. 그러므로 이 뜻은 천하가 생성을 통하여 나타나고자 하는 가발성(可發性), 또는 움직이고자 하는 가동성(可動性)을 품고 있는 씨앗과 같은 것으로서, 무소 불유(無所不有)한 태극이 본래 그 혼론한 도리의 핵심 속에 지니고 있는 것이라고 할 수 있을 것이다.

다시 말하면 천하의 움직임은 일자의 움직임과 같은 것인데, 일자인 태극의 정연한 움직임은 바로 이 뜻에서 연유한다. 그렇다고 해서 태극과 뜻이 구별되는 것은 아니다. 다만 태극이 본래 지닌 부동이동으로서의 유현한 가동성 자체의 그 순수성을 가리키기 위하여 뜻이라는 용어를 사용할 따름이다. 그러므로 이 뜻은 <순수한 뜻>으로서 초월적이다.[12]

태극의 순수한 뜻, 즉 가동성이 현실화되면 그로부터 음양 이기가 비롯하여 우주 만물이 발생 분화하게 된다. 즉 태극은 음(--)과 양(-)이라는 양의(兩儀)를 낳고, 양의 중 양은 태양(=)과 소음(==)을 낳고 음은 소양(==)과 태음(==)을 낳아 사상(四象)을 이루고, 사상은 다시 팔괘(八卦)를 낳고, 팔괘는 64괘로 번성하게 된다.

違有之空也 妙有者 不違空之有也 此語頗與濂溪周子 無極而太極相似.)

12) 이 뜻(志)의 개념을 태극론에서 의미 심장하게 다루는 학자는 아직 없는 듯하다. 그러나 필자가 보기에 도의 의미를 알기 위해서는 이 뜻의 개념에 대한 이해가 반드시 전제되어야 한다고 본다. 특히 이것은 다시 뒤에서 논하겠지만 시언지(詩言志)라는 구절과 관련하여 동양 문학론에 있어서 핵심적인 개념이 되고 있다.

양의, 사상, 팔괘 등의 용어는 음양 이기 자체 혹은 사물 자체를 뜻하는 것이 아니라, 태극으로부터 음양 이기가 나와 만물을 생성하는 원리를 간명하게 설명하기 위한 부호의 이름에 불과하다. 어떻든 이와 같은 원리에서 본다면 태극은 이미 음양을 내포하고 있다. 그래서 흔히 태극도를 그릴 때 양 속에는 음이 내포되어 있고 음 속에는 양이 내포되어 있는 것으로 그리기도 한다.

그러나 태극의 이해를 돕기 위하여 음과 양을 분별하고, 또 양 속의 음과 음 속의 양을 작은 원으로 분별하여 각기 표시하는 것이지만, 태극의 형이상성은 근원적으로 그러한 구별이 불가능하다. 그것은 양이면서 음이고 음이면서 양이며, 무이유하고 유이무한 하나의 혼론한 전체이기 때문에, 그것이 한번 움직여 현상적 존재로 분화되어 나오기 전에는 인간의 감각으로 느낄 수 없는 초월적·형이상적 존재일 뿐이다.

양의는 태극 속에 있는 음과 양이 분화된 것이다. 그런데 사상을 보면 양이 소음으로 분화되면서 자신 속에 지닌 음을 실현시키고 있음을 볼 수 있다. 음도 소양으로 분화되면서 자신 속의 양을 실현시키는 이치는 마찬가지다. 이것은 음양도 각기 작은 단위의 태극을 지니고 있고 또한 태극의 운동 방식을 그대로 본받고 있음을 뜻한다고 볼 수 있는 것이다.

따라서 이것으로 미루어 본다면 음과 양은 서로 절대적인 것이 아니고 배타적으로 분별되는 것도 아님을 알 수 있다. 그것들은 다만 하나의 태극이 시간을 통하여 지속적으로 생성 변화되는 과정의 한 양상을 보이고 있는 것에 불과하다. 그래서 계속적으로 무한히 분화되어 간다고 하더라도 결국은 하나의 태극이 미세하게 분화되어가는 것일 뿐이므로 만물은 하나의 태극을 통하여 궁극적인 동일성을 얻을 수 있게 된다. 이것이 바로 <만물이 하나의 이를 갖추어 일원(一原)으로부터 함께 나왔다> 하는 의미요,[13] 공자가 말한 오도일이관지(吾道一以貫之)의 속뜻이다.

『역경』에 나타난 태극의 이러한 개념은 뒤에 송대 주렴계(周濂溪)에 의하여 오행설로 좀더 구체화되는 계기를 맞게 된다. 그가 지은 태극도설은 성리학에 결정적인 영향을 미치게 되는데, 이것이 바탕이 되어 앞서 말한 유・불・도 삼교의 합종의 계기가 이루어진다.[14]태극과 오행의 관계를 좀더 알아보기 위해 이른바 신유학의 뿌리라 할 수 있는 태극도설을 잠시 살펴보자.

무극이면서 태극이다. 태극이 움직여 양을 낳는데 움직임이 지극하면 고요해지고 고요해지면 음을 낳는다. 고요함이 지극하면 다시 움직이게 된다. 한번 움직이고 한번 고요해짐이 서로 그 뿌리가 되어 음양으로 나뉘고 양의가 세워진다. 양이 변하고 음이 합하여 수・화・목・금・토를 낳는데, 이 오기(五氣)가 순차로 퍼져 네 계절이 돌아가게 된다. 오행은 하나의 음양이고 음양은 하나의 태극이며 태극은 본래 무극이다. 오행이 생길 때에 각기 그 성(性)을 하나씩 가져서 무극의 진(眞)과 이기(二氣) 오행의 정(精)이 묘하게 합하여 응결되면 건도(乾道)는 남성을 이루고 곤도(坤道)는 여성을 이룬다. 두 가지의 기가 서로 교감하여 만물을 낳고 만물이 계속 생성됨으로써 변화가 무궁하게 된다.[15]

---

13) 『성리대전』(경문사 영인, 1981), 445쪽. <萬物各具一理 萬物同出一原.>

14) 배종호, 「동양본체론서설」, 『동양철학의 본체론과 인성론』, 동양철학회 편(연대출판부, 1984), 8-9쪽 참조.

이 태극설이 제기하는 문제의 복잡성은 태극과 음양을 각각 이와 기로 대치시켜 분석적으로 논구하기 시작한 후대의 이른바 이기 철학에서 잘 나타나고 있다. 이기 철학은 이기 이분법적 사고로부터 출발하는 까닭에 일원적 주리론(主理論), 이원적 주리론, 일원적 주기론(主氣論), 이원적 주기론 등으로 다기하게 전개되었다.

하나의 도체를 두고 이와 같이 다기한 이론적 관점이 성립하는 까닭은 도체가 완전한 하나의 전체임에 비하여 인간의 이론적 사고와 논리는 항시 일면적일 수밖에 없는 한계를 지니고 있기 때문이다. 분석적이고 이론적인 이해란 하나의 선택된 관점에서, 선택된 하나의 서술 체계에 의하여 의미와 질서가 부여된 관념의 조직에 불과하다. 그것은 명쾌한 논리 체계를 얻는 대신에 사실과 진실을 왜곡하거나 배반하기 쉽다.

태극이라는 하나의 도체를 이해하는 데 있어서 적어도 엄밀한 철학적 개념의 천착이나 철학적 논리 체계의 수립이 목적이 아니라면 복잡 다기한 이기설의 어느 한 관점을 선택할 필요는 없다. 완전한 전체에 이르는 길은 동시적으로 상호 모순적인 관점에 설 수 있을 때 오히려 가능하다.

태극의 전체성을 보기 위해서는 태극의 개념이 이기 철학에서와 같이 분석적·이론적으로 조직화되기 이전의 포괄적인 역의 개념으로 되돌아가야 한다. 그래야만 이기설의 분석적인 설명들을 자유롭게 참

---

15) 『근사록』, 133쪽. <無極而太極 太極動而生陽 動極而靜 靜而生陰 靜極復動 一動
一靜 互爲其根 分陰分陽 兩儀立焉 陽變陰合 而生火水木金土 五氣順布 四時行焉
五行一陰陽也 陰陽一太極也 太極本無極也 五行之生也 各其一性 無極之眞 二五
之精 妙合而凝 乾道成男 坤道成女 二氣交感 化生萬物 萬物生生 而變化無窮焉.>

조할 수 있을 뿐만 아니라, 일방적인 오성적 사유의 논리로부터 벗어나 유현한 도의 의미에 좀더 다가갈 수 있는 가능성이 열린다.[16]

우선 태극도설에서 오행의 생성 과정을 설명한 부분을 보자. 양이 변하고 거기에 음이 합하여 오행인 수·화·목·금·토가 생겨나고 거기에 따라서 사시가 유행하게 되었다고 한다. 그리고 이 오행은 하나의 음양에 불과하고 음양은 하나의 태극에 불과한데, 태극이 움직여 양이 생겨나고 그 움직임이 지극하면 고요함이 되어 음이 생겨난다고 한다. 그리하여 음양은 서로 뿌리가 되어 끝없이 한번 움직이고 한번 고요해지면서 그것이 지닌 남성과 여성으로 만물을 화생한다는 것이다.

이것을 알기 쉽게 도식화하면 다음과 같다.[17]

---

16) 태극이 이(理)인가 기(氣)인가 하는 문제는 근본적으로 소모적인 논쟁에 불과하다고 본다. 퇴계의 주리론(主理論)이 그의 신분 계층이 요구하는 봉건 지향적 도덕주의의 의식 구조에서 설명될 수 있고, 서화담의 주기론(主氣論) 역시 그의 신분에 따르는 반봉건적 도학주의에서 설명될 수 있는 것과 같이, 이기설의 입장은 시대와 사람에 따라서 달라진다. 주리론이거나 주기론이거나 간에, 또 일원론이거나 이원론이거나 간에, 모두 이론적 관점의 선택의 문제일 뿐이다. 그러나 역설적인 관점일지라도 하나의 관점이 선택되지 않으면 무엇에 대하여 설명할 수가 없다는 것 또한 자명하다. 불필요한 오해의 소지를 미리 없애기 위해서 필자의 관점을 미리 밝혀두는 것이 필요할 듯하다. 필자는 태극이 이(理)이면서 동시에 기(氣)라고 생각한다. 그것은 둘이면서 하나이고 하나이면서 둘이다. 이런 입장은 흔히 이기 일원론 혹은 이원적 주기론으로 분류되는 율곡의 관점과 흡사하다. 그러나 일원론이나 이원론 모두 결정론적 의미를 지니고 있다는 점에서 필자는 이것을 이기 일여론(理氣一如論)이라 부르고자 한다. 따라서 앞으로 <이(理)>라는 용어를 사용할 때는 그것이 주리론적 개념, 즉 기에 대립되는 추상적 관념으로서가 아니라, 이와 기를 다르면서 같다고 보는 일여론적 관점에서 쓴다는 것을 미리 밝혀 둔다.

17) 태극의 설명은 복회 팔괘도와 문왕 팔괘도가 이용되는데, 전자는 공간적인 파악이고 후자는 시간적인 설명이다. 여기서는 후자의 팔괘도를 기본으로 삼는다.

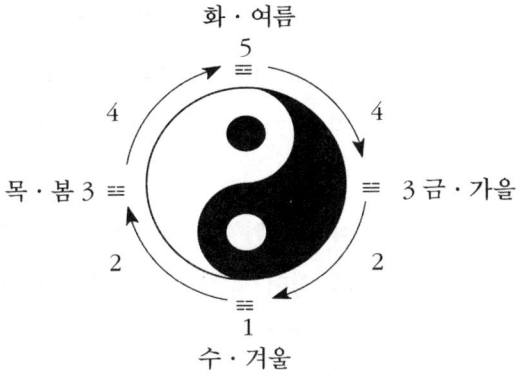

화 · 여름
5
4   4
목 · 봄 3   3 금 · 가을
2   2
1
수 · 겨울

<도식 1>

위의 도식은 태극 자체를 표상한 것이 아니다. 이것은, 태극이 낳은 음양이 변합하여 오행이 생긴 다음에 이 오행의 기가 순포되어 사시가 유행하면서 만물이 생성되고 무궁한 변화가 일어나는 그 과정과 원리를 나타내기 위한 것이다. 그런데 도식을 그릴 때 태극을 중심으로 한 것은, 앞에서 이미 설명한 바와 같이 만물의 생성 변화와 천하의 움직임은 궁극적으로 일자인 태극의 그것이요, 태극의 그것을 본받고 있기 때문이다.[18] 그리고 태극을 본받는 까닭은 태극으로부터 분화되어 나온 만물이 생성 변화의 이(理), 즉 태극을 각기 지니고 있을 수밖에 없는 필연 때문이다.

도식을 보면 밝은 부분으로 나타나 있는 양은 하단의 겨울의 위치에

---

18) 앞에서 설명했던 <천하의 움직임은 일자이다>(天下之動貞夫一者)에서, 정(貞)이란 글자는 <본받다>라는 뜻을 가지고 있다. 그러므로 이 구절의 속뜻은 <천하 만물이 생성 변화하는 움직임은 일자인 태극의 움직임을 그대로 본받는다>라는 뜻이다.

서 아주 가느다랗게 표시되어 있다. 이것은 검은 색으로 표시된 오른쪽의 음의 힘이 극단적으로 강성해지면 음 속에 숨어있던 양기가 반동하여 음이 양으로 변하면서 다시 시작한다는 이치를 나타내기 위한 것이다.

이와 마찬가지로 상단의 여름의 위치에서 양의 힘이 극단적으로 강성해지자 양의 내부에 잠복해 있던 음기가 반동하여 양이 음으로 변하고 있다. 이것을 비유적으로 말한다면 음은 들숨이고 양은 날숨이다. 태극도설에서 말하고 있는 동극이정(動極而靜)의 의미가 이것이고, 극즉필반(極則必反)의 법칙이 바로 이것이다. 이와 같이 음양은 서로 뿌리가 되어 끝없이 일동 일정(一動一靜)을 계속하면서 극하면 변하여 통하게 된다.[19]

위의 도식에서 태극의 움직임이 최초로 비롯되는 지점, 곧 사물의 발생과 분화가 비롯되는 자리는 바로 겨울의 수좌(水座)이다. 한겨울 모든 생명의 기운, 즉 양기가 사라져버린 극지가 이른바 적연부동(寂然不動)하다가 감이수통(感而遂通)하여 생성 변화를 시작하는 곳이다.

그래서 태극 혹은 태극 운동의 실질적인 본체는 물로 상징된다.[20] 이 물 속에서 나온 하나의 가느다란 움직임, 즉 생명의 기운인 양기가 유행하면서 그 힘이 극도로 강성해지면 극즉필반의 법칙에 의하여

---

19) 「계사전」 하. <궁하면 변하고 변하면 통하고 통하면 오래 간다.>(易窮則變 變則通 通則久.)

20) 이율곡, 「답성호원」, 『율곡전서』 권 1(성대 대동문화연구원, 1978), 187쪽. <역에 태극이 있다고 하는 그 태극은 물의 근원이다. 내 마음 속에 있는 한 태극은 물이 우물에 있는 것이요 사물 속에 있는 태극은 물이 그릇에 나뉘어져 있는 것일 뿐이다.>(易有太極之太極 水之本源也 吾心之一太極 水之在井者也 事物之太極 水之分乎器者耳.)

음으로 변하게 되고, 그 음기도 극도로 강성해지면 역시 양으로 변하게 된다. 그러나 현상적으로 보면 양기의 움직임은 음기가 극성한 자리, 즉 처음 움직임이 비롯되었던 수좌에 돌아와서 사멸하는 것처럼 보인다.

그러나 역의 사유 체계에서 완전한 무, 즉 절대무란 있을 수 없는 것과 같이 완전한 사멸 또한 존재하지 않는다. 사멸은 오직 표면적인 현상일 뿐이고 실제에 있어서는 새로운 탄생을 의미하게 된다. 그래야만 생생지위역(生生之謂易)이라 하듯이 무궁한 변화를 이어가면서 만물을 끊임없이 생성해 낼 수 있다.

도식에 보이는 바와 같이 하나의 생명, 즉 양기는 태극의 상징인 겨울의 물로부터 비롯하여 봄과 여름을 통하여 생장 발전하게 되고, 그 생장의 정점인 여름의 위치에서부터 점차 쇠퇴와 사멸의 길로 하강하게 된다.

그런데 최초로 양기가 출발하는 태극의 자리, 즉 수좌는 음기가 극도로 강성해진 지점이다. 음기가 강성해질수록 그 속에 잠복해 있던 하나의 씨앗과 같은 양기의 발동력은 극즉필반의 법칙에 따라서 역설적으로 강대해지게 되는 것이다. 그리하여 음기가 지극한 순간에 양기는 드디어 분출되어 새로운 생장의 길을 다시 걷게 된다.

그러므로 양기가 가장 완전하게 충실한 때는 무성한 음기 속에서 한 올의 양기가 싹트는 순간이다. 이 양기의 세력을 지수로 표시한다면 1이 되는데, 이 지수는 봄과 여름을 따라 생장 발전하게 되면서 점차 줄어들게 된다. 다시 말하면 양기의 세력은 여름이 되면서 표면적으로는 가장 강성한 모습을 보이게 되지만 실제에 있어서 그 내면은 지니고 있던 양기를 외면으로 발산하고 소모했기 때문에 점차 허약해지는 모습을 나타내고 있다.

그래서 도식을 보면, 표면적으로 가장 양기가 세력을 떨치고 있는 여름이 그 내부는 가장 허약한 시기이므로 그 양기의 지수는 5로 표시된다. 또 이와 반대로 음기가 세력의 주도권을 잡아 유행해 가는 가을과 겨울을 보면 표면은 음기가 점차 무성해지는 듯하지만 그 내부는 양기가 점점 하나의 핵심에 집중 통일되면서 강성해진다. 그러므로 양기의 지수는 음의 세력권 속에서는 오히려 점차 불어나게 된다.

양기가 출발하여 <2→3→4→5>의 지수를 따라 번성해지는 수는 순수(順數)라 하고, 쇠퇴와 하강의 길로 접어드는 <4→3→2→1>의 지수는 역수(逆數)라고 한다. 한마디로 요약한다면 양기는 순수를 따라 집중된 힘을 분산하면서 외형적으로 번성 발전하게 되고, 그 발전의 극한점에서는 분산되었던 양기를 다시 태극의 일점으로 집중 통일시키면서 번성했던 외형을 분열시켜 간다고 할 수 있다.

그런데 태극의 운동, 혹은 태극의 운동을 본받은 만물의 생성 변화에 대한 이와 같은 설명은, 따지고 보면 사계의 순환적 이치를 음양 이기를 빌어 좀더 정밀하게 조직화한 것에 불과하다고 볼 수 있다. 그래서 한편으로는 그러한 까닭에 자연의 이치에 합당한 것이기도 하다.

이와 같은 태극의 운동에 대하여 『역경』은 다음과 같이 부연하고 있다.

이러므로 어둠과 밝음의 까닭을 알 수 있고 처음 시작했던 곳을 근원으로 하여 다시 돌아와 마치니 살고 죽는 도리를 안다. 정기(精氣)는 사물이 되고 유혼(游魂)은 변화한다. 그러므로 귀신의 정상을 안다.[21]

여기서 <어둠과 밝음>은 음양을 뜻하고, <처음 시작했던 곳과 마치는 곳>은 태극의 자리, 즉 겨울의 수좌를 뜻한다. <정기>는 태극으로 되돌아오는 응축된 기를 말하고, <유혼>은 스스로의 길을 따라 유행해 가는 기의 변화를 말하고, <귀신>은 순수를 따라 펼치고 역수를 따라 움츠리는 기의 신비한 작용을 말한다.

그런데 이러한 기의 움직임과 변화는 무질서하게 일어나는 것이 아니고 수리적인 원리를 따라서 정연하게 전개된다. 수리적인 원리에 따라 정연하게 전개되는 형상 이전의 원형(原型)적인 태반(胎盤)은 상(象)으로 드러나고, 상은 형상적인 사물로 나타나고, 사물은 시간의 추이에 따라 변화하면서 마침내 최초의 태극의 자리로 환원된다.[22]

다음으로 태극도설에서 문제가 되는 것은 <무극이태극>이라는 구절의 무극이다. 이 용어는 원래 노자와 장자에 나오는 말로서 도가의 영향을 암시하고 있는데,[23] 태극설의 해석 중에서 가장 논란이 많은

---

21) 「계사전」 상. <是故 知幽明之故 原始反終 故知死生之說 精氣爲物 游魂爲變 是故 知鬼神之情狀.>

22) 소강절, 「관물외편」 하. 『성리대전』, 230쪽. <태극의 본성은 부동이다. 그것은 신으로 나타나고 신은 수로 나타나고 수는 상으로 나타나고 상은 현상적인 꼴로 나타나고 꼴은 변하여 다시 신으로 돌아간다.>(太極不動性也 發則神 神則數 數則象 象則器 器之變復歸於神也.)

23) 『도덕경』, 제28장. <광명으로 드러날 길을 알면서 암흑을 지키고 있으면 천하의 모범이 될 수 있다. 천하의 모범이 된다면 덕은 항상 그에게 어긋남이 없을 것이다. 그리하여 다시 무극으로 돌아갈 수 있을 것이다.>(知其白 守其黑 爲天下式 爲天下式 常德不式 復歸於無極.); 『장자』, 「재유」. <무궁의 문 안으로 들어가 무극의

부분의 하나다.

대강을 간단히 말한다면 무극과 태극은 하나의 도체를 전면과 후면에서 바라본 것이라고 할 수 있다. 앞의 도식에서 수좌를 중심으로 본다면, 사물이 최초로 발생하여 유행해 갈 때의 기점이라는 의미에서 태극이고, 유형 변화(流形變化)해 가던 사물이 봄과 여름과 가을을 지나 다시 수좌에 돌아와 사멸할 때는 그 종점이라는 의미에서 무극이다. 즉 현상 쪽에서 보는 전면이 태극이라면 현상의 배면은 무극이다.[24]

이 무극이태극이라는 말은, 태극의 형이상성을 일러 무이유라 하거나, 김만중이 그것을 진공묘유에 비유하여 말한 것 등과 결국은 다 같은 뜻이라고 할 수 있다.[25]

지금까지 만화(萬化)의 추뉴(樞紐)요 만품(萬品)의 근저라고 하는 태극 운동의 원리를 극히 간략하게 요약해 보았다. 뒤에 구체적으로 논의가 진행되면서 태극설의 여러 개념들이 좀더 분명하게 밝혀지겠지만, 우리가 여기서 다시 한번 염두에 두어야 할 것은 태극의 운동 원리가 우주의 변화 원리일 뿐만 아니라 인성론 혹은 인간의 심성론이

들판에 노닐겠소. 나는 해와 달과 더불어 빛날 것이며, 나는 천지와 더불어 영원할 것이오.>(入無窮之門 以遊無極之野 吾與日月參光 吾與天地爲常.)

24) 이 글의 목적이 전문적인 역리의 연구에 있지 않기 때문에, 여기서는 무극이태극의 뜻이 지닌 대강의 원리만을 이야기한다. 그래서 번역도 <무극이면서 태극이다>라고 한 것이다. 문왕 팔괘도에서는 곤괘가 무극에 해당하고 건괘가 태극에 해당하므로, 이에 따른다면 <무극에 이어 태극이다>라고 번역할 수도 있다. 그러나 역리 자체의 분석적 연구가 아니라면 본문의 해설과 같이 대강의 원리만을 취해도 결코 그 본래의 뜻에서 벗어나는 것이 아니다.

25) 무극은 사계에 배속된 토(土)와 밀접한 관계를 가진 것으로서 뒤에 오행의 상상력과 함께 다시 논의된다.

라는 점이다.

다시 말하면 인간의 마음의 변화 원리와 우주의 변화 원리를 일여
적으로 파악하고 있다는 점이다. 이와 같이 일여적인 관점에서 바라보
기 때문에 태극은 하늘에서 명(命)이 되고, 사물에서 이(理)가 되고,
사람에게 성(性)이 되고, 태극의 이 오묘한 체와 용은 도가 된다고 말
하게 된다.26)

2 역리의 시론적 유추

2.1 도문 일체의 논리

도의 개념이 역과 불가분의 관계에 있고 역리가 시간적 인식의 기
초 위에 성립되어 있으며 또한 그것이 집단심의 핵심에 위치하고 있
다 하더라도, 역의 원리와 개념들을 직접 시학의 그것으로 적용하기
위해서는 좀더 양자의 유추적 관계를 먼저 밝히고 그것을 논의의 근
거로 삼는 것이 순서라고 생각한다.

먼저 도와 문(文)의 관계를 유추할 수 있는 몇 대목을 『역경』에서

---

26) 『근사록』, 144-161쪽. <하늘에서는 명이 되고 사물에서는 이가 되고, 사람에게는
성이 되고 몸을 주재하게 되면 심이 되는데 실지로는 하나이다.>(在天爲命 在義爲
理 在人爲性 主於身爲心 其實一也.) <마음은 성과 정을 통수하는 것이다.>(心統
性情者也.) <그 변역하는 이를 도라 하며, 그 작용을 신이라 하며, 사람에게 명한
것을 성이라 하며, 성에 따름을 도라 하며, 도를 닦는 것을 교라 한다.>(其理則謂之
道 其用則謂之神 其命於人則謂之性 率性則謂之道 修道則謂之敎.)

뽑아 비교해 본 다음에 역리가 과거에 문학론으로 수용된 양상을 간략히 살펴보기로 한다.[27]

　비괘(賁卦)는 형통한다. 부드러운 것이 와서 굳센 것을 드러내므로 형통한다. 굳센 것이 나뉘어 위로 올라가 부드러운 것을 드러낸다. 따라서 가는 곳이 있으면 조금 이로우니 천문(天文)이요 문명(文明)에서 머무니 인문(人文)이다. 천문을 관찰하여 때의 변화를 살피고 인문을 관찰하여 천하를 이루어지게 한다.[28]

　성인이 괘를 베풀어 상(象)을 관찰하고 거기에 말을 붙여 길흉을 밝혔다. …… 변화라는 것은 나아가고 물러오는 상이요, 굳세고 부드러운 것은 낮과 밤의 상이요, 육효가 움직인다는 것은 삼극의 도이다.[29]

---

27) 『역경』은 문왕이 복희씨의 8괘를 중첩하여 64괘를 제작하고 거기에 괘사와 효사를 붙여서 완성한 것이다. 그리고 그 경문을 해설한 글, 즉 흔히 「역전(易傳)」으로 부르는 십익(十翼)을 공자가 지어서―공자가 십익의 일부만 지었느냐 전부를 지었느냐 하는 문제는 여러 이설들이 있다.― 그것을 경문에 더하여 주역의 철학이 완성된다. 그러므로 『역경』과 「역전」은 원칙적으로 구별되어야 할 것이다. 그러나 공자가 『역경』을 해설한 「역전」은 이른바 술이부작(述而不作)의 찬역(贊易)이므로 굳이 그것들을 구별하지 않고 통용할 수도 있다는 점에서 이 글의 본문에서는 문맥에 따라 역, 역경 등으로 통칭한다. 또 역은 생생지위역에서 볼 수 있듯이 생성 변화 자체를 뜻하기도 한다.

28) 『주역』, 비괘 단사. <賁亨 柔來而文剛 故亨 分剛 上而文柔故 小利有攸往 天文也 文明以止 人文也 觀乎天文 以察時變 觀乎人文 以化成天下.> 여기에 나오는 <柔來而文剛>, <分剛上而文柔>의 문(文)을 김경탁 교수는 『주역』(명문당, 1978)에서 <수식한다> 라고 번역했다. 그러나 역리의 대대적(待對的) 인식―부드러움은 굳셈으로 인하여 부드러움이 되고 굳셈은 부드러움으로 인하여 굳셈이 된다는 식의 사유 방식―을 전제할 때, <드러내다>라고 해야 그 뜻이 분명할 듯하여 필자는 그렇게 번역한다. 또 실제로 문(文)은 천문(天文), 인문(人文) 등에서와 같이 <드러난 모양>이라는 뜻으로 쓰이고 있다. 이가원, 『상해한자대전』(유경사, 1972) 참조.

위에서 보는 바와 같이 천문과 인문을 나란히 제시하여 유추 관계를 성립시키고 있다. 천문은 하늘에서 도가 드러난 모양이고, 인문은 사람한테서 도가 드러난 모양이다.[30] 또 두번째의 인용문에는 삼극의 도, 즉 천도, 지도, 인도 등을 하나의 통일된 구조로 파악하고 있다.[31]

이와 같은 유추가 더욱 확대되면 다음과 같이 역 자체가 도를 현시하는 것으로 나타난다.

역은 천지와 더불어 가지런하다. 그러므로 천지의 도를 둘러 싼다. 그것으로써 우러러 하늘에 드러난 모양을 관찰하고 구부려서 땅 속에 갖추어진 이치를 살핀다. 이런 까닭에 어둠과 밝음의 이유를 알 수 있고 처음을 근원으로 하여 다시 돌아와 끝마친다. 그러므로 살고 죽는 도리를 안다.…… 주야의 도를 통하여 안다. 그러므로 신은 방소(方所)가 없고 역은 형체가 없다.[32]

---

29) 「계사전」 상. <聖人設卦觀象 繫辭焉 而明吉凶……變化者 進退之象也 剛柔者 晝夜之象也 六爻之動 三極之道也.>

30) 문(文)은 천지 자연의 도가 드러난 모양이므로 문학은 자연을 모방하는 것이라고 생각되기도 한다. 「시위(詩緯)」에서, <시는 하늘과 땅의 마음이다>(詩者天地之心)라고 한 것은 그와 같은 생각의 표현이다. 이런 점에서 문(文)은 도가 드러난 모양, 즉 <무늬>라는 단순한 뜻으로부터 마침내 문장 혹은 문학이라는 뜻에 이르기까지 그 의미의 폭이 매우 넓다. 그러나 상형 문자의 바탕이 무늬이고 그 문자로 기록한 것이 글이므로, 필자는 앞으로 서술의 편의를 위해서 문의 미세한 함축적 의미들을 굳이 구별할 필요가 없을 경우는 문 대신 글이라고 쓴다. 유약우, 『중국문학의 이론』, 이장우 역(범학사, 1978), 43-45쪽 참조.

31) 괘는 여섯 개의 효로 이루어지는데, 위의 두 효는 하늘을 상징하고 가운데의 두 효는 사람을 상징하고 아래의 두 효는 땅을 상징한다. 그리하여 이 여섯 개의 효의 교합과 변화를 살펴 길흉을 판단한다. 따라서 인간을 포함한 우주의 변화를 천·지·인 삼재의 불가분적 관련성 속에서 관찰하고 있다고 볼 수 있다. 따라서 천문·지문·인문 등은 하나의 통일적인 구조로서 상보적이다.

위의 글에서 역은 천지의 도와 동일시되고 있다.

역이 천지와 가지런하고 천지의 도를 감쌀 수 있기 때문에 이 역으로써 천도의 드러나는 모양을 관찰할 수 있으며 모든 변화의 까닭을 알 수 있게 된다. 제1장에서 도와 역을 시간 원리에 의해서 설명한 바 있지만, 위의 인용문에도 그러한 시간적 의미의 함축은 여러 곳에서 발견된다. 즉 <어둠과 밝음의 까닭>, <처음을 근원으로 하여 다시 돌아와 끝마친다>, <주야의 도를 통하여> 등은 바로 역이 시간 원리의 표현임을 직설적으로 나타내고 있다. 시간을 통하여 모든 것이 끊임없이 변화하므로 인용문의 표현과 같이 신은 머무는 곳이 있을 수 없고 역은 형체가 없을 수밖에 없다.

우리는 위의 인용문들을 통해서 하나의 의미 있는 등식을 얻게 되는데, <도(道) =역(易)=문(文)>이 바로 그것이다. 위에서 살펴본 바와 같이 이 세 개념은 본질적으로 불가분의 것이다. 궁극적으로 글은 도가 드러난 것이고 역은 그 도와 나란히 가는 도의 원리이다. 그러므로 도문 일체라고 할 수 있는 글과 도의 관계를 축자적 해석에만 의지하여 단순하게 대립적인 이분 구조(二分構造)로 이해하는 것은 매우 피상적이다.[33]

위에서 살펴본 바와 같이 『역경』에서는 문과 도와 역을 하나의 원리로 꿰뚫어 보고 있다. 역의 이러한 관점은 점차 문이 지닌 다양한

---

32) 「계사전」상. <易與天地準 故能彌綸天地之道 仰以觀於天文 俯以察地理 是故知 幽明之故 原始反終 故知死生之說……通乎晝夜之道而知 故神无方而易无體.>

33) 정자(程子)는 이와 같은 도와 문의 관계를 다음과 같이 말하고 있다. <도의 근본이 없으면 서지 못하고 문이 없으면 행하지 못한다.……도는 문식(文飾)으로 말미암아 형통할 수 있다.>(無本不立 無文不行 ……道能亨由飾.) 김탄허, 앞의 책, 465-467쪽에서 재인용.

의미의 분광보(分光譜)를 따라 굴절되면서 본격적인 문학론 속으로 수용되기 시작한다. 즉 문의 의미가 <문장(紋章)→문양(紋樣)→문식(紋飾)→문화→학식→문장→문학>과 같이 초점의 이동을 겪게 된다.[34]

이와 같은 초점의 이동에 따라서 <도=역=문>이라는 『역경』 본래의 일여적 정신이 보다 구체적으로 분명하게, 그리고 전형적으로 표현된 것은 유협의 『문심조룡』에서 볼 수 있다.

문의 덕은 참으로 위대하구나. 그것이 천지와 더불어 함께 생성됨은 어찌된 일인가. 하늘의 검은 빛과 땅의 노란 색이 뒤섞여 땅은 모난 것으로 하늘은 둥근 것으로 그 몸을 나누었다. 해와 달은 구슬을 이어놓은 듯 하늘의 모습을 드리우고 산천은 아름다운 비단처럼 빛나며 그것으로 땅 위에 정연한 질서를 펴고 있다. 이것을 천지 자연의 문이라 한다. 우러러 빛을 발산하는 모양을 관찰하고 아래로는 구부려 속 깊이 빛을 품고 있는 모양을 살펴본다. 높고 낮음이 정하여졌으므로 벌써 음양이 생겨난 것이다. 오직 사람은 세번째로 생겨 성령을 받았으므로 이를 일러 삼재라 한다. 사람은 오행의 정화요 진실로 천지의 마음이다. 마음이 생겨나면 말이 세워지게 되고 말이 세워지면 글이 밝게 드러난다. 이것이 자연의 도이다.[35]

---

34) 유약우, 앞의 책, 44쪽.

35) 유협, 『문심조룡』, 최신호 역(현암사, 1975), 8쪽. 인용된 번역문은 최신호의 번역을 필자가 원문을 참조하여 여기저기 부분적으로 고친 것이다. 예컨대 <아래로는 땅 위를 덮고 있는 문채를 관찰하여>와 같은 구절을, 인용문처럼 <아래로는 구부려 속 깊이 빛을 품고 있는 모양을 관찰한다>로 고친 것이 그 하나다. 이렇게 고쳐야 역리의 내오(內奧)가 분명히 드러난다. 인용문에서, <빛을 발산하는 모양>은 양(陽)으로서 건괘에 해당하고, <속깊이 빛을 품고 있는 모양>은 음(陰)으로서 곤괘에 해당되기 때문이다. 역경의 곤괘 효사에 보면, <빛을 깊이 품고 있어야 곧을 수 있다>(含章可貞)라고 되어 있다.

인문의 시원은 태극으로부터 비롯한다. 천지 자연의 묘리를 깊이 밝힌 것은 오직 역의 괘상이 처음이다. 복희가 팔괘를 그어 처음을 이루었고 공자가 십익(十翼)을 지어 끝을 맺었다. 건곤의 두 괘는 특히 문언(文言)이 지어졌다. 언어의 문식(文飾)이야말로 천지의 마음이다.……문장이 세상의 움직임을 고무할 수 있는 것은 그것이 도문(道文)이기 때문이다.[36]

위의 인용문은 모두 『문심조룡』의 첫 장 「원도(原道)」에 나오는 것들이다. 원도라는 말은 도의 근원을 추궁함이란 뜻이지만, 실제로 유협이 의미하고 있는 바는 문학의 기원을 도에서 추궁함이라는 뜻이다. 과연 두 인용문에 나타나 있듯이, 그는 문학의 기원을 우주의 생성과 함께 보고 있으며, 또한 문학의 의미를 우주적인 의미로 확장시키고 있다.

자연 현상은 천지 자연의 문이고, 천지의 마음인 사람이 그 마음을 표현하는 언어로 세워 놓은 것은 언어의 문식, 즉 글이라고 한다. 그러므로 사람이 천지의 마음인 까닭에 글은 다시 천지의 마음이 될 수밖에 없고, 천지의 마음인 글은 자연 현상으로 나타나는 천지 자연의 문과 근원적인 일체성을 지닐 수밖에 없다. 그래서 글은 <천지와 더불어 함께 생성>하는 것이며, 그렇게 생성하는 까닭은 자연의 도에 있으므로 글은 본질적으로 <도문(道文)>이 될 수밖에 없다. 그리고 도문이기 때문에 세상의 움직임을 고무할 수 있다는 것이다.

도와 함께 생성되며 그 도를 드러내는 글, 즉 도문이 어떻게 해서 세상의 움직임을 고무할 수 있다는 것일까. 그것은 인간을 포함한 천

---

36) 위의 책, 9쪽.

지 만물이 모두 하나의 도에 의해 생성되는 것이므로 글이 그 도를 통하여 천지 만물이 근원적으로 일체임을 드러낼 수 있기 때문에 가능하다. 이것은 자아의 이와 사물의 이가 합일하여 궁극적인 이해에 도달한다는 이치와 같은 것으로서, 뒤에 자세히 논의되겠지만, 문학적 감동 혹은 문학적 가치를 가늠하는 중요한 논거가 된다.

천지인의 문이 음양 오행의 원리에 의해서 유기적으로 생성되고 있음을 밝힌 뒤에 <인문의 시원은 태극으로부터 비롯한다>고 말한 유협의 이러한 문학 사상은 『역경』에 나타난 <도=역=문>의 사상과 그대로 일치한다. 그런데 이러한 도문 일체의 사상이 후대로 내려오면서 점차적으로 이원화되어 마침내 도는 내용 혹은 목적이 되고 글은 단순한 형식 혹은 수단으로 변질되고 만다.

이와 같은 변질의 계기가 당대(唐代)의 한유(韓愈), 유종원(柳宗元), 유면(柳冕) 등으로부터 비롯된 고문 운동(古文運動)에 있었음은 주지의 사실이다. 이들은 문학의 형식으로는 간결한 고문을, 그리고 내용은 시속을 교화할 수 있는 선왕의 도와 성현의 도를 포함할 것을 표방했던 것이다. 그리하여 이러한 고문 운동은 결국 문학을 효용면에 치중하여 이른바 문이재도 혹은 문이관도로 표현되는 공리적 문학관을 낳게 되었다. 그리고 이 문학관은 송대의 주자주의적 도학의 영향 밑에서 점점 더 경화되어 급기야 문학은 여기(餘技)일 뿐이라는 극단적인 사상에 이르게 된다.

다음은 그와 같은 극단적인 문학 사상을 보여주고 있는 예다.

재경이 물었다. <창여선생집(昌黎先生集)의 이한(李漢) 서문의 처음

한 구절이 매우 좋습니다> 주자가 대답하기를, <공은 좋다고 말하나 내가 보기에는 결점이 있습니다> 라고 했다. 재경이 말했다. <글은 도를 꿰어 담는 도구라 했는데 육경 같은 것도 글이며 그 가운데 이야기하는 것은 모두 이 도나 이치입니다. 무슨 잘못이 있습니까?> 주자가 말했다. <그렇지 않습니다. 이 글이란 것은 모두 도로부터 생겨나는 것입니다. 어찌 글이 도리어 도를 꿰어 담는다는 이치가 있겠습니까. 글은 글이고 도는 도입니다. 글은 다만 밥 먹을 때의 반찬과 같을 따름입니다. 만약 글로 도를 꿰어 담는다고 하면 이는 도리어 근본을 말단이라 하고 말단을 근본이라 하는 것이니 이것이 옳은 것입니까?>[37]

<글이 도를 꿰어 담는 도구>라고 하면 도가 목적이 되고 글은 그것을 위한 수단에 불과하다. 그런데도 불구하고 주자는 글과 도에 대한 이 정도의 상관성도 부정하고 <글은 글이고 도는 도>일 뿐이라고 말한다. 심지어 글이란 밥 먹을 때의 반찬에 불과한 것이라고 서슴없이 비유한다. 『역경』에서 표현된 도문 일체의 사상은 흔적을 찾아볼 수가 없다. 이미 도는 <천지의 문>과 천지의 마음을 드러내는 <언어의 문식>을 더불어 함께 생성하는 본래의 면목이 아니다. 도는 근원적인 생성력을 잃고 협소한 도학적 관념으로 경화되어 버렸다. 주자의 어법대로 말한다면 도의 근원적 생성의 원리는 근본이 아닌 말단으로 변하고 경직된 도덕적 목적은 도리어 말단이 아닌 근본으로 뒤바뀌어 버리고 만다.

---

[37] 『주자어류』권 139, 논문 상. <才卿問 韓文李漢序 頭一句甚好 曰 公道好 某看來有病 陳曰 文者貫道之器 且如六經是文 其中所道 皆是這道理 如何有病 曰 不然 這文皆是從道中流出 豈有文反能貫道之理 文是文 道是道 文只如喫飯時下菜耳 若以文貫道 都是把本爲末以末爲本 可乎.>

이와 같이 글은 글이고 도는 도라고 하는 경직된 사상은 주자학과 함께 그대로 우리나라에 수용된다.

글은 도를 담는 그릇이다. 인문(人文)을 말함은 도를 얻는 것이다.[38]

글이란 도를 꿰는 기구이다.[39]

여전히 도와 글을 분리하여 글을 도에 종속시키고 있다. 그러나 실제로 문학의 내용과 형식이 유기적인 관계에 있기 때문에 본질적으로 분리될 수 없는 것과 같이 글과 도의 관계도 분리될 수 있는 대립 관계가 아니다. 문학의 교훈론을 주장한다고 해서 실제의 문학 작품이 심미적 형식을 떠나서 감동적인 내용으로 형상화될 수 없듯이, 또한 문학의 쾌락론에 경사되었다 해도 형식화될 수 있는 내용을 떠나서는 그 형식 자체가 처음부터 형성되지 않는다.

글과 도의 관계도 마치 내용과 형식의 관계처럼 유기적이고 일체적인 상관성을 지니고 있는 것으로 보아야만 이치에 합당하다. 그러기 때문에 글과 도를 분리하여 극단적으로 나가다 보면 반드시 자가 당착에 빠지게 되고, 그 자가 당착의 모순과 파탄을 벗어나고자 할 때는 어쩔 수 없이 모호한 절충적 논리에 의지할 수밖에 없기 마련이다.

이 때문에 주자 자신도 글은 글이고 도는 도라고 하면서도 그것을

---

38) 정도전, 「경산이자안도은문집서」, 『동문선』 Ⅱ(민족문화추진회, 1982), 250쪽. <文者載道之器 言人文也得其道.>

39) 서거정, 「동문선서」, 위의 책 Ⅰ, 552쪽. <文者貫道之器.>

본말(本末)에 비유하기도 하고 좀더 구체화시켜 <도는 글의 근본이고 글은 도의 지엽(枝葉)이다>라고 하여 도학적 입장의 궁색한 절충 논리를 펴게 된다.[40] 도는 도이고 글은 글이라는 말과, 글이 도의 지엽이라는 말은 분명히 다르다. 글이 도의 지엽이라면 강조점의 차이는 있을지라도 글은 도의 발화요 발현일 수밖에 없다. 지엽으로 꽃피지 못하는 뿌리가 온전한 것일 수 없고 뿌리에서 단절된 지엽이 생명력을 지닐 수 없듯이 도와 글이 적어도 그런 정도의 유기적 관계에 있음을 주자는 불가피하게 인정하지 않을 수 없었던 것이다.

주자가 도를 내세우면서도 글을 떠나지 못하고 모호한 절충논리에 의해서 양자 사이를 맴도는 것과 같이, 그런 자기 모순적 현상은 조선조의 사장파와 사림파 사이의 대립에서도 그대로 나타난다. 사림파는 사장의 형식미를 벗어날 수 없었고 사장파는 도학의 사상적 내용을 외면할 수 없었기 때문에, 그들은 관료가 되면 사장파가 되었고 관직을 떠나면 사림파가 되었다. 다시 말하면 명분과 실질이 괴리되어 있었다. 도와 글의 엄격한 분리에서 필연적으로 발생할 수밖에 없는 이런 현상은 역시 그 뒤의 실학파에서도 그대로 나타난다.

이와 같은 현상들은 모두가 주자학적 도덕주의의 이념 속에 갇혀 있었기 때문에 발생하는 필연적인 결과이거니와, 한편으로 그러한 자기 모순적 절충 논리는 주자학적 도 자체가 근원적으로 글과 불가분의 생성 관계에 있음을 반증하고 있는 것이라고 볼 수 있을 것이다. 아무리 경직된 효용론적 관점에서 도를 주장한다고 해도 그것은 단지 특정한 이념적 입장을 옹호하기 위한 궁색한 수단일 뿐, 그것으로 글

---

40) 『주자어류』 권 139, 논문 상. <道者 文之根本 文者 道之枝葉.>

과 도의 근원적이고 일체적인 생성 관계를 완전히 부정할 수는 없는 것이다.

『역경』의 사유와 같이 천문, 지문, 인문 혹은 천지인의 육효가 하나의 유기적인 생성적 관계로 전제되어야 글이 실지의 진실과 부합되고 천지 자연이 그 사실과 어긋나지 않게 된다. 이미 이 글의 제1장에서 밝혔듯이 도를 참답게 이해하기 위해서는 위와 같이 도를 완료된 객관적 의미 혹은 한낱 특정한 이념적 가치로 규정하여 글과 도의 일체성을 부정하는 추상적 왜곡으로부터 벗어나야만 한다.

2.2 시 해석의 음양 관념

지금까지 <도=역=문>의 공식이 지닌 근원적인 관계를 살펴보았다.

이와 같이 도와 역과 글이 일체적인 관계에 있다면 구체적인 문학 작품 속에 어떤 형식으로거나 간에 도가 형상화되어 있어야 할 것이며, 또한 당연히 역리에 의해서 작품을 해석할 수도 있어야 할 것이다.

우선 여기서는 과거에 시 작품을 해석하는 데 있어서 태극의 작용인 음양(陰陽)의 관념이 어떻게 적용되고 있는지 단적인 몇 예만을 들어 살펴보고자 한다.

다음에 인용되는 시들은 모두 『시경』에서 뽑은 것이다.

살랑살랑 골짜기의 바람 불어오더니
날은 흐리고 비가 내리네
힘써 한 마음이 될지언정
노여워함은 당치도 않네

순무를 뽑고 무우를 뽑을 때는
밑둥만 보아서는 아니되는 것
옛적의 언약이 변하지 않는다면
님과 함께 살다가 죽으련마는
(習習谷風 以陰以雨
黽勉同心 不宜有怒
采葑采菲 無以下體
德音莫違 及爾同死) 41)

이 시는 남편으로부터 버림받은 여인이 슬픔과 원망을 노래하고 있
는 내용으로 되어있다. 이 시의 전반부에 대한 주자의 해설은 다음과
같다.

　음과 양이 화합한 뒤에 비가 내리는 것은 부부가 화합한 뒤에야 가
　도(家道)가 이루어지는 것과 같다. 그러기 때문에 부부는 마땅히 한 마
　음으로 힘써야 하며 노여워해서는 아니된다.42)

음양이 화합한 뒤에 비가 내리는 자연의 이치와 부부가 화합해야
가도가 이루어짐을 나란히 비교하면서 윤리적 교훈을 강조하고 있다.
이에 대한 『모전(毛傳)』의 해설은 좀더 구체적이다.

　동풍(東風)을 곡풍(谷風)이라 한다. 음과 양이 화합하여 곡풍이 불어

---

41) 『시경』, 「패 곡풍」.

42) 『시집전』. <陰陽和而後 雨澤降 如夫婦和而後 家道成 故爲夫婦者 當黽勉以同心
　　而不宜至於有怒.>

오고 부부가 화합하여 한 집안이 이루어지면 대를 이을 자식을 얻을
수 있다.[43]

여기서도 자연 현상과 인간의 삶의 현상은 나란히 유비되고 있다.
오행에 배당된 방위를 보면 동쪽은 오행의 목(木)에 해당되고 목은 탄
생과 성장을 상징하고 있으므로 동풍은 생장(生長)의 바람을 뜻하게
된다. 따라서 시상의 흐름은 음양 화합과 생장 상징의 동풍으로부터
생명의 싹을 틔우는 자우(滋雨)로 자연스럽게 전이된다. 그리고 이와
같은 자연 현상의 주제는 인간의 삶의 현상과 비교되면서 그대로 변
주되고 있다. 그래서 『모전』의 해설은 음양 화합과 부부의 동심이
<대를 이을 자식을 얻을 수 있다>고 말한다.

동쪽 하늘 무지개 고와도
손가락질 감히 하지를 마소
여자는 언젠가 시집을 가
끝내는 부모형제 떠나야 하네
(蝃蝀在東　莫之敢指
女子有行　遠父母兄弟)[44]

이 시에 대한 『시집전』의 주(註)를 발췌하면 다음과 같다.

이것은 비(比)다. 체동(蝃蝀)은 무지개다. 햇빛과 비의 교합으로 홀연

43) 『모시정전』. <東風謂之谷風 陰陽和而谷風至 夫婦和而室家成 室家成而繼嗣生.>
44) 『시경』, 「용 체동」.

히 이루어진 것인데 마치 혈기를 지닌 생물과 같다. 음과 양의 기운이
교합해서는 안 되는데 그 기운이 교합하여 생긴 것으로 천지의 음탕한
기운이다.……무지개가 동쪽에 있어도 감히 손가락질을 아니함으로써
이것을 음분의 죄악에 비유하고 입에도 올리지 않는다. 하물며 여자가
시집을 가 마땅히 부모 형제를 멀리 떠나야 함에도 어찌 이를 돌아보
지 않고 감히 그런 모험을 하겠는가?[45]

　무지개를 음양의 교합으로 생겨난 것으로 보고 그것을 천지의 음탕
한 기운이라고 말하고 있다. 『모전』도 역시 위의 시의 무지개를 부부
과례(夫婦過禮), 즉 지나친 음분 행위의 결과로 설명하고 있다.[46]

　　쇠북 소리 드높은데
　　금(琴)과 슬(瑟)이 어울리네
　　생(笙)도 경(磬)도 가락 맞추어
　　아(雅)와 남(南)을 연주하고
　　피리 잡고 추는 춤 의젓하시네
　　(鼓鐘欽欽　鼓瑟鼓琴　笙磬同音
　　以雅以南　以籥不僭)[47]

---

45) <比也 蝃蝀虹也 日與雨交 焂然成質 似有血氣之類 乃陰陽之氣 不當交而交者
　　盖天地之淫氣也…… 蝃蝀在東而人不敢指 以比淫奔之惡 人不可道 況女子有行
　　又當遠其父母兄弟 豈可不顧此而冒行乎.>

46) 『모시정전』. <체동은 무지개다. 부부의 행위가 지나치면 무지개의 기운이 무성해지
　　므로 군자는 그것을 보면 경계하고 두려워하여 감히 손가락으로 가리키지 않는
　　다.>(蝃蝀虹也 夫婦過禮則虹氣盛 君子見戒而懼諱之 莫之敢指.)

47) 『시경』「소아, 고종」.

114 | 道의 시학

위의 시는 유왕(幽王)이 제후들을 회수(淮水)에 모이게 하여 음탕한 행락을 즐기자 어진이가 마음 속으로 근심하여 지은 것이라고 한다. 부부의 정을 가리켜 금실(琴瑟)이라고 말하는 것은 이제 상식적인 관용이 되었거니와, 이 시에서도 역시 악기들을 음양의 관념에 비추어 해석하고 있다.

이 시에 대한 『시집전』과 『모전』의 주는 다음과 같다.

거문고와 비파는 마루에서 연주하는 것이고 생황과 경쇠는 뜰에서 연주하는 것인데 그것들은 서로 같은 소리처럼 잘 조화된다.[48]

생황과 경쇠는 동방의 악기다. 같은 소리를 내는 생황, 경쇠, 종, 쇠 북 등이 모두 마찬가지이다.[49]

악기를 연주하는 위치에 따라 음양의 관념을 암시하고 있거나 오행의 방위를 적용하여 음악의 생성 이치가 음양 교합의 자연의 이치와 같음을 말하고 있다.[50] 이와 같이 일방적으로 음양 오행의 음률론을 적용하는 것은 일견 매우 형식적이고 관념적으로 보이기도 하는 것이지만, 한편으로 그것은 음악이 단순히 인위적인 세계가 아니라 천지 자연의 생성과 함께 가는 근원적인 생명 현상임을 암시하고 있는 것이라고 볼 수도 있을 것이다.

다음은 우리의 한시에서 음양적 관념의 영향이 비교적 뚜렷이 드러

---

48) 『시집전』. <琴瑟在堂 笙磬在下 同音言其和也.>

49) 『모시정전』. <笙磬東方之樂也 同音四縣皆同也.>

50) 이한삼, 『선진양한지음양오행학설』(대북: 유신서국, 1979), 217쪽 참조.

난 것으로서 『보한집』에서 몇 구절만 뽑아본 것들이다.

    (1) 음(陰)을 배제하고 대를 명한 것 내가 먼저 알았네

       행지(行止)를 육구안(六龜眼)에게 의지하지 마소

       영특한 물건이 하루 아침 비단 장막에서 소리치니

       가느다란 양기(陽氣)가 한 밤중 갈대 장막에서 움직이네

       어찌 번거로이 궁독(弓韣)으로 아들을 구하리오

       (排陰命代我先知 行止休憑六眼龜 英物一朝呱繡帳

       微陽午夜動葭帷 何煩弓韣勤求子)[51]

    (2) 저 학은 의기 당당한데 그 기운을 양(陽)에서 받았네

       (伊鶴軒昂 稟精于陽)[52]

    (3) 임금놀이 어찌 반드시 천악(天樂)만 잡힐건가

       저절로 금풍(金風)일어 옥소리 떨치네

       (宸遊何必將天樂 自有金風撼玉聲)[53]

  (1)에서는 딸을 음에 비유하고 아들을 양에 비유하고 있다. 또 <가느다란 양기>는 동지에 새로운 양기가 다시 돌아온다는 역리를 반영하고 있다.[54] (2)에서는 학의 모습을 굳세고 당당하게 앞으로 나아가

---

51) 최자, 『보한집』, 유재영 역주(원광대학교 출판국, 1981), 163쪽.

52) 위의 책, 29쪽.

53) 위의 책, 31쪽.

54) 동지는 음이 가장 강성한 절기이지만 역리로 보면 이 때에 하나의 양기가 다시 돌아와 생성을 시작하는 때이다. 그래서 괘로는 위의 다섯 개의 효가 모두 음이고 맨 밑의 한 개의 효만 양인 복괘(復卦)로 표상한다.

는 양기에 비유하고 있다. 그리고 (3)에서 가을 바람은 금풍이라 하여 오행의 관념이 직접 적용되고 있다. 가을은 오행의 배속으로 보면 금(金)에 해당되는 것이다.

지금까지 도와 역과 글이 어떻게 일체적인 관계로 유추되고 있는지 그리고 그 도의 음양적 관념이 작품에 구체적으로 어떻게 적용되고 있는지 간략하게 살펴보았다.

우리는 여기서 과거의 문학론이 이른바 도문 일체의 이론은 비교적 정교하게 다듬었던 반면에, 그것을 실제의 작품에 적용하는 데에 있어서는 거의 눈여겨 볼 만한 대목이 없었음을 알 수 있다. 도의 체, 즉 태극은 고사하고 음양의 관념을 적용하는 데에 있어서도 기껏해야 시 작품에 명시적으로 드러나 있는 음양 상징에 한정되었고, 그것도 매우 협소한 도덕주의적 이념과 상투적인 윤리적 관념을 통해서 이루어지는 것이 고작이었다. 이것은 앞에서도 이야기한 바 있지만 도문 일체의 사상이 후대로 내려오면서 경직된 도학적 이념으로 변질될 수밖에 없었기 때문에 생긴 필연적인 현상이라고 할 수 있다.

시의 정서와 사고의 결 속에 스며있는 심미적인 도의 양상을 파악하기 위해서는 『역경』에 나타난 <도=역=문>의 원리로 돌아가야 함을 우리는 여기서 다시 한번 확인하게 된다. 이런 점에서 역리와 시학의 필연적인 관계를 전제하고 있는 남효온(南孝溫)의 다음과 같은 발언은 아주 탁월하다.

천지의 바른 기운을 얻은 것이 사람이요, 한 사람의 몸을 맡아 다스리는 것이 마음이며, 사람의 마음이 밖으로 펴나온 것이 말이요, 사람의 말이 가장 알차고 맑은 것이 시이다.[55]

남효온은 위의 글에서 <천지=사람=마음=말씀=시>라는 등식을 도출해 내고 있다. 이것은 <도=역=문>의 원리를 시학적 관점에서 더욱 분명하게 구체화한 것이라 볼 수 있다. 이 등식의 의미를 좀더 부연한다면, <천지의 도=사람의 도=마음의 도=말씀의 도=시의 도>가 된다. 다시 말하면 시는 도를 통해서 가장 알차고 맑은 말씀에 이를 수 있고, 가장 알차고 맑은 말씀에 이를 수 있으므로 사람의 마음의 중심에 이르러 감동시킬 수 있으며, 감동시킬 수 있으므로 마침내는 천하의 움직임을 고무할 수 있게 되는 것이다.

---

55) 남효온, 「추강냉화」, 『대동야승』 I (민족문화 추진회, 1982), 706쪽. <得天地正氣者人 一身之主宰者心 一人心之宣泄於外者言 一人言之最精且淸者詩.>

제3장 도와 시정신

1 도와 미적 관조

<천지의 도=사람의 도=마음의 도=말씀의 도=시의 도>라는 남
효온의 등식에서 확인할 수 있는 바와 같이, 우주 안에서 일어나는
일사 일물의 변화는 물론이고 인간의 일체 정신 활동이 도를 떠나서
는 이루어질 수 없다. 만물이 생동하고 변전하게 되는 것은 그야말로
도를 따라 이루어지는 자연지리(自然之理)요 당연지리(當然之理)일 뿐
인위가 아니다.[1]

『중용』에서 간요하게 표현하고 있는 바와 같이 우리는 한 순간도

---

[1] 『이정전서』(경문사 영인, 1981), 86쪽. <만물은 다 이가 있으니 그 이를 따르면 쉽고
거스르면 어려운 것이다. 각기 그 이에 의지한다면 어찌 헛되이 힘 쓸 일이 있겠는
가.>(萬物皆有理 順之則易 逆之則難 各循其理 何以勞於己力也.)

도를 떠나서는 살 수가 없다.[2] 그러므로 이 세상의 어떠한 시문도 역시 도를 떠나서는 이루어질 수 없는 것이라고밖에 말할 수 없다. 그렇다면 시에서 도는 본질적으로 어떠한 성질을 지닌 것이며 어떻게 드러날 수 있다는 말인가. 이에 대한 순차적인 논의의 출발점으로서 『논어』에 나오는 다음의 대화는 매우 긴요한 시사를 함축하고 있다.

> 자하 : <귀여운 보조개 어여쁜 웃음이여. 눈동자도 선명한 아름다운 눈이여. 흰 바탕 위에 그림 그리네.> 이것은 무엇을 말하는 것입니까?
>
> 공자 : 그림 그리는 일은 흰 바탕이 마련된 뒤에야 이루어진다는 말이다.
>
> 자하 : 예(禮)는 뒤에 온다는 말씀입니까?
>
> 공자 : 나를 일깨워 주는 사람은 상(商)이로다. 이제야 함께 시를 논할 만 하구나.[3]

---

2) 『중용』. <도라는 것은 잠시도 떠날 수 없는 것이다. 떠날 수 있다면 도가 아니다.>(道也者 不可須臾離也, 可離非道也.) 이 구절에 대한 주(註)에서는 도의 체용과 횡설(橫說)과 직설(直說)을 다음과 같이 밝히고 있다. <도라고 하는 것은 일상 생활을 함에 있어서 마땅히 실천해야 하는 이치이니(도의 작용을 말함), 이러한 모든 것은 성(性)의 덕이며 마음 속에 갖추어져 있는 것이다(도의 본체를 말함). 그러한 이치는 모든 사물이 다 갖추고 있는 것이며(도의 무한함에 대한 횡설을 말함), 그러한 이치가 작용하지 아니하는 때도 없으니(도의 영원함에 대한 직설을 말함) 잠시라도 도를 떠날 수 없다고 한 까닭이다. 만약 잠시라도 떠날 수 있다면 어찌 성을 따른다고 할 수 있겠는가.>(道者日用事物當行之理-言道之用- 皆性之德而具於心-言道之體- 無物不有-言道之大橫說- 無時不然-言道之久直說- 所以不可須臾離也 若其可離則豈率性之謂哉.) 여기서 <횡설>은 공시적 설명을 뜻하고, <직설>은 통시적 설명을 뜻한다.

3) 『논어』, 「팔일」. <子夏問曰 巧笑倩兮 美目盼兮 素以爲絢兮 何謂也 子曰 繪事後素 曰 禮後乎 子曰 起予者商也 始可與言詩已矣.> 이에 대한 주자의 주는 다음과 같다. <회사(繪事)는 그림 그리는 일이다. 후소(後素)는 흰 바탕(비단)을 마련한 뒤라는 뜻이다. 주례(周禮)의 고공기에 '그림 그리는 일은 흰 비단을 마련한 뒤에 한다.'라고

위의 대화는 고도의 생략과 함축으로 인하여 일견 동문서답과 같은 논리의 단절을 느끼게 한다. 그리고 <흰 바탕>이 마련된 뒤에야 그림을 그릴 수 있다고 하는 자명한 사실을 진지하게 반복하는 데에 이르러서는 무의미한 언어 유희의 느낌마저 갖게 한다. 그러나 그림 그리는 일이 예(禮)의 행위와 동일하게 비교되는 대목에서 우리는 비로소 흰 바탕에 그림 그리는 일이 매우 의미 심장한 비유임을 깨닫게 된다.

공자는 그림 그리는 일이 오로지 흰 바탕 위에 성립되고 있음을 강조하고 있다. 그리고 이 그림 그리는 일과 마찬가지로, 예의 행위도 흰 바탕으로 비유되고 있는 모종의 근원 위에서야 비로소 성립될 수 있음을 이야기하고 있다.

그렇다면 흰 바탕에 동가적으로 비유되고 있는 그 근원은 무엇인가. 그것은 <아름다운 자질이 있은 뒤에야 문식을 가할 수 있음>이라는 주자의 주에 암시되어 있다. 의(義), 예(禮), 지(智), 신(信)의 네 가지는 성(性)의 용(用)이고, 그 체(體)는 인(仁)이니, 인은 중(中), 성(性), 태극 또는 도와 결코 다른 것이 아니다.[4]

그러므로 문식에 비유되는 예가 이루어지는 그 근원적인 바탕은 결

하였으니, 먼저 흰 비단으로 바탕을 삼은 뒤에 오색의 채색을 칠하는 것으로, 마치 사람이 아름다운 자질이 있은 뒤에야 문식을 가할 수 있음과 같은 것이다.>(繪事繪事之事也 後素 後於素也 考工記曰 繪畵之事 後素功 謂先以粉地爲質 而後施五彩 猶人有美質然後 可加文飾.)

4) 『이정전서』(경문사 영인, 1981), 24쪽. <인의예지신 다섯 가지는 성(性)이다. 인(仁)은 전체이고 네 가지는 넷으로 갈라진 것이니 인은 체(體)다.>(仁義禮智信五者性也 仁者全體 四者四支 仁體也); 『맹자』, 「진심」 하. <인(仁)이라는 것은 인(人)이다. 이것을 합하여 말하면 도(道)이다.>(仁也者人也 合而言之 道也.); 『근사록』, 136쪽. <성(性)은 치우침이 없으므로 중(中)이라 한다.>(性也無所偏倚 故謂之中.)

국 다름 아닌 도, 즉 태극임을 알 수 있다. 요약컨대, 그림 그리는 일은 흰 바탕 위에 성립하고, 예의 행위는 도, 즉 태극의 바탕 위에 성립하는데, 그 양자가 동일한 논리에 따라 동가적으로 비유되고 있으므로, 여기에서 말하는 흰 바탕은 바로 태극의 표상에 다름 아니다.

태극은 앞에서도 여러 번 설명한 바와 같이, 무이유(無而有)하고 부동이동(不動而動)하는 미분적 혼론으로서 만물의 근원인 일자(一者)다. 일자는 만물의 존재와 형상으로 나누어지기 이전의 모습이므로 순연히 통일된 무(無)의 모습, 즉 절대무이자 상대무인 모습으로 드러난다. 흰 바탕은 아직 선과 색채에 의하여 어떤 존재나 형상을 드러내지 않고 있으므로 그것 역시 무의 모습에 상응하는 것이라 할 수 있다. 어떤 대상적인 존재나 형상으로 드러나기 이전의 흰 바탕인 태극은 우리의 감각을 초월한 형이상자이므로 구체적으로 감지되지 않는다. 이것이 태극이 지닌 초월성이며, 아직 오채와 형상으로 나누어지고 구분되지 않았으므로 그 순수한 흰 바탕의 초월적인 미분성을 일컬어 태극의 <전일성(全一性)>이라고 부른다.5)

흰 바탕은 스스로 자신의 모습을 드러낼 수 없지만, 선과 색채에 의하여 일정한 구도 속에 구체적인 사물의 존재와 형상이 그려질 때, 그것은 비로소 무한한 가능성 속에 열려있는 가능태로서의 자신의 편모(片貌)를 그 사물의 존재와 형상을 통해서 드러내게 된다. 그림 그리는 일에서 흰 바탕이 구체적인 사물의 형상을 통하여 자신을 실현

---

5) 이 글에서 <전일성>이란 말은 태극이 지닌 초월적 미분성을 가리키는 것으로서, 시학적 개념으로 특별히 사용하기 위하여 채용한 필자의 용어다. 이 용어는 바로 뒤에 나오는 <전동성>이라는 용어와 상호 긴밀하게 짝을 이루면서 그 완전한 개념을 확보하게 된다.

시키는 것과 같이 초월적 미분성인 태극도 음양 이기로 분화되어 천지 만물 속에 내재되면서 비로소 그 만물을 통하여 감각적인 존재로 나타나게 된다.

그림에서 온갖 색채와 형상들이 자신의 배후에 자신의 존재 근거로서의 흰 바탕을 공통적으로 지니고 있듯이, 현상적으로 구별되는 천지 만물 역시 본질로서 내재된 하나의 태극을 공통적으로 지니고 있다. 그리하여 이 공통된 하나의 태극을 통하여 만물은 서로 다르면서 궁극적으로 같다고 하는 역설적 동일성을 획득하게 된다.

요약컨대 태극이 음양 이기로 분화되기 이전의 초월적 미분성을 일컬어 전일성이라고 한다면, 태극이 음양 이기로 분화되어 만물을 이룬 다음에 그 태극의 내재성에 의하여 야기되는 역설적 동일성은 <전동성(全同性)>이라고 부를 수 있는 것이다.[6]

회화에서 흰 바탕과 오채의 형상을 본질적으로 분리할 수 없는 것과 같이 태극의 초월성과 내재성은 근원적으로 분리하거나 구별할 수가 없다. 다시 말하면 태극의 본질이 초월성이면서 내재성이라고 하는 사실, 즉 태극의 초월적 내재성이 전동성을 야기한다. 이 말은 결국 초월적 내재성은 초월적 전일성, 즉 초월적 미분성을 전제하고, 전동성은 전일성을 전제하고 있다는 말과 같다. 이 점이 다자는 일자 속에 포함되어 있고 일자는 다자 속에 편재한다고 하는 그 현묘한 도의 양상이다.

---

6) <전동성>은 태극의 <초월적 내재성>, 즉 태극의 초월적 전일성과 경험적 내재성이 통합된 역설적 동일성을 특별히 가리키기 위하여 시학 개념으로 고안한 필자의 용어다. 이 말도 전일성과 함께 짝 말을 이루면서 그 완전한 개념을 확보하게 되는데 전동성에 대해서는 뒤에 자세히 논의된다.

공자와 자하의 대화로 다시 돌아가 보자.

공자는 이 대화에서 먼저 그림 그리는 일과 예의 행위를 나란히 비교하면서, 태극을 흰 바탕으로 표상하여 양자를 일치시킨 다음에 비로소 시를 논할 수 있게 되었다고 말한다. 이는 그림 그리는 일, 즉 예술과, 예의 행위, 즉 삶이 다 같이 흰 바탕인 태극 혹은 도라고 하는 근원 위에서 이루어진다는 뜻이므로 삶과 예술이 결코 분리되는 것이 아님을 말하는 것과 다름없다. 다시 말하면 삶과 예술 모두가 도를 떠나서는 성립될 수 없기 때문에 흔히 이야기하듯 인생을 위한 예술이니, 예술을 위한 예술이니 하는 이분법의 논리는 처음부터 성립할 수가 없다.

삶과 예술이 모두 도를 근원으로 하고 있다면, 그리고 그러한 전제 위에서 비로소 시를 논할 수 있게 되었다고 한다면, 공자의 이 말은 결국 무엇을 의미하는가. 그것은 도가 바로 예술 정신이요, 나아가서 시 정신임을 말하고 있는 것에 다름 아니다. 도는 참다운 삶이 비롯되는 흰 바탕이요, 또한 그 흰 바탕은 모든 예술과 시의 창조적 근원인 예술 정신이요 시 정신인 것이다.

도 자체가 예술 정신이요 시 정신이라면 도는 또한 반드시 미, 즉 아름다움 자체가 되어야만 할 것이다. 그래서 장자는 도와 아름다움이 하나임을 다음과 같이 이야기하고 있다.

천하가 크게 어지러워지자 성현들이 밝게 드러나지 않고 도덕이 하나로 통일되지 않게 되었다. 세상 사람들은 도의 일단을 터득한 것을 가지고 스스로 만족하고 있다.……그렇지만 그들은 모든 것을 포괄하고 모든 일에 적용될 수 없는 한쪽에 치우친 학문을 한 사람들이다. 그

들은 총체적으로 조화된 천지 자연의 아름다움을 애써 분별하고 만물
에 갖추어진 도리를 억지로 분석하여 옛사람들의 완전함을 흐트러지게
하고 있다. 따라서 천지 자연의 아름다움을 완비하여 신명스런 모습을
지녔다고 할 만한 자는 드물다.……후세의 학자들은 불행히도 천지 자
연의 순일한 모습이나 옛사람들의 전체적인 모습을 보지 못하고 있으
니 천하의 학자들에 의해서 하나의 도가 분열되려 하는 것이다.[7]

위의 문장에 나오는 천지 자연의 아름다움의 미(美), 옛사람들의 완
전함의 전(全), 천지 자연의 순일한 모습의 순(純) 등의 용어는 모두
도 자체의 속성에 대한 설명이다. <전>은 전일함을 뜻하는 것이고
<순>은 부잡(不雜)스러운 순수성을 뜻하는 말이다.

도가 지닌 이와 같은 전일성과 순수성은 앞에서 말한 바와 같이 일
자인 도의 초월적 미분성을 가리키는 말이라 할 수 있는데, 인용문에
서는 도의 이와 같은 초월적 전일성과 순수성 자체가 곧바로 <미>
로 파악되고 있다. 여기서 말하는 미는 물론 도의 초월적 전일성을
가리키는 것이므로 역시 초월적인 것일 수밖에 없음은 더 말할 나위
가 없는 일이다.

따라서 도의 초월적 전일성이 만물에 내재 분유(分有)되면서 내재
적 전동성으로 드러나듯이, 이 초월적 미 역시 다양한 예술 작품에
내재 분유되면서 비로소 구체적인 미적 가치와 형상으로 나타나게
될 것이다.

---

7) 『장자』, 「천하」. <天下大亂 聖賢不明 道德不一 天下多得一察焉以自好……雖然不
該不備 一曲之士也 判天地之美 析萬物之理 察古人之全 寡能備於天地之美 稱神明
之容……後世之學者 不幸不見天地之純 古人之大體 道術將爲天下裂.>

다시 말하면 흰 바탕에 비유되는 도의 순수한 전일성이 바로 미의 원상(原象)이라고 할 수 있다.[8] 장자가 <성인은 천지의 아름다움을 근원으로 삼고 있다>고 말하거나, <덕이 당신을 아름답게 해 줄 것이며 도가 당신의 삶을 이룩해 줄 것이다>라고 하는 것은 바로 이런 까닭에서 나오는 말이다.[9]

다음의 인용문은 도 자체가 아름다움임을, 그리고 그 아름다움의 원상으로부터 어떻게 예술이 비롯되고 있는지를 더욱 구체적으로 설명하고 있다.

(1) 남곽자기가 안석에 기대어 앉아서 하늘을 우러러 한숨을 짓고 있는데, 그 멍한 모습이 자기 자신을 잃고 있는 듯하였다. 안성자유가 시중을 들고 있다가 말하였다. <어째서 그러고 계십니까? 진실로 몸을 마른 나무처럼 만들 수가 있는 것이며, 진실로 마음을 불 꺼진 재처럼 만들 수가 있는 것입니까? 오늘 안석에 기대고 계신 모습은 전날에 안석에 기대고 계셨던 모습과 다릅니다.> 자기가 말하였다. <언(偃)아, 질문 참 잘했다. 지금 내가 나 자신을 잃고 있는 것을 너는 알았느냐? 너는 사람들의 피리 소리는 들었지만 땅의 피리 소리는 듣지 못했을 것이다. 네가 땅의 피리 소리를 들었다 하더라도

---

8) 상대무로 드러나는 일자인 도가 만물의 근원임과 동시에 예술의 미적 근거가 되고 있음은 셸링의 예술 철학에서도 아주 흡사하게 나타나고 있다. 셸링은 절대자는 모든 것을 자신 안에 이미 포괄하고 있는 전일한 무차별자(無差別者)로 규정한 다음, 그 절대자는 주관이므로 무가 아니며, 또한 그것은 객관이 아니므로, 즉 어떤 존재로 규정되어 대상적인 존재 안에 있는 것이 아니므로 무라고 한다. 그리고 그러한 무차별자인 일자를 직관하고 관조하는 데에서 미와 예술이 비롯한다고 말하고 있다. 김혜숙, 『셸링의 예술철학』(자유출판사, 1992), 83-107쪽 참조.

9) 『장자』, 「지북유」. <聖人者 原天地之美.>, <德將爲汝美 道將爲汝居.>.

하늘의 피리 소리는 듣지 못했을 것이다.> 자유가 말했다. <땅의
피리 소리란 바로 여러 구멍에서 나는 것임을 알았습니다. 사람의
피리 소리란 바로 피리에서 나는 것임을 알았습니다. 감히 하늘의
피리 소리에 관하여 묻고자 합니다.> 자기가 말했다. <온갖 물건을
불어서 모두 다르게 제각기 소리를 내게 하는데, 그 모두 다른 소리
는 제각기 그 스스로의 작용에 따라 그러하지만, 그렇게 소리를 내
게 하는 자는 누구인가?>10)

(2) 재경이라고 하는 명공이 나무를 깎아 북틀을 만들었다. 북틀이 만들
어지자 그것을 본 사람들은 귀신의 솜씨 같다고 모두 놀랐다. 노나
라 제후가 그것을 보고 재경에게 물었다. <그대는 무슨 도술로써
이것을 만들었는가?> 재경은 이렇게 대답했다. <저는 목수인데 무
슨 도술이 있겠습니까? 그렇지만 한 가지 원리는 있습니다. 저는 북
틀을 만들려 할 때에는 감히 기운을 소모하는 일이 없이 반드시 재
계를 함으로써 마음을 고요하게 만듭니다. 사흘 동안 재계를 하면
감히 이익, 상, 벼슬, 녹 등을 생각하지 않게 됩니다. 닷새 동안 재
계를 하면 감히 비난이나 칭찬, 그리고 교묘함과 졸렬함 등을 생각
하지 않게 됩니다. 이레 동안 재계를 하면 문득 제가 지닌 손발과
육체까지도 잊게 됩니다. 이렇게 되었을 적에는 나라의 조정도 안중
에 없고 오로지 안으로 기교에만 전념하게 되어 밖의 혼란은 사라
져 버립니다. 그렇게 된 뒤에야 산림으로 들어가 재목의 성질을 살
피고 모양도 완전한 것을 찾아 냅니다. 그리고는 완전한 북틀이 마

---

10) 위의 책, 「제물론」. <南郭子綦隱几而坐 仰天而噓 嗒焉似喪其耦 顔成子游立侍乎
前 曰 何居乎 形固可使如稾木 而心固可使如死灰乎 今之隱几者 非昔之隱几者也
子綦曰 偃 不亦善乎 而問之也 今者吾喪我 汝知之乎 汝聞人籟而未聞地籟 汝聞地
籟而未聞天籟夫.>

음 속에 떠오른 뒤에야 손을 대는 것입니다. 그렇게 되지 않을 때는 그만둡니다. 곧 저의 천성을 나무의 천성과 합치시키는 것입니다. 제가 만든 기구가 신기에 가까운 이유는 여기에 있을 것입니다.>11)

(1)의 인용문에는 사람의 피리 소리인 인뢰(人籟)와 땅의 피리 소리인 지뢰(地籟), 그리고 하늘의 피리 소리인 천뢰(天籟)가 예술적 경지의 각 단계로 비교되어 제시되고 있다. 인뢰는 인간이 만든 음악이고 지뢰는 천지 만물이 내는 자연의 음악이다. 그런데 인간이 만든 음악은 누구나 들을 수 있지만 자연의 음악은 좀더 높은 예술적 경지에 이른 자만이 들을 수 있는 것으로 암시되고 있다. 더구나 하늘의 음악인 천뢰는 최고의 경지에 이른 자만이 들을 수 있는 것이므로, <네가 땅의 피리 소리를 들었다 하더라도 하늘의 피리 소리는 듣지 못했을 것이다.>라고 단정하고 있다. 그리고 인뢰는 피리에서 나는 소리로, 지뢰는 천지 만물의 여러 구멍에서 나는 소리로 각각 구체화되고 있지만, 천뢰는 어떻게 소리가 나는지 구체화되어 있지 않다.

천뢰의 의미는 인용문의 끝에 나오는 <온갖 물건을 불어서 모두 다르게 제각기 소리를 내게 하는데……그렇게 소리를 내게 하는 자는 누구인가?>라는 구절에 아주 함축적으로 암시되어 있다. 천뢰는 지뢰와 인뢰의 근원이요 생성 원리일 뿐 그 자체로는 구체적인 형상도 소리도 없는 형이상자라는 뜻이다. 형이상자인 천뢰는 바로 도 자체이고

---

11) 위의 책, 「달생」. <梓慶削木爲鐻 鐻成 見者驚猶鬼神 魯侯見而問焉 曰 子何術以爲焉 對曰 臣工人 何術之有 雖然有一焉 臣將爲鐻 未嘗敢以耗氣也 必齋而靜心 齋三日 而不敢懷慶賞爵祿 齋五日 不敢懷非譽巧拙 齋七日 輒然忘吾有四肢形體也 當是時也 無公朝 其內巧專而外骨滑 然後入山林 觀天性 形軀至矣 然後成見鐻 然後加手焉 不然 則已 則以天合天 器之所以疑神者 其由是歟.>

미의 원상이자 예술 정신이다. 이 초월적이고 근원적인 예술 정신으로부터 지뢰는 물론이요 인간의 예술 작품이라 할 수 있는 인뢰가 비롯된다.

(2)의 인용문에서는 예술 작품이라 할 수 있는 북틀이 만들어지는 과정을 설명하고 있다. 북틀을 만들기 위해서는 먼저 전일(專一)하게 기를 통일시켜 마음을 재계한 다음에 고요한 마음, 즉 정심(靜心)에 들어야 한다고 한다. 마음의 고요함은 도의 적연부동성(寂然不動性)에 통하는 말이다. 다시 말하면 고요한 마음을 얻어 도의 경지로 들어가야 한다는 뜻이다. 이천합천(以天合天), 즉 <저의 천성과 나무의 천성을 합치시키는 것>이 바로 도의 경지다. 왜냐하면 천 혹은 천성이란 도의 다른 이름에 불과한 것이기 때문이다. 이 글에서도 도는 역시 궁극적인 예술 정신으로 파악되고 있다.

그런데 위의 두 인용문이 다 같이 도가 미의 원상이며 예술 정신임을 말하고는 있지만 그 설명의 초점은 서로 다르다. (1)이 미적 체험 혹은 예술 감상의 본질에 대한 설명이라면, (2)는 예술 창조의 과정에 대한 설명이라 할 수 있다.

(1)에서는 지뢰와 인뢰에 대한 참다운 감상은 그것들의 원천인 천뢰의 체험에 바탕을 두어야 함을 암시하고, 천뢰의 체험이란 다름 아닌 주객 합일의 경지에서 이루어지는 것임을 말하고 있다. 인용문에서, 몸은 <마른 나무처럼> 되어 있고, 마음은 <불꺼진 재처럼> 되어서 천뢰에 잠겨있던 남곽자기가 <지금 내가 나 자신을 잃고 있는 것을 너는 알았느냐?>라고 말하는 구절에 그와 같은 주객 합일의 경지는 아주 잘 나타나 있다.

이 글에서는 자기를 잃어버린 경지를 일컬어 상아(喪我)라 하고 있는데, 자기가 없어진 상아의 상태가 되면 필연적으로 자기와 대립하던 객관 세계도 소멸될 수밖에 없는 것이므로 자연히 주객 합일의 경지가 이루어지기 마련이다.[12]

(2)에서는, 신기에 가까운 예술 작품을 창조하기 위해서 예술가는 도의 경지에 들어야 하고, 그 도의 경지에 들기 위해서는 <문득 제가 지닌 손발과 육체까지도 잊게> 되는 동시에 <나라의 조정도 안중에 없는> 상태가 되어야 한다고 말한다. 여기서도 역시 자기를 잃어버린 상아의 경지를 통해서 객관 세계가 소멸되고 주객 합일이 이루어지고 있다. 이천합천이란 표현은 바로 이러한 주객 합일의 상태를 말하는 것이다.

미적 체험 혹은 예술적 체험에서, 그리고 예술적 창조에서 모두 주객 합일이 공통적으로 요구되고 있다. 주객 합일이란 상아 혹은 무기에 의한 주객 양망(主客兩忘)의 순수하고 전일한 상태를 말한다. 이와 같이 순수하고 전일한 상태는 앞에서 말한 바 있는 도의 초월적 전일성에 상응하는 의식의 상태라 할 수 있다. 도의 초월적 전일성이 주관과 객관의 분화를 허용하지 않는 이상, 그에 대한 직관적 인식도 역시 주객의 분화를 초월한 하나의 통일된 순수 의식이어야 함은 당연한 논리의 귀결이다.

예술적 창조와 그 체험이 비롯되는 도의 전일성은 궁극적인 흰 바탕이므로 그에 대한 직관적 인식도 필연적으로 그와 같은 흰 바탕의

---

12) 위의 책, 「소요유」에서는 상아를 또 무기(無己)라는 용어로도 표현하고 있다. <지인에게는 사사로운 마음이 없고 신인에게는 공적이 없으며 성인에게는 명예가 없다.>(至人無己 神人無功 聖人無名.)

순수 의식이 요구되는 것이다. 그래야만 주관과 객관을 초월하게 되고 이른바 이천합천의 경지가 이루어진다.

예술적 창조와 미적 관조의 바탕이 되는 이와 같은 순수 의식을 허정(虛靜)이라 하고, 이 허정에 이르는 방법을 심재(心齋)라 하는데, 이에 대하여 장자는 공자를 내세워 다음과 같이 말하고 있다.

안회가 말하였다. <감히 심재에 대하여 여쭙고자 합니다.> 공자가 대답하였다. <그대는 그대의 마음을 순일하게 하여 잡념을 떨쳐버리고 귀로써 듣지 말고 마음으로써 듣도록 하여야 한다. 다음에는 마음으로써 듣지 않고 기(氣)로써 듣도록 하여야 한다. 귀란 듣기만 할 뿐이며 마음이란 느낌을 받아들일 뿐이지만 기는 텅 빈 채로 사물에 응대하는 것이다. 도는 텅 빈 곳에 모이기 마련이다. 텅 비게 하는 것이 심재다.> 안회가 말하였다. <저는 처음부터 그렇게 하지 못했기 때문에 실로 자기에게 얽매어 있었습니다. 그렇게 하고 보니 처음부터 자기가 존재하지 않게 되었습니다. 이제는 텅 비었다고 말할 수 있겠습니까?> 공자가 대답하였다. <다 되었다.……걷지 않기란 쉽지만 걸을 때 땅을 밟지 않기란 어렵다. 다른 사람에게 부림을 당할 때 그를 속이기는 쉽지만 하늘에게 부림을 당할 때 하늘을 속이기는 어렵다. 날개를 가지고 나는 자가 있다는 말은 들었어도 날개 없이 나는 자가 있다는 말은 들어 보지 못하였다. 지식을 가지고 무엇을 안다는 말은 들은 일이 있으나 지식도 없이 아는 사람이 있다는 말은 들어 본 일이 없다. 저 텅 빈 곳을 잘 보라. 아무것도 없는 텅 빈 방안이기에 환히 밝게 된다. 행복이나 좋은 일은 이런 곳에 머물게 된다. 그런데 머물러야 할 곳에 머물지 못하면 이를 좌치(坐馳)라 한다. 귀와 눈을 안으로 통하게 하고 마음의 작용을 밖으로 향하게 하면 귀신이라 하더라도 찾아와 머물게 될

것이다. 하물며 사람이야 말할 것이 있겠느냐? 이것이 만물의 변화에
호응하는 것이다.>[13]

심재란 마음을 텅 비게 하는 것이다. 마음을 텅 비게 하기 위해서
는 귀로 듣지 말아야 할 뿐만 아니라 마침내 마음으로도 듣지 말아야
한다. 귀는 단지 감각적 판단을 맡을 뿐이고, 마음은 단지 지각의 주
체일 뿐이다. 감각과 지각은 형상에 얽매어 활동하는 것이기 때문에
한계가 있다. 그러나 기는 스스로 아무 내용도 갖지 않은 텅 빈 것이
므로 천변 만화하는 일체 사물들의 진상을 조금도 흐리게 하거나 왜
곡함이 없이 자유 자재로 받아들일 수 있다. 그래서 공자는 기로써
들어야 한다고 말한다.

마음을 텅 비우는 일은, <그렇게 하고 보니 이제 처음부터 자기가
존재하지 않게 되었습니다>라고 한 안회의 말처럼, 상아를 통해서 근
원적인 순수 의식에 도달하는 일이다. 마음을 깨끗이 비워버린 상아의
순수 의식이 허(虛)하고 정(靜)한 상태, 즉 허정이다. 이 허정은 바로 도
의 전일성에 대응한다는 점에서는 우주적 직관이 되는 것이고, 궁극적
인 예술 정신 혹은 미의 원상에 대응한다는 점에서는 미적 관조가 되
는 것이다.

13) 위의 책, 「인간세」. <回日 敢問心齋 仲尼曰 若一志 無聽之以耳 而聽之以心 無聽
之以心 而聽之以氣 聽止於耳 心止於符 氣也者 虛而待物者也 唯道集虛 虛者 心齋
也 顔回曰 回之未始得使 實自回也 得使之也 未始有回也 可謂虛乎 夫子曰 盡
矣……絶迹易 無行地難 爲人使 易以僞 爲天使 難以僞 聞以有翼飛者矣 未聞以無
翼飛者也 聞以有知知者矣 未聞以無知知者也 瞻彼闋者 虛室生白 吉祥止止 夫且
不止 是之謂坐馳 夫徇耳目內通 而外於心知 鬼神將來舍 而況人乎 是萬物之化
也.>

그러므로 허정이라는 미적 관조에 의해서 대상이 드러날 때는 경험적 의식 위에서 성립되는 것과는 달리 의식과 대상은 상호 동시적인 하나의 상관항(相關項)을 이루게 된다. 다시 말해서 대상과 의식 작용이 전후 관계를 가지거나 인과 관계를 가지고 나타나는 것이 아니라 근원적인 하나의 통일 관계, 즉 주객 합일의 병생(竝生) 관계를 보이게 된다.[14] 이것이 바로 미적 체험의 본질이다.

공자가 자하와의 대화에서 흰 바탕이 바로 도임을 알았다면 비로소 더불어 시를 논할 수 있게 되었다고 말한 그 의미는 이제 명백해졌다. 공자가 극도의 생략 어법을 통하여 자하에게 말하고 있는 바는, <도는 흰 바탕과 같고, 흰 바탕은 도의 전일성으로서 궁극적인 예술 정신(시 정신)이요 미의 원상이며, 예술적 창조와 미적 체험이 비롯되는 허정 역시 이 흰 바탕에 비유되는 것이다>라는 의미로 요약된다. <천지의 도=사람의 도=마음의 도=말씀의 도=시의 도>라고 하는 남효온의 등식과 같이 천지의 도는 결국 시의 도에 다름 아니다.

이와 같은 시와 도의 일체 관계를 전제할 때, 시에 대한 모든 논의의 출발점은 아주 자명하고 확고하게 드러난다. 즉 공자가 흰 바탕으로부터 시적 논의의 출발점을 삼고 있듯이, 도의 초월적 전일성과 내재적 전동성이 어떻게 시의 근원적인 원리가 되고 있으며, 또 그 전일성과 전동성이 시 작품에 어떤 양상으로 드러나고 있는지 구체적으로 살펴보는 것이야말로 시학 이론의 부동의 출발점이 되고 시 연구

---

14) 위의 책, 「제물론」. <천지 자연이 나와 함께 생겨나고, 만물이 나와 더불어 하나가 된다.>(天地與我竝生 而萬物與我爲一.) 이와 같은 뜻을 노자는 『도덕경』, 제16장에서 다음과 같이 말하고 있다. <도의 세계인 허정에 이르러 그 허정을 굳게 지키면 만물은 일제히 일어나 생동한다.>(致虛極 守靜篤 萬物竝作.)

방법론의 근본적인 바탕이 된다고 할 수 있다.

2 존재와 생성의 중심

2.1 전일성에의 지향

태극론의 입장에서 본다면 태극으로부터 음양 이기가 생겨 나오고 그 음양 이기로부터 무수한 대립적 사물과 현상의 분화가 일어나 천지 만물이 이루어졌다. 그러므로 우리가 살고 있는 이 세계는 본질적으로 음양 이기로 수렴될 수 있는 무수한 대립과 분열과 갈등을 필연적인 속성으로 지닐 수밖에 없다. 즉 세계와 자아, 의식과 대상, 주관과 객관, 있음과 없음, 선과 악, 미와 추, 밝음과 어둠, 자유와 구속, 소유와 무소유, 시간과 영원, 젊음과 늙음, 건강과 질병, 행복과 불행 등등 헤아릴 수 없이 많은 대립적 현상과 가치의 갈등 속에서 삶의 세계는 영위된다.

대립적 현상이란 거리감 혹은 거리 의식이고, 이것과 저것의 거리에서 발생하는 분별 의식이요 갈등 의식에 다름 아니다. 허정과 같은 주객 합일의 순수 의식과 달리 현실적이고 일상적인 심리 상태는 언제나 의식과 의식 대상 사이의 거리감에서 발생하는 대립과 분별 의식 속에 놓여 있다. 그러기 때문에 의식과 의식 대상이 이원적으로 분열하여 대립하면 의식은 대립하는 만큼 근원적으로 결핍된 존재로 남아 있을 수밖에 없고, 의식 대상이 이것과 저것으로 분별되면 의식은 또한 대상이 분별되는 만큼 갈등 관계에 놓여 있을 수밖에 없다. 요약하건대 결핍과 갈등은 존재와 이상의 대립 관계, 혹은 바람직하지 않은 세계와 바람직한 세계의 갈등 관계에서 발생한다.

인간의 욕망은 결국 태극으로부터 음양 이기가 분화될 때 발생한 전일성의 상실이라는 <원결핍(原缺乏)>으로부터 비롯한다.15) 원결핍은 존재 조건이요 세계의 생성 조건이다. 현실 세계의 모든 구체적인 결핍과 욕망과 갈등은 궁극적으로 이 원결핍을 태반(胎盤)으로 지닌다. 그래서 인간의 욕망은 최종적으로 바로 이 원결핍의 근본적인 해소를 향하여 부단히 움직인다고 할 수 있다.

결핍과 갈등의 구조 속에 놓여 있는 세계를 자각함과 동시에 인간은 실제로 세계를 개조하거나 생활 태도를 적응시켜 나아가려고 하는 동사적 언어 혹은 실용적 언어의 지향을 보이든지, 아니면 실용적 언어의 지향을 넘어서 바람직한 세계로 곧장 나아가려는 상상적 언어의 지향을 보이게 된다. 실용적 언어의 지향을 보이든지 상상적 언어의 지향을 보이든지 간에 그것들의 목표는 한결같이 결핍과 갈등의 해소이고 바람직한 세계의 성취라고 할 수 있다. 그런데 결핍과 갈등을 만들고 이것과 저것의 분별을 만드는 대립적 거리가 커지는 것에 비례하여 실용적 언어는 무력해지고 상상적 언어는 강력해진다. 다시 말해서 상상력이란 대립적 거리를 뛰어넘어 이것과 저것을 하나로 연결하는 힘이라고 할 수 있다.

대립적 거리가 근원적으로 존재하지 않는 바람직한 세계는 물론 태

---

15) <원결핍>은 생성의 대가로 지불한 전일성의 상실을 뜻하는 말이며, 이 원결핍의 해소를 지향하는 것이 <근원 갈망>이다. 모든 욕망은 이 근원 갈망에서 파생한다.

극의 전일성으로 상징되는 세계다. 따라서 인간은 현실의 분열된 상대적 가치와 대립물들이 하나로 통합되어 있는, 그리고 자아와 세계가 순일하게 통합되어 완전한 전체를 이루었던 태초의 시간, 즉 태극의 전일성을 회복하고자 하는 <근원 갈망>을 선험적으로 지니게 된다.16) 바로 이러한 인간의 근원 갈망이 수많은 원시 종족들의 여러 제의와 민간 신앙의 제의적 행위 속에서 시간을 소거하는 상징 행위로 줄기차게 반복 표현되고 있음은 이미 널리 알려진 사실이다.17)

전일성을 지향하는 이와 같은 인류의 보편적이고 근원적인 갈망에 뿌리박은 언어가 바로 상상적 언어요, 그 상상적 언어 형식을 대표하는 것이 시임은 더 말할 필요가 없다. 왜냐하면 시의 언어는 세계를 서술하는 데에 있지 않고 의식과 세계가 하나의 동체로 융합되어 있는 세계를 발화와 동시에 창조하고 표현하는 데에 그 가치를 두고 있기 때문이다. 이런 의미에서 본다면 시의 언어는 전일성을 지향하는 한에서 기호를 넘어서 본질적으로 존재성을 지니고 있다고 말할 수 있을 것이다.

시적 상상과 감정의 가장 보편적 원천이라 할 수 있는 전일성에 대한 향수와 그리움은 모든 시 작품 속에 다양한 형상으로 드러나게 된다. 그것이 배제의 원리를 통해 선명하게 양각으로 드러나거나 포괄의

---

16) 태극의 전일성을 향한 인간의 근원 갈망이라고 하는 심리학적 함의는, 태극론이 우주론일 뿐만 아니라 인성론 혹은 심성론이라는 점에서 정당화된다. 태극은 심(心)의 체(體)로서 양에 해당하는 의식과 음에 해당하는 무의식이, 그리고 지(知)와 정(情)과 의(意)가 모두 통합된 개념이다.

17) 김태곤, 『한국민간신앙연구』(집문당, 1983); M. 엘리아데, 『우주와 역사』, 정진홍 역(현대사상사, 1976); M. 엘리아데, 『샤아머니즘』, 문상회 역(삼성출판사, 1979); M. 엘리아데, 『종교형태론』, 이은봉 역(형설출판사, 1981) 등 참조.

원리에 따라 음각으로 드러나거나 간에, 그리고 역설과 해체적 언어에 의해서 의도적으로 왜곡되거나 생략되거나 간에, 시적 의미의 기저에는 전일성의 형상이 반드시 잠복하여 있기 마련이다. 특히 우리 시의 경우 전일성에 대한 그리움은 한(恨)의 정서로 굴절되면서 연면히 지속되어 왔다고 볼 수 있는데, 가령 다음의 시와 같이 일견 매우 단순한 의미 구조를 보이는 작품에서도 그것은 어렵지 않게 발견된다.

뛰노는 흰물결이 일고 또 잦는
붉은풀이 자라나는 바다는 어디

고기잡이꾼들이 배 위에 앉아
사랑노래 부르는 바다는 어디

파랗게 좋이 물든 남빛 하늘에
저녁놀 스러지는 바다는 어디

곳없이 떠 다니는 늙은 물새가
떼를 지어 좇니는 바다는 어디

건너서서 저편은 딴 나라이라
가고싶은 그리운 바다는 어디

김소월 「바다」[18]

---

18) 앞으로 김소월 시 작품의 인용은 『김소월연구』(새문사, 1982)에 수록된 시집 『진달래꽃』을 사용하되, 다만 가독성을 위해서 원문 일부의 옛 표기를 오늘날의 철자법으

이 시는 특별한 시적 기교나 장치가 없이 지극히 단순하게 바다에 대한 동경과 그리움을 반복하여 드러내고 있다. 그런데 그 바다에 대한 동경과 향수의 정서는 매우 모호하고 막연하다. 바다를 형상화하고 있는 여러 시구들이 전체적으로 생명, 안식, 평화, 영원 등의 함축적 의미를 거의 동어 반복적으로 환기하면서도 묘사 자체가 현실적 구체성 위에 세워지는 것이 아니라 일반화된 관념 위에 바탕을 두고 있기 때문에, 구체성을 향하여 그러한 묘사가 반복되면 반복될수록 묘사되는 그 바다는 역설적으로 더욱 공허해지고 막연해진다.

다시 말해서 역설적으로 바다의 구체성을 반복적으로 무화시키고 있는 그 관념적 심상들의 중첩에 의해서 공허한, 즉 비현실적이거나 추상적인 느낌으로 떠오르는 그 바다는 끝내 생명, 안식, 평화, 영원 등의 관념만을 남긴 채 완전히 무화되어 버리고 마는 듯하다. 또 매 연마다 <바다는 어디>냐고 묻는 반복적인 물음의 형식이 바로 그러한 바다의 비현실성과 추상성을 완성하는 데에 결정적인 구실을 다하고 있다.

결국 이 시는 생명, 안식, 평화, 영원 등으로 표상될 수 있는 어떤 이상향에 대한 동경과 그리움을 노래하고 있다고 볼 수 있다. 그렇기 때문에 이 시에서 바다는 실체적인 의미로 쓰여진 것이 아니다. 그것은 동일한 상징성을 포괄할 수만 있다면 얼마든지 다른 단어로 대체될 수도 있는 것이다.

하여간 이 시의 화자가 동경하고 있는 그 이상향이 현실 세계와 아주 격절되어 있다는 사실, 그리고 그것은 처음부터 장소성(場所性)과

로 바꾸어 쓴다.

는 무관할 것이라는 사실만은 분명하다. 왜냐하면 마지막 연의 <건너서서 저 편은 딴 나라이라>고 하는 구절이 초월적 세계를 암시하고 있을 뿐만 아니라, 매 연마다 반복되고 있는 <바다는 어디>냐고 묻는, 즉 현실에서의 바다의 부재성을 완곡하게 반증하고 있는 물음의 함축 때문이다.

생명, 안식, 평화, 영원 등을 표상하는 초월적 세계, 그리고 어디에 있는지 알 수 없는 그 세계에 대한 막연하고 아득한 그리움, 그러나 막연하고 아득하기 때문에 더욱 사무치고 다할 수 없는 그리움, 바로 이러한 의미와 정서를 이 시는 지극히 단순한 구조를 통해서 소박하게 드러내고 있다.

여기에 나타난 초월적 세계, 즉 형이상성을 띠고 있는 바다의 함의는 바로 태극의 전일성이 지닌 상징적 의미에 그대로 합치되고 있음을 볼 수 있다. 다시 말하면 이 시는 전일성을 향한 인간의 근원 갈망, 혹은 인류학적 동경을 아주 소박하게 드러내고 있는 것이다.

다음의 시는 도의 초월적 전일성이 더욱 분명하게 드러나 있는 예다.

⑴ 바람도 없는 공중에 수직의 파문을 내이며 고요히 떨어지는 오동
   잎은 누구의 발자취입니까
⑵ 지리한 장마 끝에 서풍에 몰려가는 무서운 검은 구름의 터진 틈
   으로 언뜻언뜻 보이는 푸른 하늘은 누구의 얼굴입니까
⑶ 끝도 없는 깊은 나무에 푸른 이끼를 거쳐서 옛 탑 위의 고요한
   하늘을 슬치는 알 수 없는 향기는 누구의 입김입니까
⑷ 근원은 알지도 못할 곳에서 나서 돌뿌리를 울리고 가늘게 흐르는

적은 시내는 구비구비 누구의 노래입니까

(5) 연꽃같은 발꿈치로 가이없는 바다를 밟고 옥같은 손으로 끝없는
하늘을 만지면서 떨어지는 날을 곱게 단장하는 저녁놀은 누구의
시입니까

(6) 타고 남은 재가 다시 기름이 됩니다. 그칠 줄 모르고 타는 나의
가슴은 누구의 밤을 지키는 약한 등불입니까

한용운 「알 수 없어요」[19)]

이 시의 구조와 전개는 기본적으로 수수께끼 물음의 형식을 밟고
있다. 전체가 6행으로 되어있는 이 작품은, 6행이 각기 여섯 개의 수
수께끼식 물음으로 구성되어 있다. 그런데 그 여섯 개의 수수께끼는
주제나 해답이 각기 다른 물음이 아니라 하나의 주제나 해답을 위한
각기 다른 여섯 개의 설명 방식으로 전개되는 물음으로 되어 있다.
하나의 해답은 아직 그 이름을 알 수 없거나 혹은 명명할 수 없기 때
문에 의문사 <누구>로 지시할 수밖에 없는 어떤 대상이다.

그런데 일반적인 수수께끼가 그렇듯이 질문을 던지는 화자는 그 주
제적 대상, 즉 해답을 잘 알고 있다. 그래서 대상을 암시하는 다양한
설명적 묘사는 매우 구체적이다. 그리고 질문이 반복될수록 그 다양한
묘사의 중첩에 의하여 주제적 대상을 드러내는 초점은 자연스럽게 형
성된다.

이미 앞에서 살펴본 바 있는 김소월의 「바다」도 역시 반복적 물음

---

19) 앞으로 한용운의 시 작품 인용은 『한용운연구』(새문사, 1982)에 수록된 시집 『님의
침묵』을 사용하되, 가독성을 위해서 원문 일부의 옛 표기를 오늘날의 철자법으로
바꾸어 쓴다.

의 형식으로 구성된 작품이었다. 그러나 「바다」는 화자가 해답을 모르기 때문에 해답을 찾기 위해서 절실한 자문을 반복하는 형식을 띠고 있었다. 그 결과 바다의 형상은 관념만 남긴 채 구체성이 결여된 평면적 묘사와 더불어 추상화되었던 것이다. 시적 묘사의 구체성과 관념성이라는 문제와 관련해 볼 때, 그리고 사상가이기도 했던 만해와 감상적이기까지 한 주정적 서정 시인이었던 소월을 비교해 볼 때, 이 점은 여러 가지로 주목된다고 하겠다.

하여간 다양한 구체적 묘사에 의해서 주제적 대상을 향한 초점을 강화해 나가는 「알 수 없어요」의 작품 구조는 조금만 더 자세히 살펴본다면 영원하고 무한한 시간과 공간의 교묘한 유합(癒合)을 통해서 이루어지고 있음을 알 수 있다.

(1)의 오동잎을 수식하는 전반부의 문맥적 의미가 종적인 공간의 깊이와 관련된다면, (2)의 푸른 하늘을 수식하는 문맥은 횡적인 공간의 넓이와 관련된 표현이다. 그리고 (3)의 향기를 수식하는 문맥이 통시적인 시간의 유구함을 드러내고 있다면, (4)의 시내를 수식하는 문맥은 공시적인 시간의 무한함을 드러내는 표현이다. 여기에서 (1)과 (2)의 공간적 심상과 함께 제시된 오동잎이나 푸른 하늘이 그 시각적인 형태의 결정성과 부동성으로 인하여 미묘하나마 천상의 공간적 지속성이나 불변성을 암시하고 있는 반면에, (3)과 (4)의 시간적 심상과 함께 제시된 향기와 시내는 그 후각적이고 시청각적인 무형성과 유동성으로 인하여 지상의 시간적 전변성과 가멸성을 암시하고 있어 서로 대조적인 구도를 보여준다.

그리고 여기까지 나타나 있는 수직과 수평의 구도, 천상과 지상의 이원적 차별, 시간과 공간의 영원함과 무한함, 불변성과 전변성 등은 (5)의 저녁놀을 수식하는 문맥에 이르러 상호 교차되면서 하나의 전체로서 융해되고 만다. 다시 말해서 그 일여적 융해는 무한한 지상적 공간성, 즉 <가이없는 바다>를 밟고, 심원한 천상적 공간성, 즉 <끝없는 하늘>을 만지면서, 순간과 영원의 양면성을 상징하는 <떨어지는 날>을 단장하는 <저녁놀>에 의해서 완성된다. 그리고 저녁놀은 계선(界線)이 불분명하고 상호 삼투적인 형상이라는 점에서, 또 머지 않아 그 본질적 속성인 어둠의 너그러움으로 만물의 차별상을 한 빛으로 환원시킨다는 점에서, 그것은 일여적 융해를 상징하는 심상으로 매우 적절해 보인다.

「알 수 없어요」의 시적 결구는 실상 5행까지의 묘사에 의해서 완성되었다고 볼 수 있다. 6행은 5행까지의 물음에 대한 대답을 결정적으로 암시하는 결론 부분이고 그 탐색적 물음들의 원천이 된 핵심적 사상의 요약에 불과하다. 그런데 이 6행만이 두 개의 문장으로 구성되어 있음이 주목된다.

<타고 남은 재가 다시 기름이 됩니다>라는 구절은 5행까지의 시상과 서정적 흐름의 결, 그리고 시적 분위기와 율조를 일시에 파탄시키면서 돌출하고 있다. 더구나 이 구절은 이 시의 심오한 핵심적 사상을 요약한 것으로서 지금까지 전개되어 온 구체적이고 감각적인 대상의 묘사로부터 일시에 관념적이고 형이상적인 의미의 상징적 표현으로 반전하고 있다. 또 거두 절미한 채 단도 직입적으로 내던져진 그 구절도 파격적인 역설로 제시되고 있다. 이와 같은 시적 파행과 돌출성을 완화하여 시의 전체적 통일성을 조성하기 위해서는 불가피

하게 파행 이전의 시적 전개와 동질적인 물음을 부가할 수밖에 없었을 것이다. 이것이 6행이 두 개의 문장으로 구성된 까닭이다.

<타고 남은 재가 다시 기름이 됩니다>라는 이 시의 결론적 역설의 의미를 파악하기 위해서 5행까지의 구조적 의미를 좀더 밝혀 보자.

이미 앞에서 분석해 본 바와 같이 5행까지 전개된 시적 의미의 공간은 시공상으로 광대한 우주를 포괄하고 있다. 우주론적 구도 위에 형상화되고 있는 것들은 생멸과 전변을 거듭하고 있는 각기 차별화된 뭇 존재자와 자연적 현상들이다. 그런데 각 시행들을 살펴보면 <~은 누구의 ~입니까>라는 구조로 되어 있다. 앞 부분 <~은>에 해당되는 문장상 주제 어구가 지시하는 대상은 각기 차별화된 오동잎, 푸른 하늘, 향기, 시내, 저녁놀 등 구체적인 현상적 존재들이다. 그러나 뒷부분 <누구의 ~입니까>의 누구는 여러 존재가 아니라 하나의 존재다. 이 누구는 더 말할 것 없이 시집 『님의 침묵』 전체를 관류하고 있는 님이라고 할 수 있는데, 이 작품에서 확인할 수 있는 바와 같이, 그 님은 현상 세계의 너머에 신비하게 가려진 채 자신의 정체를 완전히 드러내지 않고 있다. 비가시적 은폐성과 초월성으로서의 님은 다만 차별화된 천지 만물의 가변적 존재, 즉 가시적 현시성 속에서 전변을 거듭하는 감각적이고 현상적인 존재들을 통해서 자신의 정체를 암시적으로 드러낼 뿐이다.

결국 님은 무수한 현상적 존재들, 즉 오동잎, 푸른 하늘, 향기, 시내, 저녁놀 등을 통해서 부분적으로 접근될 수 있을 뿐, 그 완전한 모습은 볼 수가 없다. 이것인가 하면 이것이 아니고, 저것인가 하면 벌써 저것도 아니다. 정확히 말해서 그리움의 대상인 님은 현상적 존재 전체라고 할 수 있다. 그러나 전부를 가리키는 것은 아무것도 가리키지 않는 것과 같다. 따라서 가변적이고 생성적인 감각 존재들은 님을 구체적으로 부각시킨다기보다 서로가 서로를 연속적으로 상쇄시키면서 무화되고 있다고 보아야 할 것이다. 이렇게 무화된 광대한 시적 공간 속에 무수하게 생성 변화되는 현상들만 망막에 잔상을 남긴 채 가뭇없이 허공으로 사라지고 있다.

이 시의 의미론적 생성의 끝에는 우주론적 시공의 구도 위에 이와 같이 무화된 공간이, 그러나 이 무화가 절대적인 무를 가리키지 않는다는 점에서 진공묘유라고 할 수 있는 현묘한 공간만이 강조되고 전경화(前景化)되어 남아 있다. 이렇게 볼 때, 님은 결국 현상적 존재 전체이면서 동시에 진공묘유가 드러내는 무 또는 공일 수밖에 없다.

불교적으로 말한다면 현상적 존재는 가아(假我), 색(色), 사(事), 소연기(所緣起) 등에 해당되고, 님은 무아(無我), 공(空), 이(理), 능연기(能緣起) 등에 해당된다고 할 수 있을 것이다. 그러나 불교의 존재론적 역설의 논리에 의한다면 색즉시공(色卽是空)이고 공즉시색이며, 이사무애(理事無碍)요 동체이체(同體異體)이므로, 현상 즉 실체이며 현상 즉 님이 된다. 바로 이러한 역설의 논리에 대응되는 시적 표현이 <타고 남은 재가 다시 기름이 됩니다>라는 구절이다.

자신의 모습을 감각적 현상을 통해서 드러내면서 그 현상의 배후에 은폐성과 초월성으로서 남아있는 님, 즉 차별상과 분별성을 뛰어넘은 무 또는 공은, 앞에서 이야기한 바 있는 흰 바탕과 같은 것이라 할 수 있다. 이 흰 바탕이라는 도의 전일성 위에서 오동잎, 푸른 하늘 등 감각적 존재는 비로소 현상되고 결구되어 나타날 수 있는 것이다. 이러한 양상을 그림 그리는 일에 비유해 보면 그 의미가 더욱 분명해진다. 감각적 현상 쪽에서 본다면 오동잎, 푸른 하늘 등이 오채(五彩)의 문식(文飾)을 통해서 그 존재성이 드러나는 것처럼 보이지만, 흰 바탕 쪽에서 본다면 오히려 흰 바탕이 오채의 문식을 통해서 다양한 감각적 현상으로 자신의 역설적 존재성을 드러내고 있다고 볼 수 있다.

다시 말하면 역설적이게도 그림 그리는 일은 대상을 그리기기 위함이 아니라, 은폐성과 초월성으로서의 흰 바탕이 대상을 통해서 보다 더 구체적인 모습으로 드러날 수 있도록 하기 위한 작업이라고 할 수 있다. 요컨대 여러 한정적인 형상을 통해서 흰 바탕을 보고자 하는 것이다. 그러나 아무리 다양한 색채와 선으로 무수한 형상을 그려 낸다고 하더라도 무한한 형상을 산출해 내는 그 흰 바탕은 끝내 소진될 수 없을 뿐만 아니라 완결된 제 모습을 결코 드러내지 않는다. 감각적 형상들은 오히려 그 배후에 있는 흰 바탕의 역설적 존재성을 강조하는 부재성으로 지탱된다. 동양화의 그 압도할 듯한 표현적 여백의 전통적 기법은 바로 이와 같은 흰 바탕이라고 하는 도의 전일성에 대한 인식을 전제한 것이라고 볼 수 있다.

이상의 분석에서 알 수 있듯이 「알 수 없어요」에 형상화되어 있는 님은 그것이 은폐성과 초월성을 본질로 지니고 있는 한 결코 만날 수 있는 대상이 아니다. 결코 만날 수 없는 님이기 때문에, 그러나 동시에 온갖 현상을 통해서 끝없이 그 님의 <발자취>와 <입김>을 분명히 감지할 수밖에 없기 때문에, 님에 대한 그리움과 기다림은 숭고한 종교성과 영원성을 함축한 의미로 승화된다. 만해의 시적 어법을 빌린다면 종교적 의미로 승화되는 님은 자신의 <입김>을 불어 넣어 현

상적 존재들을 생성시키고 있다고 볼 수 있는데, 이것은 만물을 분화
시키는 도의 생성력과 그대로 일치하는 것이다.

　노자는 이와 같은 도의 생성력을 이렇게 간결하게 표현하고 있다.

　도는 빈 그릇이다. 거기에서 얼마든지 퍼내서 사용할 수 있다. 또 언
제나 넘치는 일이 없다. 깊고 멀어서 천지 만물의 근원을 이루고 있
다.[20]

　곡신은 죽지 않는다. 이것을 현빈(玄牝)이라고 한다. 현빈의 문을 천
지의 근본이라고 한다. 끊임없이 길게 이어져 있어서 써도 노고함이 없
다.[21]

　도는 빈 그릇과 같은 무의 생성력으로 천지 만물의 근원이 되고,
곡신, 즉 무는 죽지 않기 때문에 영원히 신비한 모성을 지닌 현빈으
로서 천지의 근본이 될 수 있다는 것이다. 이와 같이 만물을 낳는 도
의 생성력, 그리고 시 작품을 낳게 하는 궁극적인 시 정신으로서의
도의 창조력은 독일의 낭만주의 철학자 셸링이 말하는 이른바 영혼으
로서의 창조 정신과 매우 흡사한 면이 있다. 그에 의하면 자연은 하
나의 유기체로서 영혼을 지니고 있으며, 인간과 자연물을 통하여 이
영혼을 표현하려고 하는데, 그것이 가장 잘 표현된 것이 예술이라는
것이다. 그리하여 그는 모든 예술은 바로 그 영혼의 표현, 즉 영감의
표현일 뿐이며, 특히 시는 그 영감의 표현이 가장 잘 이루어진 것이

---

20) 『도덕경』, 제4장. <道沖 而用之 或不盈 淵兮似萬物之宗.>
21) 위의 책, 제6장. <谷神不死 是謂玄牝 玄牝之門 是謂天地根 緜緜若存 用之不勤.>

라고 말하고 있다.[22]

그러나 셸링의 이러한 사상은 일종의 범신론에 가까운 것으로서 그 창조 정신이라는 영혼이 일방적으로 초월성을 띠고 있을 뿐만 아니라, 자연과 인간은 그 영혼의 표현을 위한 일종의 수단에 불과하다는 점에서 일자인 도의 초월성과 다르다고 볼 수 있다. 다시 말해서 일자인 도는 능생(能生)이면서 소생(所生)이요 초월적이면서 내재적이고, 상즉상입(相卽相入)하여 동체 이체를 이루는 것이다. 만해의 역설처럼 <타고 남은 재는 다시 기름이 됩니다>와 같은 논리가 된다.

님에 대한 그리움, 즉 도의 초월적 전일성에 대한 근원 갈망은 그것이 본질적으로 충족될 수 없을 뿐만 아니라, 충족될 수 없기 때문에 끝내 소진될 수도 없다는 점에서 오히려 숭고한 종교성과 영원성의 의미를 함축하기도 한다고 했는데, 한국시의 전통적 서정의 흐름을 살펴보면 이러한 그리움은 특히 한의 정조를 띠면서 다양한 형상으로 표출되고 있음을 볼 수 있다.

　(1) 내 마음의 어딘 듯 한 편에 끝없는 강물이 흐르네

---

22) Friedrich Wilhelm Von Schelling, "On the Relation of The Plastic Arts to Nature", Hazard Adams(ed.), *Critical Theory since Plato*(New York: Harcourt Brace Jovanovich, Inc., 1971), 446쪽. <가장 오래된 표현을 빌면 조형 예술은 무언의 시이다. 이 정의를 만들어 낸 이는 분명히 이 말로, 전자는 후자와 마찬가지로 정신적 사상들, 그 근원을 영혼에 두고 있는 관념들을 말에 의해서가 아니라 무언의 자연처럼 형체, 형상, 그리고 실체를 지닌 독자적인 작품들에 의해 표현해야 한다는 점을 의미했다.> (Plastic art, according to the most ancient expression, is silent poetry. The inventor of this definition no doubt meant thereby that the former, like the latter, is to express spiritual thoughts—conceptions whose source is the soul; only not by speech, but, like silent nature, by shape, by form, by corporeal, independent works.)

돋쳐오르는 아침 날빛이 뻔질한 은결을 돋우네
가슴엔 듯 눈엔 듯 또 핏줄엔 듯
마음이 도른도른 숨어있는 곳
내 마음의 어딘 듯 한 편에 끝없는 강물이 흐르네

김영랑 「끝없는 강물이 흐르네」[23]

(2) 내ㅅ사 애달픈 꿈꾸는 사람
　　내ㅅ사 어리석은 꿈꾸는 사람

　　밤마다 홀로
　　눈물로 가는 바위가 있기로

　　기인 한밤을
　　눈물로 가는 바위가 있기로

　　어느날에사
　　어둡고 아득한 바위에
　　절로 임과 하늘이 비치리오

박목월 「임」[24]

(3) 내 죽으면 한 개 바위가 되리라
　　아예 애련에 물들지 않고

---

23) 김영랑의 시는 앞으로 『한국시인전집』 5권(신구문화사, 1962)에서 인용한다.

24) 박목월의 시는 앞으로 『한국현대시문학대계』 18권(지식산업사, 1982)에서 인용한다.

회로에 움직이지 않고

비와 바람에 깎이는 대로

억년 비정의 함묵에

안으로 안으로만 채찍질하여

드디어 생명도 망각하고

흐르는 구름

머언 원뢰

꿈 꾸어도 노래하지 않고

두 쪽으로 깨뜨려져도

소리하지 않는 바위가 되리라.

유치환 「바위」²⁵⁾

(4) 불귀(不歸), 불귀, 다시 불귀

삼수갑산(三水甲山)에 다시 불귀

사나이 속이라 잊으련만

십오년 정분을 못잊겠네

산에는 오는 눈 들에는 녹는 눈

산새도 오리나무 위에서 운다

삼수갑산 가는 길은 고개의 길

김소월 「산」 3, 4 연

(1)의 화자는 <내 마음의 어딘 듯> 한 편에 끝없는 강물이 흐르고

---

25) 유치환의 시는 앞으로 『유치환시선』(정음사, 1958)에서 인용한다.

있다고 말한다. 끝없이 흐르는 그 강물이 발원한 마음은 <가슴엔 듯 눈엔 듯 또 핏줄엔 듯> 도무지 어디에 있는 것인지 불명하다. 그 불명한 마음 속의 어디에서 강물이 흐르고 있는지도 또한 알 수가 없다. 그러나 강물이 <뻔질한 은결을 돋우며> 흐르고 있는 만큼 그 마음은 불명한 채로 어딘가에 <도른도른 숨어있는> 것이다.

여기에서, 강물이 흐르는 마음이 가슴엔 듯 눈엔 듯 또 핏줄엔 듯 어디에 있는지 불명하고, 그 마음의 한 편 어디에서 강물이 흐르고 있는지 불명하다고 하는 것은, 바꾸어 말해서, 강물이 흐르는 그러한 마음이 어디에서 무슨 까닭으로 생겨나는 것인지 알 수 없다고 하는 시적 표현에 불과하다. 그리고 그러한 마음이 어디에서 무슨 까닭으로 생겨나는 것인지 알 수 없으면서도 언제나 그것이 강물처럼 분명히 흐르고 있음을 느끼고 있다고 하는 것은 그 흐름이 근원적인 것임을 뜻한다.

은결을 돋우며 끝없이 흐르는 강물, 그것은 영원을 지향하는 시간의 강물이고, 부절히 이어지는 덧없는 삶의 흐름 속에서 저절로 지니게 되는 원초적 그리움이요 동경이다. 순간순간 은결을 돋우는 생명 혹은 삶의 자각을 통해서 갖게 되는 근원적 그리움은 영원한 세계를 향하고 있는 것이다. 물과 흐름이 상징하고 있는 원형적(原型的) 순환성은 바로 영원성에 다름 아니다. 물의 순환성으로 말미암아 강물이 발원한 곳이나 아득한 흐름의 끝은 본질적으로 동일할 수밖에 없으며 가시적인 세계의 너머에 있을 수밖에 없다. 그것은 영원하고 초월적인 세계를 지시한다.

영원하고 초월적인 세계에 대한 근원적 그리움은 바꾸어 말하면 도

의 초월적 전일성에 대한 근원 갈망에 다름 아니다. 앞에서 시 정신
이 바로 전일성이고 시적 세계관이 그 전일성의 지향에 있다고 말한
바 있지만, 특히 이 시에 나타난 바와 같이 낭만적인 시적 화자의 발
화일 경우 그러한 전일성의 지향은 더욱 두드러지게 나타난다. 그러나
전일성이 초월적인 것인 만큼 그 성취가 처음부터 불가능하다는 점에
서, 그와 같은 동경은 정도의 차이를 불문하고 언제나 슬픔의 색조로
물들어 있기 마련이며, 시적 화자의 태도에 따라서 그 슬픔은 때로
이른바 낭만적 아이러니를 드러내기도 한다.

(2)의 화자는 임과 하늘을 그리워하며 꿈꾸고 있다. 화자의 현실은
<기인 한밤>과 <눈물>이 말해주고 있듯이 절망적이다. 임이 없는
세계는 근원적인 결핍과 분열과 고통의 세계, 즉 지상적 어둠의 세계
다. 그래서 화자는 임과의 합일, 즉 천상적 밝음의 세계를 꿈꾸고 있
다. 그러나 <눈물로 가는 바위>에 <절로 임과 하늘>이 비친다는
것은 처음부터 불가능한 일이다. 그럼에도 불구하고 그 불가능한 일을
꿈꾸는 것이야말로 지상적 어둠을 견디어 낼 수 있는 유일한 방법이
기에 화자는 <애달픈> 그리고 <어리석은 꿈꾸는 사람>이 될 수밖
에 없다. 꿈을 꾸면서 꿈꾸는 일이 어리석고 애달픈 일임을 자각하는
순간 낭만적 아이러니는 돌연히 솟아난다. 그것은 천상에도 지상에도
소속될 수 없는 자의 슬픔과 비애에서 생겨난 기이한 감정이다.

(3)의 시에서는 전일성의 형상이 특이하게도 구체적인 감각적 사물
이 암시하는 상징적 의미를 통해서 드러나고 있다. 시적 화자가 열렬
히 합일하고자 소원하고 있는 바위의 세계는 시간과 공간을 초월해
있다. <아예 애련에 물들지 않고 / 희로에 움직이지 않고 / 비와 바

람에 깎이는 대로> 비정의 함묵 속에 있는 존재라면, 그것은 시간과 공간이 야기하는 주관과 객관, 삶과 죽음, 있음과 없음, 생성과 소멸 등등 모든 대립적 갈등을 초월한 세계라 할 수 있다. 즉 바위의 세계는 시간과 공간의 분화에서 비롯하는 전변성(轉變性), 가멸성(可滅性), 상대성 등을 초월한 미분성의 세계다. 초월적 미분성은 바로 혼론한 도리인 도의 특징이고 도가 지닌 전일성의 형상이다. 그래서 <흐르는 구름 / 머언 원뢰>, 즉 생성 전변의 움직임으로부터 초절해 있는 바위의 함묵은 그대로 도의 적연부동성(寂然不動性)에 통하는 것이다.

이와 같이 적연부동한 미분성을 소원하고 있는 시적 화자의 태도는 일차적으로 대단히 결연하고 의지적인 모습으로 보인다. 그러나 그러한 소원이 어쩔 수 없이 <내 죽으면>이라는 가정법에 의해서 매개되고 있는 한, 그 소원의 성취를 향한 의지가 결연하면 할수록 소원 성취의 불가능성은 더욱 두드러져 보이고, 결연한 태도와 발언은 공허한 독백으로 울려오기 마련이다. 다시 말해서 죽음 뒤에까지 기약하면서 갈망하고 있다는 점에서 이 소원은 비원(悲願)이라 할 수 있겠는데, 그것이 비원인 한 결연한 의지는 어쩔 수 없는 슬픔을 위장하기 위한 일종의 심리적 반동 형성(反動形成)이라고 할 수 있다.

(4)에서 그리움의 대상인 전일성의 형상은 다시는 돌아갈 수 없는 고향으로 나타나고 있다. 고향은 모든 세속적 대립과 갈등이 해소된 지복의 낙원으로서 근본적으로 모성 혹은 모태(母胎)를 뜻하는 상징적 의미를 지닌다. 그러므로 고향은 태초에 우주가 분화되기 이전의 그 신성하고 초월적인 공간으로 확장되는 것일 뿐만 아니라, 인류의 심성 속에 잔존하고 있는 가장 고태적(古態的)이고 영원한 그리움의 대

상인 것이다. 그러나 이와 같은 모태적 혹은 형이상학적 의미의 고향
은 하나의 이념일 뿐 결코 돌아갈 수 있는 곳이 아니다. 이 시에서
<삼수갑산>은 그 글자의 의미가 암시하고 있는 바와 같이 인적이
미칠 수 없는 궁벽한 곳, 그래서 신성성을 띤 공간으로서 결코 돌아
갈 수 없는 고향이다. <불귀, 불귀, 다시 불귀>라는 절망적인 탄식은
그래서 한의 정서가 짙게 배어있다.

위의 몇 편의 예시에서 살펴본 바와 같이 명시적이거나 은유적이거
나 혹은 역설적이거나 간에 시적 자아가 지향하는 세계는 전일성의
세계라 할 수 있다.[26] 다시 말하면 그 전일성의 세계는 천지 만물을
낳은 일자, 즉 태극으로서 현세의 대립적 갈등 속에 놓여있는 모든
존재의 근원이자 고향이다.

그런데 앞에서 설명한 바와 같이 태극으로부터 화생한 만물은 존재
와 생성의 원리로서의 태극을 내재하여 지니고 있기 때문에 아무리
분화되어도 태극의 탯줄로부터 완전히 절연될 수가 없다.[27] 나누어도
나누어지지 않음, 즉 분이미분(分而未分)임에도 불구하고 일단 시공
속에 분화된 현상적 존재는 대립적 갈등과 결핍을 그 본질적 속성으
로 지닐 수밖에 없기 때문에, 완전히 절연되지 않은 그 본능적 탯줄
을 따라서 언제나 초월적 미분성인 본래의 태극으로 돌아가고자 한다.

이런 까닭에 역리적 관점에서 본다면 생성과 존재의 길, 혹은 삶의

---

26) 한국의 전통적 서정시에서 이러한 전일성의 형상이 투영된 시적 심상들은 님, 고향,
부모 형제, 바다, 산, 꽃, 유년 시절, 나무, 바위, 새, 짐승, 무덤, 보석, 별, 씨앗
등등 무수한 중심 상징(中心象徵)으로 유별화된다. 그러나「공후인」이후 지속적으
로 나타나는 대표적 상징은 역시 님이라 할 수 있다. 중심 상징은 뒤에서 논의된다.

27) <제2장 태극의 개념과 시론적 유추>의 주) 13을 참조할 것.

길은 본질적으로 거꾸로 돌아가는 길이다. <제2장 태극의 개념과 시론적 유추>의 <도식 1>에서 볼 수 있는 바와 같이 생성 변화의 길은 궁극적으로 생성이 비롯된 태극으로 돌아가는 길이다. 다시 말해서 역리적 생성의 길은 미래와 과거가 맞닿아 있는 순환적 시간의 궤적을 그린다. 이렇게 거꾸로 가는 길을 주역 철학에서는 역반지로(逆反之路)라고 하는데, 우리는 여기서 주역이 왜 역(逆), 반(反), 복(復), 래(來) 등의 관념을 불변의 율칙으로 삼고 있는가 하는 까닭을 알 수 있다.

평평하기만 하고 기울어지지 않는 것은 없고, 가기만 하고 돌아오지 않는 것은 없다.[28]

이러므로 역은 역수이다.[29]

만물은 무성하여 각기 그 뿌리로 돌아가려 한다. 뿌리로 돌아가는 것을 고요함이라 하고 이것을 일러 복명이라 한다.[30]

원결핍이라는 존재 조건 위에서 전변하는 현상적 존재는 언제나 뿌리의 고요함, 즉 적연부동한 태극의 전일성을 지향한다. 그러나 그 지향은 대립적 현상 세계에서는 좌절될 수밖에 없다. 고향은 뛰어넘을 수 없는 거리로 격절되어 있고, 한번 헤어진 님과는 다시 만날 수 없

---

28) 『주역』, 태괘 93. <無平不陂 無往不復.>

29) 위의 책, 「설괘전」. <是故易逆數也.>

30) 『도덕경』, 제16장. <夫物芸芸 各復歸其根 歸根曰靜 是謂復命.>

고, 바람직한 세계는 언제나 피안에 있다. 소망스러운 세계는 좁힐 수 없는 형이상학적 거리를 사이에 두고 늘 저기 혹은 저쪽에 있다.

한(恨)의 정서는 바로 여기와 저기 사이의 거리에서 발생하는 모순 감정이다. 의식적 차원에서는 저기를 체념하고 단념하려고 하지만, 무의식적 차원에서는 오히려 더욱 저기를 버리지 못하고 그리워한다. 의식과 무의식의 어긋남, 그리고 욕망과 체념의 어긋남에서 자아 분열이 발생하고 현실 원리에 따라 적응해야 하는 자아는 그 두 모순 충동 사이에서 지향할 바를 잃어버리게 된다. 자아가 지향할 바를 잃어버리게 되면 실천적 행동을 선택할 수가 없고, 실천적 행동을 선택할 수 없게 되면 그 행동이 메워야 할 거리의 공동에는 슬픔 혹은 한의 정서가 고이게 되는 것이다.

여기와 저기 사이의 거리가 극대화될수록 상상적 언어의 힘은 강력해지지만, 상상적 언어의 힘이 강력해질수록 극대화된 그 현실적 거리는 더욱 절망적인 것이 될 수밖에 없다. 전일성에의 지향이 뚜렷할수록 한의 정서가 짙게 물들 수밖에 없음은 바로 이런 이유에서 온다. 앞에서 분석해 보인 작품들도 정도의 차이와 그 양상은 다르지만 결국 하나같이 한으로 귀착될 수밖에 없는 슬픔의 정서를 드러내고 있다. 특히 김소월의 경우는 과거 지향을 통해서 한의 정서를 표출한 대표적 시인이라 할 수 있을 것이다.[31]

---

31) 김소월의 과거 지향은 역리적 역반지로와 전혀 다른 것이다. 역반지로는 만물이 생성 변화하여 앞으로 나아가는 길이 순환적 시간의 궤적 때문에 궁극적으로 과거와 맞닿게 되는 것을 말하는 것이지만, 김소월의 과거 지향은 앞으로 나아가는 생성 변화의 길을 거부하고 다만 거꾸로 과거를 지향할 뿐인 것을 말하는 것이다. 그러나 존재의 길이 역반지로이기 때문에 그리움, 동경, 향수 등 인간의 보편적 감정이 근원적으로 과거 지향적 친화력을 지니게 된다고 말할 수는 있다.

2.2 본원성과 중심상징

도는 형이상학적 세계로 올라가면 사물의 배후에 숨어 있어서 불교
(不皦)하고, 형이하학적 세계로 내려오면 사물의 현상으로 나타나 불
매(不昧)하다. 지각과 인식의 대상이 아닌 그것은 그러므로 부단히 생
멸하고 변전하는 갖가지 감각적 사물의 모습과 움직임을 통해서 직관
할 수밖에 없다. 만물의 배후에 엄존하고 있는 그것은 형상이 없는
형상, 즉 무상지상(無狀之象)이며, 움직임이 없는 움직임, 즉 무상지상
(無象之象)이다.32) 마치 그것은 흰 바탕과 같이 형상이 없기 때문에
그로부터 만물은 온갖 형상으로 분화되어 나올 수 있고, 적연부동해서
움직임이 없기 때문에 그로부터 만물은 부단히 생성 변전하는 움직임
을 이어갈 수 있다. 다시 말해서 도는 무이유(無而有)하고 부동이동(不
動而動)하므로 무한히 형상을 산출해 내는 가발성(可發性)을 지니고
있고, 부단한 변화의 움직임을 추진하는 가동성(可動性)을 지니고 있
는 것이다.

---

32) 『도덕경』 제14장. <이런 것을 형상이 없는 형상이라 하고 움직임이 없는 움직임이
라고 한다. 이런 것을 황홀하다고 한다. 앞으로 마주보아도 그 머리를 볼 수 없고
뒤로 따라가면서 보아도 그 꼬리가 보이지 않는다.>(是謂無狀之狀 無象之象 是謂
恍惚 迎之不見其首 隨之不見其後.) 여기서 말하는 무상지상(無象之象)이란 초월적
태극이 지닌 가동성으로서 순수한 <짓>, 즉 상(象)이다. 이것이 내재적 태극에
의해 유상지상(有象之象), 즉 기상(氣象)이라는 순수 동작으로 실현된다. 무상지상
(無狀之狀)은 초월적 태극이 지닌 음기의 순수한 <꼴>, 즉 상(狀)이다. 이것이 내재
적 태극에 의해 기상과 함께 순수 형상(形狀)으로 실현된다. 태극은 음양, 즉 상(狀)과
상(象)이 미분되어 있으므로 무상지상(無狀之狀)이요 무상지상(無象之象)이라 한
다. 상(象)은 반드시 상(狀)과 더불어 실현되기 때문에 보통은 기상(氣象)이라 하지
만, 순수 형상(形狀)을 드러내어 함께 말할 때는 <순수 형상(形象)>이라 한다.

도가 형상이 없고 움직임이 없다고 하는 것은 그것이 무한하고 영원하다는 뜻이며, 무한성과 영원성이 본질이라고 하는 것은 그것이 아직 공간과 시간으로 분화되지 않은 하나의 전일성으로 존재한다는 뜻이다. 그러나 도의 전일성은 그 가발성과 가동성으로 인하여 마침내 시공적으로 유한한 형상과 움직임을 부단히 생성해 내면서 그 형상과 움직임의 현상을 통해서 스스로를 실현시키게 된다. 바꾸어 말하면 도는 온갖 현상 속에 제 입김을 불어 넣어 생성시키면서 편만되어 있다. 그리고 모든 존재자는, 궁즉통(窮則通)하고 극즉필반(極則必反)하며 영원히 생생불식(生生不息)하고 있는 도에 의지하여 끊임없이 부침을 지속하고 있는 것이다.

이와 같이 도는 만물을 생성하는 근원적인 <본원성(本源性)>을 지니고 있다.[33] 노자는 도의 본원성을 곡신(谷神), 현빈(玄牝) 등에 비유하면서, 도는 가시적인 꼴이 없어 불생 불멸하기 때문에 천하 만물을 생성 화육할 수 있는 현빈, 즉 영원한 모성이 된다고 말한다.[34]

만물의 배후에 있는 이와 같은 도의 본원성을 열자(列子)는 더욱 구체적으로 다음과 같이 말하고 있다.

---

33) <본원성>은 만물을 생성하는 도의 근원적인 생생력(生生力)을 가리키는 것으로서, 시학적 개념으로 사용하기 위하여 채용한 필자의 용어다. 그것은 온갖 존재와 현상이 비롯되는 근원적인 모성이고 모태이며, 실체적인 것이며 동시에 시원적인 중심이다.

34) 『도덕경』 제6장. <텅 빈 골짜기와 같이 꼴이 없는 신은 죽지 않으므로 이것을 신비한 모성(玄牝)이라 한다. 신비한 모성은 천지 만물의 근원이다. 신비한 모성은 처음도 없고 끝도 없이 영원히 존재하는 듯하다. 천지 만물이 이것을 근원으로 하여 무한히 생성하여도 끝내 고갈되지 않는다.>(谷神不死 是謂玄牝 玄牝之門 是謂天地根 緜緜若存 用之不勤.)

생성하는 것과 생성하지 않는 것이 있고 변화하는 것과 변화하지 않는 것이 있다. 생성하지 않는 것은 생성하는 것을 생성하고 변화하지 않는 것은 변화하는 것을 변화한다. 생성하는 것은 생성하지 않을 수 없고 변화하는 것은 변화하지 않을 수 없다. 그러므로 항상 생성하고 항상 변화한다. 항상 생성하고 항상 변화하는 것은 생성하지 않는 때가 없고 변화하지 않는 때가 없다.[35]

열자는 이와 같이 생성과 생성자, 그리고 변화와 변화자로 나누어 분석적인 설명을 시도하고 있다. 생성하지 않는 것과 변화하지 않는 것은 순수 형상(形象)으로서의 도를 말하는 것이므로 생성과 변화라 할 수 있고, 생성하는 것과 변화하는 것은 순수 형상(形象)으로부터 분화되어 비롯한 구체적인 시공적 존재와 그 변화를 말하는 것이므로 생성자와 변화자라 할 수 있다.

도의 본원성은 여기에서 생성과 변화에 해당하고 그로부터 비롯된 만물은 생성자와 변화자에 해당된다. 이것은 마치 하이데거가 존재와 존재자로 나누어 존재자의 연구는 개별적인 특수 과학의 연구 영역이지만 존재의 문제는 철학 고유의 영역이라는 신념 아래 그의 존재론적 형이상학을 전개했던 것과 매우 흡사하다. 생성과 변화가 생성자와 변화자의 바탕이 된다는 것은 존재자가 존재의 기반 위에 있다고 하는 논리와 일치하기 때문이다.[36]

---

35) 『열자』, 「천서편」. <有生不生 有化不化 不生者能生生 不化者能化化 生者不能不生 化者不能不化 故常生常化 常生常化者 無時不生 無時不化.>

36) Martin Heidegger, "The Question of Being", *Phenomenology and Existentialism*, Robert C. Solomon(ed.)(New York: Harper & Row, 1972), 306-307쪽. <존재는 무엇인가가 있다는 사실, 그리고 그것이 현재의 상태로 있다는 사실, 즉 현실에, 손 닿는 곳의

그러나 양자는 현상을 바라보는 관점이 근본적으로 다를 뿐만 아니라 동서의 인식 경향이 다른 만큼 그 개념에 있어서도 상당한 편차가 드러나고 있다. 우선 이쪽은 상대무(相對無)인 생성의 관점에서 생성자인 현상을 바라보고 있는 반면에, 저쪽은 존재자라는 현상의 관점에서 존재자의 동일 근원인 존재를 바라보고 있다. 비유적으로 말한다면 전자는 배후의 무로부터 전면에 나타난 변화자인 유를 바라보는데, 후자는 전면에 나타난 유로부터 배후의 궁극적인 유를 바라보고 있다.

하이데거의 존재라고 하는 형이상학적 개념이 무와 유사한 면이 있다고 할지라도 동서의 공간적 인식 구조와 시간적 인식 구조의 편차만큼 이쪽의 무의 개념과는 미묘하게 다를 수밖에 없다. 동양의 사유가 무에 중심을 두고 있다면 서양의 사유는 다소간에 그 중심이 유에 있다고 볼 수 있는 것이다. 도의 본원적인 생성은 동적인 개념으로서 무와 유를 상호 생성 지속되는 하나의 연속체로 보지만, 존재와 존재자는 마치 현상과 현상 배후의 궁극적인 형상Idea을 분별한 플라톤의 사유처럼 그 관계가 정태적이라는 느낌을 완전히 배제할 수가 없다.

이런 점에서 도의 생성론적 관점은 오히려 메를로 퐁티의 일원적 존재 구조에 더욱 가까운 것으로 보인다. 왜냐하면 그는 가시적인 공간적 개별자는 존재가 분열된 것이며, 개별자는 불가시적인 층을 지니고 있으므로 존재와 부재는 상호 순환적 관계에 있다고 보기 때문이다.[37]

현존에, 생존에, 유효성에, 현존재에, '저기 있음'에 자리하고 있다.>(Being lies in the fact that something is, and in its Being as it is; in Reality; in presence-at-hand; in subsistence; in validity; in Dasein; in the 'there is'.)

37) Maurice Merleau-Ponty, "Eye and Mind", *The Primacy of Perception,* James M.

이상에서 살펴본 바와 같이 도는 초월적이고 불가시적이지만 무이유하고 부동이동하는 순수 형상(形象)이요 무상지상(無象之象)으로서의 가동성을 지니고 있기 때문에 온갖 생성자와 변화자를 낳을 수 있는 영원한 모성, 즉 생성이다. 그러므로 이와 같이 생생불식하는 도의 본원성은 생성자와 변화자, 즉 구체적인 지각 대상을 통해서 직관할 수 있고, 또한 이와 같은 본원성에 대한 직관은 변함없이 상상적 언어의 고유한 원천이 되고 있다.

도의 본원성이 시에 어떻게 투영되고 있는지 살펴보기로 한다.

산에는 꽃피네
꽃이 피네
갈 봄 여름없이
꽃이 피네

산에
산에
피는 꽃은
저만치 혼자서 피어있네

Edie(ed.)(Northwestern University Press, 1964), 187쪽. <모든 시각적 대상은 그것이 아무리 개별적이라 하더라도, 또한 하나의 차원으로서 기능한다. 왜냐하면 그것은 존재의 분열의 결과로서 스스로를 낳기 때문이다. 이것이 궁극적으로 뜻하는 바는, 가시적인 것의 고유한 본질은 엄밀한 의미에서의 불가시성의 층―그 가시적인 것이 어떤 부재로서 현존하게 만드는―을 갖게 된다는 것이다.>(Every visual something, as individual as it is, functions also as a dimension, because it gives itself as the result of a dehiscence of Being. What this ultimately means is that the proper essence of the visible is to have a layer of invisivility in the strict sense, which it makes present as a certain absence.)

산에서 우는 작은 새요
꽃이 좋아
산에서
사노라네

산에는 꽃지네
꽃이 지네
갈 봄 여름없이
꽃이 지네

김소월 「산유화」

이 시의 구조는 그 동안 여러 논자들이 지적한 바와 같이 계절적 순환의 논리 위에 기초하고 있다. 전 4연으로 구성되어 있는 이 시는 첫 연과 마지막 연이 서로 맞물려서 원환을 그리듯이 계절의 쉬임없는 순환 운동을 암시하고 있다. 사계의 순환은 제2장의 <도식 1>에서 설명한 바와 같이 음과 양이 서로 뿌리가 되어 일동 일정(一動一靜)하고 일음 일양(一陰一陽)하는 태극 운동에 다름 아니다. 즉 꽃이 피는 것은 일동 혹은 일양이고 꽃이 지는 것은 일정 혹은 일음이다.

이 시에 나타난 꽃은 어떤 구체적이고 특정한 꽃을 가리키는 것이 아니라 산에서 피고 지는 일반적인 꽃, 즉 산유화를 추상적으로 지시할 뿐이다. 그래서 <갈 봄 여름없이> 영원히 피고 지는 그 꽃의 형상과 움직임은 바꾸어 말해서 형상이 없는 형상으로서의 무상지상(無狀之狀)이요 움직임이 없는 움직임으로서의 순수한 가동성, 즉 무상지상(無象之象)이라고 할 수 있다. 그것은 영원히 생생불식하며 만물을 생성하는 도의 본원성이자 생성 그 자체를 상징하는 것이다.

널리 알려진 이 「산유화」에 대한 김동리의 명쾌한 해석을 잠시 살펴보자.

한 개인의 주체적 감정에서 출발하는 강렬한 정한(情恨)이 그 대상의 일시적 특수성에 고정되지 않고 일반적 보편적 체계성을 띠게 될 때 그 한 개인의 체계화된 정서는 이미 인간 전체의 <신(神)>에 대한 귀의심이나 혹은 자연에 대한 향수의 세계로 통하게 되는 것이다. 그리고 소월은 <신>이나 <자연> 대신 <꽃피고 꽃지는 산>을 가져왔던 것뿐이다. 소월이 <저만치>라고 지적한 거리는 인간과 청산과의 거리인 것이며 이 말은 다시 인간의 <자연> 혹은 <신>에 대한 향수의 거리라고도 볼 수 있다. 이 거리를 그는 무의식중에 직시하였다.[38]

「산유화」의 화자가 표출하고 있는 정한은 특정한 꽃이 피고 지는 일시적 특수성에 대한 것이 아니라 꽃이 피고 지는 일반성 혹은 보편성에 대한 것이다. 그러기 때문에 화자의 정한도 보편성을 얻으면서 신 혹은 자연에 대한 귀의심이나 향수의 세계로 통하게 된다.

여기에서 신과 자연은 결국 도와 같은 뜻이다. 일자인 도에서 분화되어 나온 유한한 인간은 영원하고 무한한 도에의 귀의심 혹은 향수를 숙명적으로 지니게 된다. 이쪽의 현상계에서 저쪽의 초월적 도의 세계에 대한 향수의 거리가 바로 <저만치>이다. 그러나 저만치의 거리는 인용문에서 말하고 있는 것과 같이 <청산과의 거리>가 아니라

---

38) 김동리, 「청산과의 거리」, 『국문학논문선』 9(민중서관, 1977), 150쪽.

좀더 엄밀하게 이야기한다면 <꽃과의 거리>이다.

이 시에서 노래하고 있는 것은 제목에 뚜렷이 나타나 있는 것처럼 <산에 피는 꽃> 즉 산유화이지 엄밀히 말해서 청산이 아니다. 화자는 끊임없이 피고 지는 꽃의 영원성 혹은 그 생성력에 매혹되어 있다. 그래서 <저만치 혼자서 피어있네>라고 표현한 것이다. 이 시에서 산은 단지 세속적인 현상계와 구별하여 막연히 초속적인 저쪽을 가리키기 위한 말일 뿐이다.

앞에서 지적한 바와 같이 갈 봄 여름없이 피고 지는 꽃의 모습은 무상한 생멸과 전변의 표상이 아니라 영원히 생생불식하는 도의 본원성 혹은 생성 그 자체를 표상하는 것이다. 그래서 <저만치 혼자서> 피어있다고 할 때의 그 <혼자서>는 일자인 도의 완전성, 절대성, 자족성 등을 나타내는 말에 다름 아니다.

이렇게 볼 때 도의 본원성의 상징인 꽃을 바라보는 화자의 시선, 그리고 꽃과의 거리는 매우 중요한 점을 시사하고 있다. 다시 말하면 화자는 산의 외부, 즉 현상계에서 산의 내부에 있는 꽃을 바라보고 있다. 시각이 내부 지향적이다. 시각이 내부 지향적이라고 하는 것은 바꾸어 말해서 지각되는 현상 너머로 투시하는 직관에 상응하는 것이고, 감각적인 표층에 머무는 것이 아니라 심층의 초월성을 지향하는 것이다. 외부와 내부, 표층과 심층, 형이하와 형이상, 감각성과 초월성 등의 이항 대립에서 후자를 투시할 때 우리는 그것을 직관이라 할 수 있는데, 「산유화」의 화자는 바로 이러한 직관에 의해서 꽃으로 표상되는 도의 본원성을 포착하고 있다.

이렇게 볼 때 화자의 정한이 드러내고 있는 인간의 보편적 향수의

거리가 앞에서 지적한 바와 같이 <청산과의 거리>가 아니라 엄밀히
말해서 <꽃과의 거리>임을 다시 한번 확인하게 된다.

「산유화」의 내부 지향적인 시각을 알기 쉽게 도식화하면 다음과 같다.

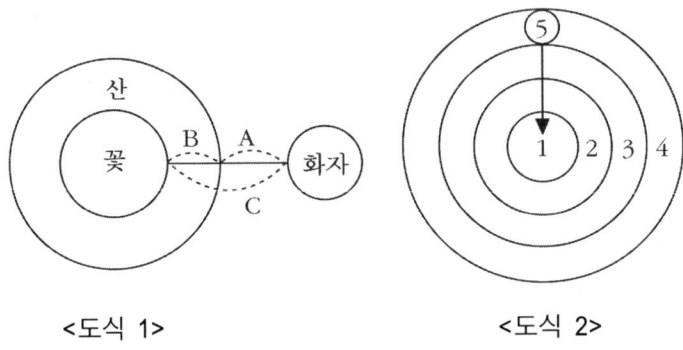

<도식 1>   <도식 2>

<도식 1>에서 청산과의 거리는 A로 표시되고, 꽃과의 거리는 C로
표시된다. 우리가 여기에서 청산과의 거리를 내세운다면 산의 내부에
있는 꽃과의 거리 B를 간과하는 셈이다. 그러나 화자의 시선은 분명
히 산의 외부에서 산의 내부에 있는 꽃을 바라보고 있다. 그리고 화
자는 그 꽃을 바라보면서 도달할 수 없는 형이상적 거리, 즉 꽃과의
거리에 대한 의식적 체념과 무의식적 향수의 모순 충동 사이에서 이
른바 한의 정조를 자아내고 있다.

꽃과의 거리에서 발생하는 그 숙명적인 향수와 한의 심리적 현상은
다음과 같은 분석 심리학적 마음의 구조에 비교해 볼 때 더욱 분명해
진다.

<도식 2>는 융이 주장하는 인간의 정신 구조를 나타낸 것인데, 1

은 자기the self, 2는 집단무의식, 3은 개인무의식, 4는 의식, 5는 자아 ego를 각각 표시하고 있다.[39]정신의 배종(胚種)이라 할 수 있는 <자기>로부터 현실적인 <자아>에 이르기까지 마음이 분화되어 나온 순서를 아라비아 숫자는 차례로 나타낸다.

자아가 활동하고 있는 의식역은 일상적이고 현실적인 세속성에 대응되고 1, 2, 3의 무의식역은 비일상적인 초속성에 대응된다. 그러기 때문에 이 무의식의 세계가 신화적인 형상이나 시적인 형상을 통해서 나타날 때는 흔히 낯설고 비일상적인 바다, 사막, 산, 위험한 곳 등 상징적인 표상으로 변형되기 마련이다. 이와 같은 의식과 무의식의 관계, 그리고 무의식의 상징적 표상을 전제한다면 「산유화」의 화자가 서있는 현실적 상황을 의식 세계로, 그리고 꽃이 피어있는 산을 무의식의 세계로 각각 대입하여 볼 수 있을 것이다.

이렇게 되면 화자는 당연히 분열과 갈등 속에 놓인 자아를 의미하게 되고 꽃은 분열과 갈등이 해소된 완전한 전체로서의 자기를 상징한다고 볼 수 있다. 따라서 화자가 드러내고 있는 꽃에 대한 근원적인 향수와 동경은 자기를 향한 자아의 부단한 지향성에 해당된다. 왜냐하면 분석 심리학적 견해에 의하면 현실적 자아는 분열 결핍된 분자적 존재일 수밖에 없으므로 하나로 통합된 전체로서의 초월적 자기를 끊임없이 지향하고 있기 때문이다.[40]

---

39) 이부영, 『분석심리학』(일조각, 1981), 42쪽 참조.

40) Joseph L. Henderson, "Ancient Myths and Modern Man", *Man and His Symbols*, Carl G. Jung(ed.)(New York: Dell Publishing Co., Inc., 1979), 120쪽. <융박사는 어느 인간이나 본래는 전체라는 느낌을 가지고 있었고, 강렬하고 완전한 자기 의식이 있었다고 시사한다. 개인이 성장함에 따라서 마음의 전체인 자기로부터 개인화된 자아 의식이 나타난다. ……그리고 개인적 자아는 전체적 자기와의 관계를 다시

이제 <도식 1>과 <도식 2>를 비교해 보면, <도식 2>의 5에서 1까지의 거리는 <도식 1>의 C에 대응하고, 1, 2, 3의 무의식 세계는 산에, 그리고 중심에 자리 잡은 1은 꽃에 각각 정확히 대응하고 있음을 볼 수 있다.

앞에서 이야기한 바와 같이 태극은 존재론과 우주론의 핵심적 개념이면서 또한 심성론의 핵심적 개념이기도 하다. 그러므로 「산유화」의 꽃은 존재론과 우주론의 측면에서 존재 일반의 본체 혹은 생생불식하는 본원성으로서의 태극을 상징하는 동시에 심성론의 측면에서는 마음의 본체이자 창조력의 본원인 자기를 상징하는 것이라 할 수 있다. 이렇게 볼 때에야 「산유화」에 투영된 정한과 향수의 거리가 바르게 이해될 뿐만 아니라, 앞에서 인용된 김동리의 진술 중, <이 거리를 그는 무의식 중에 직시하였다>라는 구절도 설득력을 얻게 된다.

이상의 분석에서 알 수 있는 바와 같이 도의 본원성은 대부분 내부 지향적인 시각으로 인하여 내부의 중심에 위치한, 혹은 중심성을 지니고 있는 상징물로 나타난다. 따라서 화자의 시각이 내부 지향적이냐 아니냐 하는 점은 대단히 본질적이다. 시각이 내부를 지향한다고 하는 것은 상상력의 세계에서는 그 내부에 담겨 있는 실체를 지향한다는 의미와 같기 때문이다. 다시 말해서 상상력의 문법에 의하면 결핍이 없는 완전한 것, 전일하게 통합된 것, 즉 <씨앗>과 같은 본체 혹은

맺으려고 계속 돌아와야 하는데 이것은 마음의 건강을 유지하려는 것이다.>(Dr. Jung has suggested that each human being has originally a feeling of wholeness, a powerful and complete sense of the self and from the self —the totality of the psyche— the individualized ego-consciousness emerges as the individual grows up ...... and the ego must continually return to reestablish its relation to the self in order to maintain a condition of psychic health.)

실체는 모든 현상과 사물 내부의 한 중심에 위치한 것이다.

이와 같은 상상적 경향은 인류의 보편적 현상으로서 원시인의 사고와 신화 속에서는 아주 다양한 상징으로 광범위하게 나타나고 있다. 그리하여 오늘날도 우리가 내면의 세계를 말할 때 마치 마음이나 영혼이 신체라는 용기(容器)의 내부에 있는 것처럼 생각하는 것은 바로 본원성을 지닌 본체는 깊숙한 내부의 중심에 있다고 생각하는 상상력의 습관 때문인 것이다.[41]물론 이와 같은 상상력의 문법에 의해서만 말하는 것이 아니지만, 유·불·도로 대표되는 동양 사상에 있어서도 역시 본체로서의 도는 중심에 있으며 중심을 유지해야 한다는 진술들은 아주 직설적으로 광범위하게 나타나 있다.[42]

---

41) Erich Neumann, *The Great Mother,* Ralph Manheim(trans.)(Princeton: Princeton University Press, 1974), 40쪽. <신체-용기 간의 원형적인 등식은 신화와 상징 체계, 그리고 초창기 인간의 세계관을 이해하는 데 있어서 근본적으로 중요하다. 그것의 의의는 신체로부터 나와 '태어난' 어떤 것 — 그것이 모발—식물이건, 숨결—바람이건 간에 — 을 가능하게 하는 출구 지역에만 국한되지 않는다. 이 용기—신체의 내부는 또한 그 중심적 상징성을 갖고 있다.……영혼을 담고 있는 신체라는 용기 상징은 또한 현대인의 경우에도 적용된다. 우리는 심리적 또는 정신적 내용물들을 뜻할 때 마치 그것들이 우리의 '내부'에, 우리의 신체—용기의 안에 담겨져 있고 또 그것들이 신체—용기 '로부터' 나오는 것인 양 우리의 '내향성', '내적' 가치들의 세계에 관해 말한다.>(The archetypal body-vessel equation is of fundamental importance for the understanding of myth and symbolism, and also of early man's world view. It's significance is not limited to the exit zones that make whatever issues from the body into something 'born' — whether it be hair-vegetation or breath-wind. The inside of this vessel-body also has its central symbolism.……The vessel symbolism of the body containing the psyche is also alive in modern man. We too speak of our 'inwardness', of the world of 'inner' values, and so on, when we mean psychic or spiritual contents, as though they were contained 'in' us, in our body-vessel, and as though they came 'out' of it.)

42) 대표적인 예를 하나씩만 들어 본다. 『장자』, 「제물론」. <저것과 이것이라는 상대적

도의 본원성이 중심성이 강조되는 상징, 즉 <중심 상징>[43]으로 나타날 때는 그 상징이 어떤 현상이나 사물의 중심에 위치하거나 그 자체가 중심을 잘 드러내는 것이어야 할 것이기 때문에, 그것은 흔히 만다라 도형으로 널리 알려진 원, 그리고 좌우·상하·팔방 등이 대칭을 이루는 기하학적 도형yantra으로 나타난다. 「산유화」의 꽃도 바로 그와 같은 중심 상징이라 할 수 있는데, 신화나 고대 소설로부터 오늘날 현대시에 이르기까지 본원성을 지닌 중심 상징으로 가장 널리

개념이 없는 것, 그것을 일컬어 도추(道樞)라 한다. 중추(中樞)가 되어야만 비로소 둥근 고리의 중심을 차지한 꼴이 되어 무궁한 변화에 응할 수 있게 된다.>(彼是莫得其偶 謂之道樞 樞始得其環中 以應無窮.);『금강경』,「묘행무주분」. <다시 또 수보리야, 둥근 원은 어디나 중심이니 보살은 그 중심을 얻어서 마땅히 법에 머무는 바 없이 보시할 것이니, 이른바 형상에 머물지 아니하고 보시하며, 소리와 냄새와 맛과 닿임과 법진에 머물음이 없이 보시할 것이니라. 수보리야, 보살은 이렇게 보시하여 상(相)에 머물지 아니한다.>(復次須菩提 菩薩於法 應無所住 行於布施 所謂 不住色布施 不住聲香味觸法布施 須菩提 菩薩應如是布施 不住於相.);『중용』. <기뻐하고 노하고 슬퍼하고 즐거워하는 정(情)이 생기지 않은 것을 중(中)이라 하고, 생겨나서 모두 절도에 맞는 것을 화(和)라 이르니, 중은 천하의 근본이요 화는 천하의 공통된 도이다.>(喜怒哀樂之未發 謂之中 發而皆中節 謂之和 中也者 天下之大本 和也者 天下之達道也.) 위의 인용문에 나타난 바와 같이 동양 사상에서는 무궁한 도가 모든 대립적 존재자 혹은 갈등을 통합할 수 있는 중심이어야 한다고 생각하고 있다. 물론 이와 같이 도가 중심이어야 대립자의 어느 한쪽에 기울어지지 않고 무궁하게 작용할 수 있다는 진술은 철학적 사색의 결과이지 원시 사고나 상상력의 결과만은 아니다. 그러나 그렇다 하더라도 결국 양자의 관념 내용은 마찬가지다. 더구나 동양적 사고의 특징이 서양의 그것과 같이 오성의 합리성에만 편중된 것이 아니고 직관, 시적 비유, 상상력 등이 혼연 일체를 이루고 있는 데에 성립한다고 생각할 때 더욱 그러하다.

43) 이 글에서 쓰이는 <중심 상징>이란 용어는 일반적인 신화적 상징의 의미를 기본적으로 지니면서도 또한 그것을 벗어나는 것이다. 이 용어는 도와 관련하여 보다 심원한 의미를 포괄하는 시학적 개념으로 고안된 필자의 용어다. 뒤에 자세히 논의되며 정확한 개념 정의는 주 50)을 참조할 것.

쓰인 예가 꽃이다.

같은 중심 상징이면서도 「산유화」의 꽃과 그 시적 정조에 있어서 사뭇 대조되는 다음의 예를 살펴보자.

노래가 낫기는 그중 나아도
구름까지 갔다간 되돌아오고
네 발굽을 쳐 달려간 말은
바닷가에 가 멎어버렸다.
활로 잡은 산돼지, 매로 잡은 산새들에도
이제는 벌써 입맛을 잃었다.
꽃아, 아침마다 개벽하는 꽃아
네가 좋기는 제일 좋아도
물낯바닥에 얼굴이나 비취는
헤엄도 모르는 아이와 같이
나는 네 닫힌 문에 기대 섰을 뿐이다.
문열어라 꽃아, 문열어라 꽃아
벼락과 해일만이 길일지라도
문열어라 꽃아, 문열어라 꽃아

서정주 「꽃밭의 독백」[44]

이 시는 전반부 6행이 하나의 의미론적 단락을 이루고 후반부의 8
행이 또 하나의 단락을 이루는 구성이다. 전반부에 나오는 <노래,
말, 입맛> 등은 <구름, 바닷가, 산돼지와 산새들>에 이르러서 어쩔

---

44) 서정주의 작품 인용은 『미당서정주시전집』(민음사, 1983)에 의거한다.

수 없이 자신의 명(命), 즉 한계를 드러내는 것들이다. 그것들은 시공적으로 유한한 개별자들이고 상대적이고 국한적인 가치, 혹은 욕망들이다. 그것들은 <갔다간 되돌아오고>, <멎어버렸다>, <잃었다> 등의 과거 시제가 보여주고 있는 바와 같이 덧없는 시간의 파편들에 불과하다.

이와 달리 후반부에서는 시간의 파편들에 불과한 개별적 생성자의 한계를 극복하고 영원성과 무한성으로서의 보편자 혹은 절대자를 향하여 초월하고자 하는 상상적 모험을 보여주고 있다. 여기에서 영원성과 무한성으로서의 보편자 혹은 절대자는 꽃으로 나타난다. <아침마다 개벽하는 꽃아>라는 구절에 극명하게 드러나 있듯이 이 꽃은 현상적인 것이라기보다 순수 형상(形象)으로서의 생성 자체, 즉 도의 본원성을 상징하고 있기 때문이다.

그런데 「산유화」의 화자가 꽃과의 거리를 이미 초극할 수 없는 것으로 수용하고 그 도달할 수 없는 형이상적 거리에서 한을 드러내고 있는 것에 비하여, 「꽃밭의 독백」의 화자는 꽃과의 거리를 일종의 경험적인 것으로 수용하고 그 꽃에 육박하여 직접적인 명령으로 통합을 시도하고 있다는 점이 주목된다. 왜냐하면 꽃으로 들어가는 문이 닫혀있고 <헤엄도 모르는 아이와 같이> 그 문을 여는 방법을 아직은 모른다 할지라도, 꽃을 향한 직접적인 명령을 통해서 그 꽃이 어느새 화자와 같이 현상적 경험적 차원의 존재로 변증법적인 존재 변환을 이루었다는 점, 그래서 닫힌 문이 열릴 수 있는 가능성이 암시되고 있다는 점 등 때문이다. 이와 같은 점 때문에 <문열어라 꽃아, 문열어라 꽃아>하면서 엄연한 꽃과의 거리를 확인하고 있는 발화에서 우리는 정한보다는 갈망과 갈증을, 향수보다는 행동의 열정을 느끼게 된다.

앞에서 보인 <도식 1>을 다시 예로 든다면 「꽃밭의 독백」의 화자는 꽃과의 거리인 C의 전폭을 단숨에 육박하여 <문열어라 꽃아>라고 명령하고 있다. 그리고 꽃을 향한 그 갈망은 <벼락과 해일만의 길일지라도>라는 구절에 암시되고 있듯이, 비유컨대 영웅 신화의 탐색 과정the quest에 나타나는 모험과 고난을 전형적으로 드러내고 있는 것이기도 하다. 화자의 이와 같은 갈망으로 인하여 이 시에 나타난 시간 현상은 강력한 미래 지향적 궤적을 그리고 있다. 이에 비해서 「산유화」의 화자는 꽃과의 거리를 극복할 수 없는 것으로 체념하고 있기 때문에 한과 향수의 정조 속에서 시간 현상은 미래 지향적 동량(動量)을 상실하고 과거를 향하여 정체되어 있다.[45]

「산유화」에서는 중심 상징인 꽃의 신성성, 초속성 등이 비일상적 공간인 산과 관련되어 나타났는데, 다음과 같은 시에서는 중심 상징이 물과 관련되어 나타나고 있다.

　　산 모퉁이를 돌아 논가 외딴 우물을 홀로 찾아가선
　　가만히 들여다봅니다

　　우물 속에는 달이 밝고 구름이 흐르고 하늘이 펼치고 파아란

---

45) 시간 현상의 문제는 뒤에 따로 논의하겠지만, 소월의 시에 나타난 과거 지향성은 바로 여기에서 지적한 초극할 수 없는 꽃과의 거리와 밀접한 관련을 맺고 있는 것으로 보인다. 반면에 서정주의 화자가 꽃과의 거리를 극복할 수 있는 가능성을 보인 점은 그의 시에 나타난 영생 사상(永生思想)과 아주 긴밀한 관계를 가진 것으로 보인다.

바람이 불고 가을이 있습니다

그리고 한 사나이가 있습니다
어쩐지 그 사나이가 미워져 돌아갑니다

돌아가다 생각하니 그 사나이가 가엾어집니다
도로 가 들여다보니 사나이는 그대로 있습니다

다시 그 사나이가 미워져 돌아갑니다
돌아가다 생각하니 그 사나이가 그리워집니다

우물 속에는 달이 밝고 구름이 흐르고 하늘이 펼치고 파아란
바람이 불고 가을이 있고 추억처럼 사나이가 있습니다.

윤동주 「자화상」[46]

<산 모퉁이를 돌아 논가 외딴> 곳은 일상적인 공간의 너머 저쪽
에 있는 초속적 공간이라 할 수 있다. 그 초속적인 공간에 우물이 있
고, <우물 속에는 달이 밝고 구름이 흐르고 하늘이 펼치고 파아란
바람이 불고 가을이> 있다. 그리고 또 그 속에는 한 사나이가 있다.
그런데 달, 구름, 하늘, 바람, 가을, 한 사나이 등이 각기 개별자로서
의 이화감을 드러내기보다는 한 우물의 테두리 속에 혼연 일체가 되
고 하나로 융해되어 고요한 평화와 동화감을 선명하게 드러내고 있다.
이와 같이 개별자들이 혼연 일체가 되어 암시하고 있는 전일성과 더

---

46) 윤동주의 작품 인용은 『하늘과 바람과 별과 시』(인물연구소, 1979)에 의거한다.

불어 우물이 지닌 모성과 생생력을 전제하고 볼 때, 이 시에서 우물이 바로 다름 아닌 본원성으로서의 중심 상징으로 쓰이고 있음을 짐작할 수 있다.[47)]

<우물을 홀로 찾아가선 가만히 들여다보는> 행위는 거울을 들여다보는 행위와 함께 자기 존재의 근원을 들여다보는 존재론적 내면 성찰에 대응되는 것이다. 자기 존재의 근원을 들여다보는 이 내부 지향적 시각은 <자화상>이라는 제목이 암시하는 바와 같이 생성자 일반의 궁극적 본체를 지향하는 우주론적인 것이라기보다는 자아의 원초적 본체인 자기the self를 지향하는 심성론 혹은 인성론적인 것이라고 할 수 있다. 다시 말해서 중심 상징으로 쓰인 우물은 도의 본원성을 투영하되 자기라고 하는 심성론적 본원성에 기울어져 있다.[48)]

마지막 연에서 <우물 속에 추억처럼 사나이가 있다>고 한 것은 바로 그와 같은 본원적 자기에 대한 시적 표현이다. 이런 점은 이 시

---

47) 노자는 도의 본원성이 갖는 전일적 속성을 유물혼성(有物混成)이라고 표현하고 있다. 즉 종종의 여러 사물들이 하나로 혼융되어 완전함을 갖추고 있기 때문에 본원성을 지닐 수 있다는 뜻이다. <혼융되어 이루어진 것이 있으니 이것은 천지보다 먼저 생겼다. 고요히 움직이지 않고 독립되어 변형하지 않으니 현상계에서 두루 운행하여도 막힐 데가 없고 위태하지 않다. 그러므로 만물을 생성하는 천하의 어미가 될 수 있다.>(有物混成 先天地生 寂兮寥兮 獨立不改 周行而不殆 可以爲天下母.)『도덕경』, 제25장.

48) 김소월의 「산유화」의 꽃이 생성자 일반의 궁극적 본체를 상징하는 쪽으로 기울어진 반면에 윤동주의 「자화상」의 우물은 자아의 근원적 본체를 암시하는 쪽으로 기울어져 있다. 소월의 시에 나타난 향수와 한이 개인의 차원을 넘어서 민족의 보편적 정서에 닿아있는 점과 윤동주의 시가 개인적 삶의 도덕성 혹은 영혼의 순결성 등을 강조하면서 때로는 자폐적이기까지 한 퇴행적 감수성을 보이는 까닭은 바로 이와 같은 본체론적 상상력의 미묘한 차이에서 비롯되는 것은 아닐까 하는 가정을 조심스럽게 해 볼 수 있을 듯하다.

의 화자가 우물 속의 한 사나이에 대하여 갖는 애증의 모순 감정 표현에서도 반증된다. 화자는 우물 속의 사나이가 <어쩐지> 미워져 돌아가고, 돌아가다 <생각하니> 그리워져서 다시 다가간다. 어쩐지라는 부사어는 무의식적 반응에 가까운 것이고, 생각하니라는 말은 그대로 의식적 반응을 지시하는 것이다. 유한한 세속적 공간에 놓인 자아는 의식역과 무의식역을 끊임없이 넘나들고 그에 따라 미움과 그리움의 모순 감정 사이를 오가면서 우물의 테두리를 맴돌고 있다. 대립적 거리를 본질적 속성으로 지니면서 분화 생성된 현상계의 자아가 겪을 수밖에 없는 분열 현상이다. 우물가를 맴돌면서 재생 혹은 자기와의 통합을 꿈꾸지만 자기와의 그 초월적 거리는 마치 <추억과 현재의 거리>만큼 안타깝게도 소거되지 않는다.

  이와 같은 자아 분열이 보다 더 심각한 양상을 띠면서 중심 상징 속에서 극적으로 통합을 꾀하는, 혹은 새로운 생성 속에 하나로 융해되고자 하는 시적 함축을 명백히 드러내고 있는 예는 윤동주의 다음과 같은 시에서 볼 수 있다.

  고향에 돌아온 날 밤에
  내 백골이 따라와 한 방에 누웠다

  어둔 방은 우주로 통하고
  하늘에선가 소리처럼 바람이 불어온다

  어둠 속에서 곱게 풍화작용하는
  백골을 들여다보며

눈물짓는 것이 내가 우는 것이냐

백골이 우는 것이냐

아름다운 혼이 우는 것이냐

윤동주 「또 다른 고향」 1, 2, 3 연

이 시에서 자아는 백골, 눈물짓는 것, 아름다운 혼 그리고 그것들을 바라보는 나 등으로 심각하게 분열되어 있다. 이 분열을 통합하고자 혹은 재생하고자 하는 화자의 욕망이 명백한 중심 상징으로 나타난 <어둔 방>을 매개로 삼아 암시되고 있다. 중심 상징일 수 있기 때문에 자궁과 같은 어둔 방은 마침내 <우주로 통하고> 새로운 개벽과 탄생의 조짐이듯 <하늘에선가 소리처럼 바람이> 불어올 수 있는 것이다.

여기에서 다시 한번 주목해야 할 점은 중심 상징이란 일차적으로 무엇인가 실체적인 것이 담겨 있다고 상상되는 용기(容器)의 내부를 매우 의미 심장하게 드러낼 때 성립된다는 점이다. 위의 시에서 어둔 방의 심상이 바로 그러한 예라 할 수 있는데, 시에 자주 등장하는 이와 같은 심상들로는 무덤, 궁전, 용궁, 침실, 동굴 등등 자궁에 유추되는 것들을 꼽을 수 있다.

그리고 이 중심 지향이 더욱 강조되면 모든 사물과 현상의 핵심에 존재하는 실체로서의 <씨앗>과 같은 극소한 것을 상상하게 되는데 흔히 그러한 심상으로 등장하는 것들로는 별, 보석, 눈물, 돌, 열매 등등을 들 수 있다. 이와 같은 사물들은 모두 씨앗처럼 작고 단단하여 영속성을 지닌 것으로 상상되는 것들이다. 물론 눈물과 같은 경우는 실제로 견고성이 없는 것이지만 그 작고 영롱한 결정은 마치 보석이나 별과 같은 심상에 유추될 수 있는 것으로서 모두 동일한 속성을 지닌 것으로 간주된다.

바꾸어 말해서 시적 상상력 속에서는 극소한 내부를 지닌 극소한 사물은 마치 씨앗이 그러한 것처럼 강력한 생성력을 지닌 본체로 간주되고 만다. 바로 여기에서 중심 상징의 기묘한 역설이 발생하게 된다. 즉 극소한 사물일수록 거대한 힘과 실체로 상상된다. <극소한 거대성>이라고나 해야 할 이 중심 상징의 의미는 마치 하나의 작은 씨앗 속에서 거대한 나무가 생장되어 나온 뒤에 다시 그 나무가 한 알의 작은 씨앗 속에 자신의 거대성을 집약시키는 것과 비교된다.

다시 말하면 극소한 씨앗은 거대한 나무를 품고 있고 거대한 나무 또한 극소한 씨앗을 품고 있다. 그래서 씨앗은 극소하면서 거대한 것이고 나무 또한 거대한 것이면서 동시에 극소한 것이기도 하다. 이것이 바로 중심 상징이 지닌 극소한 거대성과 <거대한 극소성>의 역설이다.[49)]

태극도에서 태극 운동의 본체인 물이 있는 자리, 즉 감괘(☵)에 씨앗을 놓고 보자.

감괘는 상하 외부의 견고한 음기(--) 속에 일양(一)을 감추고 있다. 씨앗은 내부에 응축되어 있는 바로 이 일양의 양기를 분산 확장하면서 양기가 극성하게 되는 여름의 정점, 즉 불을 상징하는 이괘(☲)의

---

49) 상상력 속에서 중심 상징이 드러내는 극소한 거대성과 거대한 극소성이 상호 생성적인 순환 관계에 있다는 것은 뒤의 <제4장 도와 상상력>에서 설명되는 음양 오행의 생성 원리 중 대화 작용(對化作用)과도 관련된다. 음양 오행의 생성 원리에서 보면 모든 대립자는 자신의 존재 근거와 생성 원리로서 대립 의미와 대립 가치를 근원적으로 지니고 있다.

위치에서 나무의 잠재태(潛在態)를 완전히 분화 발전된 모습으로 실현시킨다. 이괘의 상하 외부에 있는 양기(−)는 바로 무성한 나무의 외상(外像)에 비유되는 것이다. 그런 다음에 나무는 일음 일양하고 일동 일정하는 역리에 따라 무성한 외상을 향하여 분산 발전되었던 양기를 다시 음기 속에 집약 통일시키면서 감괘의 위치에서 씨앗이 된다.

태극의 운동은 비유컨대 이와 같은 씨앗과 나무의 관계처럼 양기의 분산 작용과 통일 작용이 꼬리를 물고 순환하는 것으로 요약된다. 즉 수승 화강(水昇火降)의 운동이고 수화 상제(水火相濟)의 순환이다. 이른바 극소한 거대성이라는 역설적 개념은 바로 이와 같은 도리의 표현에 불과한 것이다. 이렇게 해서 시적 상상력 속에서는 지극히 작은 것과 지극히 큰 것은 양가적(兩價的)인 표리의 관계로서 동일한 상징 작용을 하게 된다.50)

---

50) 개념의 혼동을 막기 위하여 필자가 사용하는 중심 상징의 의미를 좀더 정확하게 규정한다. 한 마디로 말해서 중심 상징은 도체인 태극을 그 의미의 핵으로 지니고 있는데, 태극의 현묘한 복잡성 때문에 다음과 같은 세 가지의 의미를 모두 함축한다. 첫째, 만다라 혹은 얀트라 도형으로 나타나는 융C. G. Jung의 자기the self의 개념. 둘째, 엘리아데M. Eliade의 우주산(宇宙山) 혹은 우주축axis mundi으로서의 중심 개념. 셋째, 일반적인 여성 상징의 개념. 이상에서 태극이 심성론적 본체라는 점에서 첫째의 개념을, 그리고 동시에 존재론적 우주론적 본체라는 점에서 둘째의 개념을, 생생불식하는 본원성에 의하여 셋째의 개념을 모두 포괄하게 된다. 또 중요한 점은 앞의 설명이 보여주는 극소한 거대성처럼, 이 중심 상징이 태극의 초월적 내재성이 빚는 역설의 논리를 지니고 있다는 점이다. 그러므로 앞에 든 세 개념을 모두 다 함축하면서도 그 각각의 개념과는 본질적으로 구별될 수밖에 없다. 앞에서 인용한 <신체-용기>의 상징성도 단순한 여성 상징에 불과하다. 다음의 말이 이를 뒷받침한다. <이 중심적 상징은 용기이다. 태고적부터 최근의 발전 단계에 이르기까지 우리는 이 원형적 상징을 여성적인 것의 정수로서 생각한다. 여성=신체=용기라는 이 기본적인 상징적 등식은 아마도 여성적인 것에 관한 인류의—여성 및 남성의—가장 초보적이라고 할 수 있는 경험에 대응된다.>(This central symbol is the vessel,

노자는 이와 같은 도의 역설적 양상을 이렇게 말한다.

도는 보려고 해도 너무 커서 보이지 않으므로 이(夷)라 하고, 들으려
고 하여도 너무 작아 들리지 않으므로 희(希)라 하고, 손으로 잡으려 해
도 너무 작아 잡히지 않으므로 미(微)라 한다.[51]

또 왕필(王弼)은 이에 대하여 보다 구체적으로 다음과 같이 설명하
고 있다.

도라는 것은 만물이 그로부터 비롯했기 때문에 취한 것이요, 현(玄)
이라는 것은 깊고 어두운 곳에서 나왔기 때문에 취한 것이다. 심(深)은
깊이 탐색(探賾)하여 궁구할 수 없는 것에서 취한 것이고, 대(大)는 널
리 둘러싸고 있어서 그 끝이 없음에서 취한 것이고, 원(遠)은 아득하여
도달할 수 없음에서 취한 것이며, 미(微)라 함은 깊고 미묘하여 볼 수
없음에서 취한 것이다. 그렇다면 도, 현, 심, 대, 미, 원이라는 말은 각
각의 그 뜻이 있으나 그것으로 다하기는 미진한 것이다. 그래서 미륜
(彌綸)은 무극(無極)하므로 세(細)라 이름을 붙일 수 없고, 미묘는 무형
하므로 대(大)라 이름을 붙이지 못한다.[52]

---

from the very beginning down to the latest stages of development we find this archetypal
symbol as essence of the feminine. The basic symbolic equation woman=body=vessel
corresponds to what is perhaps mankind's —man's as well as woman's—most
elementary experience of the feminine.) Erich Neuman, 앞의 책, 39쪽.

51) 『도덕경』, 제14장. <視之不見 名曰夷 聽之不聞 名曰希 搏之不得 名曰微.>

52) 왕필, 『노자미지예략』. <夫道也者 取乎萬物之所由也 玄也者 取道幽冥之所出也
深也者 取乎探賾而不可究也 大也者 取乎彌綸而不可極也 遠也者 取乎綿邈而不
可及也 微也者 取乎幽微而不可都也 然則道玄深大微遠之言 各有其義 未盡其極
者也 然彌綸無極 不可名細 微妙無形 不可名大.> 모종삼, 『중국철학의 특질』, 송항

도는 지극히 큰 것인 동시에 지극히 작은 것이다. 이와 같은 도의 역설적 양가성이 중심 상징으로 나타나면서 시적 의미는 본질적으로 개념화할 수 없는 생성적 결을 이루어 낸다.

(1) 하나 모래 알에
    삼천세계가 잠기어 있고

    반짝이는 한 성망(星芒)에
    천 년의 흥망이 감추였거늘

유치환 「목숨」 1, 2연

(2) 님이여 이별이 아니면 나는 눈물에서 죽었다가 웃음에서 다시
    살아날 수가 없습니다. 오오 이별이여
    미(美)는 이별의 창조입니다.

한용운 「이별은 미의 창조」 후반부

(3) 언제인지 내가 바닷가에서 조개를 주웠지요. 당신은 나의
    치마를 걷어 주셨지요 진흙 묻는다고
    집에 와서는 나를 어린 아기같다고 하셨지요. 조개를 주워다가
    작난한다고
    그리고 나가시더니 금강석을 사다 주셨습니다. 당신이

    나는 그때에 조개 속에서 진주를 얻어서 당신의 작은 주머니에

룡 역(동화출판사, 1983), 171쪽에서 재인용.

넣어 드렸습니다

　당신이 어디 그 진주를 가지고 계셔요

　잠시라도 왜 남을 빌려 주셔요

한용운 「진주」

　(1)에서는 하나의 모래알이 삼천 세계라는 공간적 거대성과 역설적 양가 구조를 이루는 상징이고, 한 성망이 천 년이라는 시간적 장구함과 역설적 동일성을 이루고 있는 상징이다. 즉 모래알과 성망이 지극히 작은 것으로서 지극히 큰 것과 상호 생성적인 순환 관계의 중심 상징으로 나타난다.

　(2)에서 눈물은 이별과 표리의 관계이다. 그런데 그 눈물이 마치 보석이나 별이 아주 작지만 영원성을 지닌 실체로서 상상되듯이 무한한 본원성을 지닌 중심 상징으로 쓰이고 있다. 그래서 <이별이 아니면 나는 눈물에서 죽었다가 웃음에서 다시 살아날 수가 없습니다.>라고 한다.

　(3)에서 조개, 진주, 금강석 등은 모두 극소한 내부를 전제하고 있는 동일한 상징으로서 그 속에는 화자와 님의 존재는 물론 다함없는 그들의 사랑이 담겨있는 중심 상징이다.

　그러나 다음과 같은 시에서 볼 수 있는 중심 상징들은 그 역설적 양가성 때문에 극소한 거대성이 아니라 거대한 내부나 크기를 지닌 것, 그러나 그 거대한 크기가 마치 씨앗과 같은 구실을 하는 거대한 극소성으로 나타난다.

(1) 계절이 지나가는 하늘에는
가을로 가득차 있습니다.

나는 아무 걱정도 없이
가을 속의 별들을 다 헤일 듯합니다.

(중략)

나는 무엇인지 그리워
이 많은 별빛이 내린 언덕 위에
내 이름자를 써 보고
흙으로 덮어 버렸습니다.
딴은 밤을 세워 우는 벌레는
부끄러운 이름을 슬퍼하는 까닭입니다.
그러나 겨울이 지나고 나의 별에도 봄이 오면
무덤 위에 파란 잔디가 피어나듯이
내 이름자 묻힌 언덕 위에도
사랑처럼 풀이 무성할 거외다.

윤동주 「별 헤는 밤」 1, 2, 8, 9 연

(2) 까마득한 날에
하늘이 처음 열리고
어데 닭 우는 소리 들렸으랴

모든 산맥들이

바다를 연모해 휘달릴 때도
참아 이곳을 범하던 못하였으리라.

끊임없는 광음을
부지런한 계절이 피어선 지고
큰 강물이 비로소 길을 열었다.

이육사 「광야」 1, 2, 3 연[53]

(3) 괜, 찬, 타,……
　괜, 찬, 타,……
　괜, 찬, 타,……
　괜, 찬, 타,……
　수부룩이 내려오는 눈발 속에서는
　까투리 매추래기 새끼들도 깃들이어 오는 소리……
　괜찬타,……괜찬타,……괜찬타,……괜찬타,……
　포근히 내려오는 눈발 속에서는
　낯이 붉은 처녀아이들도 깃들이어 오는 소리……

　울고
　웃고
　수구리고
　새파라니 얼어서
　운명들이 모두 다 안끼어 드는 소리……

---

53) 이육사의 작품 인용은 『이육사전집』(정음사, 1977)을 사용한다.

(중략)

끊임없이 내리는 눈발 속에서는
산도 산도 청산도 안끼어 드는 소리……

서정주 「내리는 눈발 속에서는」 1, 2, 5 연

(1)에서는 별이 씨앗과 같은 중심 상징으로 나타난다. 인용에는 나와 있지 않지만 이 시의 4연과 5연에서 별 하나마다 그리운 이름을 연결하여 부르고 있듯이, 이 별은 교묘하게 시적 화자를 가리키는 내 이름자로 전이되고, 그 다음에는 무덤으로 변환된다. 그리하여 봄이 되면 <자랑처럼 풀이 무성할 거외다>라는 논리로 이어진다.

여기서 주목되는 것은 제1연이다. 결실을 의미하는 가을이 가득차 있는 하늘 자체가 극소한 씨앗과 동가적인 거대성을 상징하고 있기 때문이다. 시의 문맥을 면밀히 검토해 보면, 가을이 가득한, 즉 결실의 생성력으로 충만한 하늘이 자신의 거대한 내부에 씨앗처럼 별들을 낳고 있다. 그리고 이 별은 교묘하게 내 이름자로 변용되고, 다시 그것은 무덤에 묻혀서 <자랑처럼 풀이 무성해질 씨앗>으로 상상되고 있다. 다시 말하면 하늘과 별은 본원성을 지닌 극소한 거대성과 거대한 극소성의 양가적 상징에 각기 해당된다. 물론 여기에서 별과 내 이름자라는 동일한 의미항이 무덤을 매개로 해서 씨앗으로 변용되는 과정은 화자의 무의식적인 재생 욕구와 영원성을 지향하는 근원 갈망을 드러내는 것이기도 하다.

태극도의 하단에 있는 수좌(水座)의 감괘(☵)에 무덤을 매개로 하여

별이 변용된 씨앗을 놓고, 상단의 화좌(火座)의 이괘(☲)에 하늘을 놓고 보면 이 상상의 논리가 지닌 양가적 역설의 양상이 선명하게 드러난다. 하나의 씨앗이 거대한 나무로 확대되고 다시 나무가 씨앗으로 집약되듯이, 또 <하나 모래알에 / 삼천세계가 잠기어 있고>라고 하듯이, 지극히 작은 내부를 지닌 씨앗은 그 생성의 힘에 의하여 지극히 큰 내부를 지닌 하늘로 극대화되고, 하늘은 다시 충만한 결실의 힘으로 별, 즉 씨앗을 낳으면서 그 속으로 응축되고 있다. 그 둘은 상호 순환적이다. 교묘한 시적 의장과 형상에 의하여 모호하게 흐려져 있지만, <☲→☰→☲>와 같은 흐름의 순환 논리가 시적 상상력의 근원적인 힘으로 작용하고 있음을 부정할 수 없다. 즉 하늘은 별과 더불어 중심 상징이 되어 있다.

(2)에서는 <태고의 까마득한 날> 텅 비어 있는 광야라는 공간이 씨앗과 동가적인 거대한 극소성으로 나타난다. 텅 빈 광야는 <모든 산맥들>조차 <참아 범하지 못하던> 신성한 공간으로서 마치 무이유(無而有)한 태극과 같이 그 속에 무한한 본원성을 지니고 있는 것으로 형상화되고 있다. 그래서 <끊임없는 광음>과 <부지런한 계절>을 매개로 해서 <큰 강물>과 같은 역사가 비롯된다.

(3)에서는 우주 공간 자체가 거대한 내부로서 상상되고 있다. 천지를 눈부신 흰 빛으로 감싸안으면서 자욱히 눈이 내리는데, 그 눈발 내리는 소리는 놀랍게도 끝없이 이어지는 <괜찮타>라는 속삭임이다. 제1연의 4행 모두 괜찮타에 이어지는 점선을 보라. 줄줄이 연속되는 점선은 물론 내리는 눈발의 시각적 형상을 나타내는 것이지만, 또한 동시에 끝없이 연발되는 괜찮타라는 청각 심상의 영상이기도 하다. 형

상과 소리가 공감각적 일체가 되어 천지를 자욱하게 감싸안는다. 그 눈발 속으로 <까투리, 매추래기 새끼, 처녀 아이들, 온갖 군상의 운명들>이 모두 안겨들고 있다. 그리고 청산도 안겨든다. <울고 웃고 수구리고>, <눈물 자국>, <웃음 흔적> 등이 암시하고 있는 현실적 삶의 대립과 갈등과 희로애락이 모두 하나같이 포근한 눈발 속으로 안겨들고 있다. 눈발 속에 안겨든 것들은 이내 흰 눈과 일체가 되고, 그래서 마침내는 천지가 흰 빛 하나로 텅 비게 될 것이다.

이 시적 상상이 암시하고 있는 바는 모든 대립과 갈등이 궁극적으로는 동질적인 것이며 결국 하나로 융해될 수밖에 없다고 하는 우주적 달관이다. 이러한 달관과 이 달관이 주는 위안이 포근히 내리는 눈발 속에서 괜찮타라는 속삭임으로 내려 쌓이고 있다. 여기에서 흰 빛 하나로 텅 비어 있는 우주 공간의 내부는 바로 거대한 극소성에 해당하는 중심 상징이 된다. 태극도로 본다면 분산되었던 양기가 여름의 정점(☰)으로부터 역수(逆數)에 의해 내적 통일을 이루면서 겨울의 위치(☷)에 있는 태극, 즉 본원성을 지닌 씨앗 속으로 통합되어 전일성을 이루려고 하는 양상이라고 볼 수 있다.

3. 전동성의 역설

3.1 역설의 구조

지금까지 도의 초월적인 전일성과 본원성이 시에 어떻게 투영되며 형상화되고 있는지 살펴보았다. 이제 태극이 음양 이기로 분화되어 만물 속에 내재되면서 비롯되는 역설적 동일성, 즉 전동성에 대하여 알아보기로 한다.

앞에서 설명한 바와 같이 그림에 있어서 흰 바탕과 오채의 형상이 궁극적으로 분리될 수 없듯이 도의 초월성과 내재성은 근원적으로 둘이 아니다. 형이상적인 흰 바탕은 감각적 형상들이 아니면 자신을 실현할 수 없고, 감각적 형상들은 흰 바탕이 없으면 자신의 존재 근거를 찾을 수 없다. 바꾸어 말하면 흰 바탕은 곧 감각적 형상이기도 하고, 일자는 곧 다자이기도 하며, 능생(能生)은 곧 소생(所生)이기도 하며, 초월성은 곧 내재성이기도 하다.

모든 사상(事象)은 일자적 다자성, 능생적 소생성, 초월적 내재성 등으로 표현되는 역설적 존재성을 갖는다. 이렇게 되면 다자는 일자이므로 결국 이(夷)와 미(微)는 둘이면서 하나가 되고 이것과 저것은 각기 다른 것인 동시에 같은 것이 될 수밖에 없다. 이러한 관계를 일원적이라 하지 않고 일여적이라 한다. 이것이 없으면 저것도 없고 저것이 일어나면 이것도 따라서 일어난다. 사상(事象)이 서로 다르면서 같다고 하는 이와 같은 역설적 동일성이 바로 도가 지닌 전동성이다.

천지 만물의 이(理)는 홀로가 아니라 반드시 상대가 있다. 이것은 모두 저절로 그러한 것이지 안배한 것이 아니다.……중(中)이란 글자는 가장 알기 어려운 것이니 모름지기 직관적으로 알아낼 것이다.[54]

천하 사람들이 다 아름다운 것을 아름답다고 알지만 그것은 추악한 것이 있기 때문일 뿐이다. 다 착한 것을 착하다고 알지만 그것은 착하지 않은 것이 있기 때문일 뿐이다. 그런 까닭에 있는 것과 없는 것은 서로 낳는 것이고 어려운 것과 쉬운 것은 서로가 성립시키는 것이다. 긴 것과 짧은 것은 서로 비교되어 형태를 드러내기 때문에 생기는 것이며, 높은 것과 낮은 것은 높고 낮음의 기울기로 서로를 비추기 때문에 생기는 것이다. 음(音)과 성(聲)은 서로가 있어야 조화를 이루고, 앞과 뒤는 앞이 있어야 뒤가 따르고 뒤가 있어야 앞이 따를 수 있다. 그런 까닭에 성인은 작위함이 없이 일을 처리하고 말하지 않고 가르침을 행한다.[55]

태극의 미분성으로부터 일단 음양 이기가 분화되면 대립이 생긴다. 대립은 시공간적 존재의 본질이다. 홀로 있는 전일한 존재는 태극뿐이다. 시공간 속에 존재한다는 것은 분별되고 구별되는 거리를 지닌다는 뜻이므로 천하 만물은 대립적인 상대가 있을 수밖에 없다. 그러나 대립자는 서로 다르면서도 같은 것이다. 어느 하나가 없어지면 다른 나머지도 따라서 없어진다. 그것들은 서로 생성적인 관계에 있으며 서로

---

54) 『근사록』(경문사 영인, 1981), 151-153쪽. <天地萬物之理 無獨必有對 皆自然而然 非有安排……中字最難識 須是默識心通.>
55) 『도덕경』, 제2장. <天下皆知美之爲美 斯惡已 皆知善之爲善 斯不善已 故有無相生 難易相成 長短相形 高下相傾 音聲相和 前後相隨 是以聖人處無爲之事 行不言之敎.>

의 존재 근거가 되고 있는 것이다. 그러므로 어느 한 쪽에 치우치는 것은 허망한 짓일 뿐이다. 어느 쪽으로도 치우치지 않으면서 양자를 모두 포괄할 수 있어야만 참된 도리에 이를 수 있다.

그러나 인간의 행위는 대립적인 가치의 추구에 기울어지기 마련이고 인간의 언어는 본질상 분별하지 않을 수 없다. 기울어짐과 분별됨은 기울어지고 분별되는 만큼의 결핍을 초래하고, 결핍은 욕망을 일으키기 마련이며, 욕망은 갈등과 투쟁을 야기할 수밖에 없다. 그러므로 성인은 대립이 하나로 통일된 중심을 소중히 한다. 그리고 중(中)의 자리, 즉 도 위에서 작위함이 없이 일하고 말하지 않고 가르친다.

전동성은 시공간적 존재의 존재 구조이자 존재 근거이다. 태극으로부터 우주가 생성되었다고 하는 것은 전동성이 시공간적 사상(事象)을 통하여 실현되었다는 뜻이고, 전동성이 실현되었다는 것은 세계가 처음부터 역설적 존재 구조일 수밖에 없다는 뜻이다. 따라서 역설적 존재는 하나의 일관된 시점과 체계적 설명에 의해서 파악될 수 없다. 그것은 필연적으로 상호 모순적인 다면적 시점과 역설적 비유를 요구하는 것이다. 전동성이 야기하는 이와 같은 역설이 이른바 존재론적 역설ontological paradox을 이루는 것이라 할 수 있다.56)

---

56) Philip Wheelwright, *The Burning Fountain*(Indiana University Press, 1968), 97-98쪽. <현실은 논리적 담론이 재현하는 것만큼 원래부터 윤곽이 뚜렷한 것이 아니다. 그리고 논리학자의 전략은 윤곽이 뚜렷하거나 비교적 뚜렷한, 현실의 양상들과 현실 내에서의 관계들을 강조하는 것이다.……존재론적 역설은 탐색적 가능성들을 암시하는 데 있어서 너무 신비스럽고 너무 다면적이어서 현저한 왜곡 없이는 그 절반도 개별적으로 단언될 수 없는 어떤 초월적 진리를 표현한다.>(Reality is not natively as clear-cut as logical discourse would represent it, and the strategy of the logician is to stress those aspects of it and those relations within it that are clear-cut or comparatively so.……An ontological paradox expresses some transcendental truth

앞에서도 여러 번 지적한 바와 같이 초월적 미분성으로서의 태극은 음과 양, 유와 무 등 일체의 양극적 대립자가 미분되어 있는 전일성의 개념이다. 미분되고 유물 혼성(有物混成)이면 대립과 형태가 있을 수 없고, 대립과 형태가 없으면 분별하고 비교할 수 없으므로 우리의 감각을 초월한 것일 수밖에 없다. 이와 같이 우리의 감각과 분별지를 초월한 것이기 때문에 노자는 그것을 황홀(恍惚)이라 하고, 『중용』에서는 그것이 아직 미발(未發)한 것이므로 중(中)이라 하고, 이기설(理氣說)에서는 아직 형기(形氣)를 타지(乘) 않았으므로 본연지성(本然之性)이라고 한다.[57]

그런데 전동성의 개념은 이와 같은 태극의 초월성만으로 이루어지는 것이 아니라 태극이 형기(形氣) 속에, 즉 희로애락으로 분별되는 구체적인 감정과 온갖 사상(事象) 속에 내재된 양상까지를 포괄해서야 완성되는 개념이다. 다시 말해서 태극의 온전한 개념은 초월적 내재성 위에서 성립되는 것이다.

태극의 초월적 내재성에서 비롯되는 전동성의 역설을 좀더 분명히 하기 위해서 태극의 분화과정을 다시 한번 살펴보자.

태극으로부터 음양 이기로, 음양 이기에서 사상(四象)으로, 사상에서

---

which is so mysterious and so many-sided in its suggestions of explorative possibilities that neither half of it could be affirmed separately without gross distortion.)

57) 『도덕경』, 제14장. <이런 것을 형상이 없는 형상이라 하고, 동작이 없는 동작이라고 한다. 이런 것을 황홀이라 한다.>(是謂無狀之狀 無象之象 是謂恍惚.); 『중용』 <희로애락이 아직 나타나지 않은 것을 중(中)이라고 한다.>(喜怒哀樂之未發 謂之中.); 이율곡, 「답성호원」, 『율곡전서』 권 1(성대대동문화연구원, 1978), 194쪽. <나타나지 않은 것은 성의 본연이요, 태극의 묘함이요, 중이요, 근본이다.>(未發者 性之本然也 太極之妙也 中也 大本也.)

팔괘로, 팔괘에서 64괘로 점차 분화하는 원리가 만물이 생성되는 과정이다. 맨 먼저 음이양(陰而陽)하고 양이음(陽而陰)하며, 무이유(無而有)하고 유이무(有而無)한 태극의 미분적 전일성으로부터 음(--)과 양(一)이라는 이기(二氣)가 분화되어 나온다. 그런데 음이 다시 음양 이기로 분화되고 양도 또한 음양 이기로 분화된다.

이러한 현상은 계속된다. 즉 음과 양은 서로 완전히 배타적인 관계가 아니라 각기 자신 속에 대립자를 포괄하고 있기 때문에 본질적으로 동일성을 지닌 상관적 관계에 있다. 음과 양이 각기 음양 이기를 낳는 이치는 태극이 음양 이기를 낳는 이치와 같은 것이다. 그러므로 음양이 아무리 분화된다고 하더라도 태극의 이치는 변함이 없다. 바꾸어 말하면 하나의 태극이 아무리 미세하게 음양 이기로 분화된다고 하더라도 결국은 음의 현상 속에 양을 지닌 음일 뿐이고, 양의 현상 속에 음을 지닌 양일 뿐이므로, 형기(形氣)에 의하여 서로 현상만 다를 뿐 본질적으로는 하나의 태극이라고 할 수 있다.

이율곡은 이와 같은 태극과 음양의 관계를 이일 분수(理一分殊) 혹은 이통 기국(理通氣局)이라고 말한다. 즉 이(理)는 하나이지만 그 이가 기(氣)를 탈 때는 온갖 대립자로 나누어진다는 뜻이요, 이는 막힘 없이 온갖 대립자를 관통하지만 기는 대립적 형기에 의해서 국한된다는 말이다. 그러므로 다종 다양한 대립자 속에 결코 이가 없을 수는 없다.[58] 이일 분수의 이치를 율곡은 알기 쉽게 다음과 같은 비유를 들

---

[58] 이율곡, 위의 글, 위의 책, 194쪽. 208쪽. <이의 본연은 순수한 선(善)일 뿐이다. 그러나 기를 탈 때는 온갖 방면으로 한결같지 않아서 아주 맑고 깨끗한 사물로부터 매우 지저분하고 더러운 곳에까지 이르지 않는 곳이 없으니 결코 이가 없는 곳은 없다.>(夫理之本然則純善而已 乘氣之際 參差不齊 清淨至貴之物 及汚穢至賤之處 理無所不在.) <이는 무형이고 기는 유형이다. 이는 무위이며 기는 유위이다.

어 다시 설명하고 있다.

물은 그릇을 따라서 모가 나고 둥글며, 허공은 병을 따라서 작고 커진다. 그대여, 두 갈래에 미혹되지 말고 성(性)이 정(情)이 되는 것을 묵묵히 체험하소서.[59]

물은 태극의 상징이다. 이 물이 음양 이기에 의해서 벌어지는 온갖 형태와 현상 속에 담겨서 무한히 분수(分殊)한다는 말이다. 여기서부터 태극이 지닌 전동성의 역설이 비롯된다. 즉 분수된 사물 속에 담겨 있는 태극의 내재성으로 말미암아 사물들은 각기 다르면서 동시에 같다고 하는 역설적 동일성이 이루어지기 때문이다. 다시 말하면 천지에도 하나의 태극이 있고 만물에도 역시 그 하나의 태극이 구유되어 있으므로 만리(萬理)가 통회(統會)된다.[60]

무형 무위하여 유형 유위의 주가 된 것은 이요, 유형 유위하여 무형 무위의 그릇이 된 것은 기이다. 이는 무형이요 기는 유형이므로 이는 통하고 기는 국한된다.>(理無形也 氣有形也 理無爲也 氣有爲也 無形無爲 而爲有形有爲之主者理也 有形有爲 而爲無形無爲之器者氣也 理無形而氣有形 故理通而氣局.)

59) 위의 글, 207쪽. <水逐方圓器 空隨小大瓶 二歧君莫惑 黙驗性爲情.>

60) 『성리대전』(경문사 영인, 1981), 445-446쪽. <태극은 단지 천지 만물의 이(理)다. 천지로 말하면 천지 중에 태극이 있고, 만물로 말하면 만물 중에도 각기 태극이 있는 것이다. 아직 천지가 생기기 이전에 필경 이 이가 먼저 있었을 것이니, 움직임이 있어 양을 낳는 것도 오직 이 이요, 고요히 움직이지 않아서 음을 낳는 것도 오직 이 이일 뿐이다.……만물은 각기 하나의 이를 갖추고 있으니 만물은 하나의 근원에서 같이 나온 것이다. 이른바 만물이 비롯한 하나의 근원은 태극이다. 태극이란 것은 곧 만리가 통회한 것을 이름이다.>(太極只是天地萬物之理 在天地言則天地中有太極 在萬物言則萬物中各有太極 未有天地之先 畢竟是先有此理 動而生陽亦只是理 靜而生陰亦只是理……萬物各具一理 萬物同出一原 所謂萬物一原者 太極也 太極者 乃萬理統會之名.)

물에 비유되는 일자인 태극이 변화의 시간축을 따라서 분화되어도 음양을 낳는 태극의 이치는 변함이 없다. 즉 그릇(器)에 따라 변화하더라도 본질인 물은 변함없이 동일성을 유지한다. 이것이 바로 관통 원리(貫通原理)다. 그런데 형기에 따라 변별(變別)되면서 공간축으로 벌어진 개별자들은 일단 공간적으로 변별되고 대립된다. 대립자는 분명히 서로 다른 것들이다. 그러나 서로 다른 형기의 그릇은 본질인 물 자체의 현상적 다양성을 나타내는 것일 뿐 그것이 독립적으로 실재하는 것은 아니다. 현상은 서로 다르지만 본체는 하나다. 현상적으로 변별되면서도 본체가 하나라면 공간적인 대립자들도 결국은 동일성의 서로 다른 표현일 뿐이다. 이것이 바로 방통 원리(旁通原理)다. 관통되면 방통되기 마련이다.

모든 사물은 시간적으로 변화하는 동시에 공간적으로 변별되는 것이다. 존재는 시공간적이다. 따라서 천하의 온갖 사상(事象)이 관통되고 방통되는 것이므로 우주 만물은 서로 다르면서 같다고 하는 전동성을 지니게 된다. 하나의 역설이다. 그러나 전동성의 역설은 여기에서 그치지 않는다.

일자인 태극은 지수(指數) 1이 표시하는 온전한 기를 분산하고 외화(外化)하면서 발전하게 되는데, 사계의 여름에 해당하는 정점(☲)에서는 그 지수가 오히려 점차 줄어들어 5가 된다. 즉 내정(內情)인 기는 점차 허약해지는 반면에 그에 비례하여 외상(外像)은 오히려 점차 분화되면서 무성해진다. 또 가을(☱)을 지나 무극(☷)이라는 종점에 이르기까지 외상은 극단적으로 분열되는 반면에, 기의 지수는 오히려 <4→3→2→1>과 같은 순서대로 점차 강성하게 집약되면서 통일된다.

비유컨대 씨앗(☳)의 기가 분산되어 완전히 성장한 나무(☴)가 된 다음에, 다시 그 분산된 기가 하나의 씨앗 속으로 집약 통일되는 반면, 나무의 무성한 외상은 오히려 조락하는 것과 같다. 이것이 바로 기와 상(像)이 만드는, 혹은 태극 운동의 순수(順數)와 역수(逆數)가 지닌 내외적(內外的) 역설이다.

또 태극이 만물이 분화되어 나오는 쪽에서 바라본 묘유(妙有)라 할 수 있고, 만물이 분화되어 나온 본래의 곳으로 귀일(歸一)해 가는 쪽이 진공(眞空)으로서의 태극, 즉 무극이라고 한다면, 결국 처음과 끝이 같다고 하는 시즉종(始卽終)의 역설이 생기고, 무극즉태극 혹은 무극이태극(無極而太極)이라는 역설이 생긴다. 이런 까닭에 태극이 무이유하고 유이무한 것이며, 있음은 없음이고 없음은 있음이라고 말한다.

무수한 사물과, 사물의 관계에 따라서 나타나는 전동성의 역설을 다 꼽을 수는 없다. 전동성의 역설은 사상(事象)에 따라 천차 만별로 나타난다. 그러나 대략 그 원리만을 본다면 초월성즉내재성, 현상즉본체, 일자즉다자, 상별즉상동(相別卽相同), 시즉종, 유즉무(有卽無), 내외상반(內外相反) 등으로 요약될 수 있을 것이다.[61]

여러 번 이야기한 바와 같이 전동성은 사상의 차이와 대립을 현상대로 인정하면서도 그것들이 궁극적으로 동일하다고 보는 개념이다. 이와 같이 상별(相別)이면서 상동(相同)인 전동성의 개념을 이율곡은

---

61) 이 전동성의 개념은 화엄 철학(華嚴哲學)의 이른바 주변 함용관(周徧含容觀)과 유사하다. 일(一) 속의 일(一)과 일 속의 일체를 함용이라 하고, 일체 속의 일과 일체 속의 일체를 주변이라 하는데, 이 양자가 동시에 상호 포괄적임을 파악하여 원융무애한 동일성의 세계관을 표현한 것이 바로 주변 함용관이다. 서경보, 『불교철학개론』(명문당, 1978), 110쪽 참조.

다음과 같이 설명한다.

　　대저 이(理)라는 것은 기(氣)의 주재요, 기란 것은 이가 타는 바이니,
이가 아니면 기가 뿌리박을 곳이 없고, 기가 아니면 이가 의지할 데가
없다. 이와 기는 두 물건도 아니요 한 물건도 아니다. 한 물건이 아니
기 때문에 하나이면서 둘이요, 두 물건이 아니기 때문에 둘이면서 하나
인 것이다. 왜 이기가 한 물건이 아니라 하는가. 이기가 비록 서로 떠
나지 못하나 묘하게 합한 가운데서도 이는 이 자체가 있고 기는 기 자
체가 있어 서로 섞이지 아니하므로 한 물건이 아니다. 그러면 왜 두 물
건이 아니라 하는가. 이와 기는 서로 선후도 없고 떨어지고 합한 것도
없이 혼연히 되어 두 물건으로 보이지 않으므로 두 물건이 아니다. 움
직임과 고요함이 끝이 없고 음과 양이 처음이 없으니 기가 비롯함이
없음은 이가 비롯함이 없는 까닭이다.[62]

　　이는 기가 없으면 의지할 데가 없어 드러날 수가 없으며, 기는 이
가 없으면 뿌리박을 데가 없어 홀로 설 수가 없다고 한다. 그러면서
도 그것들은 하나라고 할 수도 없고 둘이라고 할 수도 없다는 것이
다. 그러므로 그것은 일이이(一而二), 즉 하나이면서 둘이고, 이이일(二
而一), 즉 둘이면서 하나라고 할 수밖에 없다. 이와 같은 전동성의 역
설을 원효는 이른바 그의 화쟁 논리(和諍論理)를 통해서 다음과 같이
말하고 있다.

---

62) 이율곡, 앞의 글, 앞의 책, 197쪽. <夫理者氣之主宰也 氣者理之所乘也 非理則氣無
　　所根柢 非氣則理無所依著 卽非二物又非一物 非一物故一而二 非二物故二而一也
　　非一物者 何謂也 理氣雖相離不得 而妙合之中 理自理 氣自氣 不相挾雜 故非一物
　　也 非二物者 何謂也 雖曰 理自理 氣自氣 而混淪無間 無先後無離合 不見其爲二物
　　故非二物也 是故動靜無端 陰陽無始 理無始　故氣亦無始也.>

무릇 한 마음의 근원은 유무를 떠나서 홀로 깨끗하고, 삼공(三空)의 바다는 진속(眞俗)이 하나로 무르녹아 잠연(湛然)하다. 잠연히 둘이 무르녹았으면서도 하나가 아니고 홀로 깨끗하므로 변(邊)을 떠났으면서도 중(中)이 아니다. 중이 아니면서 변을 떠났으므로 유(有)가 아닌 법이 무(無)에 머무르지 않고, 무가 아닌 상(相)이 유에 머무르지 않는다. 하나가 아니면서 둘이 무르녹았으므로 진(眞)이 아닌 것이 속(俗)이 되지도 않고, 속이 아닌 이치가 진이 되지도 않는다.[63]

율곡이 말하는 일이이(一而二)요 이이일(二而一)인 원리는 원효의 화쟁 논리에서 융이이불일(融二而不一)이요 불일이융이(不一而融二)라는 표현으로 바뀌어 있다. 그러나 어떻게 표현하든 그 내포하는 바 의미는 동일하다. 즉 둘 다 동일성과 비동일성을 동시에 포괄하고 있는 전동성의 개념을 나타내고자 한 것이다.

3.2 전동성과 시적 표현

시 정신은 바로 전일성이다. 시적 세계관이 이 전일성을 지향하는 데에 있는 한, 시는 전동성의 표현을 필연적인 본질로 지닐 수밖에 없다. 왜냐하면 비동일성과 동일성을 동시에 포괄하는 전동성의 개념은 둘이면서 하나라고 할 때의 그 둘에서 성립한다기보다 둘 사이의 동일성, 즉 하나를 발견하는 데에서 성립하는 것이며, 서로 다른 이것

---

63) 元曉, 「金剛三昧經論上」, 『韓國高僧全集』 新羅時代 1(경인문화사, 1974), 3쪽.
<夫一心之源 離有無而獨淨 三空之海 融眞俗而湛然 湛然融二而不一 獨淨離邊 而非中 非中而離邊 故不有之法 不卽住無 不無之相 不卽住有 不一而融二 故非眞 之事 未始爲俗 非俗之理 未始爲眞也.>

과 저것이 하나임을 발견하여 나가는 일은 결국 전일성이라는 이념을 지향하는 것에 불과하기 때문이다.

시가 전일성을 지향하는 한 시적 언술의 본질은 전동성의 표현일 수밖에 없고, 시가 전동성을 드러내고자 하는 한, 모든 시적 언술은 근본적으로 역설이 될 수밖에 없다. 전동성은 역설이 발생하는 근원이다. 그래서 시는 역설에서 시작하여 역설로 끝난다. 게다가 시가 상상적 언어라는 점은 시적 언술의 본질이 전동성의 표현이며 역설이라고 하는 사실을 더욱 필연적이고 확고 부동한 것으로 확인시켜 준다. 상상력은 대립과 차별성을 뛰어넘어 사물과 사물을 하나로 연결하고 통합하는 힘이기 때문이다. 다시 말하면 상상력 자체가 바로 역설이고 전동성의 표현이다.

시적 언술은 무수한 겹겹의 역설로 감싸여 있다. 우선 두드러진 예를 몇 가지 꼽아보자.

첫째로 시의 역설은 화자의 선택에서부터 나타난다. 화자는 실제의 시인과 분명히 다른 인물이지만 둘 사이에 존재하는 모종의 동일성을 매개로 하여 그것은 선택적으로 창조되는 것이다. 그래서 화자와 시인이 놓여있는 지평의 사이, 둘의 화법과 신념의 사이 등에서 역설이 발생하게 된다.

둘째, 시의 표층적 의미 혹은 심층적 의미와 어조의 사이에서 역설이 발생한다. 즉 어조가 의미의 표층과 일치하면서 의미의 심층과는 불일치를 보일 때, 또는 어조가 의미의 심층과 일치하면서 의미의 표층과는 불일치를 보일 때 역설은 예각적으로 드러난다. 특히 풍자적인 어조의 경우에 더욱 그러하다.

셋째, 시적 언어의 특징인 언어의 내포적 사용에서 그것은 발생한다. 외연과 내포 사이에 혼재하는 의미의 동일성과 비동일성은 바로 전형적인 역설의 양상이라고 할 수 있다.

넷째, 모든 비유의 원관념과 보조관념 사이에 있는 의미의 동일성과 비동일성 또한 가장 두드러진 역설이다.

다섯째, 시적 상징은 상징적 표상과 상징적 의미의 중층이, 그리고 상징적 의미의 중층끼리 서로 불일치하면서도 일치한다는 점에서 역시 역설이다.

여섯째, 추상성이 본질인 언어 기호를 통해서 실재의 구체성 혹은 실재 자체를 드러내려는 시적 언어가 무엇보다도 근본적으로 역설이다.

시의 역설을 예거하자면 한이 없다. 시의 음악성, 즉 리듬도 서로 다른 언어적 의미와 음운적 자질들을 포괄하면서 지속적인 반복을 통해 동일성의 감각을 드러낸다는 점에서 하나의 역설이고, 고도의 생략 어법을 통해서 의미의 극대화를 노리는 시적 형식 자체가 또한 근본적으로 역설이다.

시는 역설적 언어의 역설적 형식이다. 거듭 말하거니와 존재 구조와 삶의 세계가 근원적으로 역설적 구조이고 시 정신이 바로 전일성이라고 한다면 시는 본질적으로 전동성을 드러낼 수밖에 없고 전동성을 드러내는 한 시적 언어와 형식은 역설이 될 수밖에 없다. 존재 구조와 삶의 세계가 일관된 논리와 체계에 의해서 선명하게 투시될 수 없으므로 다면적이고 상반되는 관점을 동시적으로 취하게 되는 역설이 필연적으로 요구된다.

역설은 외연extension과 내포intension 사이의, 그리고 이것과 저것

사이의 동일성과 비동일성을 동시에 드러내는 긴장체계tension의 언술 형식이다. 격절된 양극의 비동일성을 연속적 동일성으로 결합하는 데에서 긴장 체계가 형성되고, 연속적 동일성으로 결합하기 위해서는 양극의 중심의 파지가 요구된다. 양극의 비동일성은 세계의 다면성이요 상반되는 상보적 경향이고, 그 다면성과 상반적 상보성을 동시에 파지하는 중심은 정신의 완전한 자각 상태를 가리키는 것에 불과하다.

　시는 세계와 삶의 진실을 훼손하지 않고 전체로써 드러내려고 한다. 전체는 완전한 자각 상태에서 이루어지는 체험이고, 완전한 자각 상태를 표현하기 위해서 시는 역설적 언어의 역설적 형식이 될 수밖에 없다.[64]

이것은 소리없는 아우성

---

64) Philip Wheelwright, *Metaphor and Reality*(Bloomington: Indiana University Press, 1968), 47-48쪽. <완전한 자각 상태는 두 개의 상반된 상보적 경향 사이의 긴장이 있게 마련이고, 그러한 완전한 자각 상태와 이에 대한 갈구를 표현하려는 동작이나 발언은 그러한 긴장감을 표상하고 전달하게 된다.……이것이 의식적으로 이루어질 때 바로 시의 바탕이 된다.>(In full human awareness there is likely to be a tension between these opposing and complementary tendencies, and any gesture or utterance that expresses such unspoiled awareness and craving for awareness will represent and convey something of that tension.……This, when conscious, is the basis of poetry.); 코울리지는 이 완전한 자각 상태를 다음과 같이 말하고 있다. <워즈워드는……무기력한 관습에서 마음의 관심을 일깨워 우리 앞에 펼쳐진 세계의 아름다움과 경이로 인도함으로써 일상적인 사물들에 신선한 매력을 부여하고 초자연에 가까운 감정을 환기시키는 것을 그의 목적으로 삼았다.>(Mr. Wordsworth……was to propose to himself as his object, to give the charm of novelty to things of everyday, and to excite a feeling analogous to the supernatural, by awakening the mind's attention from the lethargy of custom, and directing it to the loveliness and the wonders of the world before us.). Cleanth Brooks, *The Well Wrought Urn*(New York: Harcourt Brace Jovanovich, 1975), 7쪽.

저 푸른 해원을 향하여 흔드는

영원한 노스탤쟈의 손수건

순정은 물결같이 바람에 나부끼고

오로지 맑고 곧은 이념의 푯대 끝에

애수는 백로처럼 날개를 펴다.

아아, 누구던가

이렇게 슬프고도 애달픈 마음을

맨 처음 공중에 달 줄 안 그는

유치환 「깃발」

이 시의 첫 행에 보이는 모순 형용oxymoron은 극도로 긴장된 의미의 포화 상태를 감당하고 있는 아주 보기 드문 역설이다. <소리없는 아우성>은 단순히 수사학적으로만 본다면 하나의 표면적 역설 surpace-paradox로 분류된다.[65] 그러나 표면적 역설이라는 용어는 그야 말로 표면적이고 논리적인 관점에서 분류되는 것일 뿐, 시의 의미를 깊이 있게 파악하고자 하는 데에는 아무 도움이 되지 못한다. 왜냐하면 어떠한 수사학적 역설도 본질적으로는 도의 전동성으로부터 발생되는 이른바 존재론적 역설이라고 할 수 있기 때문이다.

깃발은 단적으로 말해서 인간 세계의 온갖 이념을 상징하는 것이다. 그 이념은 투쟁과 갈등을 낳고 인간적 삶의 온갖 애환과 절규를

---

65) Philip Wheelwright, 앞의 책, 97쪽. <논리적 관점에서 볼 때, 역설은 '외관상의 모순'으로 정의된다. 이 정의는 '즐거운 장애물', '씁쓸한 기쁨들' 등의 표면적 역설 의 경우에도 유효하다.>(From a logical point of view paradox is defined as 'a seeming contradiction'. The definition holds good for such surpace-paradox as 'a pleasing obstacle', 'bitter delights'.)

낳는다. 인류의 역사는 이와 같은 이념의 깃발이 잠시도 쉬지 않고 나부끼는 과정에 불과하다고 볼 수 있다. 그리고 인간의 역사적 삶이 이 분화된 시공간 속에서 영위되는 한 궁극적인 의미에서 그 깃발은 결코 영원히 내려지지는 않을 것이다.

바로 여기에서 깃발의 펄럭임은 영원한 불변의 움직임으로 극대화되고, 그 깃발이 환기하는 인간의 비극적 삶의 애환과 절규는 무한한 불변의 아우성으로 극대화된다. 이렇게 되면 영원한 불변의 움직임은 그 영원성과 불변성으로 인하여 움직임 없는 고요한 정태(靜態)로 반전되고, 무한한 불변의 아우성 역시 그 무한성과 불변성으로 인하여 소리 없는 아우성, 즉 정적으로 반전되고 만다. 그러나 이 정태와 정적은 그것이 가리키는 지시적 의미와는 달리 영원한 움직임과 무한한 아우성으로 극단적인 포화 상태를 이루고 있는 것이다. 깃발의 움직임은 영원으로 극대화되어 있고 깃발이 환기하는 아우성은 무한한 크기로 극대화되어 있어서 그것은 이미 인간의 지각역(知覺閾)을 훨씬 벗어나 있는 것이다.

영원하고 무한하여 인간의 지각역을 초월해 있는 것은 고요함으로밖에 표현이 안 된다. 그런데 이 시에서 깃발이 함축하고 있는 소리 없는 아우성의 고요함은 이와 같은 논리에 의해서만 이루어진 것은 아니다. 이념의 푯대 끝에서 나부끼는 깃발은 어디까지나 이쪽의 분화된 세계의 현상이고, 그 이념의 깃발이 <영원한 노스탈쟈의 손수건>처럼 지향하고 있는 곳은 저쪽의 <해원>이다. 해원으로 표현된 저쪽의 바다는 더 말할 것없이 미분적 전일성의 세계를 상징하고 있다.

인간의 모든 이념은 궁극적으로 전일성의 세계를 지향한다. 인간의 삶이 비극적이면 비극적일수록 원초적 고향이라 할 수 있는 전일성의 세계에 대한 인간의 동경과 갈망은 커지기 마련이다. 소리없는 아우성의 고요함은 바로 이 전일성을 상징하는 해원의 원심력에 의해서 비로소 완성된다. 전일성은 거듭 이야기한 바와 같이 부동성의 고요함과 초월적 불변성을 의미하는 것이다. 그래서 <들>이라는 심상과 복합되어 나타난 해원(海原), 즉 바다는 마치 동판화처럼 견고하고 고요하다.

이쪽의 무수히 상반되는 움직임과 아우성을 하나의 전체로 볼 수 있고, 동시에 이쪽의 시공간적 분화 세계와 저쪽의 전일성의 세계를 완전한 자각 상태에서 파지할 수 있는 중심이 바로 이념의 푯대 끝이다. 이 아슬한 고도의 중심에서 소리없는 아우성이라는 전동성의 역설이 발생한다.

이와 같이 전동성이 드러나는 역설에 대하여 조지훈은 다음과 같이 말하고 있다.

일체의 정서와 주관을 배제하고 자연을 있는 그대로 직관하고 관조하는 서경의 소곡조를 찾았다. 이 때에 나는 시어의 절약으로 단시형을, 단면의 전체성으로서의 상징의 법을 얻었다. 감각과 예지 그대로의 결정으로서 정적(靜寂)을 생동태(生動態)에서 파악하고, 생동을 정지태(靜止態)로 포착하는 기법을 애용하였다.[66]

자연을 있는 그대로 직관하고 전체성으로서의 상징의 법을 얻었을 때, 생동을 정지태로 포착할 수 있었다고 그는 말한다. 다시 말하면

---

66) 조지훈, 「나의 시의 편력」, 『청록집이후』(현암사, 1968), 355쪽.

존재의 일면성이 아니라 그 일면성이 다면성이 되는 상징을, 즉 그의 말대로 <단면의 전체성으로서의 상징의 법>을 얻었는데, 그것이 바로 동즉정(動卽靜) 혹은 생동태즉정지태(生動態卽靜止態)라는 것이다. 조지훈이 여기서 말하고 있는 것은 바로 다름 아닌 전동성의 역설이다.

존재의 진실을 전면적으로 파악하고자 할 때, 또 불완전한 감각을 거부하고 개념적인 인식을 거부할 때 전동성이 야기하는 역설은 어김없이 나타난다. 다음의 시는 이러한 역설적 과정이 보다 더 극적으로 표현되어 있다.

> 귀기울여도 있는 것은 역시 바다와 나뿐
> 밀려왔다 밀려가는 무수한 물결 위에 무수한 밤이 왕래하나
> 길은 항시 어데나 있고, 길은 결국 아무데도 없다.
>
> 아, 반딧불만한 등불 하나도 없이 울음에 젖은 얼굴을 온전한
> 어둠 속에 숨기어 가지고……너는
> 무언(無言)의 해심(海心)에 홀로 타오르는
> 한낱 꽃같은 심장으로 침몰하라
>
> (중략)
>
> 아라스카로 가라 아니 아라비아로 가라
> 아니 아메리카로 가라 아니 아프리카로
> 가라 아니 침몰하라. 침몰하라. 침몰하라!
>
> 서정주 「바다」 1, 2, 4 연

<길은 항시 어데나 있고, 길은 결국 아무데도 없다>라는 시적 진술은 극즉필반(極則必反)의 전형적인 역설이다. 이 역설의 논리를 첫 2행에 그대로 적용한다면, <밀려왔다 밀려가는 무수한 물결>은 결국 정지태로 포착되고, <무수한 밤의 왕래>도 결국은 정지된 영원의 의미로 읽혀진다. 앞에서 살펴본 「깃발」의 먼 해원과 같이 이 시에서도 영원한 동태(動態)의 바다는 역설적인 정지태로 반전되어 있다. 한 순간 속에 영원히 정지한 바다는 기묘하게도 견고하고 고요하다.

  정지태로 파악된 바다의 심상은 다음 연에서 <무언의 해심>이라는 심상으로 연결된다. 무언의 해심은 이 시의 전체 의미와 시적 긴장이 방사되고 다시 응집되는 구심점이다. 다시 말하면 이것은 삶과 세계의 한 중심을 뜻한다. 중심은 분화된 세계의 전방향(全方向)으로 열려있는 지점, 즉 모든 가능성과 힘이 팽팽하게 긴장되어 조화를 이루고 있는 지점으로서 전동성의 역설이 발생하는 곳이다.

  중심에서는 둘이면서 동시에 하나가 되고, 이것이면서 동시에 저것이 되기 때문에 어떠한 움직임도 생길 수 없고 분절적인 언어의 의미도 형성될 수 없다. 중심은 그래서 고요한 무언의 세계다. <도는 원의 중심을 얻어 무궁하게 작용한다>는 장자의 말과 같이 가장 치열한 삶의 한 복판을 상징하는 무언의 해심은 원의 중심과 같아서 무수한 가능성과 상반되는 힘들이 완전한 균형의 장력을 유지하고 있는 곳이다. 바로 이러한 지점에 서 있을 때, <길은 항시 어데나 있고, 길은 결국 아무데도 없다.>고 하는 역설이 발생한다.

  동시적으로 전체를 보는 시점이 있다면 그것은 무수히 상반되는 모순적 시점의 교차점이다. 그러나 이와 같은 시점, 즉 형이상적 중심을 취하는 일은 한 순간의 완전한 자각 상태에서 경험할 수 있는 희귀한 예일 뿐 일상적인 현실의 삶의 과정에서는 거의 불가능한 일이다. 왜냐하면 우리가 성취하고 좌절하며 끊임없이 부대끼는 이 세계의 삶은 어느 하나의 시각을 통해서 이루어지는 것이고, 어느 하나의 시각을 선택함으로써 중심을 벗어날 수 있으므로, 그 중심을 이탈한 치우침의 추진력에 의해서 삶의 변전 운동이 가능하게 되기 때문이다.

바꾸어 말하면 인간의 삶은 욕망 혹은 의지의 역학(力學)에 의해서 이끌려 간다. 모든 욕망이 완벽하게 만족된 상태는 삶의 운동이 정지된 죽음의 세계에 불과하다. 삶이 지속되는 한 욕망 혹은 의지는 인간의 삶을 중심으로부터 이탈시킨다.

그러나 삶의 현실과는 달리 시적 직관의 세계에서 우리는 그와 같은 형이상적 중심과 만나게 된다. 「바다」의 화자는 모든 상반적 시점이 교차되는 곳, 그리고 모든 길과 가능성이 열려있는 바로 그 중심에 서 있다. 그래서 <아라스카로 가라 아니 아라비아로 가라 / 아니 아메리카로 가라>고 화자는 자신의 말을 스스로 무화시키면서 외치고 있다. 그러나 그 외침은 고요하다. 스스로의 말을 지우면서 발언되는 말은 이미 무언의 침묵일 뿐 말이 아니다. 중심은, 인간의 감각적 지각역을 벗어난 거대한 움직임과 아우성이 소용돌이치는 무언과 부동의 고요함이다. 중심에서는 어데로도 갈 수가 없고 다만 <침몰>이 있을 뿐이다.

그런데 여기서 놓쳐서는 안 될 점은 <해심>과 그 해심에 침몰하는 <꽃같은 심장>이 모두 본원성을 지닌 중심 상징으로 작용하고 있다는 점이다. 이것은 이 시의 화자가 중심이 지닌 본원성의 힘을 빌어 새롭게 재생하고자 하는 강렬한 무의식적 욕구를 드러내고 있는 것이라고 볼 수 있다. 이 시의 제4연에는 <산 바다의 어느 동서남북으로도 / 밤과 피에 젖은 국토가 있다.>라는 구절이 있는데, 이 구절은 당시 일제 식민지 암흑기의 참담한 삶의 상황을 암시하고 있는 것으로서 바로 이와 같은 화자의 재생 욕구를 읽을 수 있는 배경이 된다고 하겠다.

전동성의 역설이 발생하는 순간은 이른바 영원한 순간이라고나 해야 할 극적인 것으로서 대개는 일종의 형이상적 전율을 동반하게 되는데, 가령 다음과 같은 시에서 우리는 그와 같은 양상을 볼 수 있다.

보지마라 너 눈물어린 눈으로는……
소란한 홍소(哄笑)의 정오(正午) 천심(天心)에
다붙은 내 입설의 피묻은 입마춤과
무한 욕망의 그윽한 이 전율을………

아―어찌 참을 것이냐
슬픈이는 모다 파촉(巴蜀)으로 갔어도,
윙윙그리는 불벌의 떼를
꿀과 함께 나는 가슴으로 먹었노라.

시약시야 나는 아름답구나

내 살결은 수피(樹皮)의 검은 빛
황금 태양을 머리에 달고

몰약(沒藥) 사향(麝香)의 훈훈한 이 꽃자리

내 숫사슴의 춤추며 뛰어가자

우슴웃는 짐생, 짐생 속으로.

서정주 「정오의 언덕에서」

　이 시에도 중심 혹은 정점을 뜻하는 시어가 빈출하고 있다. 중심이
모든 가능성의 길이 상반하는 교차점이듯이 정점도 상승과 하강의 상
반적 교차점이고 중심이다. 이 시에서는 이와 같은 의미의 시어들이
정오, 천심, 꽃자리 등이다.

　이 시의 의미와 정서가 뿌리내리고 있는 바탕은 생에 대한 한 순간
의 완전한 자각 상태 혹은 거기에 수반되는 한 순간의 법열과 같은
황홀감이다. 그야말로 삶의 감각이 전면적으로 자각된 한 순간의 치열
함과, 마치 섬광의 백열 같은 고도의 직관적 인식이 성취되는 순간을
이 시는 아주 뛰어나게 형상화하고 있다. 삶에 대한 전면적인 자각의
순간, 그리고 그 순간의 치열함과 황홀감 등은 바로 중심에서 일어나
는 것이고, 그것들이 중심에서 발생하는 한 전동성의 역설을 필연적으
로 동반하기 마련이다.

　<소란한 홍소>, <무한 욕망의 그윽한 전율>, <불벌의 떼를…가
슴으로 먹었노라>, <우슴웃는 짐생, 짐생 속으로> 등은 모두 그러
한 역설들이다. 소란한 홍소는 정오의 중심이 지닌 전동성의 힘에 의
해서 극대화된 나머지 도리어 홍소의 고요함으로 반전되고, 같은 맥락
에서 무한 욕망의 극한적 동태(動態)는 그윽한 전율의 정태(靜態)로 포
착된다. <불벌의 떼를…가슴으로 먹었노라>라는 구절은 순간적 삶의

쾌락의 극치를 나타내고 있는데, <윙윙그리는 불벌의 떼>가 표상하는 들끓는 욕망의 소란함과 분분한 움직임은, 가슴으로 먹었노라 라는 표현에 나타나 있듯이, 가슴 속 부동의 정적감으로 역설적 반전을 겪는다. 그리고 무한 욕망, 불벌의 떼 등과 동가적 심상이라고 할 수 있는 <짐생>은 그 본래적 의미인 <울부짖는 짐생>이 반전되어 <우슴웃는 짐생>으로 나타나 있다.

이 시에서 중첩되고 있는 모든 역설의 근원적인 진원지는 <정오, 천심, 몰약, 사향, 꽃자리> 등 모두 하나의 등가적 심상으로 묶여지는 것들이다. 이것들은 결국 하나의 중심 상징이라고 할 수 있는데, 바로 이 중심 상징이 역설과 역설적 정적감을 만드는 강력한 중력이 되고 자장(磁場)이 되고 있는 것이다.

지금까지 시적 상상력 속에서 완전히 융해되고 형상화되어 있는 전동성의 역설을 주로 심상들을 통해서 살펴보았는데, 이제 그 역설이 비교적 논리적으로 보다 분명하게 드러나 있는 경우를 몇 가지 들어 본다.

　　나는 어느날 밤에 잠없는 꿈을 꾸었습니다.
　　「나의 님은 어데 있어요 나는 님을 보러 가겠습니다. 님에게 가는 길을 가져다가 나에게 주서요 검이여」
　　「너의 가려는 길은 너의 님이 오려는 길이다. 그 길을 가져다 너에게 주면 너의 님은 올 수가 없다.」
　　「내가 가기만 하면 님은 아니 와도 관계가 없습니다.」
　　「너의 님의 오려는 길을 너에게 갓다 주면 너의 님은 다른 길로 오게 된다. 네가 간대도 너의 님을 만날 수가 없다.」

「그러면 그 길을 가져다가 나의 님에게 주서요.」

「너의 님에게 주는 것이 너에게 주는 것과 같다. 사람마다 저의 길이 각각 있는 것이다.」

「그러면 어찌하여야 이별한 님을 만나보겠습니까.」

「네가 너를 가져다가 너의 가려는 길에 주어라. 그리하고 쉬지 말고 가거라.」

「그리 할 마음은 있지마는 그 길에는 고개도 많고 물도 많습니다. 갈 수가 없습니다.」

검은 「그러면 너의 님을 너의 가슴에 안겨 주마」하고 나의 님을 나에게 안겨 주었습니다.

나는 나의 님을 힘껏 껴안았습니다.

나의 팔이 나의 가슴을 아프도록 다칠 때에 나의 두 팔에 베어진 허공은 나의 팔을 뒤에 두고 이어졌습니다.」

한용운 「잠없는 꿈」

만해 한용운의 시집 『님의 침묵』 전체가 형이상적 역설로 구성되어 있다고 하는 것은 이미 널리 알려진 사실이다. 또 만해의 시처럼 철저하게 역설적인 인식 위에서 이루어진 시 작품을 일관되게 산출해 낸 시인도 우리 시문학사에서는 만해 외에 더 찾아볼 수가 없다.

만해의 시가 엮어내고 있는 무수한 역설은 한마디로 말해서 불교의 독특한 본체론에서 기인한다고 볼 수 있다.[67] 불교의 본체론 혹은 존

---

67) 불교의 존재론이 갖는 역설성과 비교하여 만해시의 역설을 「님의 침묵」을 중심으로 논의한 업적으로는 오세영의 「침묵하는 님의 역설」, 『국문학논문선』(민중서관, 1977)이 있다.

재론이 지니는 역설과 심오한 진리를 시의 형식을 빌어 형상화한 것이 바로 만해의 시이다. 이런 점에서 만해의 시에는 도의 전동성과 그 역설이 가장 노골적으로 그리고 철저하고 다양하게 드러나 있다고 볼 수 있다.

앞에 인용한 「잠없는 꿈」은 우선 제목부터가 선명한 역설이다. 그리고 형이상적 관념과 역설이 강조된 나머지 구체적인 시적 형상화의 아름다움은 전혀 찾아볼 수가 없다. 그러나 다양한 시적 형상의 의장에 의해서 표현하지 않고 직설적 진술이 갖는 분명한 논리에 의해서 표현하고 있으므로 오히려 님의 정체와 그 님과의 관계를 파악하기는 아주 용이해진 셈이다.

이 시의 내용은 화자가 검과 주고받는 대화로 구성되어 있는데, 그 대화의 내용을 크게 나누어 말한다면 결국 다음과 같은 세 개의 의미 단위로 요약된다.

(1) 내가 님에게 가는 길과 님이 나에게 오는 길은 하나다.
(2) 길을 님에게 주는 것과 나에게 주는 것은 같다.
(3) 님을 만나기 위해서는 나는 나의 길과 하나가 되어 쉬임없이 가야 한다.

여기에서 (1)이 의미하는 바는 결국 길이 하나밖에 없다는 뜻이다. 하나밖에 없는 이 유일한 길로 내가 님에게 갈 수도 있고 님이 나에게 올 수도 있다. 그러므로 그 길을 나에게 주면 님이 올 수가 없고 님에게 주면 내가 갈 수가 없다. 따라서 (2)의 의미와 같이 길을 님에게 주는 것과 나에게 주는 것은 어느 경우에나 나와 님이 오거나 갈 수 없다는 점에서 같은 것이다. 그러나 이것은 모순이다. 하나밖에 없는 길이라면 그 길로 내가 가거나 님이 오거나 반드시 둘은 만나야 함에도 불구하고 <너의 님이 오려는 길을 너에게 갖다 주면 너의 님은 다른 길로 오게 된다. 네가 간대도 너의 님을 만날 수가 없다>라고 말하기 때문이다.

분명히 길은 하나라고 말하면서도, 또 님이 오는 다른 길이 있음을 말하면서 <네가 간대도 너의 님을 만날 수가 없다>라고 하는 것은 도대체 무슨 뜻인가. 길은 하나이면서 동시에 또 다른 길이 있다고 하는 것은 길은 하나이면서 둘이라는 뜻이다. 길이 하나이면서 둘이라고 하는 것은 그 길이 처음과 끝이 있는 직선적인 길이 아니라 처음과 끝이 맞물려 있는 순환적인 길임을 뜻하는 것이다. 순환적인 길이라면 앞으로 가는 길과 뒤로 돌아오는 길은 서로 다르면서도 궁극적으로는 같은 길이 될 수밖에 없다. 그래서 내가 님을 만나기 위해 앞으로 가면 님은 뒤로 돌아오는 다른 길로 오는 것이다.

그렇다면 님은 어떻게 만날 수 있는가. <너를 가져다가 너의 가려는 길에 주어라. 그리하고 쉬지 말고 가거라>하고 검은 말한다. 다시 말하면 님을 만나기 위해서 나는 길과 하나가 되어야 하고 그 길을 쉬임없이 가야 한다는 것이다. 이 말은 님과 길이 결코 다르지 않고 또한 나와 길이 결코 다르지 않다는 뜻이다. 길이 하나이면서 둘이듯이 님과 길은 둘이면서 하나이고, 나와 길도 둘이면서 하나이다. 따라서 나와 님도 둘이면서 하나가 될 수밖에 없다. 나와 님과 길은 서로 상보적이기도 하고 서로의 존재 조건이기도 하고 궁극적으로는 하나의 단일 존재이기도 하다. 바꾸어 말하면 이이일(二而一)이요 일이이(一而二)인 전동성의 역설이다.

이 시에 나타난 전동성의 구조를 <제2장>의 <도식 1>의 태극도에 대입하여 생각해 보자.

태극도의 하단에 있는 감괘(☵)는 오행의 의미로 보면 수(水)를 뜻하고 상단에 있는 이괘(☲)는 화(火)를 뜻한다. 수는 표면적으로는 음기만 있는 것 같지만 속에 양기를 지니고 있고, 화는 표면적으로 양기만 있는 것 같지만 속에 음기를 지니고 있다. 즉 음이면서 양이고 양이면서 음이다. 음이면서 양이고 양이면서 음일 수 있기 때문에, 그리고 음양 이기는 고정 불변의 것이 아니라 서로 뿌리가 되어 영원히 생성 변화하는 것이기 때문에, 도식의 화살표 방향을 따라서 수는 화가 되고 화는 또한 수가 될 수 있는 것이다.

이와 같은 태극도에 위의 시에 나오는 의미 단위들을 적용해 본다면, 수(☵)는 태극 운동의 본체라 할 수 있으므로 님에 대입되고, 화(☲)는 본체가 분화된 현상이므로 나에 대입되고, 수화가 생성 변화하는 방향의 음양도(陰陽道)는 길에 대입된다. 내(☲)가 님을 만나러 가는 길은 화에서 수에 이르는 음도가 되고 님(☵)이 나에게 오는 다른 길은 수에서 화에 이르는 방향의 양도가 된다.

그러나 음도와 양도는 다르면서도 같은 하나의 순환적 길일 뿐이다. 내가 님을 만나러 가면 님은 어느덧 반대 방향의 다른 길로 가버리고 없다. 나(☲)는 나의 내부에 님(--)이 있는 줄을 모르고, 불교식으로 말한다면 나의 안에 불성 혹은 진여(眞如)가 있는 줄을 모르고, 또 님(☵)의 안에 내(─)가 없는 때가 없음을 모르고, 님을 그리워하며 길을 찾아 헤매고 있는 것이다. 그래서 검은 길과 하나가 되어 쉼없이 가라고 충고한다.

다시 말하면 나와 님은 결코 다르지 않고, 내가 가는 길과 님이 오는 길은 결코 다르지 않다. 그리고 나와 님이 가고 오는 그 하나의 길이 나와 님의 밖에 따로 존재하는 것이 아니라, 나와 님이 생성 변화하며 영원히 순환하는 과정 자체가 바로 길인 것이다. 그러므로 님과의 만남은 다른 데에 있지 않고 사람마다 각기 있기 마련인 그 <나의 길> 혹은 시의 표현대로 <고개도 많고 물도 많은> 삶의 길을 쉬지 않고 성실히 가는 데에 있다.

한마디로 요약하면 님은 도의 체(體)요, 나는 도의 상(相)이요, 길은 도의 용(用)일 뿐이다. 도체인 태극은 초월적이고 형이상적이기 때문에 우리는 직접적으로 지각할 수가 없다. 다만 지각할 수 있는 사상(事象)의 초월적 내재성, 즉 전동성의 역설을 통해서 겨우 인식할 수 있을 뿐이다.

다시 말해서 태극의 분화 혹은 이일 분수(理一分殊)에 의하여 태극이 내재된 여러 현상 속에서, 그리고 나 자신의 안에서 비로소 그 초월성을 인식하게 된다. 이런 까닭에 도와 기(器)의 변통의 논리가 성립된다.[68] 그리고 일자즉다자의 역설이 생기고, 위의 시와 같이 <사람마다 각각 저의 길이 있는 것>이니 <네가 너를 가져다가 너의 가려는 길에 주어라. 그리고 쉬지 말고 가거라.>하는 시적 표현이 나타나게 되는 것이다.

만해의 시에 나타나는 이와 같은 전동성의 역설은 어느 시편이거나

---

68) 「계사전」 상. <하늘과 땅이 무너지면 역(易)을 볼 수 없고, 역을 볼 수 없으면 하늘과 땅이 거의 멸식(滅息)될는지도 모른다. 이러므로 형이상자를 도라 하고, 형이하자를 기(器)라 하고, 화(化)하여 제재(制裁)하는 것을 변한다 하고, 추진하여 운행하는 것을 통한다고 한다.>(乾坤毀則无以見易 易不可見則乾坤或幾乎息矣 是故 形而上者 謂之道 形而下者 謂之器 化而裁之 謂之變 推而行之 謂之通.)

간에 쉽게 찾아볼 수 있다. 가령 아무렇게나 뽑아 본 다음의 구절들
을 보라.

당신의 소리는 침묵인가요

(중략)

당신의 얼굴은 흑암(黑闇)인가요
내가 눈을 감을 때 당신의 얼굴은 분명히 보입니다그려

「반비례」

님의 사랑은 강철을 녹이는 불보다도 뜨거운데 님의 손길은 너무 차서
한도가 없습니다.

「님의 손길」

사랑을 '사랑'이라고 하면 벌써 사랑은 아닙니다
사랑을 이름지을 만한 말이나 글이 어데 있습니까

「사랑의 존재」

남들은 님을 생각한다지만
나는 님을 잊고자 하여요
잊고자 할수록 생각하기로

행여 잊힐까 하고 생각하여 보았습니다

「나는 잊고자」

어느 구절이나 모두 모순되고 상반되는 요소들을 전동성의 구조 위에서 동시적으로 파악하고 있다. 만약 상반되고 분별되는 어느 한 요소만을 지각한다면 그것은 참다운 인식이라고 할 수 없기 때문이다.

장자는 이렇게 말하고 있다.

물건은 저것이 되지 않는 게 없고 또 이것이 되지 않는 것도 없다. 저것은 저것의 입장에서는 드러나지 않지만 이것으로써 알게 되면 저것을 알게 된다. 그러므로 저것은 이것에서 나오고 이것 역시 저것에 말미암게 된다. 이는 저것과 이것이 함께 생겨난다는 말이다.……이것은 또 저것이 되고 저것은 또 이것이 된다. 저것도 한 가지 시비가 되고 이것도 한 가지 시비가 된다. 그러면 과연 저것과 이것이 있는 것인가. 과연 저것과 이것이 없는 것인가. 저것과 이것이란 상대적인 개념이 없는 것, 그것을 일컬어 도추(道樞)라 한다.[69]

이것은 저것이 되고 저것은 이것이 된다. 다시 말하면 이것과 저것은 함께 생겨나는 것이다. 만해의 화법으로 말한다면 나는 님이 되고 님은 내가 되고, 결국 님과 나는 영원히 생성하는 하나의 길이 되는 것이다.

---

69) 『장자』, 「제물론」. <物無非彼 物無非是 自彼則不見 自知則知之 故曰 彼出於是 是亦因彼 彼是方生之說也……是亦彼也 彼亦是也 彼亦一是非 此亦一是非矣 且 有彼是乎哉 果且無彼是乎哉 彼是莫得其偶 謂之道樞.>

그럼에도 불구하고 우리가 이것을 주장하고 저것을 무시하여 시비와 분별을 만드는 것은 다름이 아니라 이것만을 드러내려는 인간의 허위적 욕망 때문이요 이것만을 분별하는 편벽된 감각 때문이다. 그리하여 이것과 저것을 동시에 드러내기 위해서는 중심, 즉 도추를 얻어야 한다. 중심을 얻어야 무궁할 수 있다.

그렇다면 저것과 분별하여 이것만을 주장하고 드러내지 않기 위해서 어떻게 해야 되는가. 허위적 욕망에 의해 분별을 만드는 감각에 의지하지 말고, 마음을 비운 다음 직관을 통하여 사물을 보아야 한다. 마음을 비우면 저것과 함께 이것을 볼 수 있다. 마음을 비운다는 것은 상아(喪我)의 경지에 이르러 주객 일체 혹은 심여물명(心與物冥)의 상태에 이르게 하는 심재(心齋)를 뜻하는 말이다. 심재에 의해서 허정이라고 하는 일종의 우주적 순수 의식에 도달하게 되고, 허정에 이르면 만유는 서로 다툼 없이 병생(並生)하게 되는 것이다. 장자는 이에 대하여 다음과 같이 비유를 들어 설명하고 있다.

원래 하늘은 이 모든 구멍을 늘 뚫리게 하여 낮이고 밤이고 쉬지 않는다. 사람들 자신이 자기의 구멍을 일부러 막고 있는 것이다. 사람의 몸에는 겹겹이 빈 곳이 있기에 마음에는 천연의 도가 놀 수 있는 것이다. 방안에 빈 공간이 없으면 며느리와 시어머니는 서로 반목하여 부딪칠 것이다. 그러므로 마음에 천연의 빈 곳이 있어 천연의 도가 놀지 않으면 육근(六根)이 서로 거슬려 다투게 된다.[70]

---

70) 위의 책, 「외물편」. <天之穿之 日夜無降 人則顧塞其竇 胞有重閬 心有天遊 室無空
虛 則婦姑勃谿 心無天遊 則六鑿相攘.>

도의 전일성과 전동성을 직관하기 위해서는 육근——眼耳鼻舌身意——을 모두 열어 놓아 빈 곳을 만들어 두어야 한다. 그런데 장자가 말하고 있듯이 <사람들 자신이 자기의 구멍을 일부러 막고 있는 것이다> 자기의 구멍을 막고 있는 상태와 정도에 따라서 천차 만별의 자기가 생긴다. 구멍을 막고 있는 양상에 따라서 욕망과 분별적 지식이 생기고, 욕망과 지식의 집적은 자기를 낳는다.

그러므로 육근을 열어 둔다는 것은 자기 집착으로부터 벗어나 정신의 완전한 자유에 이르는 것이다. 즉 마음을 비우는 심재라는 방법적 과정을 통해 상아의 허정에 이르러, 다시 말하면 욕망과 지식의 추구로부터 완전히 벗어나서, 그 빈 곳에 천연의 도가 놀 수 있도록 하는 것이다. 이렇게 허정이 이루어지면 만유는 허정과 함께 다툼 없이 병생(竝生)하며 실상을 드러낸다. 이것과 함께 저것이 동시에 일어난다.[71]

---

71) 동양의 직관 형식이라 할 수 있는 심재에 의한 허정의 의식은 어떤 면에서 영국의 낭만주의 시인 존 키이츠가 말한 소극적 수용성negative capability과 의미 있는 비교와 대조를 이룬다. 전자가 완전한 자기의 소거(消去)를 통해서 이루어지는 전동성의 직관과 관계된다면, 후자는 불완전한 자기 소거의 성취 위에서 이루어지는 반지식적(半知識的) 불확실성의 인식과 관계된다. 전자가 근원적인 심여물명의 상태인 상아와 관련된다면, 후자는 작품과 시인의 신념이 분리되어야 한다는 몰개성과 관련된다. 전자는 자기가 없는 만큼 철저하고 적극적이며, 후자는 자기의 뿌리가 남아있는 만큼 문자 그대로 소극적이다. 존 키이츠의 문제의 용어는 다음의 인용문을 참조한 것임. <……그리고 특히 문학에 있어서는 큰 업적을 쌓은 사람을 만드는 데에 어떤 자질이 필요한가, 그리고 셰익스피어가 그렇게도 많이 소유했던 자질이 무엇인가라는 생각이 갑자기 머리에 떠올랐다. 그것은 바로 **소극적 수용성**이라는 것인데, 사람이 사실과 이유를 안타깝게 추구하지 않고 불확실성과 신비와 의심 한가운데에 있을 수 있을 때를 두고 하는 말이다. 이를테면 코울리지는 반지식(半知識)에 만족할 수 없었기 때문에 신비의 지성소(至聖所)에서 포착한 멋진 고립된 박진성을 놓쳐버리곤 했다.>(……and at once it struck me what quality went to form a man of achievement especially in literature and which Shakespeare possessed

3.3 자기일체성의 표현

지금까지 우리는 도의 전동성이 지닌 역설의 양상을 살펴보았다. 이제는 전동성의 역설 때문에 시적 자아가 경험하게 되는 동일성의 감각, 혹은 세계와의 미묘한 친화감에 대하여 살펴보기로 한다.

전동성은 만유에 내재되어 있는 태극, 즉 일리(一理)에 의해서 발생되는 역설이다. 그러나 역설은 그 일리 때문에 둘이면서 하나라고 말하면서도 무게의 중심은 둘에다 두고 있는 논리라고 할 수 있다. 그런데 무게의 중심이 둘로부터 하나로 옮겨지면 역설적 상이성(相異性)의 감각이 지워지면서 동일성의 감각이 나타난다. 이와 같이 둘 사이의 일리로 말미암아 발생하는 동일성을 일컬어 자기 일체성(自己一體性)이라고 말한다.[72] 다시 말하면 자기 일체성은 전동성의 역설 안에서 일어나는 동일성이다. 역설을 전제하고 있는 동일성이므로 이것 역시 근본적으로 역설일 수밖에 없는 것이다.

천지 만물이 음양 이기의 생성물이며, 그 생성물들이 수(☵)가 화

---

so enormously—I mean *negative capability,* that is when a man is capable of being in uncertainties, mysteries, doubts, without any irritable reaching after fact and reason—coleridge, for instance, would let go by a fine isolated verisimilitude caught from the penetralium of mystery, from being incapable of remaining content with half-knowledge.) Hazard Adams, *Critical Theory since Plato*(Harcourt Brace Jovanovich, Inc., 1971), 474쪽.

72) 태극이라고 하는 근원적 일자 혹은 <우주적 자기>가 만유로 분화되어 전동성이 성립되었으므로 주체와 객체는 궁극적 동일성을 이루게 된다. <자기 일체성>이란 시적 자아가 객관 세계 속에서 직관하는 이러한 동일성을 일컫기 위하여 시학 개념으로 고안한 필자의 용어다.

(☰)가 되고 화가 수가 되는 굴신 왕래(屈伸往來)의 생성 운동을 지속하고 있다면 근본적으로 이것과 저것, 그리고 주관과 객관은 일체일 수밖에 없다. 이와 같은 생성 논리 속에서 시적 자아는 자기 일체성을 발견하게 되고 시적 상상력의 본질이라 할 수 있는 친화감을 낳게 된다. 바꾸어 말하면 <세계와의 만남>은 <자기와의 만남>이 되는 것이다. 자기와의 만남이 바로 친화감의 본질이다. 상상력은 언제나 이와 같은 친화감 혹은 동일성을 지향하여 움직인다. 이런 의미에서 전동성은 역설의 근원이 될 뿐만 아니라 상상력의 원리가 되는 것이라고 할 수 있다.

자기 일체성이 유발하는 시적 상상력은 자아와 세계, 사물과 사물을 하나로 연결하고 종합하면서 친화감을 낳게 되는데, 바로 이러한 친화감 혹은 동일성의 감각이야말로 우리가 시에서 얻을 수 있는 가장 본질적인 미적 쾌락의 하나라고 할 수 있을 것이다.

> 저녁해는 지고서 어스름의 길
> 저 먼 산엔 어두워 잃어진 구름
> 만나려는 심사는 웬 셈일까요
> 그 사람이야 올 길 바이 없는데
> 발길은 누 마중을 가잔 말이냐
> 하늘엔 달오르며 우는 기러기

김소월 「만나려는 심사」

일견 매우 평범하고 단순해 보이는 시상이지만 그러나 이 시의 짜임새를 자세히 살펴보면 결코 그리 단순하게만은 보이지 않는다. 시의 화자는 <올 길 바이 없는> 님을 찾아 저녁해가 지고 난 <어스름의 길>을 방황하고 있다. 여기서 화자의 지향 없고 정처 없는 방황은 바로 <길-어둠>이 암시하고 있는 갈등 구조에서 발생한다. 길은 전망, 열림, 움직임 등의 함의를 지닌 것이지만 어둠은 이와 반대로 무망, 닫힘, 정지 등의 함의를 지닌 것이다. 모순되는 두 의미 체계 사이에서는 지향과 정처가 생길 수 없다. 그것은 이러지도 저러지도 못하는 방황과 고립과 절망의 상황을 암시한다. <발길은 누 마중을 가잔 말이냐>라는 자문은 바로 이와 같이 한 곳을 맴돌고 있는 방황과 갈등 의식을 단적으로 표현한 것이다.

지향할 바를 잃고 맴돌고 있는 화자의 시선과 의식은 그러나 발길보다는 상대적으로 열려 있다. 그 시선과 의식이 포착한 것은 잃어진 구름과 우는 기러기이다. 구름은 짝을 잃은, 즉 짝으로부터 잃어진 구름이고, 또는 그 짝을 찾아가는, 길을 잃은, 즉 길로부터 잃어진 구름이다. 기러기도 역시 그 관형어가 암시하는 대로 짝과 길을 잃은 그것이다. 여기에서 길-어둠을 매개로 하여 화자인 나와, 구름과 기러기가 동가적인 의미항으로 결합되고 있음을 알 수 있다. 그리고 화자의 <어스름의 길>과 구름의 <먼 산의 어두운 길>과 기러기의 <달 오르는 하늘의 길>도 역시 동일한 의미로 묶여진다.

화자는 어스름의 길을 가는 <나-2>와 그것을 바라보는 <나-1>로 분열되어 있다. 나-1의 의식과 시선은 발길과 달리 상하로 이동하면서 멀리 가고 있다. 나-1의 의식과 시선이 확장되고 연장된 지점에 나-2가 있다. 나-2는 의식의 분열이 만든 객관화된 나, 또

는 님을 찾아 길을 떠나는 무의식적 소원이 투영된 자아이고, 나―1
은 현실 원리의 세계에 구속되어 있는 의식적 자아이다. 그런데 이
나―2와 구름과 기러기는 동가적인 의미의 심상으로 합일된다. 즉,
시선의 상향 혹은 의식의 펼침에 따라서 나―2는 구름, 기러기 등으
로 분화되어 펼쳐지고, 또 시선의 하향 혹은 의식의 좁힘에 따라서
기러기는 구름으로, 기러기와 하나가 된 구름은 나―2 속으로 합일되
어 겹쳐진다.

그리고 나―1의 시선의 상향적 이동에 따라서 시적 감정이 고조되
고 있음도 관찰된다. 즉 지상의 평면적 어스름의 길은 더욱 험난하고
궁벽한 먼 산의 어두운 길로 나타나고, 그것은 다시 역설적으로 열려
있음과 동시에 지상으로부터 단절되어 있는 달 오르는 하늘의 길로
뒤바뀌어진다. 시선의 상향적 이동에 따라 어둠은 더욱 짙어지고 절망
은 더욱 커지며 님을 찾아가는 길의 부재는 분명해진다.

열려 있음과 동시에 지상으로부터 단절된 하늘의 길은 길 없음의
절망감을 아주 극적으로 표현하고 있는 대목이다. 그리고 그 절망감
속에 떠 있는 달은, 우는 기러기가 암시하듯이, 또 「예전엔 미처 몰랐
어요」에서 <이제금 저 달이 서름인 줄은> 몰랐다고 말하듯이, <울
음>의 함축적 의미를 표상하는 것으로서 밝음을 나타내기보다는 오
히려 그 절망적인 어둠과 길 없음을 반어적으로 드러내는 역기능을
하고 있는 것이다.

위의 분석에서 알 수 있듯이 나―2, 구름, 기러기 등은 실상 나―1
의 의식의 확장과 시선의 연장 속에 나타난 나―1의 분신일 뿐이다.
여기에서 볼 수 있는 구름, 기러기 등이 바로 자기 일체성을 드러내

고 있는 심상이라고 할 수 있다. 둘이면서 동시에 하나라고 하는 전동성의 구조에서, 시적 상상력은 언제나 전동성의 그 하나를 향하여 초점을 이동하면서 자기 일체성을 발견한다.

(1) 고추잠자리 고추잠자리
　　무슨 보람이 이뤄져 너희 되었음이랴

　　놀 구름 비껴 뜬 석양 하늘에
　　잔잔히 눈부신 마노빛 나래는
　　어느 인류의 쌓은 탑이
　　아리아리 이에 더 설으랴

　　덧없는 목숨이매
　　소망일랑 아예 갖지 않으매
　　요지경같이 요지경같이
　　높게 낮게 불타는 나의

　　─노래여.
　　뉘우침이여.

유치환 「청령가」

(2) 이십 년의 세월이
　　어제 같구나
　　모과수는 여전한 그 모습
　　늙어서 나만이 이 나무 아래서

오늘은 구름을 쳐다보는가
덧없는 세월이여
어제같건만, 젊음은 갈앉고
머리는 반백
반평생 경영이 시구 두어 줄
너를 노래하여 싹튼 <박목월>도
이제 수피(樹皮)가 굳어졌는데…

박목월 「모과수유감」 2, 3 연

(1)의 시는 덧없는 순간적 존재인 고추잠자리를 노래하고 있다. 그런데 3연에서 아주 직설적으로 드러나 있듯이 그것은 어느덧 화자와 일체화되어 표현된다. <놀 구름 비껴 뜬 석양>이라는 유한적 시간 배경을 뒤로 하고 고추잠자리 는 덧없는 목숨의 나와 하나의 자기 일체성으로 융해되고 있다.

(2)에서는 모과수가 자기 일체성을 드러내고 있다. 화자가 자기 자신을 <이제 수피가 굳어졌다>고 표현하고 있듯이 모과수는 화자와 일체가 되어 있다.

위의 분석에서 보는 바와 같이 시적 자아는 한결같이 객체에서 자기 일체성을 발견한다. 이일 분수(理一分殊)의 이치에 따라서, 그리고 형기(形氣)의 다름에 따라서 <구름, 기러기, 고추잠자리, 모과수> 등은 나와 현상적 대립 관계에 있지만, 시적 자아는 같은 이치에 따라서, 그리고 그 형기의 다름을 넘어서 하나로 통일되어 관류하고 있는 이(理)를 직관하여 언제나 자기 일체성을 드러내고자 한다. 시적 자아의 본질은 이와 같이 세계와의 만남을 나와의 만남으로 바꾸어서 경험하는 데에 있다고 볼 수 있다.

시적 자아란 이와 같이 내재된 태극 혹은 이(理)에 의하여 타자를 자기 일체성으로 경험할 뿐만 아니라 모든 대립적 현상을 궁극적인 일자의 생성 과정으로서 경험하는 자아이다. 그러나 시적 자아가 언제나 이와 같은 자기 일체성을 드러내는 것만은 아니다. 현대 시의 경우에 있어서는 오히려 자기 일체성의 부재 혹은 파탄이 더욱 강조되어 나타나고 있다. 다시 말하면 내(〓) 속에 님(--)이 있는 줄을 모르고, 이것과 저것이 상호 생성되는 것인 줄을 모르고 현상적 대립을 대립 관계로만 경험하거나, 아니면 그런 줄 알면서도 대립적 갈등과 파탄의 고통을 더욱 의식적으로 과장하거나 예각적으로 나타내고자 한다. 현실 비판적인 시각의 풍자시가 더욱 그렇다. 그러나 이러한 경우에 있어서도 자기 일체성의 부재와 대립적 갈등의 고통을 표현하는 것이 목적이 아니라 궁극적으로는 자기 일체성을 지향하는 반어적 표현이요 역설적 화법임을 주목해야 한다. 앞에서도 여러 번 이야기한 바 있지만 시적 세계관의 본질은 변함없이 전일성의 지향에 있기 때문이다.

시적 자아가 객관 세계 속에서 자기 일체성을 발견하거나 혹은 경험하는 현상을 지금까지는 서양의 시학적 개념에 따라서 세계의 자아화, 즉 동화assimiliation로 설명하거나, 또는 투사projection와 감정이입empathy 등으로 설명해 왔다. 그러나 이러한 용어가 가리키는 개념은 모두 나와 세계 혹은 주체와 객체가 엄격히 이원적 대립 구조임을 전제한 것이다. 즉 나의 밖에 있는 세계를 나의 내부로 끌어들여 동화하거나, 반대로 나를 세계에 투사하여 보거나 그 구조가 대립적이고 이원적임은 마찬가지이다. 이원적 대립 구조임을 전제하고 있는 한 이 것은 진실이 아니라 하나의 감정적 왜곡이다.

이런 점에서 러스킨이 이것을 감상적 오류pathetic fallacy라고 지적 한 것은 매우 적절한 것이라고 볼 수 있다.[73] 그리고 투사와 같은 의 미로 사용되는 감정 이입은 인식의 작인이 된다는 점에서 자기 일체 성과 비교되는 바가 없지 않지만 역시 대립적 이원 구조를 전제하고 있는 한 진실을 벗어난 감상적 오류임은 마찬가지다.[74]

자기 일체성은 나와 세계가 다르면서도 같다고 하는 전동성으로부

---

73) <감상적 오류>는 러스킨이 한 말인데, 이것은 사물의 참된 모습이 아니라 감정에 의해 왜곡된 사물의 거짓된 모습을 가리키는 것이며, 은근히 저급한 인식이라는 경멸의 뜻이 내포된 개념이다. <러스킨— 그에게는 '진실'이 제일의 미적 기준이었 는데 — 이 사용한 것처럼, 이 용어는 경멸적인 것이었다. 왜냐하면 그것은 '우리에 대한 사물의 진정한 모습'이 아니라 '우리가 정서적 영향이나 정관적 공상에 빠져 있을 때 다가오는 사물의 이상하고 거짓된 모습'에 관한 묘사에 적용되기 때문이 다.>(As used by Ruskin — for whom 'truth' was a primary artistic criterion — the term was derogatory, since it applies to descriptions, not of the 'true appearances of things to us', but of 'the extraordinary, or false appearances, when we are under the influence of emotion, or contemplative fancy.') M. H. Abrams, *A Glossary of Literary Terms*(The Macmillan Company of India Limited, 1979), 121쪽.

74) Alex Preminger, et al., *Princeton Encyclopedia of Poetry and Poetics*(Princeton : Princeton Univ. Press, 1974), 221쪽. <감정 이입은 살아 있거나 살아 있지 않은 대상들 속으로 우리 자신을 투사시키는 것, 또는 그것들과의 동일시이다.……감정 이입은 자연에 대한 우리의 인식의 작인으로서, 그리고 시학과 관련해서는 의인화의 원천으로서, 또는 자연 세계에 인간의 생명, 사고, 느낌을 부여하는 모든 은유의 토대로서 대담하 게 간주되어 왔다.>(Empathy is the projection of ourselves into, or the identification of ourselves with objects either animate or inanimate……Empathy has been boldly conceived as the agent of our knowledge of nature, and in regard to poetics as the source of personification, or as the basis for all metaphor that endows the natural world with human life, thought, and feeling.)

터 비롯되는 개념이다. 이런 까닭에 동화, 투사, 감정 이입 등의 개념에서는 진실과 미의 갈등이 개재되지만 자기 일체성의 개념에서는 그와 같은 어긋남과 갈등이 없다. 전동성의 세계에서는 진실이 곧 미이고, 인생이 곧 예술이 된다.

따라서 전동성의 세계에서 본다면 동화는 <자기 내화(自己內化)>이고, 투사는 <자기 외화(自己外化)>이고, 감정 이입은 <자화 감정(自化感情)>일 뿐이다. 전자는 엄격한 이원적 대립 구조를 전제한 개념이고, 후자는 궁극적인 일여적 구조에서 발생하는 개념이다. 이 자기 내화, 자기 외화, 자화 감정 등이 모두 자기 일체성의 경험을 이루는 것들이다. 바꾸어 말하면 자기 일체성 속에서 세계는 하나의 <외재아(外在我)>가 된다. 이런 의미에서 앞에서 분석해 보인 시의 구름, 기러기, 고추잠자리, 모과수 등은 단순히 투사의 대상이 아니라 자기 외화에 의한 외재아라 할 수 있는 것들이다. 또 이런 의미에서 김소월의 「산유화」에 나오는 새의 심상도, 꽃이라는 중심 상징의 본원성과 전일성을 갈망하는 시적 자아가 한 순간에 직관한 외재아라 할 수 있는 것이다.[75]

전동적인 생성의 세계에서 시적 자아는 외재아를 통하여 우주와 영원으로 무한히 확대되기 마련이다. 그렇게 되면 세계는 무한한 자기 일체성 안에서 영원히 순환하는 모습으로 나타난다. 다음의 시는 이와 같은 우주적 순환을 형상화하고 있다.

한 송이의 국화꽃을 피우기 위해

75) 자기 내화, 자기 외화, 자화 감정, 외재아 등은 자기 일체성의 경험을 좀더 분석적으로 설명하기 위하여 고안한 필자의 용어다.

봄부터 솥작새는
그렇게 울었나 보다.

한 송이의 국화꽃을 피우기 위해
천둥은 먹구름 속에
또 그렇게 울었나 보다.

그립고 아쉬움에 가슴 조이던
머언 먼 젊음의 뒤안길에서
인제는 돌아와 거울 앞에 선
내 누님같이 생긴 꽃이여

노오란 네 꽃잎이 필라고
간밤엔 무서리가 저리 내리고
내게는 잠이 오지 않았나 보다.

서정주 「국화옆에서」

　위의 시는 자기 일체성 안에서 우주가 영원히 순환하고 있는 모습
을 경험적 심상들을 통해 그려 내고 있다. 솥작새, 천둥, 무서리, 불면
의 화자 등은 국화꽃을 중심으로 생성하고 순환한다. 좀더 정확히 말
한다면 생성하고 순환하는 우주적 영원 회귀의 운동 자체가 바로 상
징적인 한 송이의 국화꽃이라고 할 수 있다.
　영원 회귀와 생성의 중심에 놓여 있는 꽃, 그리고 자기 일체성의
중심에 놓여 있는 꽃, 그것은 바로 우주 자체요, 태극의 상징이요, 시
적 자아의 상징이다. 시적 자아는 언제나 전일성을 지향하기 때문이

다. 이런 점에서 이 시는 시적 자아가 다름 아닌 우주적 자아임을 보여주는 예라 하겠다.

4. 전언어적 요해

4.1 언어와 현관

만유는 하나의 태극에 의해서 관통되고 방통되면서 역설적인 전동성의 구조를 갖게 되었고, 둘이면서 하나라고 하는 전동성의 역설에서 그 둘을 전제하고 있는 하나, 즉 태극에 초점이 모아지면서 자기 일체성이 비롯하게 되는 것이므로 자기 일체성 자체가 본질적으로 하나의 역설일 수밖에 없다고 말한 바 있다. 다시 말하면 실재 세계(實在 世界)는 역설적인 전동성의 구조를 가지고 있고, 자기 일체성은 그와 같은 실재 세계의 구조로부터 필연적으로 발생하게 되는 것이다.[76]

그런데 전동성과 자기 일체성을 드러내면서 생성하고 있는 실재 세계는 일상적 현실 세계와 서로 괴리되어 있고 어긋나 있다. 왜냐하면 일상적 현실 혹은 의식(意識)은 언어의 의미체계와 그 논리를 바탕으로 하고 있기 때문이다. 즉 존재와 의미의 어긋남이고 생성과 논리의

---

76) 이 글에서 실재라는 용어는 서양 철학의 존재론적 의미가 아니라 생성론적 의미로 쓰는 것이다. 뒤에 현실의 의미에 대하여 이야기하겠지만, 실재란 주관과 객관의 분화를 형성하게 되는 자아가 의미를 통하여 파악하는 일상적 현실이 아니라, 주객 합일의 경지에서 체험되는 진정한 현실, 즉 전동성의 구조를 지닌 실상(實相)의 뜻이다.

갈등이다. 바로 여기에서 자기 일체성이 빚어내는 시적 인식의 몇 가지 특이한 양상이 발생하게 된다. 그것은, 첫째는 시적 인식에 있어서 실재에 대한 전언어적(前言語的) 요해(了解)의 감각이고, 둘째는 이 요해감과 관련된, 언어 혹은 의미의 거부와 수용이라는 일종의 언어의 해석학적 역설의 문제다.[77]

실재에 대한 전언어적 요해감은 사물을 직관하는 한 순간 그 사물들이 뒤집어쓰고 있던 일상적 상투적 모습이 벗겨지면서 그것들이 갑자기 <낯선 모습>으로 나타날 때 발생한다. 그러나 그것이 단지 비일상적인 낯선 모습일 뿐이라면 그것은 새로운 감각적 형상의 발견에 불과하고, 러시아 형식주의자들이 말하는 이른바 <낯설게 하기>라는 시적 기법의 한 과정에 지나지 않는다. 그러나 요해감에서 발생하는 그것은 낯선 모습이면서 동시에 낯익은 모습이라는 데에 그 특징이 있다.

사물의 낯선 모습은 일종의 신선한 경이감을 수반하기 마련인데, 그 경이감 속에서 직관의 주체는 낯선 모습이 낯선 것만이 아니라 이미 그것을 본래부터 명징하게 알고 있었다는 신비한 느낌을 아주 강렬하게 자각하게 된다. 이것이 바로 세계와의 만남이 나와의 만남으로 되는, 즉 외부의 사물이 내면의 심상으로 투명하게 인식되는 순간이

---

77) <요해>는 필자가 의도하는 한정된 개념을 나타내기 위하여 채택한 용어다. 자기 일체성 때문에 세계와의 만남은 곧 나와의 만남이 되는데, 여기에서 실재 세계에 대한 직관적 이해가 이루어진다. 그 이해는 유기적이고 내적인 관련에서 이루어지는 것이므로 전체적이며, 실재 세계에 대한 직접성을 띠고 있으며, 실재 세계에 대한 선험적 이해의 신비감을 수반하게 된다. 그것은 실재와 하나로 융합되어 있어서 본질적으로 전언어적이다. 요해는 바로 이와 같이 자기 일체성에서 비롯되는 실재 세계에 대한 직관적 이해의 함축성을 뜻한다. 요해, 요해감, 요해성 등으로 쓰인다.

고, 실재 세계에 대한 요해가 이루어지는 순간이다. 바꾸어 말해서 직관하는 순간 세계가 일상성을 탈각하여 그 현묘한 전동성을 내보이면서 자기 일체성을 이룩하는 것이라고 할 수 있다. 그러므로 요해성은 주객 합일의 순간에 이루어지는 실재 세계에 대한 경험의 직접성이다. 따라서 요해성은 실재와 하나로 융합되어 있으므로 또한 전언어적이라고 말할 수밖에 없는 것이다.

김시습은 이와 같은 전언어적 요해성을 다음과 같이 이야기하고 있다.

객은 <시는 가히 배울 수 있다>고 말한다. 나는 이에 대답한다. <능히 전할 수는 없노라. 다만 그 묘한 곳(妙處)을 볼 따름이다. 성(聲)과 연(聯)이 있느냐고 묻지 마라. 산은 고요한데 들은 구름이 걷히고, 강은 맑은데 하늘에는 달이 오른다. 이 때 만일 뜻을 얻는다면 나의 시구에서 선(仙)을 찾아라.>

객은 <시는 가히 배울 수 있다>고 말한다. 나는 말한다. <시법은 찬 샘물과 같도다. 돌에 부딪쳐 우는 소리가 많고, 못에 차면 고요하니 시끄럽지 않도다. 굴원과 장자는 강개함이 많았으며, 위진은 점점 얽히고 어지러웠다. 심상한 격이야 선뜻 끊을 수 있어도 현묘한 곳(玄關)은 쉽게 말할 수 없도다.>[78]

---

78) 김시습, 『매월당전집』(성대 대동문화연구원 영인, 1973), 110-111쪽. <客言詩可學 余對不能傳 但看其妙處 莫問有聲聯 山靜雲收野 江澄月上天 此時如得旨 探我句中仙.> <客言詩可學 詩法似寒泉 觸石多鳴咽 盈潭靜不喧 屈莊多慷慨 魏晉漸拏煩 勸斷尋常格 玄關未易言.>

위의 인용문에서 객은, <시는 가히 배울 수 있다>고 말하고, 김시습은 거기에 대해서 <능히 전할 수 없노라>라고 말한다. 이 문맥으로 미루어 본다면, 배운다는 것은 무엇인가 말로 전할 수 있을 때 성립될 수 있다는 뜻이다. 따라서 객은 시의 언어적 인식의 측면을 강조하고 있고, 김시습은 직관에 의한 실재 세계의 경험, 즉 전언어적 요해성을 중시하고 있다. 김시습이 능히 전할 수 없다고 말한 까닭은 시의 시다운 본질이 언어화 혹은 의미화를 거부하는 실재 세계에 대한 요해성을 드러내는 데에 있다고 믿고 있기 때문이다.

시 속에서 실재 세계에 대한 요해성이 드러나 있는 곳을 김시습은 인용문에서 보는 바와 같이 묘처, 선(仙), 현관(玄關) 등으로 말하고 있다. 묘, 현, 선 등은 모두 도를 가리키는 말이다. 즉 도가 드러난 곳, 다시 말하면 실재 세계에 대한 요해성이 나타나 있는 곳이 바로 현관(玄關)이다.

이미 이야기한 바와 같이 전언어적 요해성은 주객 합일의 순간에 이루어진다. 주객 합일은 심여물명(心與物冥)의 상태다. 마음과 실재가 하나로 접합되고, 의식과 사물이 하나가 되어 양자의 경계가 현묘한 어둠 속으로 무너져 버린 자리, 바로 그 오묘한 접합점이 현관이다. 따라서 현관의 저쪽은 대상적 세계이고 현관의 이쪽은 주체적 의식이기 때문에 요해성은 순수한 의식도 아니고 순수한 물질도 아니다. 그것을 군이 표현한다면 의식적 물질이면서 동시에 물질적 의식이라고밖에 할 수 없을 것이다. 그것 역시 또 하나의 역설이다. 그것이 존재 차원만도 아니고 의미 차원만도 아닌 역설이기 때문에 전언어적일 수밖에 없다.

현관은 전언어적이다. 김시습의 말과 같이 <다만 그 오묘한 곳을 볼 따름>이다. 현관을 통해서 우리는 비로소 실재 세계를 요해할 수 있다. 그러나 한편으로 김시습은 <현묘한 곳은 쉽게 말할 수 없다>고 하면서도 자신의 시구 속에서 <선(仙)을 찾아라> 라고 말하고 있다. 이 말의 뜻은 의미화되지 않는 현관이 시의 언술 구조 혹은 의미 구조를 통해서 드러나 있다는 말이다.

전언어적인 현관이 어떻게 언어를 통해서 드러날 수 있다는 말인가. 이것은 엄밀히 말해서 언어의 의미가 완전하지 않다는 사실, 즉 비어있음을 전제하지 않으면 성립되지 않는 말이다. 바꾸어 말하면 의미는 그 자체 안에 무의미의 틈을 지니고 있을 뿐만 아니라 의미와 의미 사이에도 무의미의 틈이 있다는 말이다. 이와 같은 현상은 언어가 차이와 변별의 상대적 순환에 의해 의미를 갖는다는 말과 무관하지 않다. 이 무의미의 어둡고 깊은 틈이 존재하기 때문에 의미화되지 않는 현관이 의미를 통해서 드러날 수 있는 것이다. 의미가 지닌 무의미의 틈을 통해서 우리는 비로소 깊고 어두운 현관을 들여다 본다.

언어의 의미와 무의미의 관계, 또는 현관과의 관계는 앞에서 설명한 바 있는 흰 바탕과 그림과의 관계와 같다고 할 수 있다. 흰 바탕이 여러 가지 형상에 대비되어 자신의 무한한 가능태를 드러내듯이, 형상이 자신의 존재 근거로서 흰 바탕을 지니고 있듯이, 현관은 여러 가지 의미의 틈을 통해서 의미화될 수 없는 자신의 모습을 드러내고, 의미는 오히려 무의미에 의해서 겨우 지탱되고 있다. 따라서 김시습이 <현묘한 곳은 쉽게 말할 수 없다>고 말할 때, 시는 본질적으로 현관을 드러내야 하는 것이며, 현관을 표현하고자 하는 한 시의 언어는 의미의 틈, 즉 무의미를 지향해야 하는 것임을 그는 매우 간명하게 표현하고 있는 것이다. 이런 점에서 시의 언어는 무의미의 바다에 간신히 떠있는 부표와 같다. 시인은 현관을 드러내기 위해서 의미의 틈을 될 수 있는 대로 극대화하지 않으면 안된다.

현관 혹은 전언어적 요해성과 언어적 의미의 관계를 좀더 살펴보기 위해서 장자와 혜시(惠施)의 대화를 들어보자.

> 장자 : 피라미가 조용히 나와 놀고 있으니 물고기의 즐거움이라.
> 혜자 : 그대는 물고기가 아닌데 어떻게 물고기의 즐거움을 아는가?
> 장자 : 그대는 내가 아닌데 어떻게 내가 물고기의 즐거움을 알지 못하는 것을 아는가?
> 혜자 : 나는 그대가 아니니 물론 그대를 알지 못하고, 그대도 물고기가 아니니 그대가 물고기의 즐거움을 알지 못하는 것은 당연하다.
> 장자 : 우리 근본으로 돌아가자. 그대가 나보고 <어떻게 물고기의 즐거움을 아느냐?>고 말한 것은 이미 내가 그것을 알고 있음을 그대가 알고 물어본 것이다. 나는 물고기의 즐거움을 호수(濠水) 위에서 알았다.[79]

위의 대화를 자세히 보면 혜자는 주관과 객관을 엄격히 분별하고 있다. 그리고 그러한 태도는 언어적 의미에 의한 분석적 인식으로 이

---

79) 『장자』, 「추수」. <莊子與惠子遊於濠梁之上 莊子曰 儵魚出游從容 是魚樂也 惠子曰 子非魚 安知魚之樂 莊子曰 子非我 安知我不知魚之樂 惠子曰 我非子 固不之子矣 子固非魚也 子之不知魚之樂全矣 莊子曰 請循其本 子曰 女安知魚樂云者 旣已知吾知之 而問我 我知之濠上也.>

어지고 있음을 알 수 있다. 즉, <나는 그대가 아니니 물론 그대를 알지 못하고, 그대도 물고기가 아니니 물고기의 즐거움을 알지 못하는 것은 당연하다>고 말할 때, 혜자는 <나-그대>, <그대-물고기> 등의 구별에서 보는 바와 같이 주객관을 분리하고 이것과 저것의 차이성을 강조한다.

분리되어 있는 주객관의 거리에서 언어는 비롯되고, 실재에 대한 언어의 간접성이 만든 공시적 구조내의 차이에 의해서 기호론적 언어의 의미는 작동하는 것이다. 엄격한 의미의 차이를 전제하고서야 언어의 논리는 성립된다. 혜자의 말과 같이 언어적 의미의 논리에만 의지한다면 끝내 세계는 추상적인 개념 외에 아무것도 아니게 되고 만다. 그것이 추상적 개념, 즉 뛰어넘을 수 없는 차이성에 의하여 분별되는 의미로 남아있는 한 우리에게 그것은 불가지의 그 무엇일 수밖에 없다.

그러나 혜자와 달리 장자는 <근본으로 돌아가자(請循其本)>라고 말한다. 여기에서 근본으로 돌아가자고 할 때의 그 순본(循本)은 순환적 생성의 근본으로 돌아가자는 말이다. 즉 언어의 의미를 떠나서 실재의 세계 혹은 도의 세계로 돌아가자는 뜻이다. 그렇게 되면 이것과 저것은 서로 다르면서 동시에 같다고 하는 전동성의 세계로 들어가게 되고, 전동성을 직관하게 되면 주관과 객관은 자기 일체성에 의해 합일되고 만다. 즉 세계와의 만남이 나와의 만남이 되고, 바로 거기에서 이른바 요해가 이루어지게 된다. 그래서 장자는 거두 절미하고 <나는 물고기의 즐거움을 호수 위에서 알았다>고 간명하게 언급할 뿐이다.[80]

---

80) 요해는 하나의 태극, 즉 만물에 내재한 하나의 이(理)를 전제하고서 성립되는 격물치지(格物致知)의 이치와 결국 같다고 할 수 있다. 그래서 맹자는 <만물이 모두

다음 공손용자의 유명한 말은 실재의 세계와 언어적 의미의 세계가 얼마나 극단적으로 분리되어 왜곡될 수 있는가 하는 것을 잘 보여주는 예라 하겠다.

　　흰 말은 말이 아니다.……말이라는 것은 형(形)을 명명한 것이요, <희다>고 하는 것은 색을 명명한 것이다. 색을 명명한 것은 형을 명명한 것이 아니다. 그러므로 흰 말은 말이 아니다.[81]

　　굳고 흰 돌을 셋이라고 할 수 있는가. 할 수 없다. 둘이라고 할 수 있는가. 할 수 있다. 어째서 그러한가. 굳다는 데에서 흰 것을 얻을 수 없으니 그 든 것이 둘이요, 흰 것에서 굳은 것을 얻을 수 없으니 그

내 안에 갖추어져 있다(萬物皆備於我矣)>라고 말한다. 그런데 이것은 얼른 보아서 현상학적 해석학의 의미와 전이해가 구성하는 이른바 구성 이론(構成理論)과 비교된다고 볼 수도 있을 듯하다. 후설이 말하는 <어떤 것에 관한 의식>이라는 지향적 경험은 언제나 <어떤 것으로서의 어떤 것에 관해 통각하는 것>을 뜻하는데, 그때 대상은 어떤 것이란 의미로 통각되기 마련이다. 그래서 하이데거도 존재는 언제나 <어떤 것으로서의 존재>라는 의미에서 사전에 이해되어 있다고 말한다. 그러나 이러한 구성 이론에서는 인간이 사물의 존재에게 <어떤 것>으로 의미를 부여하는 것이라고 하이데거가 말하고 있는 바와 같이, 그 어떤 것에 부여된 의미와 물자체(物自體)가 반드시 일치한다는 믿음은 전제되지 않는다. 또 한 걸음 나아가서 그가 <현존재가 없다면 거기에 따르는 진리도 없다>고 말한 것처럼 의미의 부여는 일방적이기도 하다. 그러나 이와 달리 요해성은 어떤 것이라는 의미 이전에 이일분수(理一分殊)의 이(理)에 의하여 주객 합일이 되고, 합일이 되는 순간에 이루어지는 현관에 대한 직접적인 체험 자체를 뜻한다. 그 체험에는 명징한 그리고 신비한 요해감이 따르지만 그 요해성은 전언어적이어서 결코 의미화되지 않는다. 그것은 다만 의미의 틈을 통해서 다시 체험될 뿐이다. 이 점이 구성 이론과 근본적으로 다른 점이라 할 수 있다. 알뷔 디이머, 『철학적해석학』, 백승균 역(경문사, 1982), 90-98쪽 참조.

81) 『공손용자』 권 상. <白馬非馬……馬者 所以命形也 白者 所以命色也 命色者 非命形也. 故曰白馬非馬.>

든 것이 둘이다. 볼 때는 그 굳은 것을 얻지 못하고 흰 것을 얻으니 굳은 것이 없는 것이요, 만질 때는 그 흰 것을 얻지 못하고 그 굳은 것을 얻으니 그 굳은 것을 얻는 데에 흰 것은 없다.……그 흰 것도 얻고 그 굳은 것도 얻는 것은 보는 것과 보지 않는 것이다. 보는 것과 보지 않는 것은 분리되어 그 하나하나가 서로 차(盈) 있지 않다. 그러므로 분리되어 있다.[82]

위의 인용문에서 공손용자는 실재의 세계와 언어의 관계를 말하고 있는 것이 아니다. 그는 실재에 관해서 아무 관심이 없다. 그는 오로지 언어의 기호론적 의미의 분석에 관심이 있을 뿐이다. 기호론에서 언어의 의미는 오직 차이성에 의해서 성립한다. 한 기의(記意)는 다른 기의와의 차이에 의해서 구조적 의미를 갖게 될 뿐이지 그것이 언어 바깥의 무엇을 지시하기 때문에 고유한 의미를 갖게 되는 것이 아니다. 언어의 논리는 차이성의 논리이고, 차이성의 논리인 만큼 그것은 속이 비어있는 틀과 같이 닫혀 있다.

이와 같은 언어의 의미와 논리에만 의지한다면 공손용자의 말과 같이 <흰 말>이라는 종개념은 말이라는 유개념과 엄격히 다르고, <굳고 흰 돌>은 <굳은 돌>과 <흰 돌> 둘일 뿐이다. 기호론적 의미는 닫혀 있기 때문에 색은 형을 받아들일 수 없고 형도 색을 받아들일 수 없으며, 굳은 것은 흰 것을 받아들일 수 없고 흰 것도 흰 것일 뿐 흰 것 속에 굳은 것을 받아들일 수 없다.

---

82) 위의 책, 권 하. <堅白石三 可乎 曰不可 曰二可乎 曰可 曰何哉 曰無堅得白 其擧也 二 無白得堅 其擧也二 視不得其所堅 而得其所白者 無堅也 拊不得其所白 而得其 所堅 得其堅也 無白也……得其白 得其堅 見與不見 見與不見離 一一不相盈故 離.>

공손용자의 말대로 제각기 분리된 언어의 의미는 불상영(不相盈)이 된다. 불상영이란 언어의 의미가 분리되면 분리되는 만큼 각각의 의미는 스스로 충족되어 있지 못하고 오히려 분리되어 떨어져 나간 만큼 서로 비어 있다는 뜻이다. 다시 말해서 <희다>는 개념 속에는 굳다, 돌 등의 개념이 없는 만큼 비어 있고, <굳다>라는 개념은 희다, 돌 등의 개념이 없는 만큼 비어 있고, <돌>이란 개념 속에는 희다, 굳다라는 개념이 없는 만큼 비어 있다. 이 말을 좀더 밀고 나간다면 하나의 의미는 모든 다른 의미를 향하여 크게 비어있다고 할 수 있을 것이다. 언어의 의미가 차이성을 바탕으로 해서 엄밀해지면 엄밀해질수록 그 엄밀함 때문에 오히려 각각의 의미가 점점 더 비게 될 수밖에 없다고 하는 것은 하나의 역설이 아닐 수 없다.

언어의 의미가 불상영이라고 하는 사실은 모든 의미가 비어 있는 틈, 즉 무의미를 본질적으로 지니고 있음을 뜻한다. 무의미는 의미화의 바탕이다. 하나의 의미는 모든 다른 의미를 생성시킬 만한 빈 곳, 즉 텅 빈 무의미의 빈 터를 지니고 있다. 좀더 극적으로 표현하자면 의미는 무의미를 알려주는 표지로서 겨우 존재하고 있다.

그런데 언어의 의미가 불상영일 수밖에 없고, 불상영일 수밖에 없는 만큼 그것이 무의미라는 빈 틈을 지니고 있다는 사실은 실재의 세계에 비추어 보고 나서야 비로소 알 수 있는 것이다. 공손용자의 말대로 굳고 흰 돌은 언어의 논리를 분석적으로 밀고 나가면 존재할 수가 없다. 그러나 실재의 세계는 굳으면서 동시에 흰 것만이 아니라 크면서 동시에 작고 멀면서 동시에 가까운 것이 얼마든지 있다. 그래서 언어의 기호론적 의미를 극단적으로 밀고 나가던 공손용자도 언어가 지닌 불상영의 본질을 말함으로써 엄밀한 분석적 태도와는 달리 결국 실재의 세계와 의미의 관계가 지닌 역설을 극명하게 보여주고 있다.

이제 김시습이 현관을 말하면서 왜 서로 모순되는 듯한 이야기를 조심스럽게 병치하고 있는가 하는 것이 자명해졌다. 그는 처음에 <능히 전할 수 없노라. 다만 그 묘한 곳을 볼 따름이요>라고 말했다. 다만 볼 따름이라는 말은 직접적인 체험을 뜻한다. 현관은 체험할 뿐이라는 것이다. 그것은 언어의 의미와 논리에 의해서는 전달이 될 수 없는 것이다.

그런데 바로 뒤에서 그는 <현묘한 곳은 쉽게 말할 수 없노라> 라고 말하기도 하고, <나의 시구에서 선(仙)을 찾아라> 라고 말하고 있다. 이 말은 현관을 언어로 드러내기는 쉬운 일이 아니지만 어떻든 가능하다는 말이다. <선을 찾아라>에서 찾다라는 동사는 언어적 의미의 이해를 가리키는 것이 아니라 직접적인 체험을 가리키는 말이다. 곧 언어의 의미에 의해서 드러나는 것이 아니라 의미의 빈 틈을 통해서 드러나는 현관을 체험하라는 뜻이다.

의미의 빈 틈, 즉 그 깊고 어두운 무의미를 통해서 우리는 현관을 체험한다. 현관에서 실재 세계는 나의 내부에 존재하는 명징한 심상이 된다. 바로 그 체험이 전언어적 요해감이다. 시는 가히 배울 수 있다고 말하는 객에게 김시습이 강조하고 있는 것은 바로 이러한 현관의 체험이다. 그의 주장대로 말하자면 시는 의미로 말하는 것이 아니라 무의미를 통하여 체험이 드러날 수 있도록 방법론적으로 의미를 이용하는 화법일 뿐이다.

현관의 체험을 위한 시적 전략, 즉 의미를 이용하여 무의미를 활성화하고 그 활성화된 무의미를 통해서 현관을 체험할 수 있도록 하는 시적 방법은 오직 직관과 상상력의 힘, 그리고 표현의 기법에 따라 다양하게 나타나지만, 좀더 적극적인 방법이라 할 수 있는 것은 대략 다음과 같은 세 가지 양상으로 나타난다고 할 수 있다.

첫째, 엄격히 주관적 시점과 설명을 배제하고 객관적 묘사를 통하여 실재에 접근하려고 한다.

둘째, 화자의 의미화 작용이 주로 간여하는 문장의 술부를 최대한 생략하여 직관적인 실재성의 전달을 꾀한다.

셋째, 언어의 의미와 논리를 적극적으로 왜곡하고 파괴하여 의미가 지닌 무의미의 빈 틈을 극대화한다.

4.2 객관적 묘사

현관은 심여물명(心與物冥)이 가리키는 바와 같이 심(心)과 물(物)이 하나로 접합되는 지점, 그 깊고 어둡고 현묘한 자리를 말한다. 그러므로 그것은 이미 물(物)만도 아니고 심(心)만도 아니다. 그것이 이미 물만도 아니고 심만도 아니기 때문에 그것을 통하여 물은 심으로 능히 드러날 수 있고, 또한 그것을 통하여 심은 물의 실상을 능히 볼 수 있다. 바로 여기에서 실재 세계는 나의 내부에 있는 명징한 심상이 될 수 있는 것이다.

근원적으로 나와의 만남이 생성한 이 내부의 명징한 심상은 이미 객관도 아니고 주관도 아니다. 그것은 주관의 내부로 이주한 객관이고 객관이 낳은 주관이다. 이렇게 되면 본질적으로 의미화될 수 없는 실재 세계가 어떤 방식으로거나 간에 의미와 교섭할 수 있는 길이 열린다. 왜냐하면 실재 세계가 이미 의식 안에 들어와 있고 의식의 움직임이 바로 의미화의 운동이기 때문이다.

그러나 앞에서도 여러 번 강조했지만 실재 세계는 의미와 차원이 다르다. 따라서 그것을 조금도 왜곡함 없이 나타내기 위해서는 무엇보다도 먼저 주관적 의식의 움직임, 즉 의미화의 운동을 극도로 억제해야만 한다. 이것이 바로 이른바 객관적 묘사라 부르는 것이다. 객관적 묘사가 이루어지면 언어의 구조주의적 혹은 기호론적 의미는 점차 축소되고 불상영으로서의 언어적 의미가 본질적으로 지니고 있는 무의미의 빈 틈이 확대되고 활성화된다. 무의미의 빈 틈을 통해서 실재가 훼손되지 않은 채 나타날 수 있고 그 빈 터에서 상상력이 놀 수 있다. 이 경우에 의미는 무의미의 빈 터를 알려주는 표지에 불과하다.

언어적 의미가 서로 충족된 상영(相盈)의 구조라면 의미화되지 않는 실재가 의미를 통해서 절대로 드러날 수는 없는 일이다. 그러나 의미는 저보다 더욱 큰 무의미의 빈 터를 지니고 있는 불상영의 구조로 존재한다. 불상영의 의미 구조라는 빈 터를 지니고 있기 때문에 하나의 의미는 그 비어있는 의미 공간에 동시적으로 여러 가지 다른 의미들을 함축할 수도 있고 상징적 의미를 생성할 수도 있다. 비어있는 의미 공간을 지니지 않은 상영의 구조라면 하나의 의미가 동시에 다른 의미들을 함축할 수는 없는 일이다.

비유적으로 말하자면 불상영의 구조는 골조만 세워진 건물 구조와 같다. 골조는 의미 자체라 할 수 있고 골조 내부의 빈 공간과 골조의 빈 틈을 통해 하나로 이어진 골조 밖의 빈 공간은 의미화의 바탕이 되는 무의미라 할 수 있다. 이 무의미의 빈 공간에 실재 세계의 풍요로운 구체성이 흘러 들어와 자리 잡는다. 의미의 골조는 그 풍요로운 구체성, 즉 세계의 살에 의하여 최종적으로 가치 부여될 수 있는 잠재태(潛在態)로 존재한다. 그리고 상상력은 무의미의 빈 공간에서 세계의 살과 더불어 피어나고 움직인다. 의미 자체는 상상의 힘과 본질적으로 아무 관계가 없다. 무의미의 빈 공간이 있기 때문에 실재 세계와 상상력은 함께 움직일 수 있고 자유스럽게 숨을 쉴 수 있다.

객관적 묘사란 의미의 빈 터를 활성화하여 실재 세계와 상상력이 천연의 모습으로 움직이고 숨쉬게 하는 기법이다. 객관적 묘사에서 볼 수 있는 이러한 의미의 표지 기능이 이른바 언어의 존재론적 특성, 즉 언어의 지시성을 이루는 것이다. 그러므로 언어의 지시성은 의미 자체가 지니고 있는 것이라기보다 차라리 의미가 지니고 있는 무의미의 힘이라고 보아야 할 것이다. 무의미가 없다면 의미는 아무 쓸모가 없다. 이것은 마치 수레바퀴가 수레바퀴로 쓸모가 있는 것은 바퀴살이 자리 잡을 수 있는 빈 공간을 가지고 있기 때문이고, 질그릇이 그릇으로 쓸모가 있는 것은 질그릇 속에 텅 빈 무의 공간이 있기 때문이라는 노자의 말과 같은 이치다.

주관적 의미화의 움직임을 최대한으로 억제하는 객관적 묘사에 의해서 시에 드러난 풍경이나 사물이 어떻게 요해성의 신비감을 자아내고 있는지 다음의 시를 살펴보자.

해ㅅ살 피여

이윽한 후,
머흘 머흘
골을 옮기는 구름.

길경(桔梗) 꽃봉오리
흔들려 씻기우고

차돌부리
촉촉 죽순 돋듯.

물소리에
이가 시리다.

앉음새 갈히여
양지 쪽에 쪼그리고,

서러운 새 되어
흰 밥알을 쫏다.

정지용 「조찬」[83]

이 시는 멀리 있는 원경으로부터 점차 가까이 있는 대상으로 시점
을 옮기다가 마지막에 화자 자신의 모습을 묘사하는 것으로 끝나고
있다. 1연과 2연은 수직적 공간의 원경을, 3연과 4연은 수평적 공간

---

83) 『정지용전집』(민음사, 1991)을 사용한다.

의 근경을 아주 예각적으로 간명하게 점묘한다. 그리고 그 원경과 근경의 씻은 듯 선명한 심상을 5연의 비유적인 공감각을 통하여 요약하고 강조한다. 6연과 7연은 앞에서 보여준 여러 대상들과 동일한 존재 차원 위에서 새가 되어 있는 화자의 모습, 즉 장자의 용어로 말하면 물화(物化)되어 있는 화자의 모습이 역시 한 점 그늘도 없이 선명하게 그려져 있다.[84]

이 시가 보여주고 있는 대상들의 예각적인 선명함은 우선 무엇보다도 엄격한 객관적 묘사 위에서 가능한 것이다. 여기에는 어떠한 인간적 판단의 서술도 개입되어 있지 않다. 또한 새를 꾸며주고 있는 <서러운>이라는 관형어를 제외한다면 어디에서도 인간적 애증이나 감정의 낌새를 찾아볼 수가 없다. 다시 말해서 철저히 주관이 배제되어 있는 셈이다. <존재는 서술이 아니다>라는 철학적 명제를 떠올리게 할 만큼 이 시는 주관을 배제하고, 주관을 배제한 만큼 인간적 의미나 가치의 차원을 벗어나서 실재 세계를 가감 없이 드러내주고 있다.

주관을 벗어난다는 것은 무엇을 의미하는 것인가. 주관을 벗어남이란, 주관이 인간적 의미지향과 가치 지향으로 이루어져 있다는 점에서, 일차적으로 순연한 무분별의 세계, 즉 본래적인 존재 차원으로 진입함을 뜻한다고 볼 수 있다. 이 시에서 화자가 <새>로 물화되어 나타난 것이 바로 그러한 예증이다. 이런 의미에서 이 작품은 여러 대상들을 묘사하고 있지만, 사실은 차별 없는 하나의 현묘한 세계, 혹은

---

84) 『장자』, 「제물론」. <장주가 꿈에 나비가 되었던 것인지, 나비가 꿈에 장주가 되어 있는 것인지 알수가 없다. 장주와 나비라고 하니 반드시 분별은 있다. 이것을 물화(物化)라 한다.>(不知周之夢爲胡蝶與 胡蝶之夢爲周與 周與胡蝶 則必有分矣 此之謂物化.) 여기 보이는 바와 같이 물화란 상아(喪我)를 통한 주객 합일의 현묘함을 뜻하는 말이다.

순일한 자연의 근원적 전체성을 보여주고 있는 셈이다.

이 시의 각 연은 쉼표나 마침표에 의해서 모두 단절되어 있다. 그 단절된 여백의 공간은 인간적 의미 지향의 서술들이 말끔히 증발되어 버린 자리다. 2행 1연의 간결한 시 형식이 이 여백의 공간을 극대화하고 있다는 점에서, 그리고 점묘된 대상들은 기실 순일한 하나의 존재 차원에 불과하다는 점에서, 이 시가 보여주고자 한 것은 존재가 아니라, 역설적으로 그 존재들을 섬처럼 떠올리고 있는 무한한 공간의 전체성이 아닌가 하는 느낌을 준다.

차별되는 여러 대상들임에도 불구하고 그것들이 차별 없는 하나의 근원적 존재를 암시한다고 할 때, 차별이 있음 혹은 감각적 존재와 의미를 지시한다는 점에서, 그 하나의 근원적 존재란 없음이고 무의미이며, 노장의 용어로 말한다면 무(無), 일(一), 현(玄) 등에 불과하다. 이런 점에서 위의 시가 보여주고 있는 극대화된 여백의 공간은 이 시를 읽는 데 있어서 놓칠 수 없는 핵심이다.

이러한 시 읽기를 전제하고 다시 위의 시를 분석해 보자. 1연은 햇살, 2연은 구름, 3연은 꽃봉오리, 4연은 차돌, 5연은 물소리, 6연과 7연은 화자 등을 묘사하고 있다. 그리고 각 대상의 속성이나 본질은 모두 이항 대립적인 가변성 위에서 조명되고 있다. 그 가변성의 이항 대립은 대개 다음과 같이 요약된다. <피다 / 지다(햇살), 머물다 / 옮기다(구름), 고정되어 불변하다 / 흔들려 변하다(꽃봉오리), 돋듯 살아나다 / 없는 듯 죽어 있다(차돌), 시리고 선명하고 가깝다 / 아주 불명하고 멀다(물소리), 밥알을 쫓다 / 밥알을 쫓지 않다(화자)>.

위의 이항 대립은 의미론적으로 결국은 삶과 죽음, 존재와 부재, 유와 무, 의미와 무의미 등으로 요약될 수 있는 것들이다. 이러한 가변성의 이항 대립 위에서 여러 대상들은 겨우 자신의 존재성을 지탱하고 있다. 그러나 거듭되는 말이지만, 작품 전체가 드러내고 있는 극대화된 여백의 공간과 하나의 근원적 존재에 대한 암시 때문에 그 가변성 속의 존재와 의미는 차라리 부재와 무의미라고 불러야 옳을 듯하다. 따라서 이 작품이 보여주고 있는 실재 세계의 선명함과 명징성은 역설적이게도 부재와 무의 공간, 혹은 무의미를 드러냄으로써 비로소 성취된 것이라 볼 수 있다.

비 바람이 휘청거린다.
매우 거세이다.
간혹 보이던
논두락 매던 사람이 멀다.

산마루에 우산
받고 지나가는 사람이
느리다.

무엇인지 모르게
평화를 가져다 준다.

머지 않아 원두막이
비게 되었다.

김종삼 「원두막」[85)]

이 시가 말하고 있는 것은 무엇일까. 언어의 의미만을 축자적으로 따라간다면 우리는 적이 실망하지 않을 수 없다. 아무것도 이야기하는 것이 없고 주목할 만한 의미도 찾아볼 수 없기 때문이다. 지극히 평범하고, 그래서 무심히 지나쳐버릴 만한 한 조각의 원경이 다만 객관적 선묘(線描)에 의해서 말끔히 드러나 있을 뿐이다. 대개의 선묘가 그렇듯이 이 시도 검은 글자가 의미하는 것보다도 아무것도 의미하지 않는 여백의 공간이 압도적으로 확대되어 다가온다.

그렇다. 앞에서 이야기한 바와 같이 이 시는 의미의 표지를 징검다리 삼아 빈 여백의 공간에 흘러 들어와 자리 잡은 실재 세계의 어떤 풍경을 체험하도록 한다. 이 시는 검은 글자를 읽기만 하면 그야말로 무의미하다. 검은 글자를 징검다리 삼아 걸어가면서 저 멀리까지 보이는 깊고 넓은 여백에 눈을 주고 바라보지 않으면 안된다. 이윽고 그 여백에 선명하게 생동하는 하나의 풍경이 나타난다. 그러나 그 풍경은 선명함과 동시에 야릇하게도 꿈결 같은, 혹은 문득 떠오른 옛 기억의 심상과 같은 아득한 느낌으로 다가온다.

막막하고 아득한 느낌은 <논두락 매던 사람이 멀다>, <산마루에 우산 / 받고 지나가는 사람이 / 느리다>에서 보는 바와 같이 멀고 느린 움직임에 의해서 더욱 절실해진다. 게다가 <……우산 / 받고……>에서와 같이 목적어와 그 목적어에 직접 걸리는 술어를 분행을 통해 멀리 분리시킴으로써 여백을 극대화하고 있다. 그리고 마지막 연의 술어를 제외하고서는 모든 시제가 현재 시제로 나타나 있는데, 그것마저도 거듭 중복되는 서술 종지형 어미 <……다>가 불러

---

85) 『김종삼시선』(민음사, 1983)을 사용한다.

일으키는 막막한 단절감 때문에 어느덧 이른바 영원한 현재, 혹은 무시간성으로 표백되고 만다.

팽창된 여백의 거리감과 무시간성, 그리고 그 속에서의 느린 움직임은 실재 세계가 지닌 역설로서의 무한성, 부동성, 영원성 등, 즉 전동성을 암암리에 환기하고 있다. 그리고 이 모든 것이 마지막 연의 술어처럼 과거화되면서 내면의 과거적 심상으로 확고해진다. 역설적인 느낌이지만 현재는 생생한 과거가 되어 있다.

이 시에 나타난 풍경은 일상적인 현실에서 보는 그런 것이 아니다. 그것은 순수한 객관적 사물도 아니고 그렇다고 해서 주관적 심상만도 아니다. 그것은 주관 속으로 고스라니 이주한 객관이다. 화자는 자기의 내부를 우주의 내부로 확대하면서 먼 기억을 더듬듯이 그 객관의 사물들을 바라보고 있다. 그것은 매우 낯설면서도 동시에 낯익은 것이며 그러기에 또한 신비한 느낌을 자아내는 것이기도 하다. 이것이 바로 현관의 드러남이요 요해성의 느낌이다.

객관적 묘사에 의해서 의미화의 움직임이 사라지고, 의미화의 움직임이 사라진 그 빈 터에 현관이 흘러든다. 위의 시에서, 멀리서 논두락 매던 사람이나, 우산 받고 느리게 움직이던 사람이나 모두 이윽고 흔적없이 사라지고 만다. 그뿐만 아니라 그러한 움직임을 원두막에서 바라보던 화자도 끝내 사라지고 만다. <머지 않아 원두막이 / 비게 되었다>에서 보는 바와 같이 화자는 스스로의 사라짐을 언명하면서 투명한 공간 속으로 자신을 무화시켜 버린다.

의미화의 움직임은 어떤 면에서 인간화의 움직임이라고 할 수 있으므로 이 시에 나타난 바와 같은 인간의 사라짐은 무의미의 완성이라고도 할 수 있을 것이다. 거듭 말하거니와 무의미의 완성은 또한 실재 세계 혹은 현관의 온전한 드러남이고 그 완성이다.

> 자전거포가 있는 길가에서
> 자전거를 멈추었다.
> 바람나간 튜브를 봐 달라고 일렀다.
> 등성이 낡은 목조건물들의
> 골목을 따라 올라간다.
> 새벽같은 초저녁이다.
> 아무도 없다.
> 맨 위 한 집은 조금만 다쳐도
> 무너지게 생겼다.
> 빗방울이 번지어졌다.
> 가져갔던 각목과 나무 조각들 속에 연장을 찾다가
> 잠을 깨었다.

김종삼 「몇 해 전에」

이 시도 시종 일관 냉정한 객관적 묘사로 전개된다. 물론 여기에서 객관성이란 주관성의 상대 개념으로서의 그것이 아니고, 주객관이 무너진 자리에서 비롯되는 실재성을 온전히 드러내기 위한 표현의 엄격성을 가리키는 말에 불과하다. 엄격하게 객관적으로 묘사될수록 실재에 대한 요해감은 그만큼 극명해지기 마련이다. 이 작품에서도 객관적인 묘사적 술어만 사용하고 있음을 볼 수 있다. 화자의 의견, 판단, 감정 등이 극도로 억제되고 있다.

맨 끝 행의 <잠을 깨었다> 라는 구절은 이 시의 내용이 꿈이라는 것을 말해준다. 그러나 그렇게 단정할 수만도 없다. 제목이 암시하고 있는 것처럼 기억 속에 남아 있는 몇 해 전 경험의 한 삽화일 수도 있고 몇 해 전 꿈의 기억일 수도 있다. 또 현재의 경험을 과거화한 것일 수도 있다. 요해감은 자기 내부에 이미 존재하던 심상의 명료함으로 다가오기 때문이다. 또 현관의 체험으로부터 일상 세계로 빠져나오는 것을 두고 <잠을 깨었다>고 할 수도 있는 것이다. 마치 장자가 말하는 나비의 꿈처럼 현실과 꿈, 현재와 과거와 미래, 나와 세계 등이 합일된 경지라고 볼 수 있다. 객관적 묘사에 의해서 드러나는 현관이 바로 그런 것이기 때문이다. 이 시의 표현처럼 그것은 <새벽같은 초저녁>의 역설적 공간이기도 하다.

그 역설적 공간은 텅 비어 있다. <아무도 없다>라고 독백하는 소리만 그 빈 공간을 메아리친다. 그리고 마지막으로 그렇게 독백하던 화자도 <잠을 깨었다> 하고 그 빈 공간으로부터 빠져나오고 만다. 그 공간이 텅 비어 있다고 하는 까닭은 인간의 움직임, 인간적 기호가 말끔히 소거되었기 때문이다. 그 공간은 고요한 일체성(一體性)으로 완성된 무의미의 세계다. 그리고 거기에는 현관에 비친 실재 세계와 그 요해감이 고요하고 신비하게 빛나고 있을 뿐이다.

전언어적 요해감은 말이 더 이상 필요가 없다. 그것은 체험될 뿐이다. 시인은 그것을 체험할 수 있도록 교묘하게 의미의 표지를 이용할 뿐이다. 그래서 그것은 공자가 말하는 묵이식지(黙而識之)의 세계로 우리를 이끈다.[86]

---

86) 『논어』, 「술이편」. <공자께서 말씀하셨다. 묵묵히 마음으로 이해하고, 배우고 싫어하지 않으며, 사람 가르치기를 게을리하지 않는 것, 이 중에 어느 것이 나에게 있는

4.3 술어의 생략

앞에서 살펴본 객관적 묘사의 양상은 일견 현상학적 기술과 매우 닮은 점이 있어 보인다. 즉 세계에 대한 자연주의적 관점, 혹은 이론적 관점을 버리고 실제의 경험 자체에로 돌아갈 것을 주장하여 전제 presupposition으로부터 구성된 모든 편견과 판단을 중지하는 이른바 현상학적 환원의 양상과 비교된다.

전제 없는 명증성(明證性)으로서의 인식을 얻기 위해 현상학자는 구체적인 우리의 경험 현상을 편견이나 아무 선입견 없이 기술하고자 한다. 그래서 기술자의 감정과 판단은 신중하게 유보된다. 즉 현상학적 판단 정지epoche가 요구되는 것이다. 그런데 현상학자가 <사물 자체로 돌아가자>라고 말할 때, 그들이 말하는 사물 자체는 기실 의식 경험 속의 사물, 즉 의미 대상을 가리키는 것일 뿐이다. 현상학적 기술이란 다름 아니라 이와 같이 의식에 나타나는 대상, 즉 의식 현상을 반성적으로 밝히는 작업에 불과하다. 그들은 이와 같은 현상학적 기술을 통해서 모든 앎의 밑바닥에 깔려있는 의식과 대상과의 원초적 관계를 밝히고 명증성으로서의 앎을 얻고자 한다.[87]

현상학적 기술의 대상은 의미 대상이다. 그것은 의식 현상이다. 언

가?>(子曰 黙而識之 學而不厭 誨人不倦 何有於我哉.) 여기 나오는 <묵이식지>를 집주(集註)는 다음같이 풀이하고 있다. <묵묵히 안다고 하는 것은 말로 말하지 않으면서도 그 앎을 마음에 지니고 있음을 이르는 것이다. 일설에 식(識)은 앎이니, 말로 하지 않아도 마음으로 이해하는 것이라 한다.>(黙識 謂不言而存諸心也 一說 識知也 不言而心解也.)

87) 박이문, 『현상학과 분석철학』(일조각, 1977), 77-90쪽 참조.

제나 주체의 의식이 먼저 있고 우월한 위치에 있다. 그 의식은 이른바 데카르트적 사유cogito 위에 확립된 우월하고 당당한 주체의 그것이다. 언제나 의미가 강조되고 인간적 기호가 문제된다. 그러나 앞에서 살펴본 바와 같이 현관을 향한 객관적 묘사는 현상학적 기술과 닮은 듯하면서도 아주 근본적으로 다르다. 현관에서 볼 수 있는 주체는 사물과 일리(一理)에 의해서 합일되는 평등하고 겸허한 주체이다. 그리고 시 분석의 예에서 보듯이 의미는 무의미를 알리는 표지에 불과하고 인간적 기호는 끝내 소거되고 만다.

이미 앞에서 『문심조룡』과 남효온의 말을 인용한 바 있지만 거듭 말하면 인간은 천지의 마음이다. 인간은 천지의 마음이고, 동시에 천지의 마음이기 때문에 인간은 천지 만물과 평등하게 하나가 될 수 있고, 이것과 저것이 하나라고 말할 수 있기 때문에 또한 동시에 서로 다른 것이기도 하다. 또 한편으로 현상학적 기술은 명증한 앎을 추구하기 위한 수단이지만, 현관을 향한 객관적 묘사는 이미 얻어진 명징한 요해성을 훼손하지 않고 드러내기 위한 하나의 시적 화법이다. 양자는 닮은 듯하면서도 출발점에서부터 근본적으로 다름을 알 수 있다.

객관적 묘사는 아무리 객관적이라 할지라도 어디까지나 묘사인 만큼 그것은 거의 전적으로 술어(述語)에 의지하고 있는 화법이다. 문장에서 술부(述部)는 모든 인간적 의미화의 작용이, 그리고 주관적 해석 작용이 집중되는 곳이다. 언어의 언어다움은 술어에서 나타난다. 인간이 말한다는 것은 술어로 이야기함을 뜻한다. 말한다는 것은 무엇에 대하여 말한다는 것이고, 무엇에 대하여 말하고자 할 때 술어가 없다면 우리는 한마디도 할 수가 없다. 본질적으로 인간의 의지가 술어적이고 인간의 의식이 술어적이다. 이런 의미에서 현상학에서 말하는 의식의 지향성intentionality이라는 말은 아주 적절하다.

객관적 묘사의 방법을 한 걸음만 더 밀고 나가면 술어 생략의 양상이 나타난다. 술어가 생략되어 버리면 남는 것은 <무엇>에 해당하는 명사만 남게 된다. 언어의 존재론적 특성을 대표하는 명사만 남고 술어가 생략되었다는 것은 곧 인간적 기호가 소거되었음을 뜻하는 것이다. 그렇게 되면 의미가 사라지고 말이 사라진다. 인간의 말, 즉 술어적 언어가 사라지면 명사의 지시성만 남는다. 명사 지향의 화법은 매우 선적(禪的)이다. 마치 그것은 도를 묻는 한 구도자에게 말없이 뜰에 서 있는 한 그루 잣나무를 가리켜 보이는 선사의 선적 행위와 같다.

전언어적 요해성을 문제삼는 시적 화법은 말하지 않으면서 말하고자 한다. 그래서 결국 명사 지향의 화법으로 들어가고, 말하지 않으면서 마음으로 이해하는 심해(心解)만 남은 묵이식지의 세계로 들어간다. 여기에서 시의 화자는 모든 술어를 버리고 묵묵히 무엇을 가리켜 보일 뿐이다.

물
닳은 곳

신앙(神恙)의
구름 밑
그늘이 앉고

묘연(杳然)한
옛
G·마이나

김종삼 「G·마이나」

미구에 이른
아침

하늘을
파헤치는
스콥소리

김종삼 「라잔스키」

위의 시 「G·마이나」를 보면 뚜렷이 명사 지향적임을 알 수 있다. 3연의 <그늘이 앉고>라는 구절에서만 온전한 술어가 등장한다. 그 외에는 술어다운 술어가 없다. 그러나 관형어들이 아직은 술어적 의미를 미묘하게 던지고 있다. 특히 <신양의>라는 관형어에서는 지적 의미화의 움직임이, <묘연한>이라는 관형어에서는 주관적 감정의 떨림이 미세하게 감지된다. 그러나 전체적으로 볼 때 술어로 말하고 있지 않음은 분명하다.

「라잔스키」에서는 술어적 의미의 혼들림이 더욱 말끔히 지워져 있다. 독자로 하여금 의미를 해독하게 하는 것이 아니라 다만 제시된 사물을 바라보게 할 뿐이다.

다음의 시는 완전히 술어가 생략되어 있다.

흰달빛
자하문(紫霞門)

달안개
물소리

대웅전(大雄殿)
큰보살

바람소리
솔소리

박목월 「불국사」 1, 2, 3, 4 연

이 시는 완전히 술어가 사라지고 평등한 일체적 존재로서의 여여
(如如)한 무엇만 남아 있다. 의미가 사라졌으므로 차별도 사라진 것이
다. 그렇다면 여기서 이 무엇은 누가 가리키고 있는가? 그것을 가리키
고 있는 화자가 보이지 않는다. 화자도 인간적 기호를 벗어버리고 그
무엇이 되어 있기 때문이다. 여기서 그 무엇은 결코 즉자(卽自)가 아
니다. 즉자는 오만한 주체의 의식이 만들어 놓은 꼭둑각시에 불과하
다. 이 시의 무엇은 현관의 그것일 뿐이다. 그래서 어디서 어디까지가
세계이고 어디서 어디까지가 의식인지 분별이 되지 않는다. 현전(現前)
한 세계의 각명(刻明)한 실재감이 고요히 빛나고 있을 뿐이다.

4.4 의미의 해체

객관적 묘사와 술어 생략의 화법은 언어의 의미를 그대로 놓아두고 그 의미가 지닌 무의미를 활성화하는 방법이었다. 즉 의미의 표지를 이용하여 무의미를 통해 실재 세계가 투시되도록, 혹은 흘러 들어오도록 하는 소극적인 방법이다. 소극적인 만큼 언어의 의미와 논리는 아직도 현관을 왜곡할 정도로 방해가 되고 있다. 여기에서 좀더 적극적이고 근본적인 방법이 요구된다.

객관적 묘사와 술어 생략에서와 같이 무의미의 활성화를 위하여 언어적 의미와 논리 자체를 이용하는 것이 아니라, 이제 그 의미와 논리를 근본적으로 해체하여 아예 현관의 방해물을 제거하고자 하는 방법이 대두된다. 의미가 인간의 원초적 의지 혹은 욕망이거나, 그 의지와 욕망에 뿌리를 내린 가치 혹은 목적이거나 간에 결국 그것들은 언어의 의미로 수렴되고 확정되기 마련이다. 의미는 인간적 삶을 뜻하고 인간적 세계를 뜻한다. 그것은 근원적인 뜻에서 인간의 이념이고 일상 생활이 영위되는 현실 자체를 뜻한다. 그러므로 의미를 해체한다는 것은 바로 현실 혹은 인간적 세계를 해체한다는 뜻이고, 우리 모두가 이미 <인간>이라고 알고 있는 그 인간의 의미와 그것의 가치 체계를 뿌리째 해체한다는 뜻이다.

인간적 세계는 의미의 세계다. 인간은 의미에 달라붙고 매달린다. 그래서 의미는 곧 사물화reification되고 숭배된다. 그러나 사물화되어 단단히 굳어버린 그 의미는, 이미 앞에서 여러 번 이야기한 바와 같이, 무의미를 가리키는 매우 엉성한 틀일 뿐이다. 틀은 그 틀이 표지가 되어 가리키는 무의미에 의해서 지탱되고 존재성을 획득하는 것일 뿐, 그 자체로서 독자적인 존재성을 지니거나 고유의 가치를 지니는 것이 아니다. 마치 그것은 노자의 말처럼 그릇의 쓸모는 그 그릇 속의 텅 빈 무의 공간이지 그릇이 지닌 물질성과 형태 자체가 아닌 것과 같다.

그러나 인간은 그릇의 물질적 형태를 물신화한다. 의미의 사물화나 물질 혹은 물질적 형태의 물신화는 인간의 삶을 갈수록 근원적인 존재 혹은 실재 세계로부터 간접화하고 소외시킨다. 그리하여 인간의 삶을 허구로 만들고 일체적 생명감을 상실한 채 무수한 파편으로 부유하게 만든다.

의미의 해체는 단단히 굳어버린 의미의 틀을 부수는 일이다. 그것은 의미가 무의미를 가리키는 매우 유연하고 엉성한, 즉 불상영의 구조일 뿐임을 다시 한번 깨우치는 일이다. 그래서 현관을 체험하게 하고, 그 현관으로부터 삶의 직접성을 회복하게 하고, 일체적인 생명의 힘을 길어오게 하는 일이다. 이런 점에서 의미의 해체라는 시적 방법은 궁극적으로 종교적이고 구도적이기도 하다.

일반적으로 의미의 해체는 선문답(禪問答)에서 쉽게 찾아볼 수 있다.

어떤 중이 조주(趙州)에게 물었다. <모든 이치가 한 곳으로 돌아간다 합니다. 그 한 곳은 또 어디로 돌아갑니까?> 조주는 대답했다. <내가 말이야, 청주에 있을 때 적삼 한 벌을 만들었는데 말이야, 그 무게가 일곱 근이나 되더군.>[88]

---

88) 『벽암록』, 안동림 역주(현암사, 1976), 237-238쪽.

위의 대화에서 질문은 언어의 일상적 의미와 논리를 충실히 따르고 있다. 그러나 그 질문에 대한 조주의 대답은 기상천외한 동문서답이다. 그 동문서답이 무엇을 직접 암시하는 것도 아니고 우의적인 것도 아니다. 그것은 의미의 지시성을 처음부터 무시하고 발성을 한 공허한 내용이다. 그는 아무것도 의미하지 않기 위해서, 그리고 아무것도 말하지 않기 위해서 말한다. 그의 말은 얼른 보면 정상적인 일상적 어법을 충실히 따르고 있는 듯하다. 그러나 그것은 그렇게 보일 뿐이다. 그는 다만 의미와 논리를 가지고 말하는 그와 같은 어법을 흉내 내면서 희롱하고 있을 뿐이다.

그는 말을 하면서도 사실은 한마디도 하지 않은 꼴이 되었다. 질문에 대한 충실한 대답의 형식을 따르면서 철저하게 무의미한 말로 응수함으로써 궁극적으로는 상대의 질문마저도 무화시키고 있다. 결국 아무도 묻지 않았고 아무도 대답하지 않은 셈이다. 두 사람 사이에는 무한한 무의미의 침묵 혹은 실재 세계의 극명함만이 한 오리의 미동도 없이 현전해 있다. 그와 같은 문답의 행위를 통하여, 적어도 조주만은 의미와 무의미, 세계와 의식, 존재와 앎 등 무수한 교호적 관계가 야기하는 전동적 역설, 그 역설의 고요한 중심에서 사력을 다해 자신의 전존재를 지탱하고 있다.

이와 같이 선문답에서 어렵지 않게 발견되는 의미의 해체는 이른바 선시에 이르러 좀더 파격적인 양상으로 나타나게 된다.

동산이 물위로 가는 이치 알고 싶은가
개울가 돌계집이 밤피리 불고
목인(木人)이 구름 속에 판자 두드릴 때

양주곡 한 곡조 이경에 운다.

(要會東山水上行 溪邊石女夜吹笙

木人把板雲中拍 一曲涼州恰二更)[89]

위의 선시를 해독하려고 하는 것은 무모한 짓이다. 해독하려는 사람들이 지니고 있는 근원적인 이념을 파쇄하고, 모든 문화적 해독 장치와 도구들을 무력화시키고, 그리하여 그들이 믿고 있는 현실 자체를 철저히 부수기 위해서 파편 같은 의미들을 그럴 듯하게 조립해 놓은 것이 바로 위의 선시다.

위의 글은 모든 의미론을 비웃고 있다. 지시 의미론도 용도 의미론(用途意味論)도 여기서는 아무 쓸모가 없다. 이 글이 의미의 문법이 아니라 무의미의 문법으로 말하고 있기 때문이다. 다시 말하면 무의미의 문법이란, 의미는 무의미를 지시한다는 것, 의미라는 불상영의 틀을 이리저리 배치함으로써 그 배치의 대비에 의하여 비로소 의미화의 바탕이 되는 무의미의 다함없는 모습이 드러나게 한다는 것, 한 걸음 더 나아가 의미의 틀을 해체하여 그 해체된 파편들을 통하여 무의미의 실상이 좀더 잘 나타나게 한다는 것 등을 뜻한다.

그러므로 위의 선시는 읽혀지는 것이 아니라 의미가 해체된 자리를 <보게> 만든다. 언어라는 허상적 거울이 파쇄된 조각들의 깊고 넓은 틈을 통해서 저 현관을 보게 만든다.

선문답이나 선시는 의미가 아니라 행위이다. 그것은 마지못해 말의 형식을 빌어 말해질 뿐 말하려고 하지 않는다. 그러나 시는 종교적 침묵의 행위와 달리 말을 이용한 표현을 그 숙명적 본질로 지닌다.

---

89) 석지현 편역, 『선시』(현암사, 1981), 92-93쪽.

선문답이나 선시 자체는 실행되지 않아도 그만이지만 시는 그럴 수 없다. 어떤 방식으로거나 간에 언어적 표현에 매달려야만 한다. 그래서 시는 선문답과 선시에서 보이는 의미의 해체를 그대로 밟아 나가지만 미묘하게 선시와는 표정이 다르다. 그 표정의 다름이 종교와 시를 나눈다.

불러다오
멕시코는 어디 있는가
사바다는 사바다
멕시코는 어디 있는가
사바다의 누이는 어디 있는가
말더듬이 일자무식 사바다는 사바다
멕시코는 어디 있는가
사바다의 누이는 어디 있는가
불러다오
멕시코 옥수수는 어디 있는가

김춘수 「들리는 소리」[90]

천사는 프라하로 가서
시인과 함께 즐거운 식사를 하고
반 고호는
면도날로 제 한 쪽 귀를 베고 있었다
누가 가만 가만히

---

90) 『김춘수시선』(정음문고, 1976)을 사용한다.

디딤돌을 하나 하나 밟고 간다.

김춘수 「디딤돌」

위의 시들은 그 구조의 원리를 반복과 병치에 두고 있다. 「들리는 소리」는 첫 3행, <불러다오 / 멕시코는 어디 있는가 / 사바다는 사바다>라는 구절들을 약간 변형하여 계속 반복한 것에 불과하다. 명령형, 의문형, 명제형 등의 발화들이 응집력 있는 마땅한 문맥 속에 자리 잡지 못하고 제각기 겉돌고 있다. 문맥을 형성하지 못하고 그와 같이 겉도는 발화들이 계속적으로 단순 반복되면 그 발화가 지닌 최소의 외연적 의미마저도 점점 더 퇴색되기 마련이다. 그것은 마치 일정한 패턴의 소리가 계속 반복되면 마침내 그 소리가 소리로서의 제 구실을 잃고 침묵의 고요함 속에 묻혀버리고 마는 것과 같다. 이런 현상은 <사바다는 사바다>라는 무의미한 동어 반복의 겹침에 의해서 더욱 강화되고 있다. 그 결과 언어는 의미를 잃고 소리만 남아있다. 그 소리는 마치 한없이 반복되는 단조로운 파도소리와 같다.

「들리는 소리」는 최소의 완결된 의미 단위가 한 행씩 행 단위로 나누어져서 반복되고 있다. 그런데 「디딤돌」은 그 의미 단위가 두 행씩으로 확장되어 있고, 세 개의 의미 단위가 나란히 병치되어 있다. 세 개의 의미 덩어리들이 하나의 논리적 문맥을 형성하지 못하고 당돌하고 기이하게 병치되어 있을 뿐이다. 최소의 논리적 문맥을 형성하지 못한다는 점에서 병치된 각 의미 단위는 결국 무의미하고 동가적이다. 각 단위가 서로 다른 이야기를 동시에 하고 있는 형국이어서 서로가 서로를 무화시키고 있다. 첫째의 의미 단위는 둘째의 그것에 의하여 지워지고, 둘째의 그것은 셋째의 그것에 의하여 지워고, 셋째의 그것도 첫째와 둘째의 그것에 의하여 순환적으로 지워지고 만다. 「들리는 소리」나 「디딤돌」 모두 말을 하되 스스로의 의미를 지워가면서 말한다. 독자는 말의 의미를 쫓아가면서 그 의미가 지워지는 것을 바라보고, 의미가 지워진 그 빈 터에서 현관을 체험한다.91)

여기에 시와 종교의 다름이 있다. 선시는 처음부터 언어의 의미와 논리를 철저하게 분쇄해 버린다. 그것은 말하지 않기 위하여 의미를 파쇄하고 존재와 행위를 직접 내세운다. 그것은 종교적 깨달음일 뿐이다. 그러나 시는 모종의 깨달음일 뿐만 아니라 언어적 표현이어야만 한다. 그래서 시는 말하지 않기 위하여 말해야만 한다. 시는 현관을 드러내야 하기 때문에 언어의 의미와 논리를 해체하지 않을 수 없고, 그것을 해체하는 것 자체가 표현이기 때문에 해체하기 위하여 그것을 필연적으로 요구하지 않을 수 없다. 따라서 선시와 같이 처음부터 의미와 논리를 분쇄해 버리는 것이 아니라 최소의 의미와 논리로 말하면서 동시에 그것을 지워 나간다.

그렇다면 의미가 지워진 그 무의미의 빈 터에 남아있는 것은 무엇인가. 다시 말하면 현관을 통해서 무엇이 나타나 있는가. 아무것도 나

---

91) <의미의 해체>를 설명하기 위해서 김춘수의 시를 예로 든 것은 부적절한 면이 없지 않다. 왜냐하면 김춘수는 단순히 모방의 대상을 가지지 않은 언표—과연 그런 언표가 가능하고, 정상적인 시적 발화가 될 수 있는지는 매우 의심스러운 바가 있지만—를 무의미라고 말하고 있기 때문이다. 이 글에서 쓰이는 무의미의 개념은 뒤에 좀더 논의되고 명료하게 개념 정의가 이루어지지만, 김춘수의 그 개념과는 전혀 상관이 없을 뿐만 아니라, 작품 또한 내가 뜻하는 무의미나 현관과는 상당한 거리가 있기 때문이다. 그러나 이 글이 의도하는 주제와 논리에 따라 예시된 작품을 분석하고, 필자가 말하고자 하는 바를 설명하기에는 큰 무리가 없다고 판단되어 예거한 것이다.

타나 있지 않다. 순수한 무의미뿐이다. 객관적 묘사나 술어 생략의 화법을 통해서는 전동성의 구조를 지닌 실재 세계의 이것과 저것이 무의미의 틈으로 극명하게 현전되었다. 즉 객관적 묘사나 술어 생략의 화법은 의미를 해체하지 않고 다만 그 의미가 지닌 무의미의 틈을 통하여 실재가 드러나도록 하는 것이므로 의미의 차이와 분별성이 남아 있는 만큼 이것과 저것의 구체성이 요해감 속에 나타날 수 있었다. 그러나 의미 해체의 화법에서는 의미가 완전히 지워졌으므로 이것과 저것의 분별이 사라질 수밖에 없다. 남아 있는 것은 오직 미분적 무의미일 뿐이다.

이 미분적 무의미는 바로 도의 전일성에 해당된다. 다시 말하면 무의미는 언어의 태극과 같다. 태극이 음양 이기를 낳아 만물을 생성하기까지는 무이유(無而有)한 초월적 전일성으로서 적연부동한 것과 같이, 무의미도 대립적인 분절을 통해 의미를 생성하기까지는 무이유한 초월적 전일성으로서 적연부동하다.

그러나 그 적연부동은 절대적인 것이 아니라 감이수통(感而遂通)하게 되는 가발성(可發性), 즉 의미 발화(發話)의 순수 동작을 지닌 부동성이다. 그리고 만물이 태극을 지니고서 그 하나의 태극을 통하여 서로 교감하며 일체가 될 수 있듯이, 모든 의미도 무의미를 지니고서 그 하나의 전일한 무의미를 통하여 서로 소통하며, 의미론을 넘어 통사론적 문맥을 형성할 수 있게 된다.

무의미가 없다면, 구조주의적 용어로 바꾸어 말해서, 결합체적 관계의 환유적 연쇄의 통일성을 이룰 수가 없고, 계열체적 관계의 은유적 의미들을 대체할 수 있는 가능성이 사라진다. 이런 까닭에 결합체적

관계의 현전성(現前性)은 언제나 계열체적 관계의 부재성(不在性) 위에
서만 가능하다고 볼 수 있는 것이다.

자기 일체성에서 비롯한 전언어적 요해감의 시적 표현은 결국 의미
해체에 이르러 전동성을 넘어서 전일성의 표현으로 나아간다. 즉, 의
미의 대립과 갈등을 넘어서 초월적 미분성의 고요함으로 있는 무의미
를 향하여 역반지로(逆反之路)의 길을 걷는다. 우리는 여기서 다시 한
번 시적 세계관이 전일성의 표현에 있음을, 그리고 시적 자아가 궁극
적으로 전일성을 지향하고 있음을 확인할 수 있다.

실재 세계 혹은 현관을 지향하는 한 시는 반언어적일 수밖에 없다.
언어의 의미란 차이성이고, 그 차이성은 존재의 생성 운동을 구획하고
추상하여 얻은 본질에 대한 개념에 불과한 것이며, 논리란 경험 사실
에 대한 개념적 일반화의 기능일 뿐이다.

언어적 의미의 논리는 언제나 <A=A>이거나, <A≠non-A>일 수
밖에 없다. 따라서 그것은 세계에 대한 이해를 민감하게 만드는 것도
아니고 정신의 내적 진실을 대신하는 것도 아니다. 그것은 오로지 인
간적 현실을 구성하고 그 현실 위에서 일상 생활을 영위하기 위한 일
정한 체계의 앎을 구성하는 것일 뿐이다.[92] 그래서 시는 의미와 논리

---

92) Michael Murray, *Modern Critical Theory ; A Phenomenological Introduction*(The Hague :
Martinus Nijhoff, 1975), 145쪽. <논리학은 이해력을 예리하게 만들지도 않고 또
'사색의 기술'도 아니다. 그리고 '심리적 판단 행위들은 결코 옳거나 그르지 않다.
왜냐하면 그것들은 옳음과 그릇됨의 바깥에 위치해 있기 때문이다'.……하나의 판
단은, 객관성이 그 용어의 심리적 의미에서라기보다는 논리적 의미에서 이해되어져
야 하는 경우에, 하나의 대상에 대한 인식을 의미할 때, 또 그럴 때만이 참된 것이
다.>(Logic does not sharpen the understanding, nor is it the 'art of thinking'. And
: 'Psychical judgment-acts are never true or false because they stand outside the either
or of true and false.'……A judgment is true if and only if it signifies knowledge of

를 벗어나 직접 실재 세계에 다가가기 위하여 여러 가지 비상한 화법을 마련하지 않을 수 없는 것이다.[93]

김시습이 <나의 시구에서 선(仙)을 찾아라>라고 말할 때, 그 선이란 도의 다른 이름에 불과하고 동시에 현관을 이르는 말에 불과하다. 현관은 실재 세계와 주체가 합일된 곳이고, 그것은 시에서 의미가 아니라 무의미를 통해서 나타난다.

여러 번 이야기한 바와 같이 의미는 주체가 세계와의 거리를 유지하면서 세계에 <대하여> 기술할 때 비로소 작동되는 것이므로 현관은 원천적으로 의미화되지 않는다. 그러나 형상이 흰 바탕에 그려질 때에야 비로소 그 형상을 통하여 흰 바탕이 무한한 제 모습을 조금씩 드러내 보이듯이, 무의미는 의미가 어떤 방식으로거나 간에 작동할 때 비로소 활성화되고 그 활성화된 무의미를 통해서 현관이 나타난다.

다시 말하면 흰 바탕이 형상을 통해서 제 모습을 나타내듯이, 무의미는 의미를 통해서 말하는 것이다. 무의미가 말한다는 것은 곧 도가 말하고 세계가 말한다는 것이다. 또한 도가 말하고 세계가 말한다는 것은, 현관에서는 대자적(對自的) 주체가 사라졌으므로, 말이 말을 한다는 뜻이 되고 만다. 그리고 말이 말한다고 하는 한 시가 말한다는 것이기도 하다.

바로 여기에서 남효온의 <천지의 도=사람의 도=마음의 도=말씀

---

an object, where objectivity is to be understood in a logical rather than psychical sense of the term.)

93) 위의 책, 144쪽. 하이데거도 존재와 관련하여 시의 반언어적 경향을 주목하고 있는데, 그 반언어적 경향은 다음 세 가지로 요약된다. (1) 논리는 문법으로부터 자유롭게 되어야 한다. (2) 문법은 논리로부터 자유롭게 되어야 한다. (3) 언어는 논리와 문법으로부터 자유롭게 되어야 한다.

의 도=시의 도>라는 등식이 지닌 뜻을 다시 한 번 확인하게 된다. 즉 사람은 천지의 마음이고 마음이 펼쳐진 것이 말이며, 말이 옹골찬 것이 시라는 뜻이므로, 결국 시는 천지의 도가 나타난 것, 다시 말하면 시는 천지가 말한 것에 지나지 않으며, 천지가 말하고 있는 한 말이 말을 하는 것에 지나지 않는 것이다.

그러나 천지의 마음인 인간이 말하지 않는 한 천지는 말할 수 없고, 또한 말은 말이 될 수가 없다. 인간이 먼저 말을 걸어야만 도가 말하고 세계가 말한다. 의미의 틀을 놓고서야 무의미를 알 수 있고, 주체의 의미화 작용이 있고 나서야 현관이 있음을 알 수 있다. 의미는 형이하자인 기(器)이고 무의미는 형이상자인 도와 같아서 그것들은 서로의 뿌리가 되어 순환하고 있다. 결국 도역기(道亦器)이고 <도(道)=역(易)=문(文)>이라는 일여 논리(一如論理)로 돌아가게 된다.

제4장 도와 상상력

1. 음양 오행과 의미의 생성 원리

1.1 귀신의 조화

사람은 천지의 마음이고 천지의 도는 사람의 도이며, 사람의 마음이 밖으로 펴나온 것이 말이고 말이 알차고 맑은 것이 시다. 천지, 사람, 마음, 말, 시 등은 일여적인 관계에 있다. 그러므로 시는 천지가 말하고 도가 말한 것에 불과하다.

따라서 시의 말을 바르게 알아듣기 위해서는 무엇보다 먼저 천지의 마음을 알지 않으면 안된다. 천지의 마음이 사람이라 한 것은 천지의 마음의 도와 사람의 마음의 도가 한 가지이며, 사람만이 유일하게 그 천지의 마음을 잘 헤아릴 수 있다는 뜻이므로, 천지의 마음이 움직이는 불변의 원리, 즉 도를 알게 되면 자연히 사람의 마음이 움직이는 도를 알게 되고, 시상이 전개되는 도를 알게 된다.

다음은 천지의 마음과 사람의 마음의 근본이 무엇인지 아주 간명하게 표현하고 있다.

하나의 양이 아래에서 생겨남은 이것이 곧 천지가 만물을 생겨나게 하는 마음이다. 옛 선비들은 무두 고요함으로써 천지의 마음을 보았으니 대개 움직임의 실마리가 곧 천지의 마음임을 알지 못한 것이다. 도를 알지 못하면 누가 능히 이를 알 수 있겠는가?[1]

천지의 마음은 만물을 생성하는 도이다. 이 마음이 있으면 여기에 형태를 갖추어 생성하게 된다. 측은히 여기는 마음은 사람의 생성하는 도이다.[2]

첫 번째의 인용문은 복괘(復卦)에 대한 설명이다. 천지의 마음은 만물을 생성하려고 하는 의지이다. 옛 선비들이 모두 <고요함>으로써 천지의 마음을 보았다는 것은 천지의 마음이 절대적인 고요함, 즉 부동인 듯하지만 그 고요함은 가동성을 지닌 고요함일 뿐이라는 것을 잘 알지 못했다는 뜻이다.

천지의 마음은 만물을 생성하려고 하는 움직임 자체를 뜻한다. 두 번째의 인용문은 천지의 마음과 사람의 마음을 나란히 비교하고 있다.

---

1) 『근사록』(경문사 영인, 1981), 140-141쪽. <一陽復於下 乃天地生物之心也 先儒皆以靜爲見天地之心 蓋不知動之端 乃天地之心也 非知道者孰能識之.>

2) 위의 책, 158쪽. <心生道也 有是心 斯具是形以生 惻隱之心 人之生道也.>

사람의 마음도 천지의 마음과 같이 생성하는 도를 그 바탕으로 지니고 있다. 여기서 <측은히 여기는 마음>은 인(仁)을 말하는 것인데, 인이란 만물과 하나로 통하는 도리를 뜻하는 것이다. 이 도리에 의해서 사람은 천지 만물을 자기와 한 몸으로 여기게 된다. 천지 만물을 자기와 한 몸으로 여기는 자기 일체성의 원리가 있기 때문에 사람의 마음이 만물을 접하게 되면 자연히 감응이 생겨나기 마련이다.[3] 요약하건대 천지의 마음이 만물을 생성하는 것과 같이 사람의 마음은 천지 만물과 감응하여 그 천지 만물에 대한 온갖 사유와 감정과 상상을 생성하게 된다.

천지의 마음과 사람의 마음은 다 같이 생성하는 도를 지니고 있다. 그렇다면 그 생성은 어떻게 이루어지는가.

희로애락이 아직 나타나지 않은 것을 중(中)이라 한다. 중이란 아직 고요하여 움직이지 않는 것을 말한다. 그러므로 천하의 대본이라고 한다. 나타나서 모두 절도에 맞는 것을 화(和)라 이른다. 화란 사물에 감발하여 마침내 통하는 것을 말한다. 그러므로 천하의 달도(達道)라고 한다.[4]

---

3) 위의 책, 145-146쪽. <의서에 손이 마비되는 것을 불인(不仁)이라고 한다. 이것은 가장 잘 형용한 말이다. 인이란 천지 만물을 나와 한 몸으로 삼으니 내가 아닌 것이 없다. 만물이 나임을 알게 되면 인은 어디에든지 이르지 않는 바가 없다. 만약 이 만물이 내 속에 있지 아니하면 저절로 자기와 관계가 없게 된다. 마치 손과 발이 불인하여 이미 기(氣)가 통하지 않으면 손발이 모두 내 몸의 것이 되지 않는 것과 같다.>(醫書言手足痿痺爲不仁 此言最善名狀 仁者以天地萬物爲一體 莫非己也 認得爲己 何所不至 若不有諸己 自不與己相干 如手足不仁 氣已不貫 皆不屬己.)

4) 위의 책, 136쪽. <喜怒哀樂之未發謂之中 中也者 言寂然不動者也 故曰天地之大本 發以皆中節 謂之和 和也者 言感而遂通者也 故曰天下之達道.>

여기서 중은 천지의 마음과 사람의 마음의 본체인 태극을 말한다. 태극은 적연부동하다. 그러나 작용이 없는 본체가 있을 수 없고 본체가 없는 작용이 있을 수 없으므로, 태극은 적연부동할 뿐만 아니라 부동이동으로서의 묘용(妙用)을 본래 지니고 있는 것이다. 태극의 이 묘용의 움직임에서 비로소 그 마음의 뜻을 보게 된다.

태극은 본래 고요함 속에 생성하려는 의지, 즉 가동성 혹은 가발성이라는 뜻(志)을 지니고 있다. 태극이 고요하기만 하고 이 뜻이 없다면 아무것도 생성할 수가 없고 아무것도 나타날 수가 없을 것이다. 그런데 그것이 있어서 생성과 변화가 생기고, 생성과 변화는 절도에 맞게 이루어지므로 그것을 화(和)라 하고, 화가 있으므로 질서 정연하게 움직이는 그 길을 하나로 통하는 달도(達道)라고 하는 것이다.

천지의 마음과 사람의 마음이 생성하는 움직임은 아무렇게나 이루어지는 것이 아니라 절도에 맞게 하나로 통하는 길을 따라서 이루어진다.5) 그 하나는 경우에 따라서 여러 가지 이름으로 불려지지만 결국은 하나의 태극일 뿐이다.6) 그러므로 천지와 사람의 마음은 절도 있는 태극의 운동, 즉 음양의 운동을 따라서 <반드시 그렇게 좇지 않을 수 없는 길>을 걷게 된다. 즉 적연부동하던 태극이 한 번 움직여서 음양이기로 <형태를 분화하기 시작하면 그 운행은 마치 달아나는 말과 같아서 정지할 줄을 모르고>7) 마침내 천지 만물의 변화를 이루어 놓고

---

5) 『설문해자주』(대북: 예문인서관, 1980), 76쪽. <하나로 통하는 것을 도라 한다.>(一達謂之道.)

6) 『근사록』, 156쪽. <하늘에 있어서는 명(命)이 되고 사물에 있어서는 이(理)가 되고 사람에 있어서는 성(性)이 되고 몸의 주재가 되면 심(心)이 되는데 실지로는 하나이다.>(在天爲命 在義爲理 在人爲性 主於身爲心 其實一也.)

만다.

또한 마찬가지로 희로애락이 아직 생기지 않아 적연부동하던 마음이 일단 사물의 미묘하고 순수한 움직임, 즉 상(象)을 느끼게(感) 되면 감응이 생기게 되고, 감응이 생겨서 움직임이 있게 되면 다시 또 감을 낳고, 감은 또 응(應)을 낳아 끝없이 움직이면서 마침내 그 조화로 온갖 감정과 사유와 상상을 낳게 된다.[8]

만일 생성과 변화의 흐름 속에 있는 사물의 상(象)이 없고 다만 정적으로 고정된 사물의 상(狀)만 있다면, 사람은 그것을 마치 거울과 같은 시각을 통해 기계적으로 볼 뿐, 마음으로는 아무것도 느낄 수가 없다. 마음이 아무것도 느낄 수가 없으면 마음이 움직일 수가 없고, 마음이 움직이지 않으면 감정도 생각도 상상도 생겨날 수가 없다. 천지 만물은 정연한 도를 따라서 움직이고, 그 움직임을 느끼게 되면 사람의 마음도 그 도를 따라서 움직인다.

천지의 마음과 사람의 마음은 생성하려는 뜻을 가지고 있고, 그 뜻은 음양 이기로 분화되어 만물을 생성하거나, 음양의 이치에 의해서 감정과 생각과 상상을 생성하고, 그렇게 생성되는 것들은 결국 인간의 언행이 되어 나타나게 된다. 생성 변화하는 길은 결국 태극의 운동, 즉 음양의 운동 법칙이다. 음양 운동의 길은 <반드시 그렇게 좇지 않을 수 없는 길>로서 일정한 원리와 절도가 있으며, 시가 천지가

---

7) 『장자』, 「제물론」. <一受其成形—其行盡如馳 而莫知能止.>

8) 『근사록』, 141쪽. <감(感)이 있으면 반드시 응(應)이 있다. 무릇 움직임이 있으면 모두 감이 되고 감하면 반드시 응이 있다. 응하는 바는 다시 감이 되고 감한 바에는 다시 응이 있으니, 그것이 움직임과 감응이 그치지 않는 까닭이다. 도를 아는 사람은 이러한 감통의 이치를 묵묵히 알아야 한다.>(有感必有應 凡有動皆爲感 感則必有應 所應復爲感 所感復有應 所以不已也 感通之理 知道者黙而觀之可也.)

말하고 도가 말한 것에 불과하다면, 시 역시 음양 운동의 원리와 절도가 필연적으로 있을 수밖에 없다. 그래서 김만중은 천지와 사람의 마음과 시의 관계를 다음과 같이 말한다.

　사람의 마음이 입에서 나온 것이 말이고, 말이 절주(節奏)가 있으면 가(歌), 시(詩), 문(文), 부(賦)가 된다. 사방의 말은 비록 같지 않으나 진실로 말을 잘할 줄 아는 자가 각기 그 말로써 절주하면 모두 천지를 감동시키고 귀신과 통할 수 있다.[9]

　여기서 절주라는 말은 규칙적이고 질서 정연한 절도, 즉 율려(律呂)를 말한다. 이러한 절주가 가장 규칙적으로, 그리고 전형적으로 나타나는 것이 바로 음악이다. 그러므로 천지의 마음이 절도에 맞게 화(和)를 이루고, 그 화로써 질서 정연하게 우주 만물의 조화를 빚어내는 것에 비추어 본다면, 음악이야말로 천지의 마음의 규칙적인 동정(動靜)에 가장 닮은 것이다.

　김만중은 인간의 말이 절주를 얻으면 시가 되고, 그 절주로 인하여 좋은 시는 천지와 귀신을 감동시킬 수 있다고 말한다. 절주란 결국 음양 운동의 질서 정연한 길, 즉 도에 불과하다. 시가 그 도를 따라서 생성되면 천지의 도와 합일하게 되는 것이므로 천지와 귀신을 감동시킬 수 있는 것은 정한 이치다. 감동이란 어떤 것의 상(象)을 느끼게 되면, 그 상의 움직임과 하나가 되어 마음이 같이 움직이는 것을 뜻

---

9) 김만중, 『서포만필』(통문관, 1971), 653쪽. <人心之發於口者爲言 言之有節奏者爲 歌詩文賦 四方之言雖不同 苟有能言者 各因其語而節奏之 則皆足以動天地通鬼 神.>

하기 때문이다.

　그런데 여기서 말하는 귀신이란 무엇인가. 귀신이란 다름 아니라 보이지 않는 음양 이기가 절도 있게 움직이는 모습을 이르는 말이다.

　　귀신(鬼神)은 두 가지 기의 양능(良能)이다.[10]

　　만물이 처음 생겨나면 기가 날로 무성하게 자란다. 만물이 생겨나서 이미 가득 차게 되면 기가 날로 되돌아가서 흩어져 없어진다. 기가 자라나게 됨을 신이라 하니 그것은 신(伸)의 뜻이고, 기가 되돌아감은 귀라고 하니 그것은 돌아간다는 귀(歸)의 뜻이다.[11]

　　귀신은 조화(造化)의 자취이다.[12]

　귀신은 두 가지 기, 즉 음양의 움직임을 이르는 말이다. 양기는 수좌인 감괘(☵)로부터 출발하여 화좌인 이괘(☲)를 향하여 나날이 무성해지면서 기를 확장하고 펼친다. 그래서 양기의 확장 운동은 신(伸)이니 신(神)이라 한다. 음기는 양기와 반대로 화좌인 이괘로부터 수좌인 감괘를 향하여 나날이 확장되었던 기를 내부로 응축시키면서 양기가 출발했던 자리로 되돌아온다. 그래서 음기의 되돌아옴은 귀(歸)이니 귀(鬼)라고 한다. 양기가 스스로를 확장하면서 앞으로 가는 길은 결국 음기로 변하여 되돌아오는 길이므로 이것이 바로 역반지로라고 이르

10) 『근사록』, 160쪽. <鬼神者 二氣之良能也.>

11) 위의 책, 같은 쪽. <物之初生 氣日至而滋息 物生既盈 氣日反而游散 至之謂神 以其伸也 反之謂鬼 以其歸也.>

12) 위의 책, 139쪽. <鬼神者 造化之迹也.>

는 까닭이다. 귀신의 움직임은 보이지 않지만 그 작용은 멈추는 때가 없을 뿐더러, 그 움직임은 질서 정연한 절주가 있다.

천지 만물은 귀신의 조화가 아닌 것이 없다. 생성 변화하는 온갖 생성자는 음양 이기일 뿐이고, 생성 변화하는 한, 음양 운동의 법칙, 즉 귀신의 원리에 따라 생성 변화할 수밖에 없다. 천지의 마음과 사람의 마음이 생성하려는 뜻은 결국 귀신의 운동에 의해서 실현된다. 따라서 천지의 마음과 사람의 마음이 움직이는 길은 귀신 운동의 길이므로, 시가 귀신 운동의 절주가 있다면 당연히 사람의 마음과 합일되고 천지의 마음과 합일되어 감동이 발생하게 된다.

만물은 천지의 마음의 귀신 운동이 생성해 낸 조화의 산물이고, 시는 사람의 마음의 귀신운동이 생성해 낸 조화의 산물이다. 상상력이란 귀신의 운동이고 귀신의 조화일 뿐이다. 상상(想像)이란 상(像)으로 인하여 마음이 움직이는 것을 뜻하는 말이다. 상(像)은 형(形)과 상(象)이니,[13] 형은 정적인 형상(形狀)으로서 생각하는 대상, 즉 오성적 사고의 대상이고, 상은 기의 미묘한 움직임, 즉 순수 동작으로서 느낌의 대상이고 직관적 인식의 대상이다. 그러므로 상상한다는 것은 어떤 사물의 정적인 형상만을 가지고 생각한다는 뜻이 아니라, 그 정적인 형상과 함께 그 형상의 내면에 있는 순수 동작을 동시에 느낀다는 뜻이다.

상상 속에서는 정적인 형상과 순수 동작이 분리되어 있지 않고 하나로 통합되어 있다. 순수 동작을 느끼게 되면 감정이 일어나고, 형상에 대하여 생각하면 지적인 이해가 일어난다. 상상력은 감정과 사고가 함께 일어나서 움직이는 힘이다. 그러나 순수 동작을 느끼는 마음의

---

13) 『한어대자전』(사천: 사천사서출판사, 1991), 1권 213쪽.

움직임이 없으면 형상에 대한 생각도 일어나서 움직여 갈 수가 없다. 생각이 일어나지 않고 느낄 수는 있어도 느낌의 움직임이 일어나지 않고 생각이 일어날 수는 없다. 느낌의 움직임이 없으면 그 고정적인 시각적 형상을 마음에 기계적으로 반영할 뿐이다. 그러므로 감정과 사고가 하나로 통합된 상상이지만 언제나 감정이 근원적이고 사고에 선행한다.

시는 귀신의 조화, 즉 상상력에 의해서 생성된 것이다. 바로 이와 같은 이유 때문에 시적 사유를 개념 사고와 구분하여 심상 사고라 부른다. 심상이란 마음 속에서 느끼는 형(形)과 상(象)이다. 그러므로 심상은 정적인 형태적 요소만이 아니라 미묘한 생성 변화의 흐름 속에 놓여 있는 순수한 움직임으로 존재한다. 다시 말하거니와 정적이고 형식적인 형상만을 위주로 마음이 움직인다면 지적 이해, 즉 개념적 이해는 얻을 수 있으나 요해와 감동은 생기지 않는다. 순수한 움직임, 즉 상을 함께 느낄 수 있어야만 마음도 그에 따라 움직이면서 감동이 일어날 수 있다.

시적 사유는 심상 사고이며, 심상 사고는 상상이고, 상상은 귀신의 조화이며, 귀신의 조화는 음양 이기의 운동이다. 시는 결국 궁극적 생성의 본체인 태극의 작용, 즉 음양 이기의 조화에 의해서 생성된 하나의 생성자에 불과하다. 따라서 시가 어떻게 생성되는지 알기 위해서는 귀신의 조화, 즉 음양 운동의 원리와 그 변화의 양상을 알지 않으면 안 된다.

1.2 음양 오행의 생성 원리

음양 오행의 생성 원리를 상수학(象數學)적 수리와 결합하여 처음으로 설명한 것은 「계사전」에 보인다. 그리고 이 설명을 좀더 구체적으로 하도(河圖)와 연결하여 설명하기 시작한 것은 그 뒤의 일이다.

천수(天數)는 1이요, 지수(地數)는 2다. 천수는 3이요, 지수는 4다. 천수는 5요, 지수는 6이다. 천수는 7이요, 지수는 8이다. 천수는 9요, 지수는 10이다. 천수가 다섯이요, 지수도 다섯이다. 다섯 자리를 서로 얻어서 각각 합하게 되니 천수가 25요, 지수가 30이다. 천수와 지수가 모두 55이니, 이것이 변화를 이루고 귀신이 오고 가는 까닭이다.[14]

천지의 기는 각각 다섯을 가지고 있다. 오행의 순서는, 1은 수(水)로서 천수이고, 2는 화(火)로서 지수이고, 3은 목(木)으로서 천수이고, 4는 금(金)으로서 지수이고, 5는 토(土)로서 천수이다. 이 다섯은 음에 짝이 없고 양에도 짝이 없으니 합해야 한다. 즉 지수 6은 천수 1의 짝이고, 천수 7은 지수 2와 짝하고, 지수 8은 천수 3과 짝하고, 천수 9는 지수 4와 짝하고, 지수 10은 천수 5와 짝한다.[15]

---

14) 『주역』, 「계사전」 상. <天一地二 天三地四 天五地六 天七地八 天九地十 天數五 地數五 五位相得 而各有合 天數二十有五 地數三十 凡天地之數 五十有五 此所以 成變化 而行鬼神也.>

15) 『정현역주』. <天地之氣各有五 五行之次 一曰水 天數也 二曰火 地數也 三曰木 天數也 四曰金 地數也 五曰土 天數也 此五者 陰無匹 陽無偶 故合之 地六爲天一 匹也 天七爲地二偶也 地八爲天三匹也 天九爲地四偶也 地十爲天五匹也.> 고회민, 『주역철학의 이해』, 정병석 역(문예출판사, 1995), 107쪽에서 재인용.

위의 인용문은 음양 이기가 어떻게 나타나고 교합되어 오행을 이루게 되는지, 그리고 그 오행이 어떤 원리로 운동을 하면서 생성 변화를 이루는지 상수학적 수리를 통해서 명료하게 보여주고 있다. 하도의 상수에 기대어 위의 인용문의 뜻을 좀더 자세히 보충하면서 설명하면 다음과 같다.16)

천수는 홀수로서 양이고, 지수는 짝수로서 음이다. 음양 이기를 낳은 것은 태극이므로 이치로 따진다면 0은 태극에 해당된다. 모든 수는 바로 이 0에서 나온 것이다. 태극은 본래 나타나고 움직이고자 하는 뜻, 즉 생성하고자 하는 가발성과 가동성의 순수한 의지를 지니고 있다. 그 뜻이 나타나면 유(有)가 되지만, 나타나지 않은 적연부동한 상태는 무(無)와 같다.

일단 움직이고자 하는 그 뜻이 나타나면 그것은 1이라고 하는 양기가 된다. 그러나 양기거나 음기거나 간에 기는 홀로 나타날 수도 없고 존재할 수도 없다. 일단 나타나면 음과 양으로 나타나기 마련이다. 따라서 1이라는 양기가 나타남과 동시에 1의 그림자, 즉 음기 2도 함께 실현된다. 이 1과 2가 음양의 기본수다.

양기는 음양의 순환 법칙에 따라 자신의 반대성에 이끌려 아래로 내려가서, 먼저 만물의 궁극적 바탕이라 할 수 있는 음성 수(水)의 상(象)이 되니 1이라 하고, 바탕이 생기면 그 바탕에 생명의 불이 붙어

---

16) 음양 오행론의 설명은 다음과 같은 책들을 참고하여 필자가 간명하게 체계화한 것이다. 『주역』(경문사 영인, 1983), 『주역』, 김경탁 역주(명문당, 1978), 정약용, 『증보여유당전서』 3, 「주역사전」(경인문화사 영인, 1970), 김탄허, 『주역선해』(교림사, 1982), 『황제내경』, 「운기편」(고문사, 1979), 「소문」, 「금궤진언론」, 「음양응상대론」(고문사, 1979), 이한삼, 『선진양한지음양오행학설』(대북: 유신서국, 1979), 한동석, 『우주변화의 원리』(행림사, 1982), 한규성, 『역학원리』(영문사, 1957).

야 하므로 음기는 같은 원리에 따라 위로 올라가서 양성 화(火)의 형
(形)이 되니 2라 한다. 1과 2는 음양의 성정을 나타내고 수화는 음양
의 기질을 나타낸다.[17]

음양은 각기 홀로 움직이지 못하지만, 음과 양이 상하의 위치에 서
로 자리 잡게 되면 자연히 음양은 합실(合實)하여 운동을 일으키게 된
다. 1은 태극이 본래 지니고 있던 <순수한 뜻(志)>, 즉 움직여 나타
나고자 하는 순수한 의지 자체를 표상하고, 2는 1의 움직임을 현실화
시키는 조건으로서 그 움직임을 일정하게 제한하고 억압하는 힘을 표
상한다. 다시 말하면 움직임을 억압하는 힘이 없으면 움직임은 움직임
이 될 수 없고, 가로막는 힘이 없으면 앞으로 나아가는 운동이 성립
되지 않는다. 이것은 마치 시공적 존재가 자신의 존재성을 일정하게
제한하는 형상(形狀)의 그림자를 지니고 있지 않다면 그것은 존재가
아니라 무(無)라고밖에 할 수 없는 것과 같은 이치다.

음양이 합실하여 운동이 일어나면, 수의 내부에 있던 1양이 만물
의 근원적인 종자가 되어 생장하게 되는데, 그것이 양성 목(木)과 양
수 3의 상이다. 목은 성정과 기질이 모두 양성으로서 생장의 힘이 아
주 강력하다. 그러나 무한히 양기를 발산하면서 생장하려는 3목도 그
생장의 힘을 일정하게 억압하는 힘이 요구되는 것이므로, 그 반대성을
지닌 음성 금(金)의 형이 필연적으로 생겨날 수밖에 없으니, 그것을
음수 4라고 한다. 금은 성정과 기질이 모두 음성으로서 움직이는 양

---

17) 성정은 사물의 내면에 흐르는 귀신의 순수한 움직임으로서 느낌, 혹은 직관의 대상
   에 가깝고, 기질은 사물의 고정된 표면으로부터 파악하는 본질로서 인식의 대상에
   가깝다고 할수 있다. 그러나 이와 기가 일여적인 것과 같이 이 둘도 또한 일여적인
   관계다.

기를 수렴하고 단단하게 고정시켜 굳히려는 힘, 즉 수렴 견고(收斂堅固)하는 힘이 아주 강력하므로 목의 생장력을 적절히 조절할 수 있게 된다. 수와 화가 상하에서 서로 마주 보고 작용하듯이 이제는 목과 금도 좌우에서 서로 마주 보고 작용을 하게 된다.

3양은, 1양이 홀로 움직일 수 없으므로 2라는 음형(陰形)의 제한과 억압을 받으면서 자라난 상태를 표상한 것에 불과하다.[18] 그리고 1이 2의 억압을 밀어내면서 자라나게 되면, 2의 음형도 따라서 늘어나게 되는데, 그 늘어난 음형이 바로 4이다. 그러므로 1과 3이 서로 다른 것이 아니라 하나의 양이고, 2와 4가 결코 다른 것이 아니라 하나의 음이다. 그러나 하나의 음은 화와 금의 형으로 분리되어 있고, 하나의 양은 수와 목의 상으로 분리되어 있다. 음과 양이 분리되고, 형과 상이 분리되면, 완전한 생성 운동을 할 수가 없다.

1과 3의 양수는 각기 음수의 짝을 찾아야 하고 형을 구비해야 하며, 2와 4의 음수는 각기 양수의 짝을 찾아야 하고 상을 구비해야만 한다. 그래서 음양과 형상(形象)을 하나로 단합하기 위해 중성 토(土)가 생겨나니 그것이 양수 5의 상이다. 5토는 양수 1, 3과 음수 2, 4가 모두 포함되어 있기 때문에 음양이 합실한 것이고, 금・목・수・화・토의 오기가 생장과 수렴을 마치고 하나의 전체로 통일되어 합실한 것이니 가장 완전한 합실체라 할 수 있다. 그러므로 목・금・화・수가 동서남북 사방에 자리잡은 것과는 달리 5토는 사방의 중앙

---

18) 음양이 모두 기이지만, 양은 가벼운 청기로서 위로 올라가 하늘이 되고 음은 무거운 탁기로서 밑으로 내려가 땅을 이루게 된다. 양기는 외부로 무한히 발산하려는 힘을 표상하고, 음기는 정적이어서 움직임을 둘러싸면서 내부로 견고하게 수렴하는 힘을 표상한다. 그러므로 상을 중심으로 말할 때는 음기를 음형이라 한다.

에 위치하게 된다. 또 5토는 음양과 오기를 하나의 전체로 통합하는 인력과 단합력을 지니면서 완전한 음양 합실체가 되었으므로 음양 오행 운동의 중심이자 그 운동의 근원이 된다. 그리고 5토의 기질과 성정은 음양과 오기를 다 구비했기 때문에 화순하고 불편 부당하며 공평 무사한 중화(中和)의 기운을 나타낸다.

그러나 지금까지 설명한 이른바 생수(生數), 즉 1·2·3·4·5로써 오행의 실리(實理)는 갖추었지만, 생생불식하는 오행 운동의 바탕이 다 마련된 것은 아니다. 아직도 오행은 각기 음양수 중 한 가지밖에 가지고 있지 못하다. 오행 모두가 음양이 합실해야만 각기 생성 변화의 운동을 할 수 있을 뿐만 아니라, 5토를 중심으로 무궁한 우주 운동의 절주, 즉 율려를 지속할 수 있게 된다.

그래서 1수가 5토를 얻어서 6이 되고, 2화가 5토를 얻어서 7이 되고, 3목이 5토를 얻어서 8이 되고, 4금이 5토를 얻어서 9가 되고, 5토가 5토를 얻어서 10이 되니, 비로소 성수(成數), 즉 6·7·8·9·10을 얻어 오행이 각기 음양을 갖추게 되고, 오행의 기질과 성정을 모두 갖추게 된다.

이제 수·화·목·금은 음양이 합실해졌으므로 생성 변화의 운동을 스스로 할 수 있게 되고, 각기 5토가 지닌 단합의 인력을 중심에 가지고 있기 때문에, 자신의 성정과 기질 안에서 1로부터 10에 이르는 생성 변화의 자전 운동을 하면서, 1에서 10에 이르는 보다 큰 단위의 (5),10토의 자전과 공전 운동의 영향을 받게 된다.

중앙에 있는 (5),10토는 수·화·목·금이 생성 변화하는 힘의 근원인 만큼 가장 완전한 합실체다. 1에서 9에 이르는 생성 운동을 하나의 전체로 단합하여 완성한 10을 유일하게 성취한 것이 바로 (5),10 토이기 때문이다. 9(九)의 상은 1양이 더 이상 발전할 수 없는 지극한 경지를 나타낸다. 그래서 9는 0으로 돌아가 생성의 한 주기를 마치면서 10이 된다. 10이란 상수학적으로 볼 때, 0으로부터 1과 2가 나와서 생성의 한 주기를 완성한 다음 다시 0으로 돌아가 미분적인 전일성, 즉 무이유한 무의 상을 이루게 되기 때문에, 0 앞에 1로 그 주기를 표시한 것일 뿐이다.[19] 다시 말하면 (5),10토는 태극의 뜻을 대신 실현하는 형상 세계의 태극이라 할 수 있다.[20] 그러나 이러한 토 역시 생성 변화의 흐름 속에 있는 하나의 생성자일 수밖에 없으므로, 스스로 1에서 10에 이르는 생성 변화의 자율적 자전 운동을 하면서, 동시에 보다 더 큰 단위의 1에서 10에 이르는 우주의 공전 운동에 참여하고 있다.

이제 지금까지 설명한 음양 오행의 생성과 운동을 알기 쉽게 도식으로 표시하고 그 생성 변화의 원리를 요약하여 설명해 보기로 한다.

---

19) 구(九)는 극(極)을 뜻하므로 구(究)라 하고, 무한하고 영원한 0으로 돌아가니 구(久)라 한다. 십(十)은 동서와 남북과 중앙, 그리고 모든 수를 다 갖추었으므로 또한 극이라 하며, 동서남북과 중앙을 완비했으니 음양이 완전히 하나로 미분된 무극이태극의 상이라 할 수 있다. 一은 음을 형상한 것이고, ㅣ은 양을 형상한 것이다. 『한어대자전』 (사천: 사천사서 출판사, 1991) 1권, 48, 58쪽 참조.

20) 토가 지닌 이와 같은 태극의 형상 때문에, 만물의 위대한 어머니에 비유하여 중앙의 (5),10토를 역학에서는 흔히 황파(黃婆)라 한다.

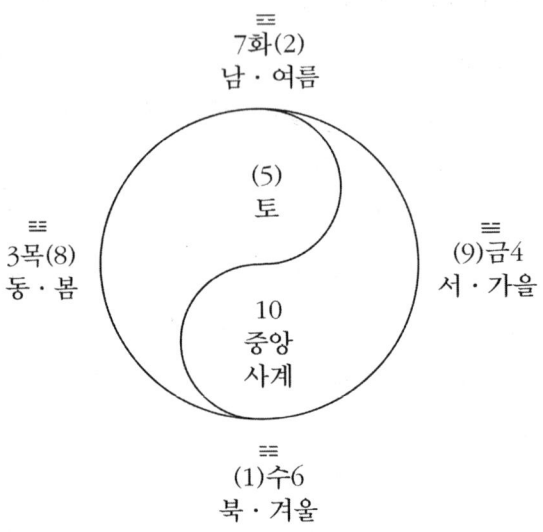

7화(2)
남 · 여름

(5)
토

3목(8)
동 · 봄

(9)금4
서 · 가을

10
중앙
사계

(1)수6
북 · 겨울

<도식 1>

위의 <도식 1>에서, 괄호 속에 들어있는 수는 각 오행의 이면에 있는 성정을 표시하고, 괄호가 없는 수는 각 오행의 표면적 성정을 표시한다. 그리고 기질을 표시하는 목·화·토·금·수 오행의 개념은 나무, 불, 흙, 쇠, 물 등의 자연 형질 자체를 말하는 것은 아니다. 그렇다고 또 자연 형질 자체의 개념을 완전히 배제한 것도 아니다. 왜냐하면 그것은 형과 질, 혹은 상을 모두 동시에 포함하는 개념이기 때문이다. 그러나 형을 갖춘 질이 나무, 불 등과 같은 자연 형질로 나타나는 것은 사실이지만, 오행이 생성 변화의 원리를 설명하기 위한 궁극적 단위이기 때문에, 그 개념은 주로 형과 질의 바탕이 되는 기의 상을 표상한 것이다.[21]

생성 운동의 주체는 태극에서 나온 1양이다.[22] 북방의 겨울에 위치한 수는 양기를 내면에 포장하여 극도로 응축 통일시키는 음기의 힘, 즉 응고성(凝固性)을 표상한다. 그러므로 그것을 (1)6수라 하고 태극 운동의 본체라고 한다. 동방의 봄에 위치한 목은, 음형을 뚫고 용출되어 나온 1양이 자란 모습이므로, 강력한 생장의 힘으로 무한히 뻗어 나가려고 하는 신장성(伸張性)을 표상한다. 그러므로 그것을 3(8)목이라 한다.

남방의 여름에 위치한 화는, 강력한 생장의 3양을 더 이상 발전할 수 없는 한계까지 번성시키기 때문에, 분산성(分散性)을 표상하고 (2)7화라 한다. 그리고 1양의 출발점으로부터 양기가 더 이상 발전할 수 없는 한계까지를 양기가 주도하는 길, 즉 양도라고 한다.

음기가 주도하는 길, 즉 음도가 시작되면, 분산된 양기를 음기가 자신의 음형 속에 수렴하여 보호하게 되는데, 서방의 가을에 위치한 금이 바로 그러한 작용을 하므로, 금은 수렴성(收斂性)을 표상하고 4(9)금이라 한다.

이와 같이 수렴된 양기는 다시 북방의 수에 이르러 1양으로 통일 응고된 다음, 다시 생장의 길을 걷게 된다. 바로 이 운동을 일음 일양 하고 일동 일정하는 절주라 하고, 영원히 생생불식하는 우주의 율려

---

21) 오행의 개념은 물리적 원소의 개념과도 같으면서 다르다. 원소는 더 이상 분해할 수 없는 물질의 최소 단위로서 상호 대립적이지만, 오행은 물질만이 아니라 정신, 즉 의식적인 측면도 아울러 포함하는 것이며, 대립적일 뿐만 아니라 동시에 상호 생성적인 동질의 것이기도 하기 때문이다. 역학에서는 음양이 합실하여 운동이 일어나면 동식(動識)이 생긴다고 한다.

22) 이하의 설명은 <제2장 태극의 개념과 시론적 유추>에 있는 <도식 1>의 설명을 참조할 것.

운동이라고 한다.

결국 오행의 운동은 음양의 상생 과정이며 동시에 투쟁 과정이다. 비유하자면 『역경』에서 용으로 상징되고 있는 양기가 한겨울의 음기와 투쟁하여 승리한 다음, 봄과 여름의 기운을 받아 승천하다가, 그 승천의 절정에서 다시 음기에 패배하여 하강하게 되는 연속적인 상승 하강의 운동이 바로 이 오행의 운동이다. 다시 말하면 그것은 사계의 절주에 따라 양기가 굴신하는 율려 운동에 불과하다. 그러나 이 율려 운동의 이면을 좀더 분석적으로 살펴보면, 율려 운동을 가능하게 하는 몇 가지 원리가 있음을 알 수 있다.

첫째가 대화 작용(對化作用)이다. 위의 <도식 1>에서 볼 수 있듯이, 토를 제외한 오행의 사원질(四原質)은 수극화, 금극목 등 상극적인 대립자들끼리 서로 마주보고 있는 모양으로 배치되어 있다. 이 상극적인 대립자들이 마주보면서 동시에 밀고 당기는 모순적인 작용이 있기 때문에, 목은 목이 되고 금은 금이 될 수 있으며, 수는 수가 될 수 있고 화는 화가 될 수 있으며, 또 정연한 생성 변화 운동이 가능해진다.

목금의 관계를 살펴본다면, 순수한 질로서의 목기가 양적으로 팽대해지면서 마침내 금과 같이 견고한 외형을 갖추어 나무로 물질화하는 까닭은 대립적인 금의 음형이 발휘하는 인력 때문이다. 3목의 무한한 신장성이 대립적인 4금의 억압에 의하여, 그리고 동시에 견고한 금성 쪽으로 끌어당기는 인력에 의하여 조정됨으로써 비로소 목의 목다운 본성이 실현된다. 따라서 목은 자신의 존재 근거로서 금이 요구된다.

목은 금이라는 대립성에 의해서 생성되고 금은 목이라는 대립성에 의해서 생성된다. 따라서 모든 대립자는 각기 자신의 그림자 속에 대립자를 지니고 있다. 즉 3목은 자신의 그림자 속에 4금이 투영된 8을 지니고 있고, 4금은 자신의 그림자 속에 3목이 투영된 9를 지니고 있다. 이러한 관계 때문에 결국 금의 형과 수렴성은 목의 질과 신장성으로 변하고, 수의 정(精)과 응고성은 화의 신(神)과 분산성으로 변하고 만다. 형질과 정신의 이와 같은 일여적 작용, 즉 대립자에 의해서 자신을 실현하고, 동시에 대립자를 향하여 나아가는 작용이 바로 대화 작용이다.[23]

둘째는 변극 원리(變極原理)다. 변극 원리도 역시 상극 원리가 상극 원리만이 아니라 동시에 상생 원리이기도 하다는 점을 보여주는 일여 논리라 할 수 있다. 모든 상극적 대립자가 자신을 최대한으로 실현시키게 되면, 결국 극즉필반의 원칙에 의해서 자신의 상극적인 대립자를 낳고 만다. 그래서 수는 화를 낳고, 화는 금을 낳고, 금은 목을 낳고, 목은 토를 낳게 된다.

셋째는 자화 작용(自化作用)이다.[24]자화 작용이란 오행이 각기 스스

---

23) 이와 같은 대화 작용과 질량 변화의 원리를 바탕으로 이제마(李濟馬)는 『내경』의 장부 오행 체계를 일신하여 그의 독특한 사상의학 체계를 세울 수 있었다. 그는 간목(肝木)을 간금으로, 폐금(肺金)을 폐목으로, 심화(心火)를 심토로, 비토(脾土)를 비화로 바꾸었다. 한동석, 앞의 책, 54-62쪽 참조.

24) 필자는 이 글의 목적이 음양 오행 자체를 전문적으로 연구하는 것이 아니기 때문에 여러 개념과 원리들을 분석적으로 보지 않고 매우 포괄적으로 보는 입장을 취하고 있다. 그래서 오행의 개념을 설명하는 데 있어서도 개념을 정의하는 엄밀하고 일관된 관점을 유지하기보다 궁극적인 일여적 논리에 따라 형이상학적인 면과 현상적인 면을 아울러 뒤섞은 좀 느슨한 입장을 취했다. 그리고 대화 작용은 엄밀히 말해서 오운(五運)과 관련되고, 자화 작용은 육기(六氣)와 관련되는 것이지만, 오운과 육기

로의 기질과 성정을 완전히 실현하는 단계적 과정을 이르는 말이다. 예를 들자면, 목은 본래 수가 포장하고 있던 1양이 발전하여 나온 것에 불과하다. 그러므로 목이 스스로의 본성을 실현하기 위해서는 자신 속에 남아있는 수의 흔적으로부터 시작하여 화의 단계로 넘어가기 직전까지 발전하지 않으면 안 된다. 바로 이 과정이 자화 작용의 과정이라 할 수 있다.

그러나 오행이라는 것이 실상 음양이 다양하게 교합되어 생성된 것에 불과한 것이고, 궁극적으로는 그것들이 상호 동질적으로 뒤섞여져 있다는 점에서, 자화라는 용어의 본래적 의미와 상관없이 자화 작용의 범위를 좀더 극대화하여 생각할 수 있다. 이렇게 본다면 목의 자화 작용의 범위는 수가 금으로부터 생겨나오는 한계에까지 이르게 된다. 다시 말하면 목의 자화 작용은 수의 생성으로부터 시작되는 목의 과거성 전체를 포괄하게 된다.

지금까지 음양 오행의 생성 과정과 원리, 오행의 개념, 변화 운동의 원리 등을 포괄적으로 요약하여 살펴보았다. 바로 이 음양 오행의 운동이 천지의 마음의 귀신이 절도 있게 움직이는 모습이다. 이 귀신의 운동은 사람의 마음이 천변 만화를 일으키며 움직이는 모습으로 그대로 이어진다.

1.3 마음과 의미 생성의 구조

천지의 귀신 운동과 사람의 귀신 운동은 동일한 원리에 바탕을 두

가 결국 오행 법칙의 변용일 뿐이라는 점에서, 아주 포괄적이고 새롭게 해석하는 관점을 취한다.

고 있다. 그런데 만물도 마찬가지로 그 동일한 원리에 바탕을 두고 음양 운동을 하고 있지만, 천지와 사람의 귀신 운동만을 특별히 정신 운동이라 하고, 그것을 일러 우주 정신, 인간 정신이라 말한다.[25] 그리고 엄밀히 구분하여 말한다면 이 정신 운동만을 가리켜 율려 운동이라고 한다. 왜냐하면 우주와 인간을 제외한 만물들은 완전한 (5),10토 대신 겨우 5토만을 얻어서 자신의 일방적인 기질과 성정에 따라 불완전한 음양 운동의 자전을 할 뿐 자율할 수 없으므로 외부의 힘에 절대적으로 의존할 수밖에 없기 때문이다.

그러나 우주는 물론, 완전하고 자율적인 (5),10토의 본질을 주체로 삼아 생성된 인간은 스스로 기를 분산하여 신명(神明)을 얻고 분산된 기를 응축하여 정력(精力)을 얻는 정신 운동, 즉 자율과 자려의 율려 운동을 할 수 있다. 우주의 율려 운동의 중심이 되는 (5),10토를 주체로 삼아 인간이 생성되었기 때문에 인간이 바로 천지의 마음이 될 수 있고 소우주가 될 수 있으며, 유협이 『무심조룡』에서 말한 바와 같이 <인간은 실로 오행의 정화>가 될 수 있는 것이다.

인간의 정신 운동이 우주의 정신 운동과 동일한 원리, 즉 음양 오

---

25) 역학에서는 음양이 합실하여 운동이 일어나면 기본적으로 정신이 있다고 인정한다. 그러나 사람과 동물을 제외한 것들은 그 운동이 매우 불완전하여 정신이 아주 극미하기 때문에 다만 기립지물(氣立之物)이라 말할 뿐이다. 동물도 아직 정신 운동이 매우 한정적이고 불완전하기 때문에 정령(精靈)의 단계에 머물고 있는 것이지 정신의 단계가 아니다. 정신이라고 말할 때, 신은 기의 힘이 발산하는 밝음의 순수성이고, 정은 기의 통일에서 나오는 힘의 순수성을 말하는 것이다. 정이 충실하면 기가 힘 있게 발산되고 기가 힘 있게 발산되면 신의 밝음이 커지므로 『내경』에서는 그것을 정기신 운동이라 하고, 이와 반대로 기가 통일되어 힘차게 되면 정의 응고성과 힘이 견고해지고, 정의 응고성과 힘이 견고해지면 형체가 튼튼해지므로 역에서는 그것을 기정형 운동이라고 한다.

행 운동의 원리에 바탕을 두고 있다면, 우리는 인간의 정신, 즉 마음이 어떻게 생성되고 어떻게 운동하며 어떤 구조를 지닌 것인지 그 원리를 그대로 적용하면서 살펴볼 수 있을 것이다.

우주의 분화와 율려 운동이 상수학적 0, 즉 태극으로부터 비롯되듯이 사람의 마음의 분화와 율려 운동도 0인 태극으로부터 비롯된다.26) 태극은 본래 생성하려는 순수한 뜻이 있었다. 생성한다는 것은 만물을 낳아 기른다는 뜻이다. 그러나 천지 만물이 태극으로부터 나와서 한결같이 하나의 태극을 제 속에 지닌 채 그 태극의 이치에 의해 생성 변화하는 것이므로 결국 천지 만물이 바로 태극이라는 점에서, 생성하려는 뜻은 다름 아니라 태극 스스로 나타나 생성하고자 하는 뜻이기도 하다. 바로 이 뜻이 부동이동으로서의 태극이 지닌 가발성이고 가동성이며, 무의미라고도 할 수 있는 것이다.

이 나타나 움직이고자 하는 순수한 뜻이 실현되면 그 뜻 자체를 표상하는 1양(一)이 나타남과 동시에 이 1양의 그림자와 같은 2음(--)도 반드시 함께 나타난다. 1양이 나타나 움직이고자 하는 힘은 역설적이게도 그 힘을 억압하고 제한하는 2음의 힘과 대립적인 관계를 가지고서야 비로소 현실화된다.27)

---

26) 하나의 태극이지만 굳이 구별하여 말한다면, 사람의 태극은 성(性)이고 사물의 태극은 이(理)다. 그리고 사람의 마음의 동정을 말할 때는, 동정이 반드시 시종이 있는 것이므로, 시종이 비롯되지 않은 중심을 뜻하여 그것을 중(中)이라 한다. 이 글에서는 그런 용어들을 엄격히 구분하는 번잡을 피하여 문맥에 따라 혼용하되 주로 태극이라는 용어로 범칭을 삼고 있다.

27) 음양의 대립 관계는 위에서 살펴본 바와 같이 단순히 대립적인 것만이 아니다. 음양은 서로 대립자를 전제하고서야 존재할 수 있는 것이며, 보다 근원적으로는 자신의 속에 그 대립자를 가지고 있는 존재다. 이런 까닭에 음이 양이 되고 양이 음이 될 수 있는 것이다. 그래서 고정 불변의 느낌을 주는 대립적이라는 용어 대신에

2음은 1양의 존재 조건이자 1양의 뜻을 현실화시키는 근원적인 억압이다. 태극이 지녔던 뜻의 순수성은 그래서 처음부터 그 억압에 의해 굴절되고 변질된다. 굴절되고 변질되면서 그 뜻의 정체는 은폐되지만, 한편으로 굴절과 변질에 의해 은폐되는 만큼 그것을 속 깊이 숨기고 있는 기상은 구체화된다.[28]그러므로 순수한 뜻은 억압에 의해 실현되고, 동시에 그 억압의 징표로 기상은 발생한다.

나타나고자 하는, 생성하고자 하는, 움직이고자 하는 태극의 그 뜻은 좀더 구체적으로 말해서 도대체 무엇을 뜻하는 것인가. 결국 그것은 살고자 하는 욕구, 즉 생명 의지이고, 존재하고자 하는 욕구, 즉 존재 의지이고, 그 생명 의지와 존재 의지를 실현하여 나아가고자 하는 자유에 대한 욕구, 즉 자유 의지라고밖에는 달리 말할 수 없을 것 같다. 생명, 존재, 자유는 삼위 일체로서 그 뜻을 이루고 있다.[29]

그러나 그 뜻은 태극의 미분성으로서의 무의미와 같은 것, 즉 초월적인 것이기 때문에 그것이 현실화되기 전에 우리는 그것을 알 수가 없다. 그 순수한 뜻이 일단 음양 이기로 나타나서 근원적인 욕망의

역학에서는 대대적(對待的)이라는 용어를 쓴다. 그러나 이 글에서는 그러한 차이를 전제하면서 일반적으로 통용하는 대립적이라는 말을 그대로 사용하여 번잡을 피하고자 한다.

28) 상(象)이란 결국 음양 이기가 교합되어 있는 순수 동작을 말하는 것이므로 구체적으로 말하면 기상(氣象)이다. 기상은 역에서 ━ ══ ☰ ☷와 같은 괘로 표상된다.

29) 여기서 말하는 존재는 존재론적인 존재being가 아니고 생성론적인 존재의 뜻이다. 존(存)은, 한겨울에 만물의 생명이 종식된 듯이 보이지만 1양이 흙 속에서 초목의 싹으로 자라고 있음을 뜻하는 글자다. 재(在)도 역시 흙 속에 양기가 살아있음을 뜻한다. 모든 존재는 (5),10토의 율려 운동에 따라 흙에서 나왔다가 다시 흙으로 돌아가는 음양 운동을 하고 있으므로 존재라고 정명(正名)한 것이다. 『한어대자전』, 1권, 418, 2권, 1009 쪽 참조.

힘이 될 때 우리는 비로소 그것을 생명, 존재, 자유의 의지라고 부를 수 있게 된다. 그러나 이 뜻, 그리고 그것을 현실화하는 음양 이기로서의 욕망은 억압과 대립과 필연에 의해서만 겨우 성취되는 것이다.

근원적인 억압과 대립과 필연이 가로막지만, 적연부동하던 태극의 뜻이 욕망의 힘으로 일단 변성되면, 그 힘은 끝없이 감(感)과 응(應)을 낳으면서 생성 변화의 길, 즉 절도에 맞게 하나로 통하는 달도(達道)를 걸을 수밖에 없다. 1양은 결국 3양으로 나아가고 2음은 따라서 4음으로 커진다. 양기가 더욱 분화 발전하고 음형도 거기에 따라 더욱 그 모양을 단단하게 갖추게 되었으므로, 본래의 뜻은 더욱 속 깊이 잠재되고·그 기상은 점점 더 다양하게 구체화된다.

그리고 앞에서 음양 오행의 생성 원리를 설명한 바와 같이, 1양이 5로 발전하고 이어서 1· 2 ·3 ·4 ·5가 모두 이 5를 얻어서 최종적으로 (5),10토가 생성된 뒤에는 잠시도 쉬지 않고 천변 만화하는 율려 운동이 시작된다. 이 단계에서 음양이 변화 무쌍하게 변합하면서 무수한 기상이 생성되어 좀더 다양하게 구체화되면 본래의 순수한 뜻은 더욱 깊이 그 구체성 속에 은폐되고 만다.

우주의 율려 운동이 그런 것처럼 인간의 율려 운동도 역시 (5),10토가 주체적 중심이다. 그런데 율려 운동의 중심인 (5),10토의 완성은 인간에게 있어서는 실로 중대한 도약이자 본질적 변화라 할 수 있다. 왜냐하면 그것은 바로 개체의 탄생이자 주관과 객관을 분화하는 자아 ego의 탄생을 의미하기 때문이다. 개체적 자아가 탄생했다는 것은 주관과 객관의 거리가 발생하면서 이것과 저것을 분별하는 앎이 생겼다는 뜻이다.

역에서 감이수통(感而遂通)이라는 말은 태극의 뜻이 한번 감응하여 움직이게 되면, 천지는 마침내 만물을 생성하고야 말고, 사람은 마침내 이와 같이 앎을 발생하고야 만다는 것을 뜻하는 말이다. 이미 앎이 생겼다고 하면 벌써 무의식에 대한 의식이 발생했다는 뜻이고, 의식적 앎이 생겼다고 하면 벌써 언어적 의미 혹은 개념이 발생했다는 뜻이다. 이렇게 되면 결국 기상이 의미의 틀로 변성 교체되면서 태극의 뜻은 다시 한번 더욱 근본적인 변질을 겪게 되고 만다.

(5),10토의 개체적 자아의 탄생은 동시에 의식의 탄생이고 의미의 탄생이다. 자아와 의미와 의식은 뜻에 대응되는 또 하나의 삼위 일체로서 불가분리의 상관항을 이룬다. 다시 말하면 생명과 자아, 존재와 의미, 자유와 의식은 서로 대응적인 관계라 할 수 있다. 그런데 역설적이게도 자아의 앎과 의식의 탄생은 근원적인 존재와의 분리를 통해서, 또는 근원적인 존재를 어둠의 배후에 방치해 둠으로써 겨우 이루어질 수 있었던 것이다. 왜냐하면 의식의 불빛이란 반드시 상대적인 어둠의 배경을 그 존재 근거로 요구하는 것이고, 앎이란 앎 너머의 모르는 세계를 전제할 때만 성립되는 것이기 때문이다.

다시 말하면 자아의 탄생이란 (5),10토의 성립 이전과 이후의 영역을 분리하고, 이전의 영역을 알 수도 없고 관계도 없는 어둠의 배후로 남겨놓음으로써 비로소 가능했던 것이다. 그래서 의식의 영역은 일상적 현실이 되고 의식 너머의 영역은 역설적이게도 초현실이 되고 만다. 이제 자아는 의식의 영역 안에서 의미를 가지고 율려 운동을 하면서 이른바 소우주가 된 것이다.

우주는 뜻을 실현하기 위해 정신 운동을 하고, 그 정신 운동을 통하여 천지 만물을 생성해 내었다. 다시 말하면 우주가 생각하고 느끼고 상상하는 것 자체가 만물의 생성이고 현실이다. 이런 점에서 우주 정신은 주객관이 미분된 절대적 주관이다. 그러나 인간은 뜻을 실현하기 위해 정신 운동을 하고, 그 정신 운동을 통하여 언어적 의미를 생성해 내었다. 인간이 생각하고 느끼고 상상하는 것 자체는 현실(現實)이 아니라 현실이 거듭거듭 굴절되어 투영된 의미일 뿐이다.30) 주관적 의미의 저쪽에 객관적 현실이 엄존한다. 이런 점에서 인간 정신은 주객관이 분화된 상대적 주관이다. 의미에 의해서 인간은 객관적 현실로부터 간접화되고, 자신의 내면에 있는 진정한 현실로부터 추방된다. 그래서 생명과 존재와 자유가 이룩한 현실은 자아와 의미와 의식이 만드는 현실의 그림자로 타락하고 만다.

지금까지 설명한 마음과 의미 생성의 구조, 그리고 그 발생 과정을 알기 쉽게 도식으로 요약해 보면 다음과 같다.

---

30) 현실(現實)이란 음양 이기가 합하여 알차게 열매를 맺은 것, 즉 합실한 바가 드러난 상태를 뜻하는 말이다. 천지 만물은 음양이 합실한 결과이고, 마음의 심층에서 움직이는 기상은 음양이 합실하여 생성되는 것이므로 모두 현실이다. 그러나 의미는 이미 기상이 아니므로 현실의 그림자일 뿐이다. 현실은 생명과 존재와 자유가 살아 있지만 의미는 본질적으로 그것이 없다. 그러나 이것은 어디까지나 양자의 차이를 상대적으로 말하는 것일 뿐이다.

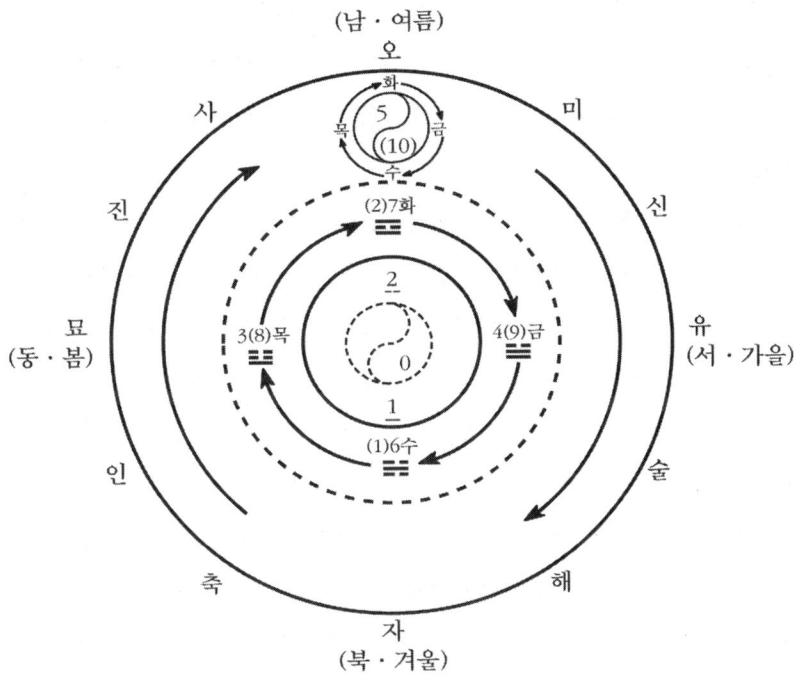

(남 · 여름)

오

사

미

진

신

묘
(동 · 봄)

(2)7화

2

0

유
(서 · 가을)

3(8)목

4(9)금

(1)6수

1

인

술

축

해

자
(북 · 겨울)

5
(10)

화
목   금
수

<도식 2>

만물과 만상(萬想)을 생성해 내는 궁극적 일자인 씨앗으로서의 태극
은 마음의 중심에 자리잡고 있다. 음양이 미분되어 있음을 점선이 표
시하고, 아직 분화되지 않은 전일성의 상태를 0으로 표시하고 있다.
일단 알기 쉽게 도식화하기 위해서 태극을 중심에 위치한 것으로 표
시했지만, 0으로부터 생성되어 나온 무량수, 혹은 천지 만물이 아무리
분화하고 증가하더라도 그것들이 각기 자기의 중심에 0을 지니고서
그 0의 뜻에 따라 분화 생성하는 한, 결국 그 0 안에서 움직이는 것

이라고밖에 볼 수 없으므로, 태극은 중심일 뿐만 아니라 동시에 그 무량수와 천지 만물을 포괄하고 있는 것이기도 하다. 이것이 바로 극 소한 거대성으로서의 태극이 지닌 초월성즉내재성이라는 역설의 본질 이다.

근원적인 억압에 의해서 0의 뜻은 1양과 2음으로 생성된다. 마음의 이 영역은 두 개의 대표적인 기상만 나타나 있다. 이미 생성된 존재 는 억압과 대립과 필연에 의해서만 움직일 수 있고 존재할 수 있는 것이므로, 양이란 겉은 양이고 속은 음, 즉 표양 이음으로 존재하는 것이고, 음이란 겉은 음이고 속은 양, 즉 표음 이양으로 존재하는 것 이다. 따라서 표양 이음과 표음 이양이 끊임없이 서로 교합하고 변합 하는 생성 운동을 하면서 다음 단계의 발전을 준비하기 때문에 이 영 역 안에는 무수한 기상이 생성되지 않을 수 없다. 다만 그런 기상들 을 음양 이기로 대표하여 표시한 것일 뿐이다. 그리고 이 영역의 기 상들은 가장 뜻에 가깝다는 의미에서 다음 단계의 기상들이나 그 다 음 단계의 의미들에 비하여 고태적(古態的)이라고 할 수 있다.

1양과 2음, 그리고 그것들이 생성한 무수한 기상들은 2차적 억압에 의해 굴절되면서 3양과 4음이 자리 잡은 영역으로 함께 떠오른다. 여 기에서도 1 ·2· 3 ·4의 교합과 변합에 의해서 무수한 기상들이 생성되지만 역시 궁극적으로는 수·화·목·금 네 개의 기상으로 수 렴될 수 있기 때문에 그것만이 대표적으로 표시된다.

그리고 1 ·2 ·3 ·4가 통합되어 5로 발전하게 되면, 다시 이 5 와 상합되어 수·화·목·금·토의 기질과 성정이 완성되면서 기상 들은 보다 구체화되고 다양한 모습을 띠게 된다. 다만 (5),10토는 수·화·목·금을 다 갖추고 1에서 10까지 완성하여 유일하게 자율성을 가진 율려 운동의 개체, 즉 소우주가 되었기 때문에, 수·화·목·금이 생성 변화하는 영역으로부터 분리되어 다음 단계로 떠오르게 된다. 마치 그것은 모태로부터 분리되어 하나의 자율적인 개체를 형성하는 것과 같다고 할 수 있다.

이미 앞에서 설명한 바와 같이, 이 (5),10토를 자아의 출현이라고 할 수 있기 때문에 이것이 자리 잡은 영역이 바로 의식과 의미의 영역이 되고, 자아의 출현 이전의 영역은 무의식으로 남고 만다. 따라서 의미는 자아에 의해서 기상이 근본적으로 변질되고 탈바꿈된 것들이다.

우주 정신의 율려 운동과 인간 정신의 율려 운동을 비교해 보면 자아의 의미가 좀더 뚜렷이 드러난다. 우주 정신의 율려 운동이라면 (5),10토는 금·목·수·화·토의 중앙, 즉 0인 태극의 위치로 가서 태극과 표리 관계를 이루게 될 것이다. 이 표리 관계에 의해서, 앞에서 설명한 바와 같이 태극의 초월성즉내재성, 다시 말해 태극의 극소한 거대성과 거대한 극소성이 발생한다. 10이란 현실화된 0에 불과하기 때문이다.

그러나 인간의 정신 운동의 중심이 되는 (5),10토는 자신의 모태가 되는 0인 태극으로부터 분리되어 형상 세계의 태극, 즉 소우주와 같은 자율체가 되었다. 그래서 인간 정신의 율려 운동은 0인 태극 운동을 따르지만 형상 세계의 억압과 변질을 필연적으로 겪는 것이기 때문에 0의 태극 운동과는 근본적으로 다를 수밖에 없다. 비유컨대 인간 정신의 율려 운동은 우주 정신의 율려 운동의 그림자이거나 그것의 왜곡된 모사라 할 수 있을 것이다. 도식에서 (5),10토를 태극의 형상으로 표시하되, 태극과 달리 이미 음양 이기가 분화되어 0의 순수한 뜻이 변질되었으므로, 그것을 실선으로 표시한 것은 바로 그런 이유에서다.

따라서 우주의 마음에는 인간의 마음과 같은 자아와 의식이 발생할수가 없고, 의식이 없으므로 의미도 무의식도 있을 수가 없다. 우주 정신에 있는 것은 의식과 같은 대립적 밝음이 아니라 오직 주객관의 대립이 해소된 완전한 신명(神明)의 밝음만이 있을 뿐이다. 다시 말하면 우주 정신은 곧 현실이고 존재다. 그러나 우주와 달리 인간은 소우주다. 소우주는 우주가 투영된 것이고 투영된 것인 만큼 현실과 존재를 창조하지 못한다. 다만 현실과 존재를 반영한 의미를 가지고 율려 운동을 할 뿐이다.

그러나 (5),10토의 자아는 자신의 모태로부터 형식적으로 분리되었지만 그것은 완전한 분리가 아니다. 그것은 금·목·수·화가 있기 때문에 존재할 수 있고 그것들과 더불어서만 생성 운동을 할 수가 있다. 그것은 중심에 있는 태극이 투영된 그림자에 불과하지만 여전히 의식의 중심에서 금·목·수·화의 의미와 함께 율려 운동을 하고 있다. 다만 금·목·수·화가 무의식 속의 기상 자체가 아니라 자아가 언어적 개념의 틀로 포착하여 낚아 올린 의미라는 점이 다를 뿐이다.

한편으로 (5),10토의 자아가 의식역으로 분리되어 떨어져 나갔지만, 무의식 속의 기상들은 원래 5토를 얻어서 이루어진 것일 뿐만 아니라, (5),10토 자아가 지닌 단합력과 인력의 중심에 의해서 생성 변화하는 것이기 때문에, 그 자아의 인력권 안에서 여전히 움직이고 있다. 그러나 자아가 무의식 속의 기상들을 의미로 포착하여 운동하기 때문에 무의식의 기상들이 의식역의 자아로부터 받는 영향은 그만큼 약화되어 있고 간접화되어 있다. 자아와 무의식의 관계는 현실과 현실의 반영만큼 간접화되어 있으나 양자는 부단히 서로 간섭하면서 생성 운동을 하고 있는 셈이다. <도식 2>에서 의식과 무의식의 경계가 점선으로 처리된 까닭은 바로 그와 같은 상호 간접적 교섭의 관계를 표시하기 위한 것이다.

설명과 이해의 편의를 위하여 이율곡의 「인심도심도설」의 용어에 비교한다면, 1양과 2음의 기상이 위치한 마음의 영역은 천리에서 직출(直出)한 도심(道心)이고, 수·화·목·금의 기상들, 즉 천리에서 직출한 사단(四端)이 위치한 마음의 영역은 도심과 함께 인심(人心), 다시 말해 천리에서 횡생(橫生)한 칠정(七情)이 혼재한 곳이다. 그리고 의식역은 더 말할 것 없이 인심이다.

도심은 천도의 공욕(公欲)이 중심이 되어 움직이고 인심은 인간의 사욕이 중심이 되어 움직인다. 여기서 인심이란 개체적 자아의 현실 원리와 본능 충족의 욕구에서 발생하는 온갖 마음의 움직임을 말한다. 왜냐하면 의식역은 이미 명료하게 경화된 대립적 관계에 의해서만 존재와 의미가 발생하는 곳, 즉 상(象)이 아니라 형(形)이 지배적인 위치에 있는 영역이므로, 의미를 가지고 율려 운동을 하는 자아는 형기의 산물, 즉 육신을 지닌 개체를 대표한다고 볼 수 있기 때문이다.[31]

---

31) 이율곡, 「인심도심도설」, 『율곡전서』 권 1,(성대 대동문화연구원, 1978), 282-283쪽.
   <기가 아니면 능히 발하지 못할 것이요, 이가 아니면 발하는 소이가 없을 것이니
   어찌 이발(사단) 기발(칠정)이 다름이 있겠습니까. 다만 도심도 기에서 떠나지 못하

이것을 다시 여러 이동(異同)을 덮어 두고 융의 분석심리학적 용어에 비교해 본다면, 도심은 집단 무의식에, 수·화·목·금의 기상들이 위치한 영역의 인심은 개인 무의식에, 그리고 중심에 있는 태극은 자기the self의 개념에, (5),10토는 물론 자아에 각기 대응될 수 있는 개념이라고 할 수 있을 것이다.[32)]

지마는, 그 발하는 것이 도의를 위한 것이므로 성명에 속하고, 인심도 역시 이에서 나왔지마는 그 발하는 것이 구체(口體)를 위한 것이므로 형기에 속합니다.……이것이 혹은 성명에 근원하고 혹은 형기에서 생겨 공과 사가 달라지는 까닭입니다.……이로써 본다면 칠정이란 것은 곧 인심과 도심과 선악의 총명입니다. 맹자는 칠정 중에서 선한 일면만 척출하여 사단이라 이름 지었으니 사단은 곧 도심과 인심의 선한 부분입니다.>(非氣則不能發 非理則無所發 安有理發氣發之殊乎 但道心雖 不離乎氣 而其發也爲道義 故屬之性命 人心雖亦本乎理 而其發也爲口體 故屬之 形氣……此所以或原或生公私之異也者……以此觀之則七情 卽人心道心善惡之 摠名也 孟子就七情中剔出善一邊 目之以四端 四端卽道心及人心之善者也.) 또 같은 책, 192쪽. 「답성호원」에서 율곡은 인심이 의식역의 의미를 만드는 과정에 대하여 다음과 같이 포괄적으로 이야기하고 있다. <대개 심(心)이 발하지 않은 때는 성(性)이 되고, 이미 발한 것은 정(情)이요, 발한 뒤에 헤아리고 생각함은 의(意)가 된다.> (大抵 未發則性也 已發則情也 發而計較商量則意也.)

32) 융C.G.Jung은 잘 알려진 바와 같이 동양의 종교와 철학을 깊이 이해했던 사람이고 서양인으로서는 드물게 동양의 사상에 깊은 경외심을 표했던 사람이다. 전하는 바에 의하면 그는 『역경』을 책표지가 헤어질 정도로 숙독했으며, 그의 원형론과 자기 실현의 과정, 그리고 말년에 세운 동시성론의 가설 등 그의 분석심리학적 내용들이 이미 『역경』에서 적용되고 있음을 보고 그는 큰 감명을 받았다고 한다. 그가 후에 번역본 『역경』에 대한 서문을 쓰면서 분석심리학적 해설을 시도한 것은 바로 그런 인연의 결과로 보여진다. 그리고 융의 이 분석심리학적 개념들이 문화인류학, 신화학, 신화비평론 등 여러 인문학 분야에 결정적이고도 심대한 영향을 주었다는 것 또한 널리 알려진 사실이다. 이 글에서 구성되는 바와 같은 태극론 혹은 음양 오행론의 심성론적 체계가 융의 이론적 체계와 일견 흡사하게 느껴지는 점이 있다면 그것은 바로 그와 같은 까닭에서 온다. 그러나 양자의 이동을 여기서 자세히 말할 계제는 아니기 때문에 말을 줄이지만, 음양 오행론의 그것은 생성론적이라는 점에서 근본적으로 융의 그것과 다르다. 이부영, 『분석심리학』(일조각, 1981), 347-378쪽 참조.

다시 도식을 보자. 원주 밖의 십이 지지, 방위, 사계 등은 자아 활동의 제약 조건이 되는 시간과 공간을 표시한다. 여기서 십이 지지는 시간의 단위다. 자아의 의미 활동은 시간의 흐름, 혹은 시대적 영향, 그리고 공간적 위치, 혹은 환경적 영향 아래에서 이루어진다. 자아는 무의식의 기상들이 지닌 공욕과 사욕의 힘에 끊임없이 영향을 받으면서, 그리고 동시에 시간과 공간의 영향을 받으면서 의미를 생성해 낸다.

따라서 무의식 속의 기상들도 특정한 방위의 계절적 함의를 지니고 있고, 자아도 특정한 방위의 계절적 영향 아래에서 의미를 생성하기 때문에 모든 의미는 특정한 방위의 계절적 의미, 즉 음양 오행론적 의미로 분류될 수 있다. 그리고 자아는 형기에 의해서 크게 제약받는 것이고 기는 청탁이 있으므로 그 청탁에 따라 자아의 개성이 여러 갈래로 생기지 않을 수 없다. 개성이 있다면 그 개성은 자아가 어떠한 시공간적 위치에서 의미를 생성하느냐 하는 음양 오행론적 의미와 관련되기 마련이다. 다시 말하면 사람의 상상력, 즉 귀신 운동이 산출한 모든 언술은 그 개성에 따라 특정한 오행적 의미의 형상을 띠게 된다.

1.4 욕망과 의미와 무의미

태극 0이 지닌 무의미로서의 순수한 뜻은 근원적 억압에 의해 실현된다. 그것이 실현되었다는 것은 바로 그 무의미의 순수한 뜻이 생명 의지, 존재 의지, 자유 의지로 분화되어, 혹은 채워져서 구체화되었다는 뜻이고, 그 의지가 구체화되었다는 것은 1양이 자신의 그림자인 2

음, 즉 음형의 근원적 억압과 함께 나타났음을 의미한다. 그것이 나타났다고 하면 그것은 벌써 기(氣)라는 존재가 되고 욕망의 힘이 되고 만다. 다시 말하면 뜻은 욕망을 지닌 존재로 현실화한다. 그렇다고 해서 순수한 가동성으로서의 뜻을 근원적인 욕망의 힘이라고 할 수는 없다. 왜냐하면 그것은 근본적으로 초월적 미분성일 수밖에 없기 때문이다.

태극의 순수한 뜻이 음양 이기로 분화되어 욕망의 힘이 되었다고 하는 것은, 음양 이기가 분화되었으므로 전일성을 상실한 결핍된 존재가 되었다는 뜻이다. 따라서 근원 갈망은 바로 전일성을 회복하고자 하는 움직임이기 때문에 양은 음을 요구하고 음은 양을 요구하며 그 결핍을 충족시키고자 한다. 이것은 하나의 역설이다. 욕망이 겨누고 움직여 가는 지점은 결국 적연부동한 미분성, 즉 생성의 시발점이 될 수밖에 없기 때문이다. 극적인 비유로 말한다면 살고자 하는 의지는 죽고자 하는 의지에 다름 아닌 것이다. 이것이 바로 역반지로의 실상이다.

음양 이기로 비롯된 존재는 원결핍과 음형의 억압을 통해서 비로소 자기의 존재성을 드러내는 것이므로 근본적으로 필연에 묶여 있는 것이다. 이것을 좀더 분석적으로 보자면 먼저 생명 의지가 있고 존재는 그 생명 의지가 현실화된 것이다. 따라서 존재는 필연에 의해서 존재가 되지만, 한편으로 존재는 생명을 실현하려는 욕망의 힘에 의해서 현실화된 것이므로 그 생명의 자기 확장을 위해서는 자유를 요구하지 않을 수 없다. 필연에 의해서 존재는 존재가 되지만 동시에 자유가 없다면 존재는 자기의 존재성을 상실하고 만다. 존재성을 상실한 존재는 이미 존재가 아니다. 비유하자면 자유는 마치 존재의 싹이거나 씨눈과 같다. 하나의 역설이지만 자유는 존재에 선행하는 동시에 필연 또한 존재에 선행한다고밖에 말할 수 없다. 다시 말하면 욕망은 생명과 존재와 자유가 서로 변증법적인 발전, 더 정확히 말하면 일여적인 순환 운동을 하며 함께 뜻을 실현해 나아가는 현실적인 원동력이라 할 수 있다.

욕망은 자기 자신의 본질이기도 한 억압 또는 결핍의 추동력과 함께 나아가면서, 바로 그 억압에 의해 다종 다양하게 변형된 기상(氣象)으로 드러나고, 즉 의미화되기 직전의 측면을 강조하여 말한다면 표상으로 드러나고, 그 표상들은 마침내 의식역의 자아에 의하여 본질적인 변화를 겪은 의미로 교체되고 만다.[33]

그런데 여기서 중요한 점은, 앞에서도 잠시 말한 바 있지만, 의미 발생 이전의 무의식의 세계, 즉 기상들이 생성 변화하는 세계가 바로 진정한 현실이라는 점이다. 왜냐하면 기상은 그 자체가 생명과 존재와

---

33) 기상은 생성론적 존재와 그 운동의 바탕으로서 감각을 초월한 순수 동작이지만, 표상은 오성에 의해서 형상(形相)이 부여된 감각이다. 전자는 느낌 또는 직관적 자각의 계기가 되지만 후자는 사유 또는 인식의 대상이 된다. 이런 까닭에 엄밀히 말하자면 기상 자체가 직접 의미로 교체되는 것이 아니라 자아에 의하여 기상이 표상으로 포착되고 그 표상이 의미로 교체된다고 할 수 있다. 좀더 분석적으로 표상을 보자. 「계사전」에서 <상(象)은 하늘에서 이루어지고 형(形)은 땅에서 이루어진다(在天成象 在地成形)>라고 말하고 있듯이, 상—양기의 순수 동작—은 반드시 형—음기의 순수 형상(形狀)—의 억압과 더불어 기상으로 실현된다. 따라서 기상은 순수 동작을 위주로 말하는 것이지만, 상의 그림자와 같은 음기의 형상(形狀)을 함께 말할 때는 순수 형상(形象)이라 한다. 바로 이 순수 형상(形象)이 의식역(意識域)에서 <순수 의미>로 변성되어 표상 속에 내장된다. 그리고 이 표상이 언표되어 구체적인 여러 의미를 발생하게 된다. 그러므로 의미의 발생을 미세하게 보자면 <뜻→욕망→기상(순수 형상)→순수 의미→표상→의미>의 과정을 밟는다고 볼 수 있다.

자유라 할 수 있기 때문이다. 좀더 극단적으로 표현하자면 그것은 살아있는 정신적 물질, 혹은 물질적 정신이다.

자아가 의미를 통하여 바라볼 수밖에 없는, 그러나 의미 너머에 엄존하는 객관적 천지 만물 혹은 자연 역시 기상이 생성 변화하는, 즉 생명과 존재와 자유가 실현되어 가는 진정한 현실이다. 다시 말하면 인간의 외부에 있는 객관적 현실과 인간의 내면 깊이에 있는 현실은 하나의 태극 운동, 즉 기상에 의해서 생성되는 상호 일체적 관계에 있다. 이 상호 일체적 관계에 있는 외부와 내부의 기상이 객관 세계를 실현시키는 <선험적 객관>인 동시에 경험적 자아 또는 주체를 실현시키는 <선험적 주관>이다. 따라서 몬(物)과 몸(身)과 마음(心)은 일여적으로 연속되어 있다. 진정 밖으로 나아가는 길은 안으로 가는 길이고, 진정 내면으로 들어가면 거기서 또한 외부의 현실을 만나게 된다. 그것은 마치 뫼비우스의 띠와 같다. 이것이 바로 이미 앞에서 살펴본 바 있는 자기 일체성의 정체이기도 하다.

그러나 기상을 표상으로 파악하고 다시 그것을 의미로 교체하여 율려 운동을 하고 있는 자아는 의미에 갇혀 있다. 자아는 본래 실체적인 것이 아니라 태극이 투영된 그림자에 불과하고 의미 또한 현실이 투영된 현실의 그림자 혹은 의사(擬似) 현실에 불과하다. 의식이란 이와 같은 자아가 우주처럼 현실화의 운동을 하는 것이 아니라 의미화 운동을 하는 공간이다. 자아는 왜 율려 운동, 즉 의미화 운동을 하는가. 그것은 욕망의 실현, 즉 궁극적으로 생명과 존재와 자유를 현실화하기 위해서다.

그러나 자아가 의미화 운동을 하면 할수록 의미는 다시 의미를 낳게 되고, 의미가 의미를 낳게 되면 점점 더 외부의 현실로부터 멀어지게 되고 동시에 내면의 현실로부터 점점 더 멀어지기 마련이다. 진정한 현실로부터 멀어질수록 인간은 점점 더 의사 현실 속으로 계속 나아갈 수밖에 없다. 현실로부터 멀어지고 간접화될수록, 현실을 의사 현실로 대체할수록 거기에 비례하여 성취되지 않은 욕망은 더욱 커지고, 욕망의 진정한 현실화가 성취되지 않을수록 거기에 비례하여 불안은 더 커질 수밖에 없다.

자아의 욕망은 의식의 공간 속에서 불안의 얼굴로 자신의 모습을 드러낸다. 그리고 불안이 커지면 커질수록 자아의 의미화 운동은 가속화되고, 가속적인 의미화 운동은 마침내 이른바 문화와 문명이라는 것을 낳게 되고 만다. 문화, 문명은 글자 그대로 의미화, 또는 의미의 밝게 드러남을 말하는 것에 불과하다. 다시 말하면 자연과 현실을 의미화하였다는 뜻이다.

이렇게 해서 인간은 자연 혹은 현실 대신 문화 세계 속에서 살게 된다. 문화란 기실 불안의 산물이며 불안과 동의어일 수밖에 없기 때문에 인간이 문화 세계에서 살아가는 한 불안과 그 불안으로 인한 의미화 작용의 악순환으로부터 벗어날 길은 당장 없는 듯이 보인다. 이와 같은 상황은 적어도 일단은 비극적이라고 밖에는 말할 수 없겠는데, 따지고 보면 이 모든 것은 결국 자아의 탄생으로부터 비롯되었다고 할 수 있다. 인간은 자아의 탄생으로 말미암아 자율하는, 적어도 자율하고 있다고 믿고 있는 소우주가 되었지만, 어떤 점에서 그것은 자연과 현실을 문화로 바꾸고 진정한 욕망의 실현을 의사 현실 속의 잠정적인 불안의 해소로 바꾸는 대가에 지나지 않았던 것이다.

이런 점에서 자아의 탄생은 인간에게 있어서 축복이자 또한 형벌이기도 하다.

현실과 의미가 무엇인지 다시 한 번 물어보자. 현실이란 무엇인가. 현실이란 뜻을 실현하려는 욕망의 과정이자 그 결과다. 의미란 무엇인가. 의미 역시 뜻을 실현하려는 욕망의 과정이자 그 결과, 즉 욕망의 기호일 수밖에 없다. 다만 전자는 뜻이 현실화된 반면에 후자는 그 현실을 반영할 뿐 뜻이 없다는 점이 다르다. 전자는 뜻의 생명과 존재와 자유가 합실하여 알찬 것이고 후자는 뜻이 없어 비어 있는 것이다.

그렇다면 왜 사람은 말을 하며 말로써 삶을 꾸려가지 않으면 안 되는가. 사람이 말을 한다는 것 역시 뜻을 실현하려는 욕망 때문이며, 삶 역시 뜻을 실현하려는 욕망의 과정일 수밖에 없다. 그러나 뜻을 실현하기 위해 사람이 말을 하면 말은 벌써 뜻이 아니라 의미의 불모성으로 변해 버린다. 뜻이 없는 말, 즉 생명과 존재와 자유가 살아있지 않은 의미는 사유에 의한 인위적이고 기계적인 조작의 대상이다. 따라서 의미 자체가 지닌 기계적 논리와 명료한 확정성 때문에 현실과 상관없이 자동화되기 쉽고, 자동화된 의미는 이미 기계적 작동의 힘을 지닌 것이나 마찬가지이기 때문에, 그것은 거꾸로 생명과 존재와 자유를 억압하고 파괴하는 무서운 힘으로 변하기 쉽다.

이렇게 볼 때 모든 인간적 재앙은 자아의 의미화 운동으로부터 비롯되는 것으로 보인다. 그러나 자아가 없고 의미가 없다면 사람은 다른 온갖 물생과 마찬가지로 현실 속에 매몰되어 현실 자체가 되고 말 것이다. 현실이야말로 뜻이 살아있는, 궁극적으로는 생명 자체라 할 수 있는 실체이기 때문에, 사람의 삶이 뜻을 실현하는 과정이 틀림없다면 사람은 반드시 그 현실에 참여해야만 한다. 그러나 사람이 현실 자체가 되어 버린다면 그것은 벌써 사람이 아니다. 사람이 이미 사람이 아니라면 현실 또한 이미 현실이 아니다. 왜냐하면 사람은 천지의 마음이므로 마음이 없다면 천지의 현실도 따라서 멸식되고 말기 때문이다.

사람은 다른 물생과 달리 자율 자려하는 자아와, 현실을 반영하는 의미를 가지고 현실로부터 이탈하여 주체가 되고 소우주가 된다. 주체가 되었기 때문에 천지의 마음이 될 수 있고 현실에 참여할 수도 있는 것이다. 참여란 벌써 둘을 전제한 것이다. 그러나 현실과 주체적인 자아는 둘이면서 하나다. 왜냐하면 자아는 내면의 현실로부터 이탈되어 나온 것이지만 그로부터 완전히 단절된 것이 아니라 부단히 상호 간섭적인 관계를 유지하고 있고, 외부의 현실은 궁극적으로 내면의 현실과 일체적 관계에 있기 때문이다.

사람이 뜻을 실현하는 과정은 현실에 매몰된 물생과 달리 자아가 의미를 가지고 적극 현실에 참여함으로써 이루어진다. 그리고 참여하기 위해서는 먼저 그 뜻에 대한 자각이 요구되고 참여의 결단이 요구된다. 뜻에 대한 자각이 없을 때 사람은 뜻을 은폐한 맹목적 욕망, 즉 인심의 칠정과 사욕에 지배되기 마련이다. 그러나 사람은 은폐된 그 뜻을 찾을 수도 있고 끝내 찾지 못할 수도 있으며, 주체적 자아가 있기 때문에 자율적으로 현실에 참여할 수도 있고 하지 않을 수도 있다.

현실 참여는 상아를 통한 주객 합일의 경지, 즉 허정이라는 순수 의식 혹은 우주적 직관에 의해서 이루어진다. 허정은 이른바 이천합천

(以天合天)의 경지이기 때문에, 우리는 그것을 통해서 뜻이 살아서 움직이는 기상의 세계, 즉 현실과 하나가 된다. 현실과 하나가 되기 위해서 자아는 자신을 탄생시킨 모태, 즉 현실로 되돌아가는 역반지로를 끊임없이 걸어야 하고, 그 모태적 현실 속에서 생명과 존재와 자유의 세례를 받아 가지고 의식 세계 혹은 의사 현실 속으로 계속 재생되지 않으면 안된다. 그러므로 사람의 삶은 직선적인 과정이 아니라, 끊임없이 출발점으로 되돌아갔다가 나오면서 걸어야 하는 일종의 나선형적 과정이 아니면 안 된다. 적어도 삶의 과정이 뜻을 실현하는 과정인 한 그럴 수밖에 없다. 만일 그와 같은 과정을 밟지 않는다면 위에서 말한 바와 같이 자아는 자동화된 기계적 의미의 틀에 갇히게 되고 자동화된 의미의 기계적 작동력은 도리어 생명과 존재와 자유를 억압하고 파괴하는 반동의 힘으로 작용하게 될 것이다.

현실은 뜻의 생명과 존재와 자유가 실현되는 과정이므로 알찬 것이고 의미는 그 뜻이 없어 비어있는 것이라고 앞에서 말한 바 있다. 그런데 태극의 그림자에 불과한 자아가 허정을 통해 현실의 세례를 받고 재생할 수 있는 주체적 자율성을 가지고 있다면, 자아의 의미화 운동에 의해서 발생한 의미 역시 비어 있기 때문에 알차게 될 수도 있다는 말이 되지 않을 수 없다. 다시 말하면 의미는 기계적 틀에 불과하고 비어 있는 것이므로 그 비어 있는 곳에 뜻을 채울 수 있다는 말이다.

어떻게 그것을 채울 수 있는가. 이미 제3장의 <4. 전언어적 요해>에서 설명한 바와 같이 현실의 세례를 받고 재생한 자아가 의미의 빈터, 즉 의미가 지닌 무의미를 활성화하여 현실이 드러나도록 해야 한다. 현실이 드러나면 무의미인 뜻도 함께 드러난다. 이것은 하나의 역설이다. 왜냐하면 의미는 결국 뜻으로부터 생성되어 나온 것이기 때문에 거듭되는 억압에 의해서 변질되고 굴절되고 은폐되었을망정 처음부터 무의미, 즉 그 뜻을 가지고 있다고 보아야 하기 때문이다.

그러므로 의미의 빈 터에 뜻을 채우고 그러기 위해서 의미가 지닌 무의미를 활성화한다는 것은 의미 속에 은폐된 무의미, 즉 그 뜻을 자각한다는 말에 불과하다. 사람은 의미의 틀에 매달리기 때문에 그것이 지닌 무의미를 자각하지 못한다. 사람이 의미를 가지고 말한다는 것은 무의미를 드러내기 위한 것이다. 사람은 무의미를 말하면서 그 무의미를 자각하지 못할 뿐이다. 무의미를 자각할 때 말은 비로소 뜻을 지닌 알찬 말이 된다.

결국 의미가 알차게 되기 위해서는, 의사 현실 속에서 의미를 가지고 율려 운동을 하는 것과는 달리, 먼저 자아가 현실의 세례를 받은 다음, 의미가 처음부터 지니고 있는 무의미를 자각하고 그 무의미의 뜻 속에서 기상을 가지고 율려 운동을 해야만 한다. 기상을 가지고 율려 운동을 하는 것이 바로 귀신의 조화요 상상력이다.[34]

---

34) 이 글에서 사용하는 <무의미>라는 용어의 개념은 다음과 같이 정리된다. 첫째, 태극의 <순수한 뜻>을 말한다. 의식의 영역은 분화와 분절의 차이에서 나타나는 대상과 의미에 의해서 성립되지만, 미분성의 순수한 뜻은 의식의 영역을 초월하기 때문에 그 순수한 뜻을 의미 차원에서 무의미라고 부른다. 둘째, 현관은 의식과 존재의 경계가 무너진 심여물명의 묘처라고 할 수 있는데, 이 현관과 현관을 통해 나타나는 실재 세계를 말한다. 이 영역은 태극의 순수한 뜻이 변성·현실화되어 살아 움직이는 기상의 세계다. 이 기상의 세계는 근본적으로 개념화될 수 없는 비의미(非意味)라는 점에서, 그러나 동시에 현관을 통해 의식의 영역에서 의미화될 수 있는 태반(胎盤)적 순수 동작이기 때문에 전언어적이라는 점에서 무의미라고 부른다. 셋째, 흰 바탕에 비유되는 태극의 초월적 미분성을 말한다. 이와 같은 무의미의 한정된 개념을 여타의 기호론적 의미론의 무의미와 굳이 구별할 필요가 있을

이와 같은 과정을 통해서 표현된 알찬 말은 역시 그 말의 수신자가 발신자와 동일한 귀신운동, 즉 상상력을 가지고 참여해야만 완성된다. 만일 수신자가 의미 속의 무의미를 보지 못하고 의미의 틀에만 매달린다면 결코 현실은 드러나지 않는다. 다시 말하면 수신자도 허정을 통해서 현실에 잠길 수 있어야만 발신자의 말의 뜻을 체험할 수 있다. 김만중이 사람의 말에 절주가 있으면 귀신을 감동시킬 수 있다고 한 말도, 그리고 남효온이 <사람의 마음이 밖으로 펴나온 것이 말이요, 사람의 말이 가장 알차고 맑은 것이 시이다>라고 한 말도 결국 수신자의 그러한 상상력을 전제하고 있는 것이라고 보아야 한다.

사람은 천지의 마음이기 때문에 자아가 발생하고 소우주가 되었다. 소우주는 주체적 자율성을 얻는 대신 현실과 간접화되기 때문에 앞에서 말한 바와 같이 자아의 탄생은 인간에게 있어서 축복이자 형벌이기도 하다. 그리고 사람의 말 또한 뜻이 없어 형벌이기도 하지만 자각과 자율을 통해 뜻을 채울 수도 있다는 점에서 축복이기도 하다. 주체적 자아는 자율 자려할 수 있으므로 현실에 잠길 수도 있고 의사현실을 향하여 직선적으로 달리기만 할 수도 있다. 다만 남효온의 말처럼 시는 알차고 맑은 말이기 때문에 시의 길은 현실에 잠기는 나선형의 길을 걸을 뿐이다.

1.5 음양 오행의 상징적 의미

음양 오행의 상징적 의미는 앞에서 살펴본 음양 오행의 생성 원리,

때는 <원무의미(原無意味)>라고 부른다.

그리고 마음과 의미 생성의 구조 안에서 비롯된다. 그러므로 상징적 의미는 일면적으로 단순하게 정의할 수가 없다. 오행의 생성 구조 안에서 하나의 오행은 다른 나머지의 오행과 완전히 배타적으로 구별되는 독자적 의미만을 지니는 것이 아니다. 다시 말하면 그 의미는 상황과 문맥에 따라서 얼마든지 다른 오행의 의미로 여겨질 수 있는 역동적 가능성으로서 존재한다.

우선 목의 예를 들어보자. 앞에서 음양 오행의 생성 원리를 설명할 때 각 오행은 자화 작용, 대화 작용, 변극 원리 등에 의해서 생성된다고 말한 바 있는데, 바로 그와 같은 생성 원리가 그대로 오행 의미의 생성 원리로 이어진다. 그렇게 본다면 목의 상징적 의미는 크게 네 가지의 범주로 나누어진다.

첫째는 목 자체의 기질과 성정을 나타내는 표상 의미이고, 둘째는 목을 생성하고 실현시킨 수의 의미, 즉 금으로부터 수가 비롯되어 목을 생성하기까지 목의 과거성으로서의 자화 의미이고, 셋째는 목이 생성하고 실현시켜야 할 화의 의미, 즉 목으로부터 화가 비롯되어 금에 이르기까지 목의 미래성으로서의 대화 의미이고, 넷째는 대화 작용에 의해서 목이 마침내 변성되는 금의 의미, 즉 변극 의미이다.

이와 같이 오행의 상징적 의미는 오행의 생성 원리로 인하여 궁극적으로 전동성을 드러낼 수밖에 없다. 그리고 오행은 이와 같이 각기 여타의 오행을 자신의 이면에 포괄하고 있으므로 오행의 어느 하나가 움직이면 나머지 오행이 동시에 움직이게 되고, 하나가 어떤 의미로 변성되면 나머지도 모두 동시에 또 다른 의미로 변성되고 만다. 즉 그것들은 서로가 서로를 포괄하고 마주 보거나 이웃하면서 동시에 자화 작용과 대화 작용을 한다. 그리고 변극 원리에 의해서 마침내 대극적인 위치로 자리바꿈을 하게 된다.

음양 오행은 고정되어 있지 않고 끊임없이 생성 변화하면서 불가분리의 상관 구조를 유지하고 있다. 이렇게 유기적인 상관 구조 속에서 부단히 생성 변화되는 역동적인 오행의 생성 구조를 상동 구조(相動構造)라 하고, 이러한 상동 구조 속에서 역동적으로 여가되는 오행의 의미를 상동 의미라고 부른다.[35] 결국 상동 의미는 앞에서 이야기한 표상 의미, 자화 의미, 대화 의미, 변극 의미 등을 모두 포괄하는 말이다.

이렇게 볼 때 언어의 의미 생성의 원리는 음양 오행의 생성 원리와 동일한 것이므로, 어떤 언술의 의미에 기상이 드러나 있다면, 그 의미는 바로 상동 의미일 수밖에 없다고 할 수 있다. 따라서 하나의 의미는 처음부터 무수한 다른 의미와 뒤섞여진 혼성 의미로 존재한다. 이런 점에서 모든 의미 혹은 언술은 본질적으로 혼성적이다. 의미와 언술이 본질적으로 혼성적이기 때문에, 의미가 언술적 상황 혹은 문맥에 따라서, 즉 단어, 귀, 문절, 글 등 각 언어 단위에 따라서 무한히 다양하게 생성될 수 있는 가능성을 지니게 된다.

음양 오행의 상징적 의미가 이와 같이 상동 의미라는 다가성을 지

---

35) 상동 구조와 상동 의미란 말은 시간 형식적 상관 구조와 그것이 드러내는 전동성의 의미를 보다 적절히 표현하기 위한 필자의 시학 용어다. 이 용어는 「계사전」의 다음 구절에 나오는 <상탕(相盪)>이라는 말을 좀더 쉬운 <상동>이란 말로 고친 것이다. <움직이는 것과 고요한 것이 있어 강한 것과 부드러운 것이 판단되고, 방향으로 동류를 모으고 사물로 떼를 갈라 놓아 좋은 것과 나쁜 것이 생기고, 하늘에서는 상(象)을 이루고 땅에서는 형(形)을 이루어 변화가 나타난다. 이러므로 강한 것과 부드러운 것이 서로 마찰하고 팔괘가 서로 움직인다.>(動靜有常 剛柔斷矣 方以類聚 物以羣分 吉凶生矣 在天成象 在地成形 變化見矣 是故 剛柔相摩 八卦相盪)

니고 있는 까닭에 일단 그 의미를 추출하여 요약하고자 한다면, 우리는 주로 표상 의미만을, 그것도 매우 한정된 범위내에서 추출할 수밖에 없다. 왜냐하면 상징 의미란 원래 완전히 설명될 수 없을 뿐만 아니라, 이 음양 오행의 생성 원리가 본래 우주의 변화 원리인 만큼, 모든 구체적 문맥 속에서 이 원리를 적용하여 그 상징적 의미를 추적하기란 거의 불가능한 일이기 때문이다.

어쨌든 앞에서 살펴본 음양 오행의 생성 원리에서 유추하여 그 상징적 의미를 간략하게 요약해 본다면 대개 다음과 같다.

음 : 땅, 어머니, 여자, 생산력, 밤, 어둠, 유약함, 아래, 복잡함, 정지, 무의식, 직관, 차거움, 물, 내면, 흐림, 하강, 수축성, 구속성, 무거움, 악, 짝수, 달, 무질서, 죽음, 우울, 저승, 왼쪽, 뒤쪽, 패배, 절망, 공포, 투쟁, 육체, 구상성……

양 : 하늘, 아버지, 남자, 낮, 밝음, 창조력, 강건함, 위, 단순함, 움직임, 의식, 사유, 뜨거움, 불, 밖, 맑음, 상승, 분산성, 가벼움, 전진성, 선, 홀수, 해, 질서, 삶, 생명, 환희, 이승, 오른쪽, 앞쪽, 승리, 화해, 정신, 추상성……

목 : 나무, 강한 힘과 생명력의 용출, 출생, 재생, 의욕, 직향성, 추진성, 봄, 아침, 네발로 달리는 동물들, 기쁨(감정의 용출을 뜻하므로 때로는 노기), 푸른색, 동쪽, 소년기, 청초, 따뜻함, 외상(外像)은 유약하지만 내정(內情)은 강건함……

화 : 불, 분산 혹은 비산성(飛散性), 크게 자라남 혹은 무성함, 겉모양의 겉치레, 정욕, 정점, 성장, 정화, 상승, 여름, 해, 대낮, 뜨거움, 날짐승, 환희, 맹렬, 붉은색, 남쪽, 청년기, 화려, 외상은 창성하지만 내정은 공허함……

토 : 흙, 중개와 조화의 힘, 화순, 불편 부당, 중화 작용, 풍요, 무성
　　한 번식, 중앙, 머물음, 사계, 인류, 사려, 믿음, 영원, 어머니,
　　외상은 유화(有化)작용과 창조력을 나타내지만 내정은 무화(無
　　化)작용과 해체력을 뜻함……

금 : 쇠, 수렴성, 끌어당기는 힘, 결실 작용, 견고함, 저녁, 가을, 서
　　쪽, 흰색, 갑각류 동물, 슬픔, 장년기, 장엄, 살기(殺氣), 훼절(毀
　　折), 결렬, 외상은 분열 조락이지만 내정은 내실과 합일의 힘을
　　뜻함……

수 : 물, 내부의 핵심으로 응축시키고 집약 통일시키는 힘, 내장(內
　　藏), 통일과 분열의 기반, 모든 생명과 형체의 본원, 달, 질곡,
　　여성 원리, 하강, 겨울, 물고기류, 공포, 검은색, 밤, 북쪽, 상잔
　　지기(相殘之氣), 외상은 해체와 죽음이지만 내정은 집약과 재
　　생……

이상에서 보인 음양 오행의 상징적 의미는 생성론적 관점에서 우리의 시를 해석할 경우 다소 관련이 될 수 있다고 판단되는 것들만 대강 요약해 본 것이다. 그러나 이 음양 오행론을 적용하는 대상과 분야에 따라서는 더욱 다양하고 복잡한 의미를 얼마든지 유추해 낼 수 있다.[36)]

다음으로 우리말의 음운적 성질과 음양 오행의 관련을 간략히 요약해 보자. 훈민정음의 제자 원리가 음양 오행론을 이용한 역리였음은 주지의 사실이다. 다음 인용문에서 보는 바와 같이 「훈민정음제자해」에서 언어의 생성 원리는 음양으로 설명하고, 조직 원리는 오행으로

---

36) 『주역』의 「설괘전」과 『내경』의 「금궤진언론」에 보이는 음양 오행론이 그런 예다.

설명하고 있다.

　천지의 도는 음양 이기와 수·화·목·금·토 오행일 뿐이다. 곤괘
와 복괘의 사이가 태극이니, 동정이 있은 뒤에 음양이 된다. 천지 사이
의 모든 생류는 음양을 버리고서 어찌하랴. 그러므로 사람의 성음도 다
음양의 이치가 있지만 다만 사람이 살피지 못할 뿐이다. 이제 정음의
저작은 처음부터 사람의 지혜가 운영되어 인력으로 모색해 낸 것이 아
니다. 그러나 그 성음에 따라서 그 이치를 다하였을 뿐이다. 이치가 이
미 둘이 아니므로 어찌 천지 귀신과 더불어 같이 하지 않았으랴.

　무릇 사람의 소리는 오행에 근본을 두고 있다. 그러므로 사시와 오
음의 이치에 조화되어 합당하고 어긋남이 없다. 후음은 그 소리가 심원
하고 윤습하여 오행 가운데서 수에 속한다. 소리가 비어있고 통하는 것
은 마치 물이 허명하고 유통하는 것과 같다. 시절로 말하면 겨울이요,
오음으로는 우음(羽音)이다. 아음은 그 형상이 착장하여 목에 속한다.
소리가 후음과 근사하여 건실한 것은 마치 나무가 물에서 생하여 형상
이 있는 것과 같다. 시절로는 봄이 되고 오음으로는 각(角)이 된다. 설
음은 동작이 예민하고 잘 움직여 화에 속한다. 그 소리가 굴러 움직이
고 날리는 모양은 마치 불길이 우쭐우쭐 피어오르는 것과 같다. 시절로
는 여름이 되고 오음으로는 징음(徵音)이 된다. 치음은 이빨이 단단하고
단절되어 금에 속한다. 그 소리가 쇳가루 소리와 같고 원활치 못하여
번쇄스럽다. 시절로는 가을이요, 오음으로는 상음(商音)이다. 순음은 그
형상이 모나고 짜여 있어 토에 속한다. 그 소리가 함축성이 있고 넓어
서 마치 흙이 만물을 포함하고도 광대한 것과 같다. 시절로는 계하(季
夏)에 속하고 오음으로는 궁(宮)이 된다. 그러나 물은 바로 만물을 생성

하는 근원이요, 불은 만물을 이루는 작용이 된다. 그러므로 오행 가운데서 물과 불이 큰 것이요, 목구멍은 바로 소리를 내는 문이요, 혀는 바로 소리를 분변하는 기관이다. 그러므로 오음 가운데서 후음과 설음이 주가 된다. 목구멍은 뒤에 있고 어금니는 그 다음에 있으니 북동의 위치요, 혀와 이는 또 그 다음에 있으니 남서의 위치요, 입술은 끝에 있으니 흙은 일정한 위치가 없어 사계에 붙어서 왕성하는 뜻이다.[37]

정음의 해례자는 천지간에 유행하는 일기, 즉 태극에 해당되는 원기를 궁극적인 배후의 생성으로 보고 자음과 모음, 그리고 자모음으로 이루어지는 각 문자를 생성자로 보고 있다. 즉 폐에서 나오는 숨, 즉 일기를 생성으로 보고 발음 기관에 따라 이루어지는 소리의 성질들을 음양 오행론에 의거하여 정연하게 음운 체계를 세워 놓은 것이다. 초성이 종성으로 되고 종성이 다시 초성이 되는 것도 음양 이기가 끝없이 순환하는 것과 같다. 그래서 성음의 이치도 음양의 이치와 같을 수밖에 없으므로 그것 또한 귀신의 조화라고 말하고 있다.

시의 연구에 있어서 언어의 음성적 조직과 그 효과에 관한 관심은 무엇보다 본질적이라 할 수 있다. 그럼에도 불구하고 우리말이 갖는 특성 때문에 운율론적 연구의 측면은 지극히 제한적인 것일 수밖에 없었다. 그러나 우리가 일관된 생성론적 관점으로 시를 대할 경우, 특히 운율학metrics과 음운 배열론phonotactics의 입장에서 음운 분석이 효과적이라고 판단되는 작품을 대상으로 할 경우, 음운의 음양 오행론적 이해는 매우 의미 있는 전망을 제공할 수 있다고 본다. 실제로 시의 해석에서 양성 모음과 음성 모음의 분별은 시적 의미의 섬

---

37) 「훈민정음제자해」

세한 파악을 위해서 그동안 중요한 몫으로 적용되어 왔다. 이러한 모음의 음양 분별과 더불어 위에 인용된 자음의 오행 배속도 시의 연구에 적용되고 참조될 수 있는 가능성이 충분히 모색될 수 있을 것이라고 본다.

2 음양오행의 시적 형상

2.1 음양 및 토성의 시적 형상

천지의 마음이 목·화·금·수의 사계절을 따라 낳고 자라고 거두고 간직하는, 즉 생장수장(生長收藏)하는 정연한 길을 가듯, 소우주인 인간의 마음 또한 그와 같은 율려의 길을 따라 생장수장의 움직임을 보이게 된다. 시가 정신의 소산이요, 귀신의 조화라면 시적 상상력 속에는 율려의 길, 즉 도가 있어야 하고 그 도정을 이루는 목·화·금·수의 시적 형상이 나타나야만 할 것이다.

앞에서도 이야기한 바 있지만, 우리가 음양 오행의 시적 형상을 알아보는 데 있어서 한 가지 잊지 말아야 할 점은 오행이 단순히 물질적 원소의 개념만이 아니라는 점이다. 이런 점에서 오행은 바슐라르가 물질 상상력에서 말하고 있는 4대 원소의 개념과 근본적으로 다르다고 할 수 있다. 바슐라르가 말하고 있는 물질은 다른 물질들과 다양하게 관계되는 상관적 구조 안에서 파악되는 것이 아니라 개별적인 것으로, 그러나 역동적인 것으로 파악된다. 역동적인 물질로 파악되기 때문에 그것은 언제나 변질의 가능성 속에서, 즉 이가성(二價性)을 지닌 것으로서 파악된다. 그래서 그 물질적 이미지는 상상력의 여가 작용이 강조되고 있다.[38] 물질적 심상의 역동성만을 본다면 오행적 심상의 역동성과 매우 흡사하다.

그러나 오행은 물질적 개념만이 아니라 정신적인 개념이기도 하며, 개별적인 것으로 파악되는 것이 아니라 언제나 각 오행은 다른 오행과 상관적인 상동 구조 안에서 파악되는 것이며, 오행적 심상이 상상력 안에서 여가될 때는, 그것이 근본적으로 생성 변화의 과정에 있는 것이기 때문에 이가적일 뿐만 아니라 다가적인 상동 의미로 여가 될 수 있다는 점 등이 바슐라르의 물질적 상상력과 근본적으로 다르다.

오행의 하나하나는 독립적 개별적으로 의미를 갖지 않는다. 그것들은 언제나 불가 분리의 생성적 상동 구조 안에서 상관적 의미를 지니게 된다. 한편으로 융과 프레이져의 학문적 성과에 크게 기대고 있는 신화 비평론의 사계절에 대한 신화적 의미는 오행 운동이 사계절의 순환적 형식을 지니고 있다는 점에서 서로 비교된다고도 볼 수 있다. 그리고 계절의 순환에 따라 굴신(屈伸)하는 양기를 역에서는 한 마리 용의 투쟁 과정으로 비유하고 있는데, 이것은 또한 신화의 영웅적 인물이 겪는 모험의 과정과도 일치한다고 볼 수 있다. 그러나 이러한 유사함도 주로 계절적 의미의 외상(外像)이나, 이른바 내러티브를 구성하는 형식에 한정될 뿐이다.[39]

---

38) 곽광수, 김현, 『바슐라르 연구』(민음사, 1978), 49-73쪽 참조.

39) Northrop Frye, *Fables of Identity*(New York: Harcourt Brace Jovanovich, 1963), 15-16쪽.
   <하루의 태양의 주기, 한 해의 계절의 주기, 그리고 인간의 삶의 유기적 주기 속에는

음양 오행의 상징적 의미는 앞에서 이미 살펴본 바와 같이 상호 포괄적이며 생성적이기 때문에 각 언어 단위에서 오행적 의미가 지닌 함의를 남김없이 분석하고 종합하면서 한 편의 시를 해석한다는 것은 참으로 지난한 일일 뿐만 아니라 또 하나의 벅찬 과제임에 틀림없다. 그와 같은 세부적 작품 분석과 해석은 앞에서 제시한 음양 오행과 그 의미의 생성 원리를 다양하게 적용하면 되는 일이므로 여기서는 한 편의 시가 전형적으로 드러내고 있는 오행적 특징을 예거하여 그 작품의 귀신 운동이 어떤 양상을 보이고 있는지 살펴보는 것으로 만족하고자 한다.

음양은 피차 호응한다는 점에서는 대대 관계이지만 표면적으로는 상대적인 대립 관계요 대립적 의미임에 틀림없다. 이 대립적 의미의 상호 생성적인 관계가 시에 따라서 뚜렷이 드러날 수도 있고 단지 두 대립적 의미만 단순히 대응하고 있을 수도 있다. 그러나 두 대립적 의미가 역설적인 상동 의미 속에서 상호 포괄적이고 생성적일 때 우리는 보다 뚜렷이 생동감있는 음양적 형상을 느끼게 된다.

이런 점에서 음양의 상호 생성적 형상을 가장 전형적으로 시 속에 구현시켰던 사람은 만해 한용운이다. 이미 앞에서 만해 시에 표현된 전동성의 역설을 분석한 바 있는데, 그와 같은 전동성의 역설도 따지고 보면 음양의 상호 생성적 양상에 불과하다고 볼 수 있다. 만해 시

의미의 단일한 패턴이 있는데, 이 패턴으로부터 신화는 부분적으로 태양이고 부분적으로는 식물의 풍요성 그리고 부분적으로는 신 또는 원형적 인간 존재인 한 형상을 중심으로 중심적 내러티브를 구성해 낸다.>(In the solar cycle of the day, the seasonal cycle of the year, and the organic cycle of human life, there is a single pattern of significance, out of which myth constructs a central narrative around a figure who is partly the sun, partly vegetative fertility and partly a god or archetypal human being.)

의 어떤 작품을 보더라도 시상의 전개와 짜임이 그와 같은 음양의 역설적 생성 구조의 기반 위에 있음을 쉽게 발견할 수 있다.

이별은 미(美)의 창조입니다.
이별의 미는 아침의 바탕(質)없는 황금과 밤의 올(絲)없는 검은 비단과 죽음 없는 영원의 생명과 시들지 않는 하늘의 푸른 꽃에도 없습니다.
님이여 이별이 아니면 나는 눈물에서 죽었다가 웃음에서 다시 살아날 수가 없습니다. 오오 이별이여
미는 이별의 창조입니다.

한용운 「이별은 미의 창조」

위의 시를 보면, 첫 행은 <이별은 미의 창조입니다>라고 하였고, 또 끝 행은 반대로 <미는 이별의 창조입니다>라 하고 있다. 첫 행과 끝 행이 서로 꼬리를 물고 순환하는 구조로 되어 있다. 즉 <미→이별→미→이별>과 같은 순환 구조다. 이와 동일한 논리의 순환 구조는 다시 3행에서 변주된다. <이별이 아니면 나는 눈물에서 죽었다가 웃음에서 다시 살아날 수가 없습니다>라는 것은 첫 행의 논리와 완전히 일치한다. 즉 이것은 <이별(눈물, 죽음)→미(웃음, 재생)>와 같이 요약되는데, 첫 행의 의미를 보다 구체화한 것에 불과하다. 시의 전체적인 구조가 순환 구조로 되어 있고 1행과 3행의 의미와 논리가 또한 그와 같은 순환적 의미 구조로 되어 있다.
이 시에서 이별과 미, 혹은 헤어짐과 만남은 서로 대극적인 관계에 있으면서도 자신의 존재 근거로서 서로가 서로를 요구하고 있다. 음양

이 현실적으로는 표음 이양과 표양 이음으로 존재하면서 서로 마주
보고 변화하듯이, 만남은 제 그늘 속에 헤어짐을 지니고 있고, 헤어짐
은 제 그늘 속에 만남을 지니고 있으면서 서로 대극적인 위치에서 부
르고 응답하는 대화(對化) 작용을 하고 있다. 그 대화 작용에 의해서
만남은 헤어짐으로 가는 과정을 밟게 되고, 헤어짐 역시 만남으로 가
는 과정을 밟는다. 그리고 그 과정이 지극해지면 변극 원리에 의해서
만남은 헤어짐으로, 헤어짐은 만남으로, 즉 변극 의미로 바뀌고 만다.
이와 같은 의미의 생성과 변화를 양성 의미와 음성 의미의 순환 구조
로 바꾸어 놓고 보면 만해 시의 그 만남과 헤어짐의 정체가 무엇인지
보다 분명해진다.

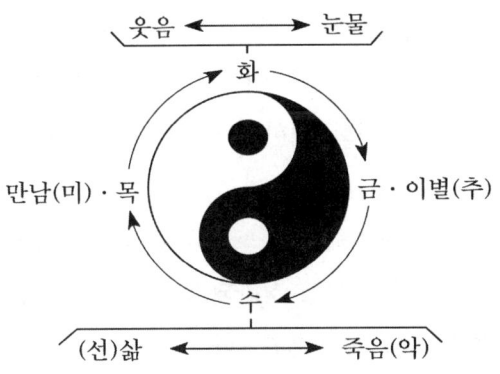

<도식 3>

위의 <도식 3>에서 보는 바와 같이 양성 의미는 <삶-만남-웃
음> 등이고, 음성 의미는 <눈물-이별-죽음> 등이라 할 수 있는

데, 이것을 좀더 구체적으로 세분하여 오행 의미로 분류해 놓았다. 도식을 보면 음양이 서로 뿌리가 되어 극즉필반(極則必反)하고 일동 일정하면서 정연한 율려 운동을 하고 있음을 볼 수 있다. 수성(水性) 의미는 무극이태극의 중심으로서, 무극으로 보면 죽음, 즉 무화를 의미하고, 태극으로 보면 삶 혹은 재생의 출발점으로서 유화를 의미한다. 그리고 화성(火性)은 하나의 절정이라 할 수 있다. 삶과 만남의 과정이 지극해지면 웃음은 곧 눈물로, 눈물과 이별의 과정이 지극해지면 죽음은 곧 삶으로, 즉 각기 변극 의미로 바뀌면서 극즉필반의 도에 의하여 음도(陰道)의 사지(死地)와 양도의 생지가 순환하게 된다.

화·수의 각 의미, 그리고 목·금의 각 의미는 서로 대화 작용을 하고 있고, 그 대화 작용이 지극해지면 각기 변극 의미로 바뀌어 버린다. 목성(木性) 의미인 만남을 기준으로 볼 때, 만남은 금성(金性) 의미인 이별로부터 수성 의미를 거쳐서 성립된 것이므로 그 과정은 만남의 과거성으로서의 자화 의미라 할 수 있고, 만남으로부터 화성 의미를 거쳐 금성 의미인 이별에 이르는 과정은 만남의 미래성으로서의 대화 의미라 할 수 있다. 그러므로 금성 의미와 목성 의미는 각기 자화 의미와 대화 의미가 서로 상반되고, 그 원리는 수성 의미와 화성 의미의 경우에도 동일하게 적용된다.

결국 위의 도식에 뚜렷이 드러나 있듯이, 이 시는 삶과 죽음, 웃음과 눈물, 만남과 이별 등은 하나이면서 둘이고 둘이면서 하나라고 하는 일여적 논리, 즉 역설적 전동성을 선명하게 보여준다. 이와 같은 일여적 논리는 이 시의 2행에서 <이별의 미>라는 극적이면서 직설적인 표현의 주어를 내세움으로써 더욱 구체화된다. 2행의 관념적인 내용은 이별의 미가 성립될 수밖에 없음을 보여주고 있는데 이것을 좀더 분명히 파악하기 위해서 분석적으로 보자면 다음과 같은 요소와 관계로 요약된다.

사상	속성	속성의 유무	
		초월성	내재성
아츰의 황금	바탕(質)	불변의 영원한 아침	새로움 ↔ 낡음
밤의 검은 비단	올 (絲)	불변의 영원한 밤	새로움 ↔ 낡음
영원의 생명	죽음	불변의 영원한 생명	삶 ↔ 죽음
하늘의 푸른꽃	시듦	불사의 영원한 꽃	피어남 ↔ 시듦

예시된 사상(事象)이 현실적인 사상이 되기 위해서는 마땅히 그 나름의 본질적인 속성 혹은 현실적인 속성을 지녀야 한다. 그러한 속성이 없다면 그것은 단지 비현실적인 초월성만을 가리키는 것에 불과하다. 다시 말하면 <아침의 황금>과 <밤의 검은 비단>에 <바탕>과 <올>이 없다면, 그 황금은 바탕이 없으므로 근본적으로 변질될 수가 없으니 그 아침은 정지된 시간, 즉 불변의 영원한 아침일 수밖에 없고, 그 비단에 올이 없으므로 근본적으로 변질될 수가 없으니 그 밤 또한 정지된 시간, 즉 불변의 영원한 밤일 수밖에 없다. <영원의 생명>과 <하늘의 푸른 꽃>도 그와 같은 논리에 의해서 불사의 영원한 생명과 불사의 영원한 꽃이 되고 만다.

이렇게 불변하는 사물과 현상들이란 오직 인간의 허망한 꿈이거나 관념적 이상 외에 다른 것이 아니다. 현실이란 근본적으로 변화의 속성을 지니고 있기 때문에 무상할 수밖에 없고, 인간은 본래 내재성의 한계를 지닐 수밖에 없으므로 무상한 이별을 슬퍼하며 불변의 초월성을 꿈꾸고 그리워하기 마련이다. 불변성이나 영원성이란 생성 변화하는 속성의 대립이 아직 분화되지 않은 상태를 가리키는 하나의 초월적 이념을 말하는 것에 불과하다.

다시 말해서 바탕과 올이 지닌 <새로움−낡음>이라는 대립이 없을 때, 삶과 죽음이 지닌 <피어남−시듦>이라는 속성의 대립이 생기지 않았을 때, 비로소 불변으로서의 초월성의 개념은 성립된다. 이와 반대로 내재성이란 속성의 대립이 전제되고 이것과 저것의 분화가 전제될 때, 그래서 대립적 투쟁과 변화와 분열이 상존할 수밖에 없음을 말하는 개념이다. 전자는 대립적 속성이 아직 분화되지 않은 미분성의 상태, 즉 태극의 초월적 전일성을 가리키는 것이고, 후자는 그 태극으로부터 생성 변화의 속성들이 분화되어 나온 상태, 즉 갈등과 투쟁의 과정에 있는 현실 상황을 가리킨다고 할 수 있다.

인간은 내재성에 만족하거나 혹은 체념하는 현실주의적 태도를 보일 수도 있고, 현실의 무상과 분열을 거부하고 초월성을 꿈꾸는 이상주의적 혹은 낭만주의적 태도를 보일 수도 있다. 이런 관점에서 본다면 위 시의 화자는 내재성을 소극적으로 수락하는 현실주의자도 아니고, 초월적 지향만을 보이는 이상주의자 혹은 낭만주의자도 아니다. 화자가 2행에서 이별의 미가 <아침의 바탕없는 황금과 밤의 올없는 검은 비단>과 같은 초월성 속에는 없다고 언명하면서도, 한편으로 명료하게 이별의 현실을 소극적으로 수용하는 태도를 보이는 것만도 아니기 때문이다. 화자의 태도에는 긍정을 말하되 부정을 통해서밖에 긍정을 말할 수 없는 모순과 역설이 있다. 그래서 <이별의 미는……에

도 없습니다>라거나, <이별이 아니면…… 살아날 수가 없습니다>라는 화법이 발생한다.

위 시의 화자는 초월성을 지향하되 현실적 내재성과 함께 가고자 한다. 그것은 초월성도 내재성도 아닌, 그 양자를 지양한 초월적 내재성이다. 이러한 태도는 이별은 미의 창조요, 미는 이별의 창조라는 언명 속에 선명히 드러나 있다. 다시 말하면 태극의 초월적 전일성을 지향하면서도 그 태극이 현실의 내재성을 떠나서는 처음부터 존재할 수 없기 때문에 초월성과 내재성을 동시에 요구하고 있고, 동시에 그 양자를 요구하기 때문에 한편으로는 그 하나하나를 모두 부정할 수밖에 없는 역설의 논리가 발생한다. 이런 점에서 만해 시가 지향하고 있는 것은 순수한 전일성이라기보다 역설적 전동성이라 할 수 있다.[40]

위의 도식에서 볼 수 있는 바와 같이, 시의 화자가 전동성을 드러내는 부단한 순환 구조의 변역 속에서 님과 영원의 생명을 찾고 있으므로, 이 영원함은 불변의 초월적인 것을 의미하는 것이 아니라 분명히 생성 변화 속의 그것이라 할 수 있다. 다시 말하면 그 영원함은 생성 변화의 굴신, 귀신, 정신 등 음양의 동정 속에서, 즉 일산양(一散陽)하고 일포양(一包陽)하는 영원한 율려 운동의 도 자체를 뜻한다. 오직 영원한 것은 변역뿐이다. 이와 같은 변역의 영원함을 이천(伊川)은 그의 역전(易傳)에서 다음과 같이 간명하게 요약하고 있다.

---

40) 제3장에서 소월과 영랑 등의 시에 나오는 님이라든가 고향을 전일성의 상징으로 설명한 바 있는데, 만해의 시에 나오는 님이 전동성으로서의 태극을 암시한다는 점에서 의미 있는 대조를 이루고 있다. 소월과 영랑 등이 현실 도피적이었거나 감상적 낭만주의의 경향을 보여준 것에 비하여, 만해가 열렬한 이상을 지니면서도 적극적이고 전폭적으로 현실에 참여했던 것은 바로 전일성의 지향과 전동성의 지향이 갖는 차이라고 보여진다.

천하의 이치가 끝나자 다시 시작됨은 영원하여 끝이 없기 때문이다. 영원이란 것은 일정 불변한 것이 아니다. 일정 불변은 영원이 될 수가 없다. 오직 때에 따라서 변역됨이 곧 영원의 도이다. 천지 자연의 법칙과 인간의 도덕 법칙은 도를 아는 자가 아니면 누가 능히 이를 알 수 있으리오.[41]

이상에서 살펴본 바와 같이 만해 시의 의미 구조에는 수·목·화·금 오행 중에서 어느 하나의 오행 의미만 편중적으로 드러나는 것이 아니라, 그것들이 완전한 생성적 순환을 보이면서 일체가 되어 나타나고 있다. 그래서 목·화는 양으로, 금·수는 음으로 수렴되어 상호 생성하면서 결국은 무극이태극으로 수렴된다. 그리하여 언제나 초월적 내재성, 즉 일체가 되어있는 변역체로서 이른바 역설적 중심 상징이 강조되고 있다. 물론 만해의 경우 이 중심상징은 님이라는 아주 포괄적인 개념이다.[42]

오행의 순환이 완전한 일체가 되어 중심을 지향하기 위해서는 중작용과 조화 작용을 하는 사계의 토성(土性), 즉 창조의 본원인 무극의 힘이 원만하게 발휘되지 않으면 안 된다. 따라서 위의 시는 음양 오행이 완전히 일체가 되어 순환하는 모습을 선명하게 보여주고 있으므

---

41) 『근사록』, 141쪽. <天下之理 終而復始 所以恒而不窮 恒非一定之謂也 一定則不能恒矣 惟隨時變易 乃常道也 天地常久之道也 天下常久之理 非知道者 孰能識之.>

42) 님은 어느 하나의 단일한 의미만으로 규정되지 않는다. 이 글의 관점대로 님의 포괄 구조를 보이면 다음과 같다. 다음에서 님은 (1)(2)(3) 모두를 포괄하지만 주로 (3)을 뜻하는 것이며, 바로 이 점이 다른 시인의 님과 다르다고 할 수 있다. (1) 내재성: 연인, 모든 현실적 가치. (2) 초월성: 조국, 불타, 초월적 진리, 전일성. (3) 초월적 내재성: 역설적 전동성.

로 사계의 토성이 시적 형상으로 잘 드러나 있다고 볼 수 있다. 이런 점에서 만해는 토성의 시적 형상을 전형적으로 보여준 대표적인 사계의 시인으로 분류된다.

이와 같이 상호 생성적인 오행적 의미를 음양적 의미로 수렴하여 역설적인 전동성을 드러내면서 토성의 시적 형상을 보여주고 있는 예는 만해의 『님의 침묵』 전편에 거의 빠짐없이 나타난다. 얼른 잡히는 대로, 그것도 번잡을 피해 단적인 구절들만을 조금 예거해 본다.

남들은 님을 생각한다지만
나는 님을 잊고자 하여요.

「나는 잊고자」

만족을 얻고 보면 얻은 것은 불만족이요 만족은 의연히 앞에 있다.

「만족」

타고 남은 재가 다시 기름이 됩니다.

「알 수 없어요」

그러므로 대해탈은 속박에서 얻는 것입니다.

「선사의 설법」

꽃은 떨어지는 향기가 아름답습니다.

해는 지는 빛이 곱습니다.

노래는 목맺힌 가락이 묘합니다.

님은 떠날 때의 얼굴이 더욱 어여쁩니다.

「떠날 때의 님의 얼굴」

남들은 자유를 사랑한다지마는 나는 복종을 좋아하여요.

자유를 모르는 것은 아니지만 당신에게는 복종만 하고 싶어요.

「복종」

무서운 침묵은 만상의 속살거림에 서슬이 푸른 교훈을 내리고 있습
니다.

「가지 마서요」

위의 예시를 보면 <님을 생각한다―님을 잊는다>, <만족―불만
족>, <대해탈―속박>, <자유―복종> 등 모두 직설적인 대립적 의미
의 대응 구조 혹은 상호 생성 구조로 짜여 있다. 그러나 음양적 의미
의 생성 구조가 관념적 형태로 선명하게 드러나는 대신 시적 형상화의
구체성은 그에 따르지 못하고 있다. 이런 점에서 본다면 미당의 다음과
같은 시는 음양적 의미의 순환 구조가 깊이 잠장되는 대신 감각적인
시적 형상화의 구체성이 약여하게 드러나고 있어 대조적이다.

내가
돌이 되면

돌은
연꽃이 되고

연꽃은
호수가 되고

내가
호수가 되면

호수는
연꽃이 되고

연꽃은
돌이 되고

서정주 「내가 돌이 되면」

　위의 시는 전반 3연과 후반 3연이 하나의 순환 구조로 되어 있다.
즉 <나→돌→연꽃→호수>의 관계가 그 역으로 <나→호수→연꽃
→돌>의 관계가 되어 서로 꼬리를 무는 순환적 고리를 형성한다. 이
와 같은 순환 구조에서 본다면 모든 존재가 상호 생성적이며 혼성적
이다. 그것은 둘이면서 하나요, 하나이면서 둘이다. 하나가 움직이면

나머지도 모두 움직이고, 하나가 생성 변화하면 나머지도 모두 생성 변화한다는 것은 그것이 바로 상동 구조임을 뜻하는 것이다. 상동 구조 속의 상동 의미는 본질적으로 혼성적이다. 마치 양 속의 음이 생성되고 그 음 속의 양이 또 생성되듯이, 나는 본질적으로 돌, 연꽃, 호수 등과 일체적이다.

나와 연꽃은 생명의 양기(−)가 주체가 되는 것이고, 돌과 호수는 양기를 수렴하여 생성하는 음형(--)이다. 그러므로 이 시 첫 연의 1행부터 3연까지 음양의 생성 관계를 보이면, < − → -- → − → -- >와 같은 정연한 순서를 밟고 있다. 그리고 이와 같은 관계는 후반 3연도 마찬가지다. 이 고리를 이루고 있는 낱낱의 심상들은 만해의 시에서처럼 관념적인 음양의 대립성을 거의 찾아보기 힘들다. 섬세한 시적 형상화에 의해서 대립성은 상별성(相別性)으로 굴절하면서 상호 생성적인 율려만을 선명하게 보여주고 있다. 다음의 시는 이런 경향이 더욱 세련된 표현을 얻어 아름답게 형상화된 예다.

> 영산홍 꽃잎에는 (−)
> 산이 어리고 (--)
>
> 산자락에 낮잠든 (--)
> 슬픈 소실댁 (−)
>
> 소실댁 툇마루에 (--)
> 놓인 놋요강 (−)

산 넘어 바다는
보름 살이 때 (--)

소금발이 쓰려서
우는 갈매기 (一)

서정주 「영산홍」

위의 각 시행의 끝에 달아 놓은 괄호 속의 음양 표시는 편의를 위해 필자가 첨가한 것이다. 위의 시는 생경한 관념으로서의 음양적 의미는 사라지고 그 음양의 순환 운동이 궁극적으로 드러내게 되는 역설적이면서도 아름답기 그지없는 상즉상입(相卽相入)의 현묘함만이 은은히 투영되어 있다.

우선 이 시는 산 너머에 있는 바다의 풍경과, 산 이쪽에 있는 산자락의 영산홍과 소실댁의 풍경으로 나누어진다. 산너머 저쪽은 음성이고 산 이쪽은 양성이다. 먼저 양성의 풍경을 보자. 영산홍 꽃잎과 소실댁은 생명적 양성을 나타내는 것이고, 놋요강도 사람의 양성적 움직임과 밀접하게 관련된, 이동이 가능한 사물이므로 양성이라 할 수 있다. 이와 대조적으로 산 혹은 산자락이나 소실댁 툇마루는 양성의 움직임을 제한하는 음형이다. 다음 산 너머의 풍경을 보면, 바다는 음형이고 갈매기는 양성이다.

이렇게 볼 때 이 시의 짜임은, 위의 각 시행의 끝에 표시한 것처럼, 음양이 질서 정연하게 일동 일정하는 율려를 보여주고 있다. 산 너머와 산 이쪽이 음양으로 순환하고 있고, 산 너머의 두 연이, 그리고 산 이쪽의 각 행이 정연한 음양의 순환 운동을 하고 있다. 그 순환 구조 속에서 쓰라린 삶을 견디며 살아왔음이 분명한 슬픈 소실댁과 소금발이 쓰려서 우는 갈매기가 참으로 교묘하게도 상즉하고 상입한다.

그런데 조금만 자세히 보면 이 시가 묘사하고 있는 것은 오직 한 송이의 영산홍 꽃일 뿐이라는 점이다. 즉 <영산홍 꽃잎에 / 산이 어리고>, 그 산자락에는 소실댁이 잠들어 있고, 또 그 소실댁의 툇마루에는 놋요강이 있다. 그리고 산 너머 바다의 갈매기는 소실댁과 일체가 되어 있다. 그러므로 결국 산, 소실댁, 놋요강, 바다, 갈매기 등은 모두 한 송이 꽃잎 속에 첩첩이 함입되어 있는 셈이다. 다시 말하면 그 영산홍은 우주를 품고 있는 꽃, 즉 극소한 거대성으로서의 무극이 태극이요, 중심 상징이라 할 수 있는 것이다.

음양적 의미가 단순히 대립 관계만을 보이거나 각기 다른 논리에 의지하고 있다면 몰라도, 위의 시에서처럼 음양이 상호 생성적으로 순환하고 있을 때는 그것은 벌써 단순히 음양의 시적 형상을 넘어 토성의 시적 형상이 된다. 이런 점에서 미당 서정주도 드물게 토성의 시적 형상을 보여준 사계의 시인으로 분류된다.[43]

2.2 목성의 시적 형상

앞에서 대립되고 상별되는 시적 의미와 심상이 상호 생성적인 관계에 있을 때 거기에서 우리는 음양의 율려를 살펴볼 수 있었고, 그 율

---

43) 뒤에서 다시 논의하겠지만, 미당은 초기시에서는 주로 화성의 시적 형상을 보여준 여름의 시인이었다. 토성의 시가 출현하기 시작한 것은 대부분 후기시에 이르러서다.

려의 순환 속에서 중심 상징이 나타나는 것을 보았다. 이제 보다 구체적이고 분석적인 오행기(五行氣)를 중심으로 시적 형상이 어떻게 드러나고 있는지 살펴볼 차례가 되었다.

시의 해석에 있어서 오행의 상징적 의미를 구체적으로 분석하는 작업은 앞에서 제시한 오행의 생성 원리와 의미 생성의 원리, 그리고 각 오행의 상징적 의미 등을 해석자의 관점에 따라 다양하게 유추하여 적용하면 된다. 그런데 이와 같은 방법을 통해 실제로 시 작품을 해석할 경우, 한 편의 작품이 오행 의미를 모두 지닐 수도 있고 그 중 몇 오행 의미만 특징적으로 나타날 수도 있기 때문에, 또 해석자의 개성이나 관점, 그리고 그 해석 능력에 따라서 한 편의 시가 지닌 오행 의미를 얼마나 파악하여 어떻게 분석하고 종합하느냐, 그리고 어떻게 의미 부여를 하느냐 하는 것은 실로 다양할 것이기 때문에, 그러한 여러 해석의 양상들을 일괄하여 말하기란 거의 불가능한 일이다. 다시 말하면 하나의 원리를 적용한다고 하더라도 실제의 비평 작업에서는 해석자에 따라 천차 만별의 차이가 생겨날 수밖에 없다.

따라서 여기에서는 포괄적인 원리를 제시하는 것이 목적이므로 실제 비평에서 발생할 수 있는 구체적이고 미시적인 여러 방법에 관해서는 일단 논외로 하고, 좀더 거시적인 관점을 가지고 한 편의 작품이 지닌 특징을 하나의 오행 의미에 적용하는 방법만을 택하여 각 오행의 시적 형상을 일괄해서 살펴보기로 한다. 이와 같은 전제에서 오행의 시적 형상을 파악하고자 할 때 오행의 성질을 분별하는 기준은 오직 기의 상태다. 즉 중심 상징이 강조되는 토성을 제외하고, 사계를 따라서 순환하는 목기(木氣), 화기(火氣), 금기(金氣), 수기(水氣)의 양상이 기준이 된다.

여기서 말하는 기는 앞에서 설명한 바와 같이 굴신 운동의 주체요, 근원적 생명력이라 할 수 있는 양기를 뜻한다. 음기는 양기의 추진력과 자유를 억압하고 제한하는 음형이 되는 것이므로 기의 움직임 자체를 파악한다는 것은 바로 음형의 억압에 의하여 비로소 드러나는 양기의 상태를 파악한다는 뜻이 된다.

시에서 이 양기에 해당하는 개념은 시의 화자의 기, 즉 화자가 직간접적으로 또는 비유적으로 다양하게 드러내고 있는 자신의 생명 의지 혹은 생명 의욕이다. 왜냐하면 시가 근본적으로 인간의 경험을 기록한 것이라고 할 때, 그 경험은 자아와 세계의 여러 가지 만남의 형식에 불과한 것이라고 볼 수 있으며, 본질적으로 세계는 자아의 자유 의지와 생명 의욕을 구속하고 제한하는 의미를 띠고 있기 때문이다. 그리하여 양기가 음형의 구속과 제한을 받으면서 굴신 운동을 하듯이, 자아와 세계의 만남이라고 하는 경험 양식도 그와 같이 화해와 투쟁의 갈등 구조를 보이고 있기 때문이다.

좀더 단도직입적으로 말해서 시상의 전개란 화자의 마음이 귀신 운동을 하는 것에 불과한 것이므로 그 귀신 운동의 양상이 목·화·금·수의 어느 단계, 어느 계절에 해당되는지 관찰하여 각 오행을 분류하면 된다. 그러므로 앞에서 요약해 보인 오행의 여러 가지 상징적 의미를 적용하면서 해석 대상의 작품이 어떤 오행의 상상력을 주로 드러내고 있는지 세심하게 살펴보아야만 한다.

목은 계절적으로 봄이고 기가 굴신하는 생장수장(生長收藏), 즉 낳음, 자람, 거둠, 간직함의 네 단계 중 낳음에 해당한다. 그래서 외상은 부드러움과 청신함과 화해의 상태를 드러내지만 내정은 강력한 생의 의욕, 즉 외부로 양기를 발산하고자 하는 강한 전진의 힘을 상징한다. 이와 같은 목성의 시적 형상을 전형적으로 보여주고 있는 작품들은 박두진의 초기 시에서 쉽게 찾아볼 수 있다.

(1) 푸른 잎 풀잎에선 풀이 치는 풀잎소리, 너훌대는 나무에선 잎이 치는 잎의 소리, 맑은 물 시내 속엔 은어새끼떼 소리……던져있는 돌에선 돌이 치는 돌소리……자벌레는 가지에서, 돌찐아빈 밑둥에서, 여어어 잇! 별 함빡 받아 입고 질러보는 만셋소리…… 온 산 푸른 것, 온 산 생명들의, 은은히, 또, 아, 일제히 울려오는 압도하는 노랫소리.

「해의 품으로」 4 연

(2) 오라 너는 산으로……나무 품으로……푸른 산 산도 좋고 물도 좋기로, 푸른 잎, 붉은 꽃, 우는 새가 좋기로, 내사 어딜 가나 그리웁긴 너의 모습, 내 가슴 깊은 속에, 그리웁긴 너의 모습, 너 아님 어찌 내가 청산인들 찾으랴.

갈수록 좋은 날에 띠끌 덮여 흩날리고, 들려오는 아우성에 귀가 솔아도, 나는 부르리라 어지러운 소리 속에, 닳은 목뻑꾹처럼 너를 다만 부르리라.

「햇볕살 따실 때에」 5, 6 연

(3) 바람아, 휘휘휘 푸른 갈나무를 와서 부는 바람아, 너, 어디서 오

니? 머언 저 바다, 어느 푸른 물굽이에서 오니? 머언 저 산, 어
느 푸른 나무 사이에서 오니?

「나무처럼」1 연

　인용된 시는 모두 박두진의 초기 시편들이다. 위의 시들은 긴 설명
이 필요 없이 모두 봄의 청신한 기운과 생의 약동을 노래하고 있다.
자연의 온갖 물생들이 하나로 어우러져서 솟구쳐 오르는 생명력을 발
산하고 있는 모습이 감각적인 묘사를 통해 잘 드러나 있다. 약동하는
생명의 끝없는 갈구와 열정은 절제된 분행(分行)의 시형식보다 위의
시처럼 활달한 줄글이 제격이다. 위의 시들이 실제로는 여름의 정황을
노래하고 있다고 하더라도 우리는 여름의 창성한 외상과 공허한 내정
을 느낄 수가 없다. 시적 의미의 외상이 봄의 심상일 뿐만 아니라, 그
내정에서도 힘찬 생장력을 느낄 수 있으므로 오행의 상상력으로 볼
때는 목성 의미와 심상들이 위주가 되고 있다고 볼 수밖에 없다.
　목기는 생명이 용출하는 강한 생장력과 의욕을 상징한다. (1)의 시
에서 우리는 그와 같은 목기의 강력한 의욕과 희망이 여러 심상 속에
선명하게 드러나 있음을 쉽게 발견한다. 특히 만물의 생명을 자양하는
지모(地母)로서의 토성을 상징하는 자음 ㅍ이 두운으로 중복되면서 연
속적인 생성감을 효과적으로 표현하고 있고, 거기에다가 화성자음인
ㄴ, ㄹ 등도 두운, 혹은 자운으로 사용되거나, 아니면 적절한 간격을
두고 연속적으로 겹쳐짐으로써 힘찬 율동감과 생장의 힘을 발산하는
모습을 아주 생생하게 드러내고 있다.[44]

---

44) (1)의 인용된 부분만 분석해 보면, 만물 생성의 근원인 토성을 상징하는 토성 자음

(2)의 시에서는 더욱 화자의 강한 목기를 느낄 수 있고, (3)에서는 그러한 목기가 점차 건강한 낭만주의적 상상력으로 확산되고 있음을 볼 수 있다. 그리고 역시 토성 자음, 목성 자음, 화성 자음 등이 압도적으로 많이 나타나고 있다. 위의 시들은 한마디로 말해서 단순 소박하고 건강한 낭만적 상상력을 보여준다. 이와 같이 순수한 목성 의미와 심상들만으로 형상화된 시 작품은 실제로 한국 현대시에서 매우 희소한 예라 할 수 있다.

　한국 시의 대부분의 목성 의미들은 위의 시에서처럼 시적 화자의 목기를 여과 없이 직설적으로 드러내는 것이 아니라, 가을의 금성 의미가 투영되어 한으로 굴절된 허구적인 것들이다. 이러한 허구적 목성 심상들을 전형적으로 표현하고 있는 시인이 바로 김소월이다.

　　어룰없이 지는 꽃은 가는 봄인데
　　어룰없이 오는 비에 봄은 울어라
　　서럽다, 이 나의 가슴 속에는!
　　보라, 높은 구름 나무의 푸릇한 가지
　　그러나 해늦으니 어스름인가
　　애달피 고운 비는 그어오지만
　　내 몸은 꽃자리에 주저앉아 우노라

　　　　　　　　　「봄비」

　ㅁ, ㅂ, ㅍ 등이 25개이고, 가볍고 밝은 느낌과 발랄한 생명의 율동감을 느끼게 하는 양성인 화성 자음 ㄴ, ㄷ, ㄹ 등이 79개이고, 거칠고 무거운 느낌을 주는 음성인 금성 자음 ㅅ, ㅈ, ㅊ 등이 31개다. 토성 자음과 화성 자음이 압도적으로 많음을 알 수 있다.

저마다 외로움의 깊은 근심이
오도가도 못하는 망상거림에
오늘은 사람마다 님을 여의고
곳을 잡지 못하는 서름일러라

오기를 기다리는 봄의 소리에
때로 여읜 손끝을 울릴지라도
수풀 밑에 서러운 머릿길들은
걸음걸음 괴로이 발에 감겨라

「오는 봄」 5, 6 연

　여러 논자에 의해서 김소월의 시가 과거 지향적이며 현재가 추방되어 있다고 하는 점은 그동안 여러 번 지적되어 온 바다.[45] 소월 시의 화자는 한결같이 님의 부재와 고향의 부재로 특징지어지는 분열과 조락과 갈등의 현실 속에 놓여 있다. 그리고 그 불화와 갈등의 현실 속에서 한사코 화자는 화해와 통합을 상징하는 과거의 님과 고향을 지향한다.

　분열과 조락과 갈등의 상황은 생명의 확장 운동이 순조롭게 진행될 수 없는 상황, 즉 생명력이 분산 고갈되어 양기의 추진력이 소진되어 버린 가을의 상태를 뜻한다. 음양 오행적 의미의 가을, 즉 금성은 분열이나 조락과 같은 반생명적인 외상을 띠고 있지만 그 내정은 분산 고갈된 생명의 양기를 내부로 거두어들여 오히려 그 양기로 하여금

---

45) 오세영, 『한국낭만주의시연구』(일지사, 1980), 307쪽. 조동일, 『우리문학과의 만남』 (홍성사, 1978), 249쪽.

더욱 강인한 추진력을 갖도록 도와주는 역할을 하는 것이다.

그러므로 소월 시의 화자가 가을의 상황을 드러내고 있다면 가을의 외상과는 달리 그 내정은 강인한 생명력의 추진성을 보여주어야만 한다. 그런데 위의 인용 시에서 볼 수 있는 바와 같이 화자는 가을의 상황에 있으면서 한결같이 과거의 봄을 노래하고 있다. 즉 화자의 현실은 분열과 조락의 가을인데, 이러한 반생명적인 가을의 음형 속에서 강하게 수렴 통일된 양기, 즉 현실을 극복하고 앞으로 나아가려는 투쟁 의욕과 인고의 힘을 보이지 않고, 화자는 언제나 퇴행적으로 과거의 관념적이고 초월적인 봄을 지향하고 있다. 물론 그 봄이, 화자가 님과 고향과 함께 일체화되어 있던 화해의 세계를 상징하고 있다고 하는 것은 더 말할 필요가 없는 일이다.

그러나 문제는 그와 같은 봄이 관념으로만 존재하는 초월적인 것이라는 데에 있다. 소월의 화자가 지향하고 있는 그와 같은 화해와 통합의 세계는 본질적으로 태극의 전일성을 의미하는 것에 불과하기 때문에 그것은 현실적으로 영원히 성취할 수 없는 꿈일 뿐이다. 영원히 성취할 수 없는 꿈 속에서 헤어나지 못할 때 이른바 한이라는 정서가 발생하기 마련이다.

소월 시의 화자는 가을의 금성적 삶의 상황 속에서, 관념적이고 초월적인 과거의 봄을 지향하면서 현재의 계절적인 봄의 정황을 노래한다. 이것이 소월 시가 보여주고 있는 한의 특징이고 그 한을 드러내는 시적 구조의 복합성이다. 소월 시에는 봄다운 봄의 현실이 없고 가을다운 가을의 현실이 없다. 다만 실체 없는 봄과 가을의 그림자가 지상의 여러 물상들을 마치 안개처럼 감싸고 맴돌 뿐이다. 그리고 그 안개처럼 몽롱한 세계에 관념적이고 초월적인 과거의 봄에 대한 한결 같은 그리움이 또한 연기처럼 맴돌면서 어려 있다.

소월 시를 대할 때 맨 먼저 우리가 감지하는 것은 이 불명료하고 뜻 모를 그림자, 그늘, 안개, 연기 등과 같은 것이다. 그것은 물론 좀더 따지고 보면 분명한 형태를 줄 수 없는 미묘한 감성적 느낌의 흐름이요, 몽롱한 감정의 피어오름일 것이다. 그런데 그 안개나 연기 와 같은 몽롱한 느낌과 감정은 어느 한 방향으로 흐르지 못하고 언제 나 정체되어 제 자리에서 맴돌고 있다. 그리고 그 맴돌고 있는 느낌 은 화자의 넋두리를 닮은 어조와 빈번한 반복 어법, 그리고 순환적인 정형률 등에 의해서 더욱 강화된다.

소월의 시에는 실체 없는 봄과 가을의 그림자가 뒤엉켜 있다. 그래 서 그의 시에는 세계라는 음형을 뚫고 앞으로 나아가려는 통일된 양 기, 즉 가을의 금기도 찾아볼 수 없고, 또 앞으로 강성하게 뻗어나가려 는 양기의 생장력, 즉 봄의 목기도 찾아볼 수가 없다. 양기는 부단히 굴신하면서 앞으로 나아가려는 힘이다. 그러므로 소월 시의 화자가 관 념적인 과거의 봄을 지향하는 한, 양기는 앞으로 나아가지 못하고 한 곳에 정체될 수밖에 없다. 다시 말하면 화자의 현실적 행동과 결단이 거세되어 있다고 하겠다. 과거를 지향하면서도 정작 과거로 되돌아갈 수도 없고, 그렇다고 해서 미래를 향한 현실적 선택이 주어진 것도 아 니다. 바로 여기에서 정체된 양기가 안개와 같은 감정으로 발산되고 그 안개와 같은 감정이 맴돌면서 응결되고 만 것이 이른바 한이다.

인용된 시에서 보는 바와 같이 대부분의 소월 시는 봄의 외상에 가 을의 외상을 투영시켜 공허하게 봄을 노래하고 있다. 그리하여 소월 시의 내정에는 목기라는 강한 남성적 생장의 추진력이 보이지 않고 다만 외상적 목성, 즉 여성적인 부드러움과 정서만이 어렴풋하게 안개처럼 발산된다. 그나마 그러한 시적 감정도 가을의 외상이 투영되어 언제나 한과 애상으로 굴절된 것들이다.

인간의 감정과 오욕칠정을 내향적인 절제와 수렴으로 다스리는 힘은 금성과 수성의 특징이고, 그것들을 외향적으로 발산하려는 기운은 목성과 화성의 특징이다. 목성의 감정 발산은 헤프고 여성적인 부드러움을 지닌다. 그러나 화성의 감정 발산은 치열하고 남성적이다. 우리는 소월 시에서 연화된 여성적 감정이 안개처럼 외부로 발산되고 있는 모습을 특징적으로 지적할 수 있다. 따라서 소월 시에 나타나는 이와 같은 봄의 심상들은 내정의 목기가 거세되어 있으므로 외상적인 목성 심상이라고 부르게 된다.[46]

잔디
잔디
금잔디
심심산천에 붙는 불은
가신 님 무덤가에 금잔디
봄이 왔네, 봄빛이 왔네
버드나무 끝에도 실가지에

---

[46] 소월 시에서, 봄을 노래하거나 봄과 관련되는 현상을 노래한 작품의 수는 압도적으로 많다. 아마도 한국의 현대 시인 중 가장 봄을 많이 노래한 시인이 소월일 것이다. 이런 의미에서 소월을 목성의 시인, 즉 봄의 시인이라고 할 수 있는데, 그 목성이 내정의 목기가 거세되어 있으므로 좀더 정확히 말한다면 외상적 목성의 시인이라 해야 할 것이다.

봄빛이 왔네, 봄날이 왔네
심심산천에도 금잔디에

「금잔디」

이 시는 전반부 5행과 후반부 4행의 두 단계로 나누어 볼 수 있다.
전반부는 봄날 가신 님의 무덤가에 신생의 모습으로 힘차게 돋아나오
는 금잔디를 묘사하고 있다. 그런데 봄빛을 받고 솟아나오는 파릇파릇
한 잔디의 싹을 불에 비유하고 있는 것이 놀랍다. 화사한 봄빛을 받
으면서 뾰족뾰족하게 마구 솟아나오는 잔디의 모습은 일견 위로 비산
하며 일렁이는 불꽃과 그 모습이 비교되기는 한다. 그러나 이 비유의
묘미는 이러한 외형적 유사함에 있는 것이 아니라, 그 비유의 무의식
적 문맥이 함축하고 있는 상징성에 있다.

음양 오행적 상상력으로 본다면 불이란 생명의 양기가 최대한으로
발휘되어 그 절정에 도달한 상태를 뜻한다. 다시 말하면 불은 생명력
이 가장 치열하고 찬란하게 발현된 모습이다. 그런데 불이라는 화성은
그 성정이 (2)7로 이루어진, 즉 2음과 7양으로 이루진 것이다. 7양은
더 이상 발전할 수 없는 9양의 직전 단계이기 때문에 그 힘이 강렬하
면서도 더욱 타오를 수 있는 여력을 지닌 것이다. 그리고 2음은 원초
적 생명의 싹이라 할 수 있는 1양을 억압함으로써 오히려 그것이 힘
차게 용출할 수 있도록 하는 역설적인 반생명적 힘이고, 1양은 죽음
의 음형 6에 갇혀있는, 즉 (1)6수의 그것이다. (2)7화의 불이 강렬하면
할수록 그 힘의 대화 작용도 강력해지기 마련이다. 대화 작용이 강력
해지면 (2)7화의 대극적 위치에 있는 (1)6수는 그 대화 작용에 따라

1양의 생명력을 목성으로 용출시키면서 생성 변화하게 된다. 1양이 6음이라는 죽음의 음형을 뚫고 나오는 것은 바로 순환적 재생을 의미하는 것이다.

이렇게 볼 때, 가신 님 무덤가의 금잔디를 불로 형상화한 것은 화자가 무덤 속에 있는 님이 재생하기를 바라는 무의식적 욕구의 간절한 표현이라 할 수 있다. 즉 (1)6수에서 6은 무덤이고 1은 무덤 속의 님에 해당된다. 그러나 님의 재생을 바라는 이와 같은 무의식적 욕구는 현실적인 것이 아니라 어디까지나 허구적인 상상력이다. 물론 이러한 허구적 상상력을 촉발한 것은 두말할 것 없이 심심산천에 재생의 불을 붙인 봄이다. 그래서 이 시의 후반부에서 화자는 여기저기에 재생의 불을 놓고 있는 봄날과 봄빛이 왔노라고 몇 번이고 외쳐본다. 그러나 그 소리는 환희의 외침이 아니라 공허한 탄식으로 들린다. 왜냐하면 화자에게는 그 봄이 진정한 봄이 아니라 허구적으로만 의미를 갖는 것이고 실제로는 이른바 춘래불사춘(春來不似春)의 상황일 뿐이기 때문이다. 역시 이 시도 얼른 보면 목기를 드러내는 듯하지만 화자의 관념적 과거 지향과 현실적 가을의 상황 때문에 화자의 목기가 거세되어 있는 외상적 목성만을 보여주고 있음이 확인된다.

외상적 목성 의미가 아주 극적으로 형상화된 예는 바로 「진달래꽃」이다. 「진달래꽃」의 화자는 분열과 조락의 가을, 즉 님이 부재하는 현재에서 가정법에 의하여 초월적이고 관념적인 과거의 봄, 즉 님과의 만남을 성취하고 있다. 다시 말하면 「진달래꽃」은 현재의 가을 혹은 님의 부재를 일단 가정에 의하여 봄 혹은 님과의 만남으로 뒤바꾸어 놓는다. 이렇게 가정적으로 성취된 봄의 허상 속에서 화자는 다시 미래의 이별을 가정하고 있다. 그래서 미래의 어느 가정된 시점에 있을지도 모르는 이별을 지레 두려워하며 그 이별의 아픔을 미리 자신에게 다짐이라도 하듯이, <나보기가 역겨워 / 가실 때에는 / 말없이 고이 보내드리우리다>라고 노래한다.

이렇게 보면 이 시는 현재의 가을을 투영한 허구적 봄에다가 또 다시 가정된 미래의 가을을 이중적으로 투영하고 있는 셈이다. 현실은 완전히 추방되어 있고 관념적인 과거의 봄과 거기에 투영된 가정적 미래의 가을만이 기묘한 허상으로 남아있는 형국이다. <말없이 고이 보내드리우리다>라는 미래 시제는 그러므로 정상적인 시제의 개념이 아니다. 여기의 미래 시제는 영원히 성취될 수 없는 관념적 시제일 뿐이다. 왜냐하면 님과의 만남 자체가 가정된 허상일 뿐만 아니라, 그 허상 속에서 또 가정된 님과의 이별은 더욱 허상적일 수밖에 없기 때문이다.

그리고 한편으로 이 시는 허구적 금성 의미를 드러내고 있다고 볼 수도 있다. 왜냐하면 이 시의 각 연의 끝 행은 <말없이 고이 보내드리우리다>와 같이 현실적 좌절과 분열 속에서도 그 고통을 이겨내고자 하는 화자의 태도, 즉 양기가 수렴된 강인한 금기의 양상을 보이고 있는데, 이것이 결국은 마지막 연의 끝 행 <죽어도 아니눈물 흘리우리다>와 같은 표현에서 그만 허구적인 것이 되고 말기 때문이다. 다시 말하면 <죽어도 아니눈물 흘리우리다>와 같이 극단적으로 강조된 표상 의미는 <님이 떠난다면 눈물을 흘리는 정도가 아니라 죽어도 님을 놓아주지 않겠다> 라는 변극 의미를 강하게 암시하기 때문에, <말없이 고이 보내드리우리다>와 같은 오행적 금기의 시적 의미는 한낱 공허한 다짐이 되어버린다는 말이다. 그래서 화자는 님이

가시는 길에 진달래꽃을 뿌리는 행위로써 님과의 근본적인 통합을 소원하고 있다. 즉 여기의 진달래꽃은 재생의 힘을 상징하는 중심 상징이라 하겠다.

어쨌거나 소월 시에서는 「진달래꽃」에 보이는 정도의 허구적 금성 의미만도 매우 희귀한 예라 할 수 있다. 그리고 거의 대부분의 시가 외상적인 목성 의미만을 드러내고 있음은 주목할 만하다.

2.3 화성의 시적 형상

화는 계절적으로 여름에 해당하고 기가 굴신하는 낳음, 자람, 거둠, 간직함의 4 단계 중 자람에 해당한다. 따라서 생장력은 절정에 이르게 되어 치열한 열도의 생의 감각, 그리고 삶의 환희, 전율 등을 드러내게 된다. 그러나 양기가 최대한 외부로 발산되었기 때문에 외상은 열정적이고 역동적인 느낌을 주지만 그 내정은 그만큼 허약하고 공허한 느낌을 줄 수밖에 없다.

시에서 화성 의미를 전형적으로 드러내고 있는 대표적 시인은 바로 미당 서정주다. 특히 그의 초기 시는 거의 화성 의미와 심상으로 구성되어 있다고 말해도 과언이 아니다.

> 돌팔매를 쏘면서, 쏘면서, 사향 방초 길
> 저놈의 뒤를 따르는 것은
> 우리 할아버지의 아내가 이브라서 그러는게 아니라
> 석유 먹은 듯……석유 먹은 듯 가쁜 숨결이야
> 바늘에 꼬여 두를까부다. 꽃다님보단도 아름다운 빛……

크레오파트라의 피먹은 양 붉게 타오르는 고흔 입설이다……
슴여라! 베암

우리 순네는 스물난 색시, 고양이같이 고흔 입설…… 슴여라,
베암

「화사」 4, 5, 6, 7 연

핫슈 먹은 듯 취해 나자빠진
능구렝이같은 등어릿길로,
님은 달아나며 나를 부르고……

강한 향기로 흐르는 코피
두 손에 받으며 나는 쫓느니

밤처럼 고요한 끓는 대낮에
우리 둘이는 왼몸이 달어……

「대낮」

땅에 긴 긴 입맞춤은 오오 몸서리친
쑥니풀 지근지근 니빨이 히허옇게
즘생스런 우슴은 달드라 달드라 우름같이 달드라

「입맞춤」 4연

미당 서정주를 생명파 시인으로 분류하는 까닭은 다름 아니라 위의 예시에 나타난 바와 같이 가열한 생명적 현상을 보여주고 있는 화성 의미와 화성 심상들 때문이다. 어느 시를 보더라도 생명의 환희와 욕구, 원시적 본능과 충동을 여과 없이 육성으로 쏟아 놓고 있다. 그리고 <돌팔매를 쏘면서, 님은 달아나며 나를 부르고, 두 손에 받으며 나는 쫓느니, 긴 긴 입맞춤, 쑥니풀 지근지근 니빨이 히허옇게> 등에서 볼 수 있듯이 주체할 수 없는 강렬한 생명 욕구가 역동적인 심상들을 통해 적나라하게 나타나 있다. 그리고 어느 시편이나 마찬가지지만 특히 「대낮」의 경우는 목성 자음과 화성 자음, 즉 양성 자음을 연속적으로 겹쳐 사용함으로써 마치 불꽃이 일렁이는 듯한 동적인 느낌을 아주 효과적으로 표현하고 있음도 관찰할 수 있다.

그런데 음양 오행적 상상력으로 볼 때 화성 의미가 강렬할수록, 즉 생명 의욕의 발산이 절정에 이를수록, 화성 의미가 자신의 그림자 속에 은폐하고 있던 허무, 죽음 등이 대극적 위치에 있는 수성 의미의 대화 작용에 의해서 활성화되어 나타나기 마련이다. 즉 강렬한 생의 욕구는 강렬한 죽음의 욕구에 의해서만 보장되고 실현된다. 위의 시들을 자세히 살펴보면 그 표현의 열렬한 동적 심상과 열도에 못지 않게, 그 배후에는 허무와 죽음을 향하여 알몸으로 돌진하는 듯한 격렬한 움직임이 있음을 느낄 수 있다. 즉, <돌팔매를 쏘면서, 바늘에 꼬여 두를까부다, 슴여라, 베암, 핫슈 먹은 듯 취해 나자빠진>, <강한 향기로 흐르는 코피 / 두 손에 받으며 나는 쫓느니 // 밤처럼 고요한 끓는 대낮에>, <즘생스런 웃음은 달드라 울음같이 달드라> 등에서 보는 바와 같이 그와 같은 역설적 의미를 함축하고 있는 구절들을 어느 시에서나 쉽게 발견할 수 있다.

화성 의미의 절정은 언제나 극즉 필반의 원리에 따라 변극 의미인 수성 의미로 전환되고 만다. 특히 <밤처럼 끓는 고요한 대낮>이라든가 <즘생스런 웃음은 달드라 달드라 울음같이 달드라>와 같은 표현은 그와 같은 변극 의미가 명료하게 드러난 예다. <밤－고요함>은 수성이고 <대낮－끓음>은 화성인데 이것들이 완전히 하나로 융해되어 역설적인 변극 의미를 보여주고 있고, <웃음－울음>도 상호 생성적인 궁극적 동질의 감정이 되어 있다. 특히 서정주의 시에서는 이와 같이 화성과 수성의 변극 현상이 매우 두드러진 특징이 되고 있어 주목된다.

> 귀기울여도 있는 것은 역시 바다와 나뿐.
> 밀려왔다 밀려가는 무수한 물결 위에 무수한 밤이 왕래하나
> 길은 항시 어데나 있고, 길은 결국 아무데도 없다.
>
> 아— 반딧불만한 등불 하나도 없이
> 울음에 젖은 얼굴을 온전한 어둠 속에 숨기어 가지고……너는,
> 무언의 해심(海心)에 홀로 타오르는
> 한낱 꽃같은 심장으로 침몰하라
>
> 아— 스스로히 푸르른 정열에 넘쳐
> 둥그란 하늘을 이고 웅얼거리는 바다,
> 바다의 깊이 위에
> 네 구멍 뚫린 피리를 불고……청년아.
> 애비를 잊어버려

에미를 잊어버려
형제와 친척과 동무를 잊어버려
마지막 네 계집을 잊어버려

아라스카로 가라 아니 아라비아로 가라
아니 아메리카로 가라 아니 아프리카로
가라 아니 침몰하라. 침몰하라. 침몰하라!
오- 어지러운 심장의 무게 위에 풀닢처럼 흩날리는 머리칼을 달고
이리도 괴로운 나는 어찌 끝끝내 바다에 그득해야 하는가.
눈뜨라. 사랑하는 눈을 뜨라……청년아,
산 바다의 어느 동서남북으로도
밤과 피에 젖은 국토가 있다.
아라스카로 가라!
아라비아로 가라!
아메리카로 가라!
아프리카로 가라!

「바다」

이 시의 화자는 <반딧불만한 등불 하나도 없이 / 울음에 젖은 얼굴을 온전한 어둠 속에 숨기어 가지고> 더는 갈 길이 없는 막다른 바다와 대면하고 있는 자신의 모습을 주시하고 있다. <귀기울여도 있는 것은 역시 바다와 나뿐>이라는 표현은 바로 화자의 삶이 극한 상황에 처해 있음을 암시한다. 육지에서 영위되어야 할 정상적인 삶의 도정이 모두 단절된 상황, 그래서 <무수한 물결 위에 무수한 밤이

왕래>하는 바다를 대면하고 있는 절망과 고절감, 이것이 바로 이 시에서 말하고 있는 바다의 상징적 의미다. 애비와 에미를 잊어버리고 형제와 친척과 동무도 다 잊어버릴 수밖에 없다고 절규하는 상황, 동서남북 어디에도 밤과 피에 젖은 국토밖에 없는 상황, 바로 이것이 바다의 의미다.

바다는 밤이고 울음이고 절망이며 곧 죽음이다. 이러한 극한 상황 속에서 화자는 무언의 해심, 즉 절망과 죽음의 한가운데로 침몰하려고 한다. 그러나 그 침몰은 죽음을 위한 것이 아니고 열렬한 생명 의욕 혹은 신생 의지의 역설적 표현에 불과하다. 죽음을 향한 강한 욕구는 언제나 강한 생명 의욕에 의해서 추진된다. 그것이 상상력의 변극 원리다. <한낱 꽃같은 심장으로 침몰하라>고 할 때 그 꽃같은 심장은 바다라는 거대한 음형에 갇힌 원초적 생명의 씨앗과 같은 것이다. 그 심장은 수성 의미인 바다의 재생력에 의해서 다시 용출된다. 왜냐하면 수성의 외상은 죽음이지만 그 내정은 생명력을 굳게 간직하여 다시 솟아나게 하는 힘이기 때문이다. 이 경우, 수성은 원래 오행적 의미로 볼 때 죽음과 생명이 교차하는 중심이기도 하지만, 이 시에서 <무언의 해심>이라고 표현하고 있는 것처럼 여기서도 역시 바다는 재생력을 지닌 중심 상징으로 쓰이고 있음을 볼 수 있다.

이 시가 보여주고 있는 것은 한마디로 말해서 바다라는 강대한 음형의 억압과, 그 억압 속에 갇혀서 더 이상 나아갈 수 없는 화자의 양기, 즉 생명력이다. 그러므로 이 시는 일견 수성 의미를 전형적으로 드러내고 있는 것처럼 보인다. 그러나 수성 의미가 되기 위해서는 화자의 양기가 극도로 통일 응축되는 상태를 보여주어야 한다. 양기가 통일 응축된 상태는 억압하고 있는 장애물을 뚫고 앞으로 나아가려는 강인한 의지와 인고, 그리고 불굴의 견인력 등을 수반하기 마련이다.

그런데 이 시의 화자가 보여주고 있는 기의 상태는 그것이 아니다. 해심에 침몰하여 재생하고자 하는 강한 욕구가 단순히 상상력의 문맥 속에 나타나 있을 뿐, 거기에 상응하는 기의 통일과 응축의 힘, 즉 수성 의미의 내정이 거세되어 있다. 기의 응축이 아니라 오히려 기의 발산을 향하여 상상력이 움직이고 있다. <침몰하라>고 거듭 외치는 소리나, 3연에서 <잊어버려>라고 반복하여 외치는 소리나, 4연에서 <아라스카로 가라 아니 아라비아로 가라>하고 연속적으로 외치는 소리는 그 숨가쁜 어조의 열도와 열정으로 보아서 내향적인 기의 응축이라고 볼 수가 없다. 정작 그것은 생명의 양기를 최대한으로 폭발시키고자 하는 움직임이다. 여기서도 하나의 역설이 발생하게 되는데, 거부할 수 없는 강대한 죽음의 힘, 그 절망적인 죽음의 힘만이 강렬한 생명력의 발산을 보장하고 가능하게 한다는 점이 바로 그것이다.

이런 점에서 위의 시는 강렬한 화성 의미를 증폭시키기 위해서 외상적 수성 의미를 효과적으로 이용하고 있다고 볼 수 있다.

다음의 시도 미당의 이러한 특징을 잘 보여주고 있다.

> 잊어버리자, 잊어버리자,
> 히부얀 종이 등불 밑에 애비와, 에미와, 계집을,
> 그들의 슬픈 습관, 서러운 언어를, 찢긴 흰옷과 같이 벗어던져 버리고
> 이제 사실 나의 위장은 표범을 닮아야 한다.
> 거리 거리 쇠창살이 나를 한 때 가두어도
> 나오면 다시 한결 날카로워지는 망자!

열민 붉은옷을 다시 입힌대도
나의 소망은 열적(熱赤)의 사막 저편에 불타오르는 바다!

가리라 가리로다. 꽃다운 이 연륜을 천심에 던져,
옮기는 발길마다 독사의 눈깔이 별처럼 총총히 묻혀 있다는 모래
언덕 넘어……모래 언덕 넘어……

「역려」 4, 5, 6연

　이 시의 화자가 대면하고 있는 세계는, <찢긴 흰옷>, <거리 거리 쇠창살> 등의 구절에 극명하게 나타나 있듯이 삶의 자연스러운 발전이 극도로 저해되고 있는 참담한 상황이다. 음양 오행적 상상력으로 볼 때 이 시의 화자가 고통을 겪고 있는 이 상황은 수성의 외상과 일치한다. 맹위를 떨치고 있는 음기, 즉 죄악과 죽음의 파멸적인 힘에 의하여 화자의 생명력은 극도로 억압을 받고 있다. 수성의 외상이 맹위를 떨치게 되면 양기는 내향적으로 일 점의 중심을 향하여 극도로 통일 응축되기 마련이다. 그리하여 양기는 그 내향적 압축이 지극해지면 마침내 폭발하듯 그 수기의 음형을 뚫고 다시 외향적인 발산 운동을 시작한다.

　그런데 이 시의 화자는 쇠창살과 같은 세계의 음형 속에서 생명력을 내향적으로 응축시키는 것이 아니라 오히려 반대로 치열한 외향적 발산을 지향하고 있다. <나의 소망은 열적의 사막 저편에 불타오르는 바다!>에서 볼 수 있듯이 변극 원리에 의해서 발생된 화성 의미가 단적으로 그것을 말해준다. 바로 이 점이 수성 의미와 화성 의미의 차이

점이다. 목기와 화기는 외향적 발산으로 나타나지만 금기와 수기는 내향적 응축으로 나타난다. 미당의 시에서는 금성과 수성의 외상적 의미는 찾아볼 수 있지만 내향적으로 응축 집약되는 금기와 수기는 거의 발견하기 힘들다. 그러나 위의 시와 같이 수성의 외상적 의미가 화기로 변극되는 경우는 그의 시에서 아주 특징적으로 나타나고 있다.

그리고 또 하나 주목할 점은 위의 시에서도 마지막 연에 나타나 있는 것처럼, 미당의 극적인 화성 의미는 언제나 허무주의의 느낌이 짙게 감돌고 있다는 점이다. 이 점이 바로 화성이 지닌 숙명이라 할 수 있다. 절정에 이른 화성이란 양기가 최대한 발산되어 외상은 화려하고 창성한 모습이지만 그 내정은 속이 공허하게 비어있는 꼴이기 때문이다. 화성이 오욕 칠정을 발산하는 모습은 남성적인 치열함으로 나타나지만 내정은 겉모습과 달리 차갑게 열기가 식어있다. 역에서 화를 표시하는 이괘(☲)를 표양 이음으로 상징하는 것은 바로 그런 까닭에서다.

미당의 다음과 같은 시들은 그와 같이 극적인 화성 의미와 심상이 짙은 허무주의와 배접되어 나타난 예들이다.

> 바보야 하이얀 민들레가 피었다.
> 네 눈섭을 적시우는 용천의 하늘 밑에
> 히히 바보야 히히 우습다.

「민들레꽃」 1연

> 모가지여
> 모가지여

모가지여

모가지여

멀리 서 있는 바닷물에선

난타하여 떨어지는 나의 종소리

「행진곡」 4, 5연

2.4 금성의 시적 형상

금은 계절로는 가을이고 기가 굴신하는 과정으로 보면 양기를 음형 속으로 거두어들이는 단계다. 그러므로 양기는 내향하여 통일 응축되기 시작하고 생명 의지는 강인한 견인력과 결집된 굳건함을 보여준다. 금의 외상은 분열, 조락, 갈등, 그리고 악의 힘이 지배하는 반생명적 상황을 암시한다.

이와 같은 금성 의미를 주로 표출한 대표적 시인은 우선 청마 유치환과 다형 김현승을 들 수 있다. 그러나 같은 금성 의미를 구사하면서도 이들 둘은 또한 뚜렷한 차이를 보여주기도 한다.

우선 청마의 시부터 보기로 한다.

내 죽으면 한 개 바위가 되리라

아예 애련에 물들지 않고

희로에 움직이지 않고

비와 바람에 깎이는 대로

억 년 비정의 함묵(緘黙)에

안으로 안으로만 채찍질하여
드디어 생명도 망각하고
흐르는 구름
머언 원뢰(遠雷)
꿈꾸어도 노래하지 않고
두 쪽으로 깨뜨려져도
소리하지 않는 바위가 되리라.

「바위」

이 시는 제목부터가 금성적 사물로 되어 있다. 목, 화가 연성의 사물을 상징한다면, 금은 수렴성을 나타내고 수는 응고성을 나타내는 것이므로 모두 경성의 사물을 상징하게 된다. 이 시의 화자는 <아예 애련에 물들지 않고 / 희로에 움직이지 않고>자 한다. 애련이나 희로는 인간의 오욕 칠정의 한 움직임이고, 그것의 움직임이란 다름 아닌 양기의 외부적 발산을 의미하는 것에 불과하다. 양기의 외부적 발산의 움직임을 거부하게 되면 그 움직임의 방향은 오직 한 길, 내향적인 것일 수밖에 없다. 양기가 내향한다는 것은 생명의 수축 운동이므로 그것은 자기 극복의 고통을 감내해야 하고 견인불발의 굳건한 의지를 가져야만 한다. 그래서 <비와 바람에 깎이는 대로>, <안으로 안으로만 채찍질하여>야 한다.

전반부 6행은 양기를 수렴하는 과정을 아주 선명하게 묘사하면서 전형적인 금성 의미와 금성 심상을 보여준다. 그 다음 후반부 6행은 양기가 중심의 일점에 완전히 압축 응고되어 생명과 비생명 혹은 삶과 죽음이 하나로 통합된 미분성의 상태에까지 이르게 되는 과정을 명료하게 형상화하고 있다. 양기가 이와 같이 극도로 응축되면, 그렇게 응축된 정도로 외부의 음형도 그만큼 반생명적 형상으로 굳어졌음을 의미한다.

바로 이와 같이 반생명적 형상으로 굳어진 것이 바위라는 시적 형상이다. 다시 말하면 바위는 자기의 생명력을 내부의 핵심에 극도로 응축시켜서 죽음의 표상으로 남아있는 것, 좀더 정확히 말한다면 삶과 죽음을 하나로 통합시킨 것이다. <흐르는 구름 / 머언 원뢰>는, 죽음의 표상인 바위, 즉 애련과 희로의 발산을 이미 중지해 버린 죽음의 물체와 이제 아무 관계가 없음을, 그리고 그 바위가 이미 죽음의 물체이기 때문에 구름, 원뢰의 움직임과 함께 생명적 교섭, 즉 희로애락의 느낌을 나눌 수 없음을 드러내기 위한 시적 표현이다.

후반부 6행에서 묘사된 양기의 응축 상태는 금성적 의미와 심상이 아니라 수성적 의미와 심상이다. 왜냐하면 그와 같이 양기를 극한점까지 응고시키는 것은 수성이고, 그 일점의 양기가 좀더 압축되면 드디어 폭발하듯 용출하여 다시 새로운 생장의 길을 걷게 되기 때문이다. 강성한 죽음의 음기인 수성으로부터 1양이 용출하여 목기로 싹트는 것이 바로 생생불식의 도이며, 재생의 희원을 향한 변함없는 상상력의 구조다.

이 시를 이와 같이 금성 의미와 수성 의미가 복합된 구조로 본다면 화자의 견인 정신과 강인한 생명 의지의 방향은 새로운 재생을 지향하고 있다고 볼 수 있다. 그러므로 이 경우 재생을 소원하는 기의 흐름은 음형을 뚫고 앞으로 나아가려는 미래 지향적인 것임을 주목해야 한다. 즉 기의 흐름은 <금→수→목>의 방향으로 새로운 생명, 즉 목기를 지향하고 있다.

이러한 청마와 대조적으로, 앞에서 살펴본 바와 같이 소월의 화자는 생명 의지를 집약하여 가을의 분열적 상황을 앞으로 뚫고 나아가려는 미래 지향적 기의 흐름을 보이는 것이 아니라, 언제나 가정적인 과거의 허상적 봄을 성취하여 퇴행하고 있음을 볼 수 있었다. 과거의 봄으로 퇴행할 경우, 그리고 그 봄이 근본적으로 초월적인 태극의 전일성을 암시할 경우, 그 퇴행의 방향은 역시 재생을 향한 것이기는 하지만, 그것은 어디까지나 모태회귀적이라는 점을 주목해야 한다. 소월 시가 보여준 기의 흐름은 언제나 <금→화→목>의 방향이었다. 이와 같이 재생의 소원이 암시된다고 하더라도 미래 지향적인 것과 과거 지향적인 것은 엄격히 다르다.

흔히 청마를 의지의 시인이라고 부르는 것은 그의 시에서 양기가 수렴되는 시적 형상을 두고 말하는 것이고, 그를 생명과 시인으로 분류하는 것은 금으로 수렴된 양기가 언제나 미래 지향적으로 수의 과정을 지나 자신의 변극 의미인 목기를 지향하고 있음을 두고 말하는 것에 불과하다.

그리고 생명적 현상을 노래한 미당과 청마의 시를 이와 같은 관점에서 비교해 본다면 그 차이가 뚜렷해진다. 앞에서 말한 바 있지만, 미당의 시에서는 기의 내향적 수렴 과정에 대한 시적 형상을 거의 찾아보기 힘들다. 그는 언제나 양기의 외향적 발산을 지향한다. 바로 이점이 금성 시인과 화성 시인, 즉 가을의 시인과 여름의 시인의 근본적인 차이점이다.

청마의 다음 시들도 역시 뚜렷이 금기를 형상화하고 있다.

　　비와 바람을 더불어 근심하고
　　나의 생명과
　　생명에 속한 것을 열애하되
　　삼가 애련에 빠지지 않음은
　　그는 치욕임일네라.

　　나의 원수와
　　원수에게 아첨하는 자에겐
　　가장 옳은 증오를 예비하였나니

　　　　　　　　　　　　　　「일월」 3, 4연

　　해바라기 밭으로 가려오
　　해바라기 밭 해바라기 새에 서서
　　나도 해바라기가 되려오

　　（중략）

　　눈부시어 요요(嬈嬈)히 호접도 못오는 백주
　　한 점 회의도 감상도 용납지 않는
　　그 불령(不逞)스런 의지의 바다의 한 신분이 되려오.

　　　　　　　　　　　「해바라기 밭으로 가려오」 1, 3연

「일월」에서도 역시 금성 의미가 뚜렷이 드러난다. 1연의 표현처럼 생명을 열애하되 삼가 애련에 빠지지 않는다는 것은 양기의 발산을 극도로 억제하여 그것을 굳건히 통일 집약시킨다는 의미다. 그와 같이 생명 의지를 견고하게 응집시켜야만 <원수>에 대항하여 자기 생명을 확대 신장시킬 수 있다. 이 작품은 원수로 표현되는 음형적 힘의 구속과 억압에 비례하여 양성적 생명의 힘도 더욱 강렬하게 집약되면서 전진적인 기의 흐름을 보여주고 있다.

「해바라기 밭으로 가려오」는 시 전편이 화성적 의미와 심상으로 구성되어 있다. 해바라기와 백주가 뜻하는 바는 다름 아니라 생명력의 발산과 확장이 그 절정에 이르고 있음을 말한다. 그것은 가열한 생명 의욕의 불꽃과 다름없다. 그러나 그것은 화자가 지향하는, 아직 성취되지 않은 미래적 화성 의미일 뿐이다. 그 화성 의미는 현재의 엄혹한 상황, 즉 음형의 억압을 통해서만 비로소 빛을 발하게 되는 것이다.

<그 불령스런 의지의 바다의 한 신분이 되려오>라는 구절은 이 시가 결국 금기에 바탕을 두고 있음을 보여준다. 의지라는 것은 분산된 기를 금성을 통해 수렴해야만 발생하는 것이다. 미당과 같은 여름의 시인이 화성 의미를 드러내기 위해서 수성 의미를 이용하듯이, 가을의 시인인 청마는 반대로 금성 의미를 드러내기 위해서 화성 의미를 이용하고 있다고 볼 수 있다.

다음은 다형 김현승의 작품들이다.

푸른 잎새들이 떨어져 버리면
내 마음에

다스운 보금자리를 남게 하는
시간의 마른 가지들……

내 마음은 사라진 것들의
푸리즘을 버리지 아니하는
보석상자……
사는 날, 사는 동안 길이 매만져질,
그것은 변함없는 시간들의 결정체!

「고전주의자」 1, 2연

결정된 빛의 눈물
그 이슬과 사랑에도 녹슬지 않는
견고한 칼날— 발 딛지 않는
피와 살

뜨거운 햇빛 오랜 시간의 회유에도
더 휘지 않는
마를 대로 마른 목관악기의 가을
그 높은 언덕에 떨어지는,
굳은 열매
쌉쓸한 자양
에 스며드는
에 스며드는
네 생명의 마지막 남은 맛!

「견고한 고독」 4, 5연

말들은 꽃잎처럼 피고 지더니
눈물은 내 가슴에
보석과 같이 오래 남는다.
밤 이슬에 나아와
시월의 이마 위에 손을 얹어 보았는가
대리석과 같이 찰 것이다.
그러나 네 영혼의 피를 내어
그 돌에 하나의 물음을
새기는 이만이

굳은 열매와 같이
종자 속에 길이 남을 것이다!

「가을의 비명」

위의 시들은 어느 것이나 막론하고 모두 양기를 수렴하고 있는 금기를 형상화하고 있다. <보석, 결정체, 결정된 빛의 눈물, 칼날, 마를 대로 마른 목관악기, 대리석, 돌, 굳은 열매, 종자> 등등의 심상이 무엇보다도 전형적인 금성 의미의 표상들이다. 한마디로 요약컨대 모든 시상이 가을의 단단한 열매와 씨앗을 지향하고 있다. 실제로 한국의 현대 시인 중 가을을 가장 많이 노래한 시인이 바로 다형이다.

그런데 여기서 주목되는 점은 양기가 수렴되어 응축될 뿐, 그 응축된 양기의 전진하는 힘, 즉 미래 지향적인 강력한 힘이 나타나 있지 않다는 점이다. <결정된 빛의 눈물>, <네 생명의 마지막 남은 맛> 등은 양기가 극도로 수축된 수성적 심상의 측면까지를 암시하고 있지만, 이러한 심상도 수기가 지닌 폭발적 반동 직전의 그 팽팽하게 긴장된 힘이 거세되어 있다. 다시 말하면 다형의 금성 의미와 심상은 자족적이다. 양기를 수렴한 금기가 청마처럼 강한 목기를 지향하지 않고 완전히 비생명적인 견고한 결정체를 이루는 데에서 그의 시적 지향은 끝나고 만다.

청마가 <금→수→목>의 지향을 보이면서 강렬한 목기의 생명력을 희구하고 있는 반면에, 다형은 <금→수>의 흐름을 보여주는 데에서 끝난다. 암시되는 수기가 새로운 생장 운동으로 이어지지 않고 다형의 시에서처럼 <마를 대로 마른 결정체>와 <마른 가지> 혹은 <보석>만으로 남을 때, 그것은 금성 자체를 위한 것일 뿐이다. 바꾸어 말해서 청마의 시에 나타난 금기는 목기를 위한 것이지만 다형의 시에 나타난 금기는 바로 그 견고한 결정체인 금성 자체를 위한 것이다. 동일한 금성 의미를 보여주면서도 이 둘은 이와 같은 명백한 차이를 드러내고 있다.

이와 같은 차이가 청마로 하여금 「그리움」에서, <파도야 어쩌란 말이냐 / 날 어쩌란 말이냐>라고 어쩔 수 없는 생의 격정과 그리움을 노래하게 하고, 다형으로 하여금 다음과 같이 절대 고독과 침묵과 영원을 노래하게 하는 것이다.

흰 이빨로 파도처럼 웃는 것을,
봉선화 꽃잎처럼 우는 것을,
손가락 매듭 굵은 아버지의 이름같이
우리는 되도록 피하고 모르는 체하거든…
이마를 살얼음만큼이나 찌푸리고 이내 태연할 줄 알거든!

우리는 그렇게 많이 자라고 말았거든.

「슬퍼하지 않는 것은」 3연

나는 내게서 끝나는
아름다운 영원을
내 주름 잡힌 손으로 어루만지며 어루만지며
더 나아갈 수도 없는 나의 손끝에서
드디어 입을 다문다— 나의 시와 함께.

「절대고독」 5연

2.5 수성의 시적 형상

수는 계절로 겨울이고 기가 굴신하는 과정으로 보면 양기가 극한점까지 수축 응고되는 단계다. 그러므로 생명력은 음형의 핵심에서 극도로 응축되어 삶과 죽음이 미분된 상태까지 이르게 된다. 그리고 극도로 압축된 그 양기는 때가 되면 반동하여 새로운 생명력으로 용출된다. 양기가 가장 강하게 압축 통일되어 있는 상태가 바로 겨울의 수기다. 겨울은 반생명적인 음기가 가장 맹위를 떨치는 시기이므로 수의 외상은 극도의 분열, 파멸, 죽음, 냉혹함 등을 상징한다.

그러나 금기가 수기로 변하는 측면, 즉 무극 쪽에서 수기의 음형을 보면 모든 생명 현상이 강성한 음기에 의하여 완전히 해체되고 사멸되기 때문에 그 외상은 파멸과 죽음을 뜻하고, 또 음과 양이 벌이는 최후의 격렬한 투쟁과 상잔지기(相殘之氣)를 뜻하지만, 반대로 수기에서 목기로 생성되는 측면, 즉 태극 쪽에서 수기의 내정을 보면 그것은 부드러운 여성 원리와 화해와 생명의 창조를 뜻하게 된다. 그러므로 이 수는 처음과 끝의 중심이요, 죽음과 삶이 만나는 중심이 되기 때문에 흔히 중심 상징으로 광범위하게 나타나고 있음을 볼 수 있다.[47)]

이와 같이 수성이 지닌 북방적 상잔지기와 엄숙함, 그리고 더 이상 압축할 수 없을 정도로 수축 응고된 강고한 양기의 시적 형상을 전형적으로 드러내고 있는 시인으로는 이육사를 들 수 있다.

> 쇠줄에 끌려 걷는 수인들의 무거운 발소리!
> 옛날의 기억을 아롱지게 수놓는 고이한 소리!
> 해방을 약속하던 그날 밤의 음모를
> 먼동이 트기 전 또 다시 속삭여 보렴인가?
>
> 검은 벨을 쓰고 오는 젊은 여승들의 부르짖음
> 고이한 소리! 발밑을 지나며 흑흑 느끼는 건
> 어느 사원을 탈주해 온 어여쁜 청춘의 반역인고?
> 시들었던 내 항분(亢奮)도 해조(海潮)처럼 부풀어 오르는 이 밤에.
>
> 이 밤에 날 부를 이 없거늘! 고이한 소리!
> 광야를 울리는 불 맞은 사자의 신음인가?
> 오 소리는 장엄한 네 생애의 마지막 포효!
> 내 고도(孤島)의 매태 낀 성곽을 깨뜨려 다오!

---

47) 수의 구체적인 형상은 바다, 샘, 강물, 호수, 물 등인데, 이것들은 해체의 힘과 재생의 힘을 동시에 지닌 양가적 중심 상징으로 흔히 나타난다.

산실을 새여나는 분만의 큰 괴로움!
한밤에 찾아올 귀여운 손님을 맞이하자.
소리! 고이한 소리! 지축이 메지게 달려와
고요한 섬 밤을 지새게 하난고녀.

거인의 탄생을 축복하는 노래의 합주!
하날에 사모치는 거룩한 기쁨의 소리!
해조는 가을을 불러 내 가슴을 어루만지며
잠드는 넋을 부르다. 오— 해조! 해조의 소리!

「해조사」 5, 6, 7, 8, 9연

위의 시를 자세히 관찰해 보면 크게 두 부류의 심상군으로 나누어
질 수 있음을 볼 수 있다. 하나는 음성적인 것으로서 반생명적인 심
상군이고 다른 하나는 양성적인 것으로서 생명적인 심상군이다. 전자
는 수성 심상의 해체적 측면으로서, <쇠줄에 끌려 걷는 수인들의 무
거운 발소리!, 그날 밤의 음모, 여승들의 부르짖음, 반역, 사자의 신음,
네 생애의 마지막 포효, 고도> 등이고, 후자는 수성 심상의 생성적
측면으로서, <산실을 새여나는 분만의 큰 괴로움, 한밤에 찾아올 귀
여운 손님, 거인의 탄생, 기쁨의 소리> 등이 그것들이다.

위의 시는 대조되는 두 심상군이 전후로 확연하게 구별되는데 전반
3연이 반생명적인 것들이고, 후반 2연이 새로운 생성을 알리는 생명
적인 것들이다. 이 전후의 분기점에 해당하는 <내 고도의 매태 낀
성곽을 깨뜨려 다오>, <산실을 새여나는 분만의 큰 괴로움>이라는

두 구절은 더 이상 긴 설명이 필요 없을 정도로 수성이 지닌 여성 원리를 아주 잘 드러내고 있다.

　다시 말하면, 음기의 파괴적 힘에 쫓겨 생사가 미분된 극한점까지 이른 양기가 드디어 집약 통일된 막강한 반동력으로 용출하면서 자신을 포위하고 있던 음형을 깨뜨리고 새로운 생성의 길을 걷기 시작하는 모습을 아주 선명하게 형상화하고 있다. 양기를 극도로 압박하던 음형이란, 파괴적인 반생명적 힘일 뿐만 아니라, 동시에 그 반생명적 힘 자체가 양기를 용출시켜 신생의 길을 걷게 만드는 역설적인 생명적 힘이기도 한 것이다. 그리고 여기서 <해조>라는 심상이 바로 중심 상징으로 나타나는 수성 심상임을 주목해야겠다.

　또 다음의 시를 보자.

　　동방은 하늘도 다 끝나고
　　비 한 방울 나리잖는 그때에도
　　오히려 꽃은 빨갛게 피지 않는가
　　내 목숨을 꾸며 쉬임없는 날이여.

　　북쪽 쓴드라에도 찬 새벽은
　　눈 속 깊이 꽃 맹아리가 옴작거려
　　제비떼 까맣게 날아오길 기다리나니
　　마침내 저바리지 못할 약속이여

　　한 바다 복판 용솟음치는 곳
　　바람결 따라 타오르는 꽃성(城)에는

나비처럼 취하는 회상의 무리들아

오늘 내 여기서 너를 불러 보노라.

「꽃」

위의 시를 면밀히 분석해 보면 1연과 2연은 같은 의미 구조의 중첩임을 알 수 있고, 3연은 1연과 2연에서 확인하고 구축해 놓은 전제와 원리에 의해서 앞당겨진 미래적 상황임을 짐작할 수 있다.

우선 1연을 보자. 1행과 2행은 반생명적 한계 상황, 즉 무화(無化)의 심상이고, 3행은 이와 대조적으로 생명의 새로운 탄생, 즉 유화(有化)의 심상이다. 이 상반되는 시적 의미의 반전은 <오히려>라는 반어적이고 역설적인 느낌을 강하게 환기하는 부사를 축으로 삼아서 이루어지고 있다. 육사의 시에서는, 이 역설적 느낌의 오히려와 같은 부사들로서 이외에도 차라리, 아예, 마침내, 참아 등등이 있는데 이것들이 매우 빈번하게 사용되고 있음을 관찰할 수 있다.[48]

이와 같은 반어적 느낌의 부사들은 가장 극단적인 수성 심상의 양가성, 즉 죽음과 삶, 압축과 반동 등 극적 상반성을 드러내는 데에 있어서 매우 효과적인 조사법(措辭法)이라 할 수 있을 것이다. 따라서 이러한 부사는 시적 화자의 강철같이 굳건한 생의 의지, 즉 겨울과

---

[48] 이와 같은 부사들이 여러 개 중첩되면서, 육사 특유의 강인한 생의 의지를 잘 표현하고 있는 작품의 하나로 다음의 「교목」을 들 수 있다.(부사의 밑줄은 필자가 한 것)

<푸른 하늘에 닿을 듯이 / 세월에 불타고 우뚝 남아서서 / 차라리 봄도 꽃피진 말아라 // 낡은 거미집 휘두르고 / 끝없는 꿈길에 혼자 설레이는 / 마음은 아예 뉘우침 아니라 // 검은 그림자 쓸쓸하면 / 마침내 호수 속 깊이 거꾸러져 / 참아 바람도 흔들진 못해라.>

같은 반생명적 극한 상황에 비례하여 더욱 더 강하게 응고되는 양기의 역설적 모습을 아주 극적으로 잘 드러내 주고 있다.

그리고 1연의 마지막 행은 3행까지의 상반된 의미 구조의 결합이 낳게 되는 결론에 해당된다. 즉 이 결론의 의미는 3행까지의 생명과 반생명의, 또는 무화와 유화의 상반된 시적 의미를 지양한 것, 바로 <쉬임없이 목숨을 꾸며 이루어지고야 말 새로운 탄생>이라 할 수 있다. 다음의 2연도 1연의 의미 구조와 정확히 대응하고 있다. 즉, <북쪽 쓴드라에도 찬 새벽은 / 눈 속 깊이>와 같은 구절은 반생명적 무화의 의미이고, <꽃 맹아리가 옴작거려 / 제비떼 까맣게 날아오길 기다리나니>와 같은 구절은 생명적 유화의 의미이고, 마지막 행은 역시 1연과 같이 앞에서 전개된 상반적 의미를 지양한 결론이다.

1연과 2연에서 각기 이루어진 결론적 의미를 하나로 종합하면 <마침내 약속처럼 이루어지고야 말 탄생>이란 뜻이 된다. 이 결론적 의미의 구체적인 형상화가 3연에서 이루어지고 있다. 그러나 이 3연의 의미와 상황은 어디까지나 아직은 미래적인 것일 수밖에 없다. 화자가 이러한 미래를 전망하고 있는 현재적 상황은 <북쪽 쓴드라의 찬 새벽>이라는 오행적 의미의 겨울이다. 그럼에도 불구하고 화자는 약속처럼 오고야 말 봄의 정경을 구체적으로 떠올리면서 미래를 살고 있다. 바꾸어 말하면 화자는 선취된 미래를 살고 있다고 할 수 있다.

지금까지 분석한 이 시의 의미 구조를 좀더 알기 쉽게 도시하면 다음과 같이 된다.

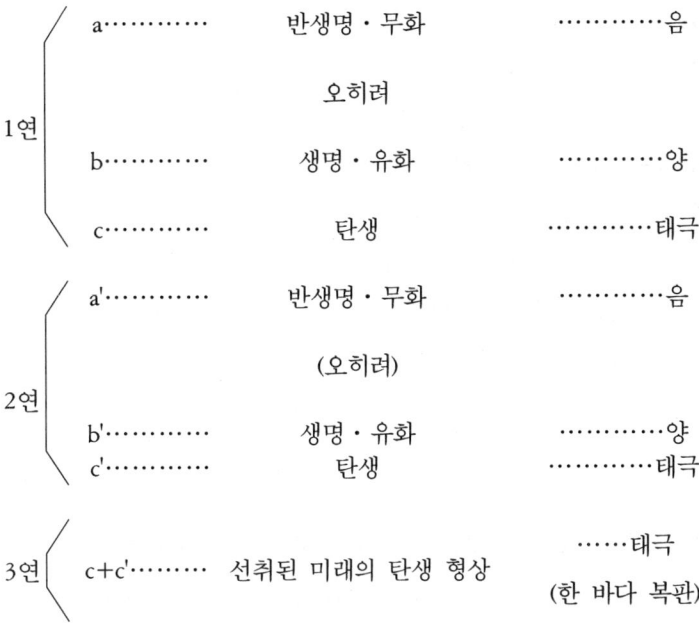

위의 도식은 음양의 역설적 생성 과정을 극명하게 보여주고 있다. 그리고 이와 같은 도식이 육사의 시 중에서 수성 의미와 수성 심상이 중심적으로 나타나고 있는 작품에는 거의 예외 없이 적용될 수 있음도 대단히 주목할 만한 점이다.

수성 의미와 그 심상을 가장 극적으로 보여주고 있는 시는 뭐니뭐니 해도 육사의 대표적인 작품 「절정」을 들 수 있다.

매운 계절의 채찍에 갈겨
마침내 북방으로 휩쓸려 오다.

하늘도 그만 지쳐 끝난 고원
서릿발 칼날진 그 위에 서다.

어데다 무릎을 꿇어야 하나
한 발 재겨 디딜 곳조차 없다.

이러매 눈감아 생각해 볼밖에
겨울은 강철로 된 무지갠가 보다.

「절정」

　매우 상징적이고 함축적인 표현을 구사함과 동시에 시적 의미의 점
층적인 전개 방식에 의해 짜임새 있게 구성된 작품이다. 그리고 <매
운 계절의 채찍>, <서릿발 칼날> 등에서는 육사가 처해 있던 당대
의 역사적 한계 상황이, 즉 음양 오행적 상상력으로 볼 때는 북방적
겨울의 수성 심상이 군더더기 없이 잘 형상화되어 있다.
　이 시의 의미는 이미 여러 논자에 의해서 자세히 밝혀졌으므로 더
달리 부연할 필요는 없다고 본다. 다만 4연의 시적 의미와 그 <강철
로 된 무지개>라는 시적 형상은 아직도 여러모로 탐구해 볼 가치가
있는 것이므로 음양 오행적 상상력의 관점에서 한번 조명해 볼 필요
가 있다고 본다. 우선 이에 대한 몇 논자의 견해를 들어본다.

　⑴ 매운 채찍의 계절인 겨울을 나의 운명으로 껴안을 때, 그 껴안는
　　 행위 속에서 겨울은 마침내 무지개처럼 황홀한 미래를 약속하게
　　 된다.[49]

(2) 그 절망적인 죽음의 극한경을 <무지개>로 상정함으로써 절대적인 시미(詩美)의 세계, 겨울 자체와 강철로 된 절망의 테두리를 미화시켜 음미하는 정신의 여유, 정서적 여지를 남김으로써, 소극적인 현장 탈출, 환상적이지만, 정서적 진실을 통한 감정적 초극의 통로를 마련한 것이다.[50]

(3) 그러나 그는 항복과 타협을 모른 채 다만 자기가 비극의 한 가운데 놓여 있음을 깨닫고 겨울, 즉 <매운 계절>을 <강철로 된 무지개>로 보는 것이다. 이 비극적인 비전은 또 하나의 비극적 황홀의 순간을 나타내며 여기서 다시 우리는 시인이 자기가 놓여 있는 상황에서 거리를 두고 하나의 객관적인 이미지를 발견함을 본다.[51]

(4) ……결국 강철이 구속, 죽음, 압박, 도구적, 물질적 삶을 표상함에 비해 무지개는 자유, 생성, 해방, 정신적, 실존적 삶을 표상하는 이미지, 다시 말하여 전자가 축소된 삶을, 후자가 확대된 삶을 표상하는 이미지임을 드러내 보여 준다.[52]

(1)은 강철과 무지개의 관계를 구체적으로 설명하지 않고 있고, (2)는 무지개를 현장 탈출의 환상으로 보고 있는데, 그것과 강철과의 결합 관계에 대한 설명이 애매하다. (3)도 역시 강철과 무지개의 결합,

---

49) 김영무, 「이육사론」, 『창작과 비평』, 1975, 여름호, 195쪽.

50) 박두진, 「이육사의 시」, 『한국현대시론』(일조각, 1971), 111쪽.

51) 김종길, 「한국시에 있어서의 비극적 황홀」, 『진실과 언어』(일지사, 1974), 202쪽.

52) 오세영, 「이육사의 <절정>」, 『한국현대시작품론』(문장사, 1981), 271쪽.

그리고 그 시적 의미에 대한 구체적인 천착이 없다. (4)는 아주 구체적으로 그 결합 관계를 설명하고 있다. 특히 시의 심상적 운동의 방향을 아주 날카롭게 파악하여 축소된 삶과 확대된 삶의 이중적 의미를 분석해 낸 것은 탁월한 안목이다. 그러나 강철과 무지개를 완전히 상반되는 대립적 의미로 파악하여 그것들을 이원적으로 본 것은 해석의 한계점을 노출시킨 것으로 보인다. 왜냐하면 어디까지나 문맥적으로 볼 때는 <강철로 된 무지개>이므로 강철은 무지개의 한 속성을 형용하고 있는 것으로 보는 것이 순편하며, 상반되는 대립적 의미 관계는 강철과 무지개가 아니라 전체적인 구조로 보아서 겨울과 강철로 된 무지개의 관계로 보아야 마땅하기 때문이다.

음양 오행적 상상력으로 본다면 이 시가 형용하고 있는 외상은 극대화된 음형을 드러내고 있다. 따라서 화자의 생명력, 즉 양기는 거대한 겨울의 힘에 의하여 <한 발 재겨 디딜 곳조차> 없는 극한의 일점으로 압축되어 있다. 이렇게 겨울의 압축하는 거대한 힘에 의하여 생명 의지 혹은 양기가 한 극점에, 그야말로 강철같이 단단하게 응고 통일되면, 그 양기는 자신을 압축했던 만큼의 강력한 반동력을 얻어서 폭발적으로 용출되기 마련이다. 이렇게 힘차게 용출되는 양기의 힘이 목기가 되는 것인데, 마치 온도의 극점에서 빛의 굴절 현상이 일어나고 서릿발이 뻗치듯이, 목기로 생성되는 순간의 그 강력한 양기의 힘이 바로 무지개로 피어나는 것이다. 다시 말하면 무지개는 강철 같이 견고하게 압축된 양기가 목기로 솟구치는, 즉 새롭게 탄생되는 순간의 찬란한 생명의 빛이라고 할 수 있다.

다시 말해서 「절정」의 1연에서 4연까지는 시적 화자의 생존 상황이 극한적인 한계 상황으로 점차 축소되는 모습을 묘사하고 있는데, 이렇게 축소되는 양상은 양기가 음형 속에서 점차 축소 응고되는 모습과 완전히 일치한다.

오행적 의미의 겨울이 지닌 반생명적 압력에 반비례하여 오히려 강철같이 굳건해지는 생명적 양기를 역에서는 <숨어 엎드려 있는 것이요, 굽은 것을 곧게 펴는 것>이라고 말한다.[53]즉 음(--)이 압축하면 할수록 그 안에 숨어 있는 양(-)은 곧게 힘을 펴게 된다는 말이다. 이것을 형상한 것이 바로 감괘(☵)다.

그리고 이러한 양기를 복괘의 단사는 다음과 같이 이야기하고 있다.

복괘가 형통한다는 것은 강하고 굳건한 양기가 반동하여 되돌아오기 때문이다. 움직이되 기의 생성 운행의 도에 따라 순행함으로써 들고 나는 것에 병됨이 없고 친구가 와도 허물이 없다. 그 도를 반복하여 이레 만에 되돌아옴은 자연의 운행이다. 갈 데가 있는 것이 이롭다는 것은 강건한 양기가 자라기 때문이다. 이렇게 양기가 되돌아옴은 바로 천지의 마음, 즉 생생불식의 의지를 보는 것이다.[54]

---

53) 『주역』, 「설괘전」. <坎--- 爲隱伏 爲矯輮.>

54) 위의 글, 복괘 단사. <復亨剛反 動而以順行 是以出入无疾 朋來无咎 反復其道 七日來復 天行也 利有攸往 剛長也 復其見天地之心乎.> 여기서 양기가 이레 만에 되돌아온다고 한 것은 육효에서 하나의 효를 하루로 보고 말한 것이다. 5월 하지에 순양(純陽)인 건괘가 맨 밑에 있는 일양이 박탈되어 구괘(姤卦)가 되고, 6월에 둔괘(遯卦)가 되고, 7월에 비괘(否卦)가 되고, 8월에 관괘(觀卦)가 되고, 9월에 박괘(剝卦)가 되고, 10월에 순음인 곤괘가 되고, 11월 동지에 비로소 맨 밑에 일양이 다시 돌아오니 복괘가 되어 모두 7개월이 걸린 셈이다. 또 월요일을 구괘로 본다면 일요일은 복괘가 된다. 사물과 인사의 변화는 대개 일주일을 한 주기로 한다고 한다. 『주역』, 김경탁 역주(명문당, 1978), 146쪽 참조.

이와 같은 역리적 사유에 비추어 본다면, 육사의 <강철로 된 무지개>는 <강철같이 굳건한 양기의 생성적 반동의 힘이 내뿜는 찬란한 빛> 쯤으로 번역될 수 있을 것이다.

3 기상과 천득론

3.1 씨앗으로서의 뜻

지금까지 음양 이기와 오행기를 통해서 도의 내용을 좀더 구체적으로 살펴보았다. 천지와 소천지가 함께 걷는 길, 바로 그 도가 일음 일양의 어김없는 율려요, 김만중의 말과 같이 사람의 말이 이 율려, 즉 절주를 얻었을 때는 시가 된다. 그리고 이러한 율려의 도는 천지 만물이 마땅히 걸어야 하는 길이며 잠시라도 떠날 수 없는 것이므로, 시가 이 율려의 도를 잘 드러내고 있을 때는 자연히 천지와 귀신을 감동시킬 수 있다고 말하게 된다.[55]

이제 이와 같은 논리를 그대로 수용한다면 시는 궁극적으로 이러한 귀신 운동의 율려를 표현해야만 하며, 시의 우열은 바로 이 율려를 효과적으로 표현했느냐의 여부에 달려 있다는 결론이 되고 만다. 따라

---

55) 『중용집주』, <도는 날마다 사용하는 사물에 마땅히 행하여야 할 이(理)이니, 모두 성(性)의 덕으로서 마음에 갖추어져 있어서 사물마다 있지 않음이 없고 때마다 그러하지 않음이 없다. 이 때문에 잠시도 떠날 수 없는 것이다.>(道者日用事物當行之理 皆性之德而具於心 無物不有 無時不然 所以不可須臾離也.)

서 이 율려의 도는 모든 시에 있어서 불변하는 핵심적 요소가 될 수밖에 없으며, 율려를 이루는 음양 이기 혹은 금·목·수·화·토 오행기의 상동적 의미가 시의 유기적인 의미 구조의 원형(原型)적 기반이 될 수밖에 없다는 결론에 이르게 된다.56)

그리고 이러한 결론은 또한 자연스럽게 음양 오행적 의미와 심상들

---

56) 이러한 일음 일양의 생성적 율려를 원형적 측면에서 본다면 한정적인 관계이긴 하지만 융의 재생 원형과 유사하다고 볼 수 있다. 융은 재생 원형의 의미를 (1) 윤회metempsychosis (2) 재화현reincarnation (3) 부활resurrection (4) 재생rebirth (5) 변형 과정에의 참여participation in the process of transformation 등 다섯 가지 측면을 포함하는 개념으로 사용하고 있다. C. G. Jung, *Four Archetypes*, trans. R. F. C. Hull(London: Routledge & Kegan Paul, 1972), 47-49쪽 참조. 그리고 융의 이러한 재생 원형을 시의 분석에 적극적으로 활용했던 사람은 널리 알려진 대로 모드 보드킨이다. 그는 코울릿지의 「노수부의 노래」에서 바람의 동정과 그에 따른 배의 동정을 재생 원형으로 분석하면서, 프란시스 갈톤이 연상 실험에서 얻은 결론, 즉 <마음은 언제나 낯익은 길familiar way을 걷는다>라는 것을 적극 수용하여, 그것을 시가 지니는 독자적인 정서 생활과 관련짓고 있다. 바로 이 <낯익은 길>은 율려의 동정 형식에만 적용한다면 양자는 매우 흡사하게 비교된다. Maud Bodkin, *Archetypal Patterns in Poetry*(London: Oxford Univ. Press, 1978), 32쪽. <그는 '내가 내 생각들의 재고품의 일부를 이루고 있다는 낌새조차 채지 못한 과거의 많은 사건들이 관심을 일깨우기에는 너무 낯익은 대상들로서 일별되었음'을 알게 되었다.……그러나 그렇게 드러난 관념들의 재고 속에는 그가 기대했던 것보다 다양성이 적었다. 그리고 그의 전반적인 결론은 '정신은 스스로 유람한 곳에 대한 어떤 인상을 간직하고 있는 우리의 기억 없이도 낯익은 길을 끊임없이 여행한다'는 것이었다.……이 같은 발견이 시사하는 바는, 어떻든 그녀 자신의 경우에는, 어떤 시들이 의식적인 관심의 활동 없이도 정서적 삶과 서로 긴밀하게 얽혀지게 된다는 것이었다.>(He found that 'many bygone incidents, which I never suspected to have formed part of my stock of thoughts, had been glanced at as objects too familiar to awaken the attention'……Yet there was less variety in the stock of ideas thus revealed than he had expected; and his general conclusion was 'that the mind is perpetually travelling over familiar ways without our memory retaining any impression of its excursions.'……The discovery suggested that, at any rate in her own case, certain poems had, without any activity of conscious attention, become closely interwoven with the emotional life.)

이 모든 시적 상상력의 동일한, 그리고 궁극적인 보편성이 된다는 결과로 이어진다. 따라서 우리는 이와 같은 논리에 의하여 시 혹은 시적 상상력에 대한 가치 판단을 할 경우 그 시적 상상력의 핵심에 자리 잡고 있는 골격과 같은 기의 표현 양상을 그 판단의 기준으로 삼을 수 있게 된다.

이러한 시적 상상력과 심상의 궁극적 보편성이라 할 수 있는 기에 대하여 이규보는 골경(骨鯁)이라 하고, 이수광은 기골(氣骨)이라 부르고 있다.

나는 예전에 매성유(梅聖兪)의 시를 읽고 마음 속으로 대수롭게 여기지 아니하여 옛사람이 시옹으로 불러준 까닭을 아지 못했는데, 지금에 이르러 그것을 본즉 겉으로는 약한 듯하나 속에는 골경이 있어서 참으로 시 가운데 우수한 것이었다. 매의 시를 안 뒤에야 시를 아는 사람이라고 이를 만하다.[57]

조탁(雕琢)과 부연(敷演)이 없으면 족히 글이라 할 수 없다고 나는 생각한다. 그러나 조탁하면서 기를 상하지 아니하고 부연하면서 골을 상하지 아니함은 어려운 일이다. 이러하므로 글의 귀한 것은 기골일 뿐이다.[58]

---

[57] 이규보, 『동국이상국집』 3 권(민족문화추진회, 1982), 57쪽. <余昔讀梅聖兪詩 私心竊薄之 未識古人所以號詩翁者 乃今閱之 外若羸弱 中含骨鯁 眞詩中之精雋也 知梅詩然後 可謂知詩者也.>

[58] 이수광, 『지봉유설』, 남만성 역주(을유문화사, 1975), 602쪽. <余謂不雕琢敷演 則不足謂文也 然雕琢而不傷氣 敷演而不傷骨 難矣 是故文之貴氣骨而已.>

위에서 이규보는 매성유의 시를 평가하면서 기, 즉 골경을 평가의 기준으로 내세우고 있다. 그리고 그 골경은 시의 표층적인 의미만을 보아서는 알 수 없는 것이며 그 의미를 넘어서 깊은 내면을 직관할 때에야 비로소 감득할 수 있는 것임을 암시하고 있다. 이수광은 기골만이 아니라 조탁과 부연까지 말하고 있다. 그러나 역시 글에 있어서 귀한 것은 기골뿐이라고 말한다.

시를 평가하는 가장 중요한 기준이라 할 수 있는 이 기에 대한 논의는 동양의 전통적 시관을 한마디로 요약하고 있는 『서경』의 시언지(詩言志), 즉 <시는 뜻을 말한 것이다>라는 정의에서부터 비롯한다. 이 정의는 이제 하도 인용되고 언급되어서 그 의미가 닳고 닳아 버렸다는 느낌을 한편으로 떨쳐버릴 수가 없다. 그럼에도 불구하고 이 뜻이라는 개념의 본질적인 양상, 즉 도, 태극, 기, 상 등의 개념과 관련되는 본질적인 의미의 탐구는 뒤로 버려진 채 겨우 자의(字義)에만 매달려 논구해 온 것이 저간의 사실이라는 점도 또한 부정할 수가 없다.

이미 앞에서도 여러 번 이야기한 바 있지만 이 뜻이야말로 도를 이해하는 데 있어서는 빼놓을 수 없는 가장 핵심적 요소라 할 수 있다. 시에 대한 동양 최초의 정의라 할 수 있는 『서경』의 해당 부분을 우선 검토해 보자.

시는 뜻을 말한 것이고 가(歌)는 그 말을 읊조리는 것이고 성(聲)은 그 읊조림에 따르는 것이고 음률은 그 성과 어울리는 것이다.[59]

---

59) 『서경』, 「요전」. <詩言志 歌永言 聲依永 律和聲.>

이에 대해 채침(蔡沈)의 『서집전』의 주는 다음과 같은 설명을 덧붙
이고 있다.

마음이 가는 바를 일러 뜻이라 한다. 마음이 가는 바가 있으면 반드
시 말로 형용해야 하므로 시는 뜻을 말하는 것이라 한다. 이미 말로 형
용하면 반드시 길고 짧은 마디가 있게 되므로 가(歌)는 말을 읊조린다
고 하고, 이미 길고 짧음이 있게 되면 반드시 높고 낮음과 맑음과 흐림
의 구별이 있으므로 성은 읊조림에 따르는 것이라고 한다. 성이라는 것
은 궁상각치우(宮商角徵羽)다.[60]

여기서 중요한 진술은 <뜻이란 마음이 가는 바>라는 것, 그리고
<마음이 가는 바는 반드시 말로 형용>하게 된다는 부분이다. 곧 적
연부동하던 마음이 일단 감응하여 가는 바가 있으면 그것은 결국 언
어로 표현된다는 말이다.[61]마음이 언어로 정착되기까지의 과정은 몇
가지 표현적 단계를 거치게 마련인데 이는 뒤에서 논의하기로 하고
우선 이것을 우리는 <마음→말>이라는 공식으로 요약해 두자.
  『서경』의 <시는 뜻을 말한 것이다.> 라는 정의가 보다 더 분석적

---

60) 『서집전』. <心之所之謂之志 心有所之 必形於言 故曰詩言志 旣形於言 則必有長
   短之節 故曰歌永言 旣有長短 則必有高下淸濁之殊 故曰聲依永 聲者宮商角徵羽
   也.>

61) 여기서 마음이 가게 되는 이치는 <감이 있으면 반드시 응이 있고 무릇 움직임이
   있으면 모두 감이 되고 감하면 반드시 응이 있다>(有感必有應 凡有動皆爲感 感則
   必有應)고 하는 감통의 원리다. 따라서 변하여 통하는 것은 도이므로 마음이 가는
   길은 결국 기의 순환적 생성의 도라는 뜻이 된다. 이 과정을 주자는 『시집전』의
   서문에서 <시란 사람의 마음이 외물에 느껴 그것을 말로 형용한 것이다.>(詩者
   人心之感物而形於言之餘也.)라고 쓰고 있다.

으로 구체화되고 다듬어지는 것은 『시경』에 와서 이루어진다. 그리하여 그 정의는 <시란 뜻이 가는 바다. 마음 속에 있을 때는 뜻이라 하고 말로 나타내면 시가 된다.> 라는 뜻으로 바뀌게 된다.[62]따라서 위의 채침의 말을 참조하여 이것을 해석한다면, <마음이 가는 바>는 <뜻이 가는바>다. 그리고 그 뜻이 움직여 가서 결국 말이 되고 시가 된다고 하고 있으므로, 이와 대조적으로 <마음 속에 있는 뜻>, 즉 <가지 않는 마음>이 있다고 볼 수 있다. 그렇다면 <마음 속에 있는 뜻>과 <가는 뜻>, 즉 <가지 않는 마음>과 <가는 마음>이 구별될 수밖에 없다. 전자는 태극이 지닌 순수한 가동성으로서의 뜻이고 후자는 그 뜻이 구체적으로 실현된 것을 말한다.

따라서 마음이란 성(性)과 정(情)을 통섭하여 말하는 것인데, 이미 가는 마음과 가지 않는 마음을 구별하고 있으므로 가지 않는 마음은 아직 성정이 분화되지 않은 적연부동한 태극을 말하는 것이고,[63] 가는 마음은 그 적연부동하던 마음이 외물에 감응하여 움직여 가는 것을 말하는 것이다. 일단 뜻이 실현되어 움직여 나아가게 되면 결국 그것은 정이 되고 만다. 그래서 앞에서 인용한 『시경』의 문장은 <정이 안에서 움직이면(情動於中)>이라는 말로 이어진다.

그러나 이 뜻이 정으로 되기 위해서는 반드시 기의 용사(用事)가 있어야만 한다. 즉 마음이 이미 발하게 되면 결국 정이 되고, 마음이 발

---

62) 『시경』, 「대서」. <詩者志之所之也 在心爲志 發言爲詩.>

63) 이율곡, 「답성호원」, 앞의 책, 192-193쪽. <마음은 성정의(性情意)의 주가 되므로 그 발하지 않는 것과 이미 발한 것, 그리고 발한 후에 비교하여 서로 대어 보고 헤아리는 것을 다 마음이라 한다.>(心爲性情意之主 故未發已發及其計較 皆可謂之心也.)

한다는 것은 실제로는 기가 발하는 것이므로, 여기서 가는 마음으로서의 뜻이란 기의 움직임 자체를 말하는 것에 불과하다.[64] 다시 말해서, 적연부동하여 가지 않는 마음은 바로 마음의 체(體)가 되고, 외물에 일단 감응하여 움직여 나아가는 마음, 즉 가는 뜻은 기가 움직여 나아가는 것이고, 그 기가 인심을 용사하면 결국 정이 된다.

앞에서 <마음→말>로 요약했던 공식은 이제 좀더 구체적으로 <뜻(志)→기(氣)→정(情)→말(言)>이라는 공식으로 요약된다. 그래서 『시경』의 문장에서 말하는 바와 같이 정이 말로 표현되면 비로소 시가 된다고 할 수 있다.

이와 같은 설명을 전제하고 보면 뜻이 그렇게 단순하지 않다는 것을 알 수 있다. 이제 좀더 시각을 넓혀 보자. 적연부동인 마음의 체(體)는 더 말할 것 없이 천지의 마음이며 동시에 소천지 인간의 마음인 태극이다. 그리고 태극 속의 순수한 뜻이 가는 마음으로 발하되, 그 뜻이 실현되어 실제로 움직여 가는 것은 기에 불과하므로, 뜻이란

---

64) 위의 글, 같은 쪽. <대개 마음이 발하지 않은 때는 성이 되고, 이미 발한 것은 정이요, 발한 뒤에 헤아리고 생각함은 의가 된다. 발하는 것은 기요, 발하는 까닭은 이다. 발하는 것이 정리(正理)에서 바로 나오고 기가 용사하지 못하면 도심이니, 곧 칠정의 선한 일변이요, 마음이 발할 때에 기가 이미 용사한 것은 인심이니 칠정의 선과 악을 합한 것이다.>(大抵 未發則性也 已發則情也 發而計較商量則意也 發者氣也 所以發者理也 其發直出於正理 而氣不用事 則道心也 七情之善一邊也 發之之際 氣已用事 則人心也 七情之合善惡也.) 여기서 <마음이 발하지 않은 때는 성이 되고, 이미 발한 것은 정이다> 라고 하는 말은 크게 개괄적으로 말한 것이다. 이것을 좀더 분석적이고 정확하게 말한다면, 인용문에도 보이는 바와 같이, 이미 기가 발하되 아직 인심으로 용사되지 않은 도심의 상태, 즉 성 혹은 태극에서 나온 뜻이 아직 인심의 칠정으로 용사되지 않은 기의 상태가 먼저 있고, 다음에 인심으로 용사된 기의 상태, 즉 정이 있다. 이 정에서 뜻은 심하게 왜곡되고 굴절되고 은폐되어 있다. 그리고 이 정이 헤아리고 생각하는 자아에 의해서 표상으로 감지되고 의미가 되는 것이다.

기가 일음 일양의 도를 따라 생성 변화할 미래의 가능성, 즉 생성 변화의 가동성 자체를 말하는 것이다. 좀더 단도직입적인 비유로 말하자면 태극 속에 있는 뜻은 생성 변화의 잠재력을 지닌 씨앗과 같은 것이라고 할 수 있다. 이것을 현대의 분석심리학적 용어에 비교하여 말한다면 생성 변화의 선험적 결정인 *a priori* determinants이라고 할 수 있을 것이다.[65] 그러므로 생성 변화는 제멋대로 되는 것이 아니고 이 뜻의 선험적 결정인, 즉 씨앗이 지닌 잠재적 가능성의 폭 안에서 발생하게 된다. 이런 이유 때문에 엽변(葉變)은 뜻을 불교의 유식론적 개념인 씨앗에 비유하고 있다.

> 뜻이라는 것은 마음이 흘러가는 것으로 해석되며 그것은 불교에서 말하는 씨앗이다. 이 뜻이 처음 나타나면 높고 낮고 크고 적고 멀고 가까움이 비록 다르나 누구라도 이 뜻을 가지고 있다.[66]

여기서 말하는 불교 유식학의 용어인 씨앗은 이른바 아뢰야식(阿賴耶識), 즉 무의식 속에 있는 제법변현(諸法變現)의 힘을 지닌 가능성으로서 원형(原型)과 유사한 개념이다. 바로 이 씨앗에 의해서 현실의

---

65) Maud Bodkin, 앞의 책, 1쪽. <그는 이 원형들을 '동일한 유형의 무수한 경험들의 심리적 잔여물', 즉 개인에게가 아니라 그의 선조들에게 일어났고 또 그 결과가 두뇌의 구조, 즉 개별적 경험의 **선험적** 결정인들 속에서 상속되는 경험들로 기술하고 있다.>(These archetypes he describes as 'psychic residua of numberless experiences of the same type', experiences which have happened not to the individual but to his ancestors, and of which the results are inherited in the structure of the brain, *a priori* determinants of individual experience.)

66) 유약우, 『중국문학의 이론』, 이장우 역(범학사, 1978), 165-166쪽. <志也者 訓詁爲 心之所之 在釋氏所爲種子也 志之發端 雖有高卑大小遠近之不同 然有是志.>

다양하고 구체적인 경험 양상인 현행(現行)이 이루어진다.[67]따라서 발하여 움직여 나아가면서 생성 변화하는 것은 기이므로 씨앗으로서의 뜻이 지닌 생성 변화의 잠재 상태(潛在象態)를 실현시키고 충족시키는 것은 바로 기다. 이 뜻과 기의 관계를 맹자는 다음과 같이 말하고 있다.

> 무릇 뜻이라는 것은 기를 거느리는 장수이며, 기는 체(體)를 채우는 것이니, 뜻이 지극한 것이며, 기는 그 다음에 오는 것이다. 그러므로 그 뜻을 가지고서 그 기가 제멋대로 움직이지 못하도록 하라고 말하는 것이다.[68]

여기서 말하는 체(體)는 바로 뜻이다. 이 뜻이란 어디까지나 순수한 잠재 상태로서 우리는 그 체를 구체적으로 볼 수도 없고 느낄 수도 없다. 다만 우리는 그 잠재태(潛在態)라 할 수 있는 체가 기라고 하는 용으로써 채워지고 현상될 때에 비로소 그것을 감지할 수 있게 된다. 즉 체라고 하는 것은 이미 결정된 고정적 형태가 아니라 항시 용에 의하여 무수하게 드러날 수 있는 순수 형상(形象)을 말하는 것이다. 그러므로 체를 알기 위해서는 용을 알아야 하고 용을 알기 위해서는 체가 지닌 가능성 혹은 가동성을 알아야 한다. 이와 같은 이치가 바로 태극이 지닌 초월적 내재성이요, 본체즉현상의 이치다. 위의 인용문에서 맹자가 뜻을 지극한 것이라고 말하는 것은 바로 그런 까닭에서다.

---

67) 김동화, 『유식철학』(보련각, 1980), 211-272쪽 참조.

68) 『맹자』, 「공손축장구」. <夫志氣之帥也, 氣體之充也 夫志至焉 氣次焉 故曰 持其志 無暴其氣.>

3.2 시의 천득론

위에서 설명한 바와 같이 뜻은 기로 실현된다. 그리고 그 기는 제멋대로 가는 것이 아니라 씨앗으로서의 뜻이 지닌 선험적 조건, 즉 잠재 상태를 채우면서 가는 것이다. 기가 선험적 조건인 뜻의 체, 즉 잠재 상태를 채웠을 때에야 비로소 우리는 그 뜻을 직관할 수 있고 감지할 수 있게 된다. 그리고 이렇게 기로 채워져서 드러나는 것이 바로 상(象), 즉 기상이다.

여기서 뜻과 기상의 관계를 좀더 분명히 이해하기 위해서 융이 말하는 원형이라는 개념에 그것을 비교해 보기로 한다.

원형이란 그 자체로서는 비어 있는 형태적 요소이며 선험적으로 주워진 여러 관념 유형을 산출할 수 있는 가능성이다. 대를 이어 전승되는 것은 관념들이 아니라 여러 가지 형(型)이라고 그는 말한다. 그 내용은 이것이 의식되어 의식적 경험으로 채워질 때 비로소 결정된다. 원형은 마치 아직 아무런 물질로도 채워져 있지 않으나 그 구성 방향을 이미 결정하고 있는 결정체의 축계(軸系)에 비유될 수 있는 것이다. 우리는 결정체의 모양을 보고 그것이 어떤 결정체인가를 알지만 그것은 이미 그런 모양을 만들 수 있도록 하는 조건, 즉 축계를 갖추고 있다. 인간의 행태에도 이런 관계를 볼 수 있다. 우리가 인식할 수 있는 것은 그 조건 자체, 즉 원형 그 자체가 아니라 원형상(原型像)들이다.[69]

---

69) 이부영, 『분석심리학』(일조각, 1981), 89-90쪽.

위의 인용문을 보면 씨앗으로서의 뜻이 지닌 잠재 상태, 즉 선험적 조건을 기가 채운 뒤에야 그 뜻이 상으로 드러나게 된다는 과정을 마치 용어만 바꾸어서 설명한 듯한 느낌이 든다. 즉 원형은 의식적 경험으로 채워질 때 비로소 결정되며, 그렇게 결정된 모습을 원형상이라 하고 있는데, 원형을 뜻으로, 의식적 경험을 기로, 원형상을 상으로 바꾸어 놓고 보면 양자간에 상당한 유사성이 있음을 알 수 있다. 그러나 융의 원형 개념은, 앞에서도 이미 이야기한 바 있고, 또 위의 인용문에서도 설명하고 있는 것처럼, 형태적 요소이며 의식적 경험에 의해서 드러난 모습도 역시 형태적인 것이지만, 뜻은 생성 변화의 가능성인 동적 개념이며, 상 역시 형태가 아니라 움직임 자체를 뜻하는 것이다. 이 점이 양자 사이의 가장 근본적인 차이점이라 할 수 있다.

상이란 것은 형과는 상반되는 것으로서 다만 순수 동작을 가리킨다. 순수 동작이란, 사물의 구체적이고 다양한 동작들이 아니라 그와 같은 사물의 구체적이고 다양한 동작들로 나타날 수 있는 가발성 또는 가동성으로서, 감각으로는 깨달을 수 없는, 그러나 직관에 의해 느낄 수 있는 동작을 말한다. 예컨대 돋아나는 싹을 바라볼 때 우리는 위로 솟아오르는 상을 직관할 수 있고, 기쁜 일이 있는 사람이 아무리 그 기쁨을 숨기고 감추더라도 우리는 그 기쁨의 움직임, 즉 웃음의 상을 직관할 수 있다. 바로 이러한 상이 순수 동작이다.

이에 비하면 원형의 연원이 되는 플라톤의 이데아는 구체적이고 개별적인 사물의 형태를 말하는 것이 아니라 순수 형상(形相)을 말하는 것이고, 그 순수 형상은 인식의 대상이 되고 개념이 된다. 즉 서양의 공간 사고적 경향은 형을 위주로 하여 그것을 인식의 대상으로 삼지만, 동양의 시간 사고적 경향은 상을 위주로 하여 그것을 직관의 대상으로 삼는다. 융의 원형 개념은 이와 같은 서양의 공간 사고적 전통 아래 이루어진 것이다.[70]

어떻든 공간적 형태인 형과 시간적 형식인 상과의 차이점을 배제한다면 원형과 뜻, 그리고 원형상과 상은 대단히 유사한 개념들이라고 할 수 있을 것이다. 그러면 이러한 뜻이 기로 채워졌을 때 드러나는 것이 상이라고 한다면 기가 채워진 상은 구체적으로 어떻게 표시되는가. 그것은 바로 음양 이기의 생성 변화하는 움직임을 본뜬 괘, 즉 <☰ ☷> 등의 부호로써 표시된다. 이미 앞에서 이야기한 바와 같이 괘의 <—>은 양기로서 시에서는 주체인 화자를 뜻하고, <--〉은 음형으로서 시에서는 객체인 세계를 뜻한다.[71]

이렇게 괘로 표시되는 상은 64괘가 암시하고 있듯이 얼마든지 상정

---

70) C. G. Jung, 앞의 책, 9쪽. <예전에는, 몇몇 이설(異說)과 아리스토텔레스의 영향에도 불구하고, 플라톤의 이데아 관념을 모든 현상보다 선재하며 그들을 초월하는 것으로서 이해하는 것은 그리 어렵지 않았다. 결코 현대적 용어라고 할 수 없는 '원형'은 이미 성 아우구스티누스 시대 이전에도 사용되고 있었고, '이데아'와 동의어로서 플라톤적인 용법으로 사용되었다.>(In former times, despite some dissenting opinion and the influence of Aristotle, it was not too difficult to understand Plato's conception of the Idea as supraordinate and pre-existent to all phenomena. 'Archetype', far from being a modern term, was already in use before the time of St. Augustine, and was synonymous with 'Idea' in the Platonic usage.)

71) 좀더 분석적으로 본다면 상은 음형과 양기가 결합하고 투쟁하는 속에서 드러나는 양기의 움직임이지만, 그러나 음형과의 관계 속에서만 구체적인 움직임이 나타날 수 있으므로 음양이 결합된 모습을 통칭하여 상 또는 기상이라 일컫는다. 물론 음형, 즉 음기의 형상(形狀)은 사유의 대상인 형상(形相)과 달리 직관의 대상이다. 「계사전」의 첫머리에서 <하늘에서는 상을 이루고 땅에서는 형을 이루어 변화가 나타난다>(在天成象 在地成形 變化見矣)라고 한 것은 상을 양기로 한정하여 분석적으로 이야기한 것이다.

할 수 있지만 생성 변화의 시간 형식 속에서 나타나는 가장 중요한 상은 네 가지다. 즉, 진(震 ☳), 이(離 ☲), 태(兌 ☱), 감(坎 ☵)이다. 진괘는 상음 둘에 하나의 양이 압박당하고 있는 형국인데, 압박당하면 당할수록 위로 솟구치는 양기의 힘은 그만큼 커지는 것이므로 봄의 목기를 형상한 것이다. 이는 표면은 치열한 양기인데 표면이 치열한 만큼 그 속은 비어있는 음이므로 여름의 화기를 형상한 것이다. 그리고 태는 표면의 음이 양을 수렴하여 감싸기 시작하는 형국으로 가을의 금기를 형상한 것이고, 감은 양을 완전히 하나로 집약 통일하여 핵심의 일점으로 응고시키는 형국으로서 겨울의 수기를 형상한 것이다.

따라서 목기니 금기니 하는 오행기는 결국 괘로 표시되는 기의 상태를 오행의 개념으로 부르는 것에 불과함을 알 수 있다. 역에서는 이와 같은 상에 대하여 다음과 같이 말하고 있다.

> 성인은 천하의 미묘하고 어려운 것을 보는 방법이 있어, 이것을 형상에 모의(模擬)하여 그 사물의 마땅함을 본뜬다. 그러므로 상이라 한다. 성인은 천하의 움직임을 보는 방법이 있어, 그 모이고 통하는 것을 관찰하여 그 전례(典禮)를 행하고, 말을 붙여 그 좋고 나쁜 것을 판단한다. 그러므로 이것을 효(爻)라 한다.[72]

성인은 <천하의 미묘하고 보기 어려운 것>과 <천하의 움직임>을 보는 방법이 있다. 그 방법이 상이고, 그 상의 표시인 괘의 하나하나에 말을 붙여 길흉을 판단하므로 효라 한다는 것이다. 이에 대하여

---

72) 「계사전」상. <聖人有以見天下之賾 而擬諸其形容 象其物宜 是故謂之象 聖人有以見天下之動 而觀其會通 以行其典禮 繫辭焉 以斷其吉凶 是故謂之爻.>

다음의 인용문은 더욱 구체적으로 설명하고 있다.

공자가 말하기를 <글은 말을 극진히 하지 못하고 말은 뜻을 극진히 하지 못한다>고 하였다. 그러면 성인의 뜻을 알 수 없는가? 공자는 <성인은 상을 세움으로써 뜻을 극진히 하고, 괘를 베풀어 정위(情爲)를 극진히 하고, 말을 여기에 붙임으로써 그 말을 극진히 하고, 변화하여 이것을 통달함으로써 이익을 극진히 하고, 이것을 고무함으로써 신비로움을 극진히 한다>고 하였다.[73]

여기서 우리가 주목하는 것은 <글은 말을 극진히 하지 못하고, 말은 뜻을 극진히 하지 못한다> 라는 대목과 <성인은 상을 세워서 뜻을 극진히 하고 괘를 베풀어 정을 극진히 한다>라는 대목이다. 즉 글, 말, 뜻, 상, 정 등을 서로 비교하면서 언어의 의미가 지닐 수 있는 여러 층위를 암시하고 있다. 이와 같이 언어의 의미가 지닐 수 있는 여러 층위를 더욱 명료하게 관계 짓고 이것을 시에 적용하여 좀더 구체적으로 논의한 사람은 바로 이규보다. 그의 유명한 다음의 시론을 보자.

시는 의(意)를 위주로 삼는데 그 의를 베푸는 것이 가장 어렵고 문장을 만드는 것은 그 다음이다. 의는 또한 기를 위주로 삼는 것이므로 기의 우열로 말미암아 여기에 얕고 깊음이 있을 따름이다. 그러나 기는 천부적인 것이기에 배울 수가 없으므로 기가 졸렬한 사람은 문장을 꾸미는 데에 기교만 부리게 되고 아직 의로써 먼저 하지는 못한다. 대개

---

73) 위의 글. <子曰 書不盡言 言不盡意 然則聖人之意 其不可見乎 子曰 聖人立象以盡意 設卦以盡情爲 繫辭焉以盡其言 變而通之以盡利 鼓之舞之以盡神.>

문장을 꾸미고 그 구절을 아름답게 하는 것은 참으로 아름답다. 그러나 그 속에 깊은 뜻이 함축되지 못했다면 처음에는 볼 만한 것 같으나 다시 음미해 보면 맛이 이미 없다.[74]

위의 인용문에서 중요한 대목은 시는 의를 위주로 삼고, 의는 기를 위주로 삼는데, 기는 천부적인 것이어서 배울 수가 없다는 대목이다. 그리고 문장 만들기, 즉 철사(綴辭)는 그 중요한 정도가 맨 나중으로 밀려나 있다. 언어 의미의 층위, 혹은 언어 예술인 시적 의미의 층위를 아주 예리하게 구분하고 있는 셈이다.

지금까지 설명한 뜻, 기, 상의 관계를 전제하고, 위에서 살펴본 「계사전」의 글과 이규보의 진술 속에 나타난 언어 의미 혹은 시적 의미의 층위를 생성론적인 관점에서 종합하고 정리하면 <뜻→기상(氣象)→정의(情意)→언사(言辭)>라는 공식으로 요약된다. 결국 『시경』에서 살펴본 <뜻(志)→기(氣)→정(情)→말(言)>이라는 공식을 다시 한번 더 확인하는 셈이다.[75]가장 핵심적인 뜻으로부터 언어와 의미는 표층을

---

74) 이규보, 앞의 책, 72쪽. <夫詩 以意爲主 設意最難 綴辭次之 意亦以氣爲主 由氣之 優劣 乃有淺深耳 然氣本乎天 不可學得 故氣之劣者 以彫文爲工 未嘗以意爲先也 蓋雕鏤其文 丹靑其句信麗矣 然中無含蓄厚深之意 則初若可翫 至再嚼 則味已窮 矣.>

75) Michael Murray, *Modern Critical Theory: A Phenomenological Introduction*(The Hage: Martinus Nijhoff, 1975), 121쪽. 로만 인가르덴Roman Ingarden은 미적 경험 속에서 표현되는 실재에 관하여 다음과 같이 기본적인 세 가지 질문을 제기하고 거기에 대한 응답을 얻기 위해 문학 예술 작품의 다층 구조를 구별하고 있는데, 그가 의미하는 실재를 도(道)로 대치할 경우 본고의 시적 의미의 층위와 여러모로 시사적인 대조를 이루고 있어 흥미롭다. <인가르덴은 **문학 예술 작품**에 있어서 세 가지 기본적인 질문을 제시하였다. (1) 미적 경험 속에서 드러난 실재의 존재 양태와 그 본질은 무엇인가? (2) 우리가 하나의 단어, 어구, 문장을 읽을 때 당면하게 되는 실재의

향하여 차례로 생성되어 나온다. 뜻이 직접 실현된 기상까지가 앞에서 이야기한 바와 같이 불변하는 요소로서 기골에 해당되고, 시의 평가 척도가 되는 보편적 궁극성으로서의 기본적 심상들이 발생하는 태반에 해당되는 부분이다. 따라서 뜻이 실현되는 기상을 중시하는 한 시는 관상(觀象)적인 특징을 지닐 수밖에 없다. 즉 기상에 대한 느낌과 직관을 드러내는 관상시(觀象詩)가 동양의 시관이 지향하는 바라고 할 수 있다.76)

그러나 기상은 배워서 얻을 수 있는 것이 아니고 이미 선험적으로 주어지는 것이다. 그러므로 오행기가 드러내는 기상(☰ ☳ ☵ ☶)은 시간과 공간을 초월하여 여러 상이한 시인의 작품 속에 지속적으로 나타나게 된다. 다만 기상은 선험적인 것이므로 동일하지만 그 기의 많

존재 양태는 무엇인가? (3) 이러한 실재는 어떻게 의식과 존재 자립적인 실재성에 동시적으로 관계되어 있는가?— 인가르덴이 제시하고 있는 다층적 구조로서의 문학 예술 작품이라는 개념은 위의 질문들에 대한 응답을 주기 위하여 마련된 것이다. 그는 문학 예술 작품에 있어서 네 가지 층위들 사이에 근본적인 구별을 하고 있다. (1) 언어적 음성 구조의 층위 (2) 의미 단위체들의 층위 (3) 재현된 대상성들의 층위 (4) 도식화된 시점들의 층위>(Ingarden posed three opening questions in *Das literarische Kunstwerk* : (1) What is the nature or mode of being of an entity presented in aesthetic experience? (2) What is the mode of being of an entity confronting us when we read a word, phrase, or setence? (3) How is such an entity related simultaneously to consciousness and to independent realities?--- Ingarden's conception of the literary art work as a multileveled structure is intended to provide an answer to the above questions. He makes a fundamental distinction between four strata or levels in the literary art work : (1) the level of linguistic sound structure (2)the level of unities of meaning (3) the level of represented objectivities (4) the level of schematized view, situation or adumbration of perspectives.)

76) <관상시>는 동양 시의 관상적인 특징을 말하기 위한 필자의 용어다. 기상의 직관을 핵심적 내용으로 갖는 주역 철학을 관상 철학이라 일컬으므로 관상적인 시는 관상시라 부르는 것이다.

고 적음, 맑고 흐림 등에 따라서 개인적인 차별이 없을 수 없다. 따라서 시 작품 속에 기상이 늠연하게 나타날 수도 있고 아주 쇠미하게 나타날 수도 있으며, 작품에 따라서는 인위적으로 조작된 언어 의미의 표층만 드러날 수도 있을 것이다. 그래서 이러한 기의 청탁에 대하여 옛사람들은 다음과 같이 설명하고 있다.

성(性)은 하늘에서 나오고 재(才)는 기에서 나온다. 기가 맑으면 재가 맑고 흐리면 재가 흐리다. 재에는 선(善)과 불선(不善)이 있으나 성에는 불선이 없다.[77]

개인에 따라 기의 청탁이 있고 또 그에 따른 재의 청탁과 선 불선이 있다. 그러므로 보편적 궁극성으로서의 기골, 즉 기상일지라도 개인차는 있기 마련이다. 이 개인적 차별이 있기 마련인 기의 청탁에 의해서 이른바 개성을 드러내는 가변적 요소인 정의(情意)가 결정된다.[78]

정의란 감정과 함축적 의미까지를 포함하는 것으로서 이규보의 말과 같이 기의 우열과 청탁에 따라서 그것은 깊을 수도 있고 얕을 수도 있다. 그리하여 핵심으로부터 우러나오는 기상의 힘이 없으면 자연

---

77) 『근사록』, 157쪽. <性出於天 才出於氣 氣清則才清 氣濁則才濁 才則有善有不善 性則無不善.>

78) 최자, 『보한집』, 유재영 역주(원광대학교출판국, 1981), 327쪽. <시문은 기를 주장으로 삼는다. 기는 성에서 나오고 의미는 기에 의지하며 말은 정에서 나오는데 정이 바로 의미다. 그래서 신기한 의미는 말 만들기가 더욱 어렵고 자칫하면 생소하고 딱딱한 말이 된다.>(詩文以氣爲主 氣發於性 意憑於氣 言出於情 情則意也 而新奇之意 立語尤難 輒爲生澁.)

히 의미가 천박하게 되므로 글을 꾸미고 언사를 아로새기게 된다. 그리하여 서거정은 <문장은 기요 시운이다. 기는 하늘에서 받아 청탁과 순잡의 다름이 있으므로 글에 나타나면 공졸(工拙)과 높고 낮음의 차이가 있다> 라고 말한다.[79]

그러나 이규보의 말과 같이 의미가 깊지 못하면 아무리 표층적인 언사를 아름답게 꾸며도 재차 음미해 보면 이미 깊은 맛을 느낄 수가 없다. 그리하여 위에서 이야기한 바 있는 공식 <시적 의미의 층위>에서 개성과 시대성을 반영하는 가변적 요소인 정의와 언사보다는 항시 보편성과 초시간성을 반영하는 기상이 중시된다. 우리가 문학 작품에서 감동을 느낄 경우 그 감동은 표층적 의미, 즉 언사에서 오는 것도 아니고, 단순히 의미의 함축성 혹은 아름다운 심상 자체에서 오는 것만도 아니다. 감동의 울림은 보다 더 깊은 곳, 즉 소천지의 마음인 뜻이 도를 따라 정연히 움직여 가는 기상으로부터 오는 것이다. 다시 말하면 감동이란 인간이 시간과 공간을 초월하여 보편적으로 지니고 있는 심성의 공통적 속성을 자극했을 때 발생한다.[80]

이와 같이 시에서 뜻과 기상이 중시되면 될수록 점차 개성적인 표현과 기교, 그리고 제작술로서의 예술성은 경시되기 마련이다. 그리고 이러한 경향은 마침내 시의 천득론(天得論)으로 이어지게 된다. 천득

---

79) 서거정, 『사가문집』, 「관광록서」(국립도서관 일산문고 소장본). <文章者氣也時運也 氣稟於天 有淸濁粹駁之殊 故發於詞者 有工拙高下之異.>

80) 이것을 율곡의 용어로 바꾸어 말하면 도심과 인심의 관계와 같다. 도심은 기상에 해당되고 인심은 정의에 해당된다. 도심은 율려의 공도(公道)에 나타나는 기상이다. 그러나 이 기상에 개인적인 욕심과 정이 입혀지면 이른바 칠정이 된다. 그래서 율곡은 도심을 직출자(直出者)라 하고 인심을 횡생자(橫生者)라 했다. 위의 주 31)을 참조할 것.

론에 대한 다음의 진술들을 보자.

시가 천득이 아니면 시라고 부를 수가 없다. 천득이 없는 사람은 비록 독자의 마음과 눈을 놀라게 할 수 있더라도 종신토록 글을 쓴 성취가 함통(咸通) 연대의 제자(諸子)의 우맹(優孟)에 지나지 않는다. 비유하면 오색 비단을 잘라서 꽃을 만들면 빛나지 않는 것은 아니지만 생색이 있다고 할 수 없는 것과 같다.[81]

그러나 공(公)을 천재가 뛰어난 사람이라고 하는 것은 율시에 대하여 말하는 것이 아니다. 대개 고조 장편으로 강운(强韻) 험제(險題) 속에서도 마음껏 기질을 발휘하여 한 번 갈겨쓰는데 백 장을 쓰더라도 모두 옛사람의 것을 도습하지 않고 탁연히 천성(天成)을 이룬다.[82]

홍만종이 천득이라고 말하는 것은 저 마음의 깊은 곳에서 저절로 우러나오는 것을 말한다. 곧 시란 인위적인 기교로 이루어지는 것이 아니라 뜻이 그 도를 따라 정연히 움직여 가면, 즉 기상이 늠연하게 되면 저절로 이루어질 뿐이라는 뜻이다. 이 말은 억지로 시를 짓고 기교를 부리려고 할 것이 아니라 기상의 움직임을 다만 기다려야 한다는 말이기도 하다. 그래서 최자는 그와 같이 저절로 이루어지는 것을 천성이라 표현하고 그것을 천재와 관련지어 이야기하고 있다.

---

81) 홍만종, 『소화시평』(아세아문화사 영인, 1981), 825-826쪽. <詩非天得 不可謂之詩 無得於天者 雖劌目鑽心 終身觚墨所就 不過咸通諸子之優孟耳 譬如剪綵爲花 非不燁然 而不可與語生色也.>

82) 최자, 앞의 책, 192쪽. <然而公爲天才俊邁者 非謂對律 盖以古調長篇强韻險題中 縱意奔放 一掃百紙 皆不踐襲古人 卓然天成也.>

이와 같이 시는 선험적 조건인 씨앗으로서의 뜻을 말하는 것이고, 기는 그 씨앗의 잠재 상태를 채우면서 생성 변화의 도를 걸어야 하고, 기가 채워진 모습은 상으로 드러나는 것이므로, 천득론이 주장하는 것은 결국 좋은 시는 선험적으로 주어진 보편적 기상을 다치지 않게 그대로 표현해야 한다는 말과 같다. 즉 시는 시인이 말하는 것이 아니라 뜻이 말하는 것이고, 시인은 다만 그 뜻이 말할 수 있는 계기와 매개가 될 뿐이다. 시인은 뜻이 움직여서 찾아오기를 기다려야 하고, 그것이 찾아와서 건네는 말을 귀기울여 들어야만 한다.[83]

따라서 좋은 시는 목기이든 금기이든 반드시 기골이 있어야 한다.

---

83) 이와 같은 천득론의 양상은 노드롭 프라이가 예술을 형상인(원형), 형식인(장르), 질료인(사회 문화적 조건), 작위인(작가)으로 나누어 설명하면서 시인은 가능한 대로 개성을 억제하고 시를 다치지 않게 낳아야 한다고 주장하는 것과 일맥상통한다. Northrop Frye, 앞의 책, 11쪽. <구조적 분석의 토대가 되는 하나의 예술 작품의 통일성은 예술가의 무조건적인 의지에 의해서만 생겨나는 것은 아니다. 왜냐하면 예술가는 예술 작품의 작위인에 불과하기 때문이다. 사실 예술 작품은 형상을 갖고 있으므로 형상인을 갖고 있는 것이다. 개정 작업이 가능하다는 사실, 즉 시인은 스스로 변화를 더 좋아해서가 아니라 그 변화가 더 낫기 때문에 변화를 꾀한다는 사실은, 시인과 마찬가지로 시도 태어나는 것이지 만들어진 것이 아님을 뜻한다. 시인의 임무는 가능한 한 훼손되지 않은 상태로 시를 전달하는 것이고, 만일 그 시가 살아있으려면 그것은 시인으로부터 벗어나려고 똑같이 안달하며, 시인의 사적인 기억들과 연상들, 자기 표현에 대한 시인의 열망, 그리고 시인의 에고의 다른 모든 탯줄들과 급식관들로부터 절연되고자 비명을 질러대는 것이다.>(The unity of a work of art, the basis of structural analysis, has not been produced solely by the unconditioned will of the artist, for the artist is only its efficient cause: it has form, and consequently a formal cause. The fact that revision is possible, that the poet makes changes not because he likes them better but because they are better, means that poems, like poets, are born and nor made. The poet's task is to deliver the poem in as uninjured a state as possible, and if the poem is alive, it is equally anxious to be rid of him, and screams to be cut loose from his private memories and associations, his desire for self-expression, and all the other navel-strings and feeding tubes of his ego.)

이른바 철사는 기골이 있은 뒤에 오는 것이다. 그러므로 기상이라는 보편성, 즉 도심은 강조되고 정의적 측면인 개성, 즉 인심은 억제된다. 이러한 시관은 자연히 도심으로 돌아가기 위한 도덕적 당위 의식이 강조될 수밖에 없고, 도덕적 당위 의식이 강조되면 될수록 시의 개성적 층위는 무시되면서 시적 기교와 순수한 예술성은 문제 밖으로 물러나게 된다.[84]

그러나 직출적 도심과 기상이 강조되는 것은 사실이지만 그렇다고 해서 횡생적 인심과 정의가 완전히 무시되어서는 그 기상 또한 온전히 잘 드러날 수 없음도 사실이다. 다시 말하면 사람이 먼저 말을 걸어야 도가 말하고, 먼저 의미화가 이루어져야 무의미가 살아날 수 있듯이, 인심 속에 도심이 있음을 자각하고 그 도심의 기상이 잘 드러나도록 인심을 가꾸는 일이 중요하다. 그래서 이규보는 오언 고시로 그의 시론을 다음과 같이 기록하고 있다.

시를 짓기가 더욱 어려운 바는
말과 뜻이 함께 아름다워야 하기 때문이네
함축한 뜻이 진실로 깊다면
음미해 볼수록 더욱 새로워지리
뜻을 세우는 데 말이 원숙하지 못하면

---

84) 동양시관의 이러한 도덕주의적 편향성은 『시경』의 시를 미시(美詩)와 자시(刺詩)로 분류했을 때 확연해진다. 즉 주동윤, 『독시사론』(대북: 동승출판공사, 1980)에 의하면 국풍 160 편 중 미시는 17 편, 자시는 78 편이고, 대아와 소아 106 편 중 미시는 11 편, 자시는 51 편이며, 넓은 의미로 풍자 비판의 성격을 지닌 것까지 합하여 계산하면 풍, 아 256 편 가운데 8, 9 할에 이르는 작품이 자시라고 한다. 김흥규, 『조선후기의 시경론과 시의식』(고대민족문화연구소, 1982), 21쪽 참조.

깔깔해서 그 뜻을 전하지 못하네
그 중에 맨 나중에 해야 할 것은
화려하게 꾸미는 것뿐이네

　(중략)

뜻은 본래 하늘에서 얻은 것이라
경솔히 이루기 어렵네
스스로 헤아려도 이걸 얻기 어려워
이로 인해 기미(綺靡)만 임삼았다네[85]

　여기서 이규보는 간략하게 말과 뜻으로만 구별하여 말하고 있지만, 그가 말하는 뜻은, 앞에서 이미 인용했던 그의 말과 같이, 기를 위주로 삼는 것이기 때문에 기상에 가까운 것이다. 그래서 <뜻은 하늘에서 얻는 것>이라고 말하고 있다. 시 짓기가 어려운 까닭은 뜻과 그것을 표현하는 말이 다 함께 아름다워야 하기 때문이라고 말하여, 시적 의미의 층위에서 볼 때 가변적 층위인 정의와 언사도 중요시하고 있다.

　최자도 역시 그의 『보한집』 서문에서 개성적 층위를 옹호하고 있다.

　글이란 도를 밟아 나가는 문이기에 절도에 맞지 않는 말은 쓰지 않는다. 그러나 기운을 돋구어 가지고 말을 멋대로 하여 듣는 사람을 감

---

85) 이규보, 앞의 책, 3권, 53쪽. <作詩尤所難 語意得雙美 含蓄意苟深 詛嚼味愈粹 意立語不圓 澁莫行其意 就中所可後 雕刻華艷耳……意本得於天 難可率爾致 自檜得之難 因之事綺靡.>

동시키고자 혹 험괴한 말을 사용하기도 한다. 하물며 시를 짓는 데는 비(比), 흥(興), 풍유를 근본으로 하는 것이니, 그렇기 때문에 반드시 기궤(奇詭)에 우탁한 뒤에야 그 기운이 웅장하고 그 뜻이 깊으며, 그 말이 드러나 사람의 마음을 감오케 하고 미묘한 뜻을 발양시켜 마침내 바른 데로 돌아가게 하는 것이다. 만약 남의 것을 훔치든가 모방하여 지나치게 떠벌리는 것은 선비는 진실로 하지 않는다. 비록 시인들에게는 탁련사격(琢鍊四格)이 있지마는 취하는 것은 탁구(琢句)와 연의(鍊意)일 뿐이다.[86]

최자도 역시 글이란 도를 밟아 나가는 문이기 때문에 절도에 맞는 직출적인 날말(經之語), 즉 도심이 표현된 말을 써야 한다고 주장한다. 그러나 그렇게 말하면서도 동시에 사람의 마음을 감오시키기 위해서는 횡생적인 씨말(緯之語), 즉 인심의 작위인 기궤에 우탁할 수 있다고 인정하고 있다. 이규보나 최자 모두가 기상의 표현을 중시하면서도 그 기상이 잘 드러나기 위해서는 시의 개성적 층위 또한 무시할 수 없음을 말하고 있는 것이다.

시적 의미의 층위에 관련하여 날말과 씨말의 교합이 빚어내는 시적 상상력의 흐름을 도식화하여 본다면 다음과 같이 될 것이다.

---

86) 최자, 앞의 책, 13쪽. <文者蹈道之門 不涉不經之語 然欲鼓氣肆言 竦動時聽 或涉於險怪 況詩之作 本乎比興諷諭 故必寓託奇詭 然後其氣壯其意深其辭顯 足以感悟人心 發揚微旨 終歸於正 若剽竊刻畫 誇耀靑紅 儒者固不爲也 雖詩家有琢鍊四格 所取者 琢句鍊意而已.>

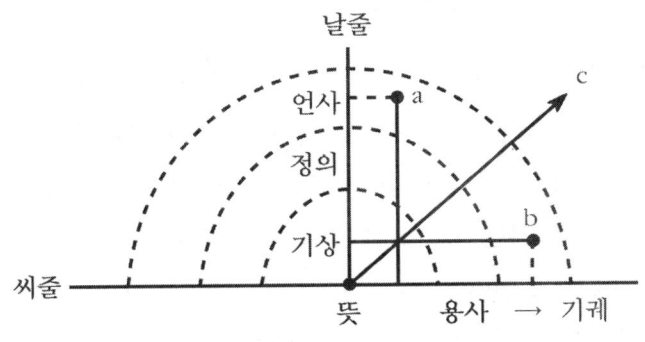

<도식 4>

　위의 도식은 시적 의미의 층위를 날줄과 씨줄의 좌표 위에 놓고,
<뜻→기상→정의→언사>의 생성 과정이 용사 과정과 호응하는 양
상을 표시한 것이다. 즉 씨줄은 기가 용사하면서 인심으로 덧입혀지고
그리하여 개성화하는 방향의 폭을 나타낸다. 이 개성화의 방향은 최자
의 용어로 말하면 기궤로 나아가는 방향이므로 시의 기교, 제작술로서
의 예술성 등이 확보되는 방향이다.

　날줄은 원점인 뜻으로부터 기가 용사하지 않고 도심을 보존하면서
직출하려는 보편성의 방향이다. 그러나 기의 직출은 한정적인 것이므
로 횡생적인 용사에 의하여 기상은 구체적인 심상과 내포적 의미로
덧입혀지면서 정의로 생성 분화하고, 나아가서는 그것이 경화된 개별
적 의미, 즉 외연적 의미를 뜻하는 언사로 생성 분화하게 된다. 최자
의 용어로 말하면 날줄은 연의(鍊意)의 과정이 되고, 씨줄은 탁구(琢
句)의 과정이 된다고 할 수 있다.

　따라서 도식의 날줄과 씨줄 사이에서 기가 용사하는 횡생의 폭과

직출하는 높이가 빚어낼 수 있는 무수한 좌표는 있을 수 있는 여러 가지 상상력과 문체의 다양성을 암시하고 있다고 볼 수 있다. 다시 말하면 좌표 a처럼 용사의 폭, 즉 개성화의 폭이 좁고 직출하는 높이가 높을수록 사실주의적 상상력의 경향을 띠면서 도덕성이 강조된다고 볼 수 있고, 좌표 b와 같이 직출하는 높이, 즉 보편성의 방향은 낮으면서 개성화의 폭이 넓을수록 낭만주의적 상상력의 경향을 띠게 되면서 예술성이 강조된다고 볼 수 있다.[87)]

따라서 도식적인 결론임을 크게 벗어날 수는 없겠지만, 날줄과 씨줄이 나타내는 보편화와 개성화, 도심과 인심, 사실적 상상력과 낭만적 상상력, 현실적 관점과 초월적 관점 등이 팽팽한 긴장을 유지하고 있는 가정적인 좌표, 즉 도식의 화살표가 나타내는 c의 궤적이 가장 이상적인 상상력과 문체를 암시하고 있다고 볼 수 있을 것이다. 그러

---

87) 서구의 문예 사조적 관점에서 본다면, 기상을 중시한다는 것은 표현론적 관점에 기울어져 있으므로 오히려 낭만주의적인 태도라고 보아야 하고, 인심의 폭을 나타내는 기궤의 방향은 오히려 몰개성적이므로 사실주의적이거나 고전주의적인 태도로 보아야 할 것이다. 그러나 이와 같은 이분법적 분류는 지나치게 단순하다. 위의 도표에서 점선으로 표시된 원형이 암시하는 바와 같이 날줄이나 씨줄이 나아가는 방향은 궁극적으로 동일하다. 따라서 인심 속에 도심이 없을 때는 없다는 점에서, 날줄의 방향은 도심이 강조되는 쪽이고 씨줄의 방향은 인심이 강조되는 쪽이라는 것을 나타낼 뿐 양자는 궁극적으로 분리되지 않는다. 양자는 결국 일여적이며 기상을 중시하는 것은 모두 마찬가지다. 그리고 현실에 대한 개념이 서구와 근본적으로 다르기 때문에 이러한 차이가 발생한다고 볼 수 있다. 이미 앞에서 설명한 바와 같이 음양 오행론적 관점에서 본다면 참된 현실은 기상이 율려 운동을 하는 영역이고, 자아가 의미를 가지고 율려 운동을 하는 영역은 의사 현실이다. 따라서 참된 현실이 드러나는 방향이 사실주의적이고 의사 현실이 드러나는 쪽이 오히려 낭만주의적이라고 볼 수 있는 것이다. 전자는 후자를 감싸고 후자는 전자를 감싸면서 상호 생성한다. 서구의 분류가 이분법적이라면 이쪽의 분류는 일여적이다.

나 <시는 뜻을 말한 것이다>라는 정의에서 출발하여 시삼백(詩三百)이 사무사(思無私)라고 생각하는 한, 그래서 <무릇 시가 선을 말하게 되면 선심을 감발케 할 수 있으며, 악한 것은 방일한 뜻을 징계할 수 있으니, 그 효용은 사람들로 하여금 정성의 바른 곳을 얻도록 하는 데에 귀착한다>라고 말하는 한, 도심이 강조되고 있음은 분명하다.[88]

이와 같은 연유에서 최자도 앞의 인용문에서 <미묘한 뜻을 발양시켜 마침내 바른 데로 돌아가게> 한다고 말한 것이다.[89] 즉 기궤에 우탁하여 도심 혹은 뜻을 표현하지만 그 기궤 자체가 목적이 아니다. 어디까지나 바른 데, 즉 뜻에 목적이 있는 것이다.

3.3 모본적 시간유형

이제 우리는 한 편의 시를 이해하고자 할 때 기골을 중시하는 생성론적 관점에 따라서 시적 의미의 층위 중 기상을 주목하게 되었다.

---

88) 『논어집주』, 「위정」. <凡詩之言 善者 可以感發人之善心 惡者 可以懲創人之逸志 其用 歸於使人得其情性之正而已.> 여기서 <방일한 뜻>은 기가 용사하여 인심으로 떨어지고 기궤로 흐른 것을 말하고, <정성의 바른 곳(正)>은, 태극의 체가 중(中), 정(正)이며, 용은 인(仁), 의(義)이므로, 여기서는 도심 혹은 뜻을 말하는 것이다.

89) <미묘한 뜻(微旨)>의 미(微)는 도를 표현하는 말이다. 노자는 『도덕경』 14 장에서 <잡으려고 해도 잡히지 않는다. 그래서 미라고 한다>(博之不得 名曰微)고 말하고 있다. 그리고 율곡은 「답성호원」(앞의 책, 198쪽)에서 <도심의 발함은 마치 불이 처음 타오르는 것이나 또는 샘물이 처음으로 솟는 것 같아서 얼른 보기 어려우므로 미라 한다>(道心之發 如火始燃 如泉始達 造次難見 故曰微)고 쓰고 있다. 따라서 미묘한 뜻(微旨)을 뜻(志)으로 보아야만 뒤에 오는 바른 곳(正)과 문맥적 호응을 이루게 된다.

즉 표층 의미인 언사보다는 심층 의미인 정의가 더 중요한 것과 같이 기상은 더욱 핵심적인 것이 되었다. 모든 내포적 의미, 상징성, 심상 등은 궁극적으로 기본적인 네 가지 기상을 태반으로 삼고 있기 때문에 그와 같은 가변적 층위의 시적 의미를 바르게 이해하기 위해서는 먼저 기상의 흐름을 제대로 파악하지 않으면 안된다.

기상의 흐름을 제대로 파악한 뒤에야 그 기상에 덧입혀진 구체적 의미와 심상을 바르게 이해할 수 있다. 예컨대 유치환의 「바위」의 첫 구절, <내 죽으면 한 개 바위가 되리라>를 들어보자. 이 구절이 함축할 수 있는 모든 가능한 의미와 상징성은 그것들이 생성되어 나온 태반, 즉 구체적인 의미와 심상으로 분화되기 이전의 태(☱)라는 하나의 기상을 지니고 있다. 우리는 앞에서 이 상의 기를 금기라 하였고, 이 금기의 상에 덧입혀진 가변적 층위를 금성 의미 혹은 금성 심상이라고 불렀다. 따라서 위의 구절이 태반으로 삼고 있는 금기와 금성에 대한 음양 오행의 생성론적 의미와 그 흐름을 먼저 파악한 뒤에야 그 구절이 함축하고 있는 시적 의미를 바르게 해석할 수 있는 것이다.

그런데 이미 앞에서도 분석한 바 있듯이 이 시의 전체적인 기상의 흐름은 금에서 수로 생성되는 미래 지향적 방향을 드러내고 있다. 즉 기상은 <☱→ ☵→ ☵>와 같은 흐름을 나타내고 있다. 이러한 기상의 흐름이 함축하는 의미는 바꾸어 말하면 시간의 흐름에 다름 아니다. 요약컨대 도는 시간의 생성적 흐름인 율려라 할 수 있고, 이러한 도가 시에 표현되는 한 시 속에는 보편적인 도의 시간 형식이 나타나기 마련이다. 시적 상상력의 보편적 궁극성인 기상은 결국 도의 시간 형식이다. 이 보편적 시간 형식 속에서 시의 심층적 의미는 비로소 질서화된다고 볼 수 있다.

기상이 나타내는 모본적(母本的) 시간 유형은 크게 세 가지로 나눌 수 있다. 첫째는, 과거지 향적 시간으로서 궁극적으로는 전일성을 지향하는 환원적(還元的) 시간이고, 둘째는, 강렬한 금기와 수기가 나타내는 미래 지향적인 선조적(線條的) 시간이고, 셋째는, 과거, 미래, 현재가 서로 하나로 포괄되면서 전동성을 드러내는 원환적(圓環的) 시간이다.[90] 이 세 가지 모본적 시간 유형은 자연히 거기에 따르는 모본적 의식 현상이 있기 마련인데 여기서는 그것에 대한 논의는 생략하고 그 시간 유형만 간략히 예시하고자 한다.[91]

우선 환원적 시간 유형의 예를 들어보자.

> 저 오늘도 그리운 바다
> 건너다보자니 눈물겨워라!
> 조고마한 보드랍은 그 옛적 심정의
> 분결같은 그대의 손의
> 사시나무보다도 더한 아픔이
> 내 몸을 에워싸고 휘떨며 찔러라

---

90) 선조적 시간은 이 책 제1장의 2절에서 설명한 직선적 시간과 구별하기 위해서 쓰는 말이다. 직선적 시간은 시원적(始源的)이지만 선조적 시간은 본질적으로 비시원적이다. 비시원적이라는 것은 결국 순환적이라는 뜻이다. 순환적 시간 과정에서 다만 미래 지향적임을 나타내기 위해 선조적 시간이라는 용어를 쓴다.

91) 모본적 시간 유형에 따르는 의식 현상은 별도의 연구 주제다. 다만 여기에서 필자는 환원적 시간유형이 샤아머니즘에 보이는 유배 의식과 주로 관련되고, 선조적 시간 유형이 주로 유교적 우환 의식과 관련되고, 원환적 시간 유형이 주로 도교와 불교의 변증법적 혹은 생성론적 부정 의식과 관련되고 있다는 사실만을 밝혀 둔다.

나서 자란 고향의 해돋는 바다요.

김소월 「여수」 2연

쓸쓸한 뫼앞에 후젓이 앉으면
마음은 갈앉은 앙금줄같이
무덤의 잔디에 얼굴을 부비면
넋시는 향맑은 구슬손같이
산골로 가노라 산골로 가노라
무덤이 그리워 산골로 가노라

김영랑 「쓸쓸한 뫼앞에」

두 예시는 모두 바다, 고향, 무덤 등의 중심 상징이 말해주고 있듯이 전일성을 지향하고 있다. 앞에서도 여러 번 이야기한 바 있지만 전일성과 함께 과거 지향을 보이는 시는 언제나 한의 정조로 물들어 있기 마련이다. 전일성이라는 선험적 과거로의 지향을 보이는 시가 한국 서정시의 가장 일반적인 주류를 이루고 있다. 특히 대부분의 민요는 거의 다 이러한 환원적 시간 유형을 보이고 있음이 관찰된다.

환원적 시간 유형에서는 시의 화자가 세계와의 갈등 분열 속에서 일종의 퇴행을 보이는 것이기 때문에, 기의 통일적 전진은 거세되어 있고 기상의 흐름은 언제나 역류하게 된다. 대개는 가을의 외상 속에서 봄 혹은 겨울로 역류하지만, 개별적인 작품에 따라서 그 양상은 아주 다양하다. 즉 사계절 어디에서나 역류는 가능하다. 그래서 어느 위치에서 어느 위치로 역류하느냐에 따라서 시적 의미의 질서화와 심상의 여가는 달라질 것이다.

앞의 예시는 시의 화자와 세계와의 괴리가 뚜렷이 드러나면서 중심 상징을 보이고 있으므로 기상의 역류 현상은 가을의 태괘(☰)로부터 여름의 이괘(☲)를 거쳐 겨울의 감괘(☵)로 흐르고 있음을 알 수 있다. 시적 화자의 기는 세계와의 대결을 이겨내지 못하고, 즉 음형을 뚫고 앞으로 나아가지 못하고 과거의 양성의 세계로, 또는 양성의 시원까지 거슬러 역류하고 있다. 그래서 음양의 연속적인 율려의 길은 단절되어 있다.

이와 같이 환원적 시간 유형을 보여주는 작품은 대개 님, 고향 등이 중심 상징으로 사용되고 있으며 과거의 봄을 노래하는 것이 하나의 특징으로 관찰된다. 그리고 이 경우 봄 자체를 노래하고 있는 시일지라도 언제나 현재적 가을이 투영되어 있기 때문에 시의 정조는 애상으로 변조되기 마련이다. 마치 김영랑의 「모란이 피기까지는」이 형상화하고 있는 <찬란한 슬픔의 봄>과 같이, 환원적 시간 유형이 드러내는 시적 정조는 가을(☰)과 봄(☲)이라는 두 기상의 상충이 빚어내는 정서적 갈등과 모순을 기저에 깔고 있다. 바로 이와 같이 상반되는 두 기상이 상충하면서 양기가 진로를 잃었을 때, 그래서 현실적인 자아의 선택이 막혀 있을 때 한의 정서는 어김없이 발생하게 된다.

그러나 기가 역류한다고 하는 것은 실제로 역류한다는 것이 아니다. 상반되는 기의 상충으로 오히려 그것은 진퇴의 흐름이 막힌 채 정체되어 있다고 말하는 것이 더 정확한 표현이다. 역류는 다만 관념적이고 허구적인 현상이다. 환원적 시간 유형을 보여주고 있는 작품들이 공통적으로 꿈, 몽상, 가정법의 세계 등을 주로 드러내면서 일상적 현실 세계가 거의 탈색되어 있는 현상은, 이와 같은 기의 관념적이고 허구적인 역류를 생각한다면 지극히 당연한 일이라고 볼 수 있다.

다음은 선조적 시간 유형의 예를 들어보자.

행랑 뒷골목 호젓한 상술집엔
팔려 온 냉해지처녀(冷害地處女)를 둘러싸고
대학생의 지질숙한 눈초리가
사상선도(思想善導)의 염탐꾼 밑에 떨고 있다.

라디오의 수양강화가 끝이 났는지?
마-장 구락부 문간은 하품을 치고
삘딩 돌담에 꿈을 그리는 거지새끼만
이 도시의 양심을 지키나 보다.

바람은 밤을 집어 삼키고
아득한 까스 속을 흘러서 가니
거리의 주인공인 해태의 눈깔은
언제나 말갛게 푸르러 오노.

이육사 「실제」 2, 3, 4연

위의 시에서 볼 수 있는 것처럼 선조적 시간 유형의 특징은 강렬한 금기와 수기 속에서 화자가 미래 지향을 보이고 있다는 점이다.[92] 금

---

92) 미래 지향의 양상은 금기와 수기에서뿐만 아니라 이론상으로는 목기와 화기에서도

기와 수기가 강렬하다고 하는 것은 시적 화자의 기가 세계라는 음형과 가장 치열하게 대결하고 있다는 뜻이다. 대결의 양상은 일종의 가치 부정의 관계다. 즉 화자가 현실 세계의 존립 근거인 허위적 가치 체계를 부정하고 새로운 가치 체계를 지향할 때 대결은 성립한다.

따라서 이것을 부정하고 저것을 지향할 때 자연히 시간은 선조적 방향을 잡게 되고, 강렬한 도덕적 당위 의식이 시적 상상력을 지배하게 된다. 그리고 시적 상상력은 사실적인 현실의 세부를 지향하면서 세계의 모순과 갈등을, 그리고 사실의 뒤틀림과 상충을 드러내게 된다.

환원적 시간 유형이 몽환의 세계를 드러낼 때 선조적 시간 유형은 현실 세계를 드러내게 되고, 전자가 상반되는 감정 가치의 갈등을 드러내게 될 때, 후자는 세계와 주체의 갈등을 드러내게 된다. 전자가 애상과 한을 드러내는 정적인 세계라면 후자는 때로 자학에 가까운 정도의 극기를 내보이는 의지의 세계다. 그리고 전자의 지향이 양성인 만큼 목성과 화성이 지닌 청초 화려함이 시적 심상에 투영된다면 후자는 금성과 수성이 지닌 장엄 엄숙함이 투영된다고 볼 수 있다.

위의 시가 보여주는 기상의 흐름은 <해태의 눈깔이 말갛게 푸르러 올 날>을 기다린다는 점에서 음형을 뚫고 목기에까지 이르고 있다.[93]

볼 수 있다. 그러나 실제로 봄과 여름의 상 자체를 미래 지향적으로 노래한 시는 거의 찾아보기 힘들다. 그러한 작품이 있다면 아마도 극히 소수에 해당되는 건강한 이상주의 혹은 낭만주의적 작품일 것이다. 초기 박두진의 시가 이런 경향을 띠고 있다. 사계절에 문학의 원형을 배속한 바 있는 노드롭 프라이는, 봄을 로맨스와 열광적이고 광상적인 시의 원형으로, 여름을 희극, 목가, 전원시의 원형으로 보고 있는데, 역시 이것도 우리 시의 전통에는 그리 흔하지 않음을 알 수 있다. Northrop Frye, 앞의 책, 16쪽 참조.

이 기상의 흐름은 가을의 태괘(☱)로부터 겨울의 감괘(☵)를 거쳐 봄의 진괘(☳)에 이르는 궤적을 보여준다.

원환적 시간 유형을 가장 전형적으로 드러내고 있는 시인은 만해 한용운이다. 이미 앞에서도 여러 번 이야기한 바 있지만 그의 시는 전동적 역설이 구조적 원리가 되어 있다. 그래서 그의 시는 대부분 완전한 원환적 시간 유형이 암시하는 시간의 영원성 혹은 순환성을 아주 선명하게 드러낸다. 그의 대표적 작품 「님의 침묵」의 경우만 보더라도 각 행의 심상 자체가, <푸른 산빛↔단풍나무 숲, 황금의 꽃↔차디찬 티끌> 등과 같이 모두 음양적 심상의 생성 구조로 되어 있고, 작품 전체의 구조도 가버린 님이 다시 돌아올 수밖에 없다고 하는 생성 원리로 조직되어 있다.94) 이와 같은 순환적 생성 원리를 직설적으로 표현하고 있는 구절들은 그의 시집 어디를 들쳐 보아도 쉽게 발견된다.

우리는 만날 때에 떠날 것을 염려하는 것과 같이 다시 만날 것을 믿습니다.

「님의 침묵」

---

93) 앞에서도 분석한 바 있지만 김현승의 경우는 대부분의 시가 금기와 수기를 드러내면서도 강한 목기가 없었다. 이런 점에서 육사가 드러내고 있는 목기는 이와 사뭇 대조적이다.

94) 특히 과거 시제가 점차 현재 시제로 전환되고 있음을 주목하여 분석한 논자들이 있는데, 이러한 시제의 전환도 결국 음양의 생성 원리로 쉽게 설명된다. 조동일, 「김소월, 이상화, 한용운의 님」, 『우리문학과의 만남』(홍성사, 1976), 김재홍, 『한용운문학연구』(일지사, 1982) 참조.

님이여 이별이 아니면 나는 눈물 속에서 죽었다가 웃음에서 다시 살아날 수가 없습니다. 오오 이별이여

「이별은 미의 창조」

타고 남은 재가 다시 기름이 됩니다.

「알 수 없어요」

남들은 님을 생각한다지만
나는 님을 잊고자 하여요
잊고자 할수록 생각하기로
행여 잊힐까 하고 생각하여 보았습니다.

「나는 잊고자」

위의 구절들은 시집 『님의 침묵』에 실려 있는 작품의 순서대로 처음부터 한 구절씩 뽑아 본 것이다. 시에 표현된 생성 논리에 의하면, 모든 상반된 가치는 끝없이 이어진 고리에 의하여 사슬처럼 연결되어 있다. 그리하여 님과의 헤어짐을 음으로 보고 그 만남을 양으로 본다면, 음양이 서로 뿌리가 되어 주듯이 만남과 헤어짐도 서로 뿌리가 되어 서로를 요구하고 있는 셈이다. 이 시의 기상의 흐름은 완전한 음양의 율려 운동, 즉 <☷→☴ →☵→☶>와 같은 순환을 보여준다.

만남과 헤어짐이 완전한 율려 운동 속에서 생성되고 있다고 하는

것은 만남이 헤어짐을 포괄하고 있고 헤어짐이 또한 만남을 포괄하고 있다는 말과 같다. 따라서 시간도 현재, 과거, 미래가 상호 포괄적인 관계에 있다. 그것은 일종의 형이상적 영원성을 암시한다. 상호 포괄적인 역설 구조를 지니고 있기 때문에 현재, 과거, 미래 중 어느 하나만을 주장할 수도 없고 부정할 수도 없다. 이른바 끝없는 변증법적 혹은 생성론적 부정의 원리 속에서만 현재, 과거, 미래는 참다운 제 모습을 드러내게 된다.

환원적 시간 유형이 현재를 등지고 과거를 지향하기 때문에 현재가 몽환적으로 탈색되고, 선조적 시간 유형이 현재를 뚫고 나아가 미래를 지향하기 때문에 현재의 세부가 극명해지는 것이라면, 원환적 시간 유형은 현재, 과거, 미래를 상호 생성론적으로 끝없이 부정하면서 현재를 드러내기 때문에 그 현재는 고도의 형이상적 관념 속에 고양되고 만다. 원환적 시간 유형이 드러난 시 작품 속에서 우리는 사실적 세계와 일상적 현실을 보는 대신 형이상의 세계 속에 자리 잡은 현실의 원형과 같은 것을 보게 된다. 그리고 바로 이러한 시에서 우리는 심오한 사유의 세계, 혹은 종교적 깨달음의 세계와 만나게 된다.

제5장 맺음말

　이 글은 동양과 서양의 인식 구조 혹은 사유 구조가 서로 다르다는 점에서 입론의 출발점을 찾았다. 서양의 인식 구조가 공간적인 분화 원리가 강조되고 있다면 동양의 인식 구조는 시간적인 동화와 생성의 원리가 강조되고 있다. 이와 같은 인식 구조의 차이에 의해서 전자는 과학주의적 정신사의 흐름을 낳게 되고 후자는 인문주의적 전통의 흐름을 낳게 된다. 정신사의 흐름이 다르고 문화 전통의 향방이 다르면 문화를 구성하는 문화적 실체 중의 하나인 문학도 그만큼 다를 수밖에 없음은 자명한 논리의 귀결이다.

　그럼에도 불구하고 이른바 문학의 보편성이라는 명제 아래 위와 같은 차이점이 무시된 채 한국 시는 그동안 획일적으로 서구의 문학 이론에 의거하여 재단되고 평가되어 왔다. 요컨대 문학을 정의하여 인간의 경험을 감성적 형식으로 언어화한 것에 다름 아니라고 말할 수 있다면, 동서의 문학의 보편성은 바로 이러한 정의가 포괄할 수 있는 만큼의 의의밖에 지니지 못하는 것이다. 그리고 이러한 보편성의 그늘에 가려져서 양자의 본질적인 차이점은 그만 무시되고 마는 셈이다.

따라서 한국 시는 한국의 문화 전통 속에서 마땅히 이해 평가되어야 하고 논의되어야 한다. 평가하고 논의하기 위해서는 한국 문화에 적용할 수 있는 일반적 원리가 요구되고 일반적 원리가 되기 위해서는 바로 그 문화 전통의 핵심에 자리 잡고 있는 문화 생성의 원리가 아니면 안 된다. 따라서 동양의 시간적 사유 구조가 전형적으로 드러난, 그리고 한국 문화의 집단심의 핵심에 자리 잡고 있는 역의 본체에 필자는 주목하게 되었다.

그리하여 동양과 한국의 전통적 문학관인 문이재도의 도를 필자는 바로 이 역의 본체로 이해하였고, 이 도의 의미를 밝히는 것은 물론 이 도의 의미를 밝히는 방법론적 체계가 진정한 한국 시의 이론의 하나가 될 수 있다는 가설을 내세우게 되었다. 그리고 필자는 역의 본체인 태극을 체와 용으로 나누어 설명의 체계를 세운 뒤, 도의 체인 태극을 궁극적인 시 정신으로 파악하였고, 도의 용인 음양 오행의 생성 원리를 시적 상상력과 의미 생성의 원리로 파악하였고, 기상은 다양한 시적 의미와 심상의 배후에 존재하는 상상력의 보편적 궁극성으로 파악하였다.

이 글에서 논의한 바를 간략하게 개괄적으로 요약하면 다음과 같다.

첫째, 도체인 태극은 우주 만물과 온갖 현상의 배후에 존재하는 궁극적인 본체로서 그 본질적 속성은 초월적 전일성이다. 이 태극의 전일성은 음양 이기로 분화되기 이전의, 즉 우주 만물이 분화되어 나오기 이전의 초월적 미분성을 가리키는 개념이다. 따라서 이미 분화되어 나온 현상적 존재자는 필연적으로 분화와 분열에 따르는 온갖 대립과 갈등 속에 놓이기 마련인데, 이 때 대립과 갈등의 차안에서 대립과 갈등이 해소된 피안의 전일성을 지향하는 근원적인 갈망과 향수가 자연스럽게 발생하게 된다.

바로 이 형이상적 갈망과 향수가 바로 도체가 야기하는 가장 근원적이고 보편적인 시적 정서의 하나다. 모든 시는 궁극적으로 이 전일성을 지향한다. 이 전일성을 지향하는 갈망과 향수는 특히 한국 시에서 한이라는 정조로 굴절하면서 님, 고향, 바다, 꽃 등 구체적인 시적 대상으로 형상화된다. 이와 같은 시적 형상들은 결국 태극의 전일성을 상징한다고 볼 수 있는데 이러한 상징을 중심 상징이라고 부른다.

둘째, 도체인 태극은 또 하나의 본질적 속성으로서 경험적 내재성을 지니고 있다. 즉 우리가 지각할 수 있는 우주 만물과 온갖 현상 속에 태극이 내재되어 있다는 뜻이다. 따라서 태극은 이제 초월적 전일성과 경험적 내재성이 통합되어 초월적 내재성이라는 역설적 성격으로 확충된다. 이 초월적 내재성에 의하여 현상즉본체, 일자즉다사, 일이이(一而二), 무이유(無而有) 등의 기묘한 역설이 발생하게 되는데, 이러한 역설적 동일성을 전동성이라고 부른다. 그리고 중심 상징은 태극을 상징하는 것이므로 이 전동성 역시 중심 상징으로 흔히 나타난다.

시의 장르적 종차를 드러내는 가장 특징적인 시 정신의 본질은 바로 이러한 역설적 전동성을 표현하려는 데에 있다고 볼 수 있다. 다시 말하면 시인은 완전한 정신의 자각 속에서 세계와 존재의 역설적 구조를 논리화와 추상화에 의하여 훼손하지 않고 그 역설적 실상의 전체를 그대로 표현하고자 하는 욕구를 지니고 있다. 바로 이 욕구가 모든 시적 표현의 비일상적, 비논리적 긴장 체계를 만드는 가장 본질적인 시 정신의 동력이라고 할 수 있다.

셋째, 전동성의 원리에 의하여 시적 자아는 형기에 가려진 객관 세계 속에서 하나의 이(理), 즉 자기 일체성을 직관하게 되는데, 이 때 자기 일체성을 드러내는 객관적인 시적 대상을 외재아라고 부른다. 시적 자아의 가장 뚜렷한 특성은 바로 이와 같이 객관 세계를 외재아로 직관하는 데에 있다고 할 수 있다. 그리고 시적 자아가 외재아를 직관하게 되는 양상이 좀더 확대되면 세계와의 만남이라는 경험이 나와의 만남이라는 경험으로 전환된다. 즉 주관과 객관의 구분이 무너져버린 형이상적 경험으로 전이된다.

이러한 직관적 경험 속에서 세계는 매우 낯선 모습이면서 동시에 낯익은 모습으로 그러나 무어라고 형언할 수 없는 신비한 요해감과 더불어 나타나게 되는데, 이것을 실재 세계에 대한 전언어적 요해성이라고 부른다. 이와 같은 요해성을 드러내기 위해서 객관적 묘사, 술어의 생략, 의미의 해체 등 특이한 시적 화법이 발생하게 된다. 그리고 이러한 화법을 통해서 언어의 의미는 무의미를 가리키는 표지에 불과함이 밝혀지고, 이 논리에 따라서 도가 말한다, 세계가 말한다, 말이 말한다, 무의미가 말한다 등의 역설적 명제가 발생하게 된다.

넷째, 시적 상상력의 운동은 귀신의 조화라 할 수 있는데, 귀신 운동은 음양 이기의 율려 운동이다. 상수학적으로 0인 태극은 생성하고자 하는 순수한 뜻을 지니고 있는데, 이 뜻이 음양 이기로 실현되면서 율려 운동이 시작된다. 이 율려 운동에 의해서 기상이 생성 변화되는 영역이 참된 현실이 되고, 자아가 발생한 뒤에 자아가 의미를 가지고 율려 운동을 하는 의식역은 의사 현실이 된다. 태극의 순수한 뜻은 흰 바탕에 비유되는 무의미다. 이 뜻이 음양 이기로 일단 실현되면 그것은 비로소 생명 의지, 존재 의지, 자유 의지라는 욕망의 힘으로 구체화된다. 현실이란 이 욕망이 실현된 것이며, 언어의 의미도 결국은 이 욕망의 기호라 할 수 있는 것이다.

다섯째, 도는 음양 이기 혹은 오행기가 생성 변화하는 만세 불역(萬世不易)의 길이다. 음양 이기와 오행기는 다양한 사상(事象)이 덧입혀져 시적 의미와 심상으로 구체화된다.

음양의 시적 형상이 전동성의 역설과 함께 가장 전형적으로 드러나는 예는 만해의 시다. 만해의 시는 음양의 완전한 생성적 순환이 형상화되어 있으므로 그는 사계(四季)의 시인 혹은 토성의 시인으로 분류된다.

목성의 시적 형상을 주로 보여주고 있는 시인은 초기의 박두진과 김소월을 들 수 있는데, 박두진의 시는 목기가 나타나 있지만 소월의 시는 목기가 거세된 채 목성의 외상만 나타나 있다. 그러므로 다 같이 봄의 시인으로 분류되지만 둘은 엄밀히 그 성격이 다르다. 목성의 심상이 드러나는 대부분의 한국 시가 소월의 시처럼 봄의 외상만을 형상화하고 있음이 관찰된다.

그리고 화성의 시적 형상을 주로 보여주고 있는 여름의 시인은 미당 서정주고, 금성의 시적 형상을 주로 보여주고 있는 가을의 시인은 유치환과 김현승을 들 수 있으며, 수성의 시적 형상을 주로 보여주고 있는 겨울의 시인은 이육사라 할 수 있다.

여섯째, <시는 뜻을 말한 것이다>라는 『서경』의 정의에 보이는 뜻은 태극이 지닌 무의미로서의 순수한 뜻을 말하는 것이며 씨앗에 비유된다. 이것이 기로 채워진 뒤 목·화·금·수의 오행기에 해당 되는 진괘(☳), 이괘(☲), 태괘(☱), 감괘(☵) 등의 상으로 나타난다. 그러므로 뜻은 기상으로 드러나고, 기상은 다양한 정의(情意)로 드러 나고, 정의는 언사(言辭)로 정착된다. 바로 이러한 과정이 시적 의미의 층위를 이루고 있다. 동양의 전통적 시관은 이러한 시적 의미의 층위 에서 기상을 중시하고 높이 평가한다.

이제 끝으로 이와 같은 본고의 논의에 후속 보완되어야 할 몇 가지 연구 과제가 남는다.

첫째, 기상의 흐름이 만드는 모본적 시간 유형에 필연적으로 따르 게 되는 모본적 의식 현상을 밝히고, 이 결과를 한국 시 전반에 적용 하여 한국 시의 심층적 맥락을 질서화하고 유형화하는 작업이 뒤따라 야 할 것이다.

둘째, 중심 상징과 음양의 시적 형상, 그리고 각 오행의 시적 형상 등을 보다 광범위하고 밀도 있게 분석하여 개별적인 어떤 작품에도 적용할 수 있도록 이론적 세부를 확립하는 작업이 있어야 할 것이다.

셋째, 도를 통하여 한국 시 전체를 통시적으로 꿰뚫어 볼 때, 지속 적인 전통의 흐름을 통찰할 수 있다면, 그 흐름과 계기(繼起)의 양상 은 어떤 것인지 보다 구체적으로 탐색해야 할 것이다.

참고문헌

Ⅰ. 자료

김소월, 진달래꽃, 『김소월 연구』(새문사, 1982)

김영랑, 김영랑시집, 『한국시인전집』5권(신구문화사, 1962)

김종삼, 김종삼시선(민음사, 1983)

김춘수, 김춘수시선(정음사, 1976)

김현승, 김현승시선(삼중당, 1978)

박두진, 한국현대시문학대계, 20(지식산업사, 1982)

박목월, 한국현대시문학대계, 18(지식산업사, 1982)

서정주, 미당서정주전집(민음사, 1983)

유치환, 유치환시선(정음사, 1958)

윤동주, 하늘과 바람과 별과 시(인물연구소, 1979)

이육사, 이육사전집(정음사, 1977)

정지용, 정지용전집(민음사, 1991)

한용운, 님의 침묵, 『한용운연구』(새문사, 1982)

Ⅱ. 동양고전

근사록(경문사 영인, 1981)

금강경(보련각, 1970)

노　자, 김경탁 역주(현암사, 1982)

대학·논어·맹자·중용(성대대동문화연구원 영인, 1984)

도덕경, 남만성 역(을유문화사, 1970)

벽암록, 안동림 역주(현암사, 1976)

서　전(경문사 영인, 1981)

선　시, 석지현 편역(현암사, 1981)

성리대전(경문사 영인, 1981)

시　전(경문사 영인, 1981)

열　자, 이원섭 역주(현암사, 1982)

유　협, 문심조룡, 최신호 역(현암사, 1975)

이정전서(경문사 영인, 1981)

장　자, 김학주 역(을유문화사, 1983)

＿＿＿＿, 김달진 역(현암사, 1982)

주　역(경문사 영인, 1981)

주　역, 김경탁 역주(명문당, 1978)

주자어류(경문사 영인, 1981)

황제내경, 소문(고문사, 1979)

＿＿＿＿＿, 영추(고문사, 1979)

＿＿＿＿＿, 운기(고문사, 1979)

Ⅲ. 국내서

고려사(아세아문화사 영인, 1972)

삼국사기(대양서적, 1972)

삼국유사(대양서적, 1972)

곽광수 · 김현, 바슐라르연구(민음사, 1978)

김경탁, 중국철학(범학사, 1981)

김동화, 유식철학(보련각, 1980)

김만중, 서포만필(통문관 영인, 1971)

김상일, 한철학(전망사, 1983)

김시습, 매월당전집(성대대동문화연구원 영인, 1973)

김윤식 · 김현, 한국문학사(민음사, 1973)

김재홍, 한용운문학연구(일지사, 1982)

김종길, 진실과 언어(일지사, 1974)

김준오, 시론(문장사, 1982)

김탄허, 주역선해(교림사, 1982)

_____, 신화엄경합론(화엄학연구소, 1976)

김태곤, 한국무속연구(집문당, 1981)

_____, 한국민간신앙연구(집문당, 1983)

김혜숙, 셸링의 예술철학(자유출판사, 1992)

김흥규, 조선후기의 시경론과 시의식(고대민족문화연구소, 1982)

남효온, 추강냉화(민족문화추진회, 1976)

문선규, 한국한문학사(정음사, 1970)

박두진, 한국현대시론(일조각, 1971)

박이문, 철학이란 무엇인가(일조각, 1976)

_____, 현상학과 분석철학(일조각, 1977)

박종홍, 한국사상사(서문당, 1979)

배종호, 한국유학사(연세대출판부, 1974)

백 철, 신문학사조사(신구문화사, 1982)

북애자, 규원사화(아세아문화사 영인, 1976)

서거정, 동문선(민족문화추진회, 1982)

_____, 동인시화, 장홍재 역주(학우사, 1980)

_____, 사가문집(국립도서관 일산문고)

서경보, 불교철학(명문당, 1978)

안정복, 순암총서(성대대동문화연구원 영인, 1978)

오세영, 한국낭만주의시연구(일지사, 1980)

유동식, 한국무교의 역사와 구조(연대출판부, 1981)

유명종, 한국철학사(일지사, 1975)

유승국, 한국의 유교(천풍인쇄사, 1980)

유재영, 백운소설연구(원대출판부, 1979)

윤사순, 한국유학논구(현암사, 1980)

이가원, 상해한자대전(유경사, 1972)

이규보, 동국이상국집(민족문화추진회, 1982)

이병기·백철, 국문학전사(신구문화사, 1961)

이부영, 분석심리학(일조각, 1981)

이상섭, 문학연구의 방법(탐구당, 1975)

이수광, 지봉유설, 남만성 역(을유문화사, 1975)

이율곡, 율곡전서(성대대동문화연구원 영인, 1978)

_____, 율곡집, 정종복 역(대양서적, 1972)

이인로, 파한집, 이상보 역(대양서적, 1972)

이제마, 동의수세보원, 이민수 역(을유문화사, 1982)

이 황, 퇴계선집, 윤사순 역주(현암사, 1982)

_____, 퇴계집, 장기근 역(대양서적, 1972)

전형대 외, 한국고전시학사(홍성사, 1980)

정약용, 증보여유당전서 3(경인문화사 영인, 1970)

정한모, 한국현대시문학사(일지사, 1974)

_____, 현대시론(민중서관, 1973)

조동일, 한국문학사상사시론(지식산업사, 1979)

조연현, 한국현대문학사(성문각, 1973)

천관우, 한국사의 재발견(일조각, 1975)

최 자, 보한집(대양서적, 1972)

_____, 보한집, 유재영 역주(원대출판국, 1981)

최재희, 역사철학(청림사, 1971)

최치원, 최문창후전집(성대대동문화연구원 영인, 1973)

학원사 편, 철학대사전(학원사, 1972)

한국동양철학회편, 동양철학의 본체론과 인성론(연대출판부, 1984)

한규성, 역학원리(영문사, 1957)

한동석, 우주변화의 원리(행림출판사, 1982)

허   균, 허균전집(성대대동문화연구원 영인, 1973)

현상윤, 조선유학사(민중서관, 1954)

홍만종, 소화시평(아세아문화사 영인, 1981)

Ⅳ. 논문

김동리, 청산과의 거리, 국문학논문선 9(민중서관, 1977)

김영무, 이육사론, 《창작과 비평》, 1975, 여름호.

김윤식, 소월시의 행방, 《심상》 통권 13호, 1974. 10.

김충렬, 삼국시대의 유교사상, 한국철학연구 상(동명사, 1982)

김형효, 한국 고대사상의 철학적 접근, 한국철학연구 상(동명사, 1982)

서정범, 화랑어고, 《한국민속학》, 민속학회, 1974. 12.

송항룡, 백제의 도가철학사상, 한국철학연구 상(동명사, 1982)

오세영, 이육사의 절정, 한국현대시작품론(문장사, 1981)

_____, 침묵하는 역설, 국문학논문선 9(민중서관, 1977)

임형택, 16세기 사림파의 문예의식, 한국문학론집 3집(계명대한국학연
        구소, 1975)

조동일, 김소월, 이상화, 한용운의 님, 우리문학과의 만남(홍성사,
        1978)

_____, 시조이론, 그 가능성과 방향설정, 고전문학을 찾아서(문학과
        지성사, 1979)

조종업, 허균시론연구(지헌영선생화갑기념논총, 1971)

조지훈, 나의 시의 편력, 청록집이후(현암사, 1968)

차주환, 신라사회와 도가사상, 한국철학연구 상(동명사, 1982)

_____, 한국고대의 도교사상, 한국고대문화와 인접문화와의 관계(한국정신문화연구원, 1981)

최동호, 한용운시와 기다림의 역사성, 경희어문학 5집(경희대 국어국문학회, 1982. 7)

최신호, 정감의 발산론과 이법의 발현론, 한국한문학연구 3, 4집(한국한문학연구회, 1979)

Ⅴ. 외국서

Alex Preminger(ed.), *Princeton Encyclopedia of Poetry and Poetics*(Princeton : Princeton University Press, 1974)

Alwin Diemer, *Elementarkurs Philosophie Hermeneutik,* 백승균 역, 철학적 해석학(경문사, 1982)

C. G. Jung(ed.), *Man and His Simbols*(New York : Dell Publishing Co., Inc., 1964)

_____, *Four Archetypes*(London : Routledge & Kegan Paul, 1972)

Cleanth Brooks, *The Well Wrought Urn*(New York : Harcourt Brace Jovanovich, 1975)

Erich Neumann, *The Great Mother,* (trans.) Ralph Manhein(Princeton :

Princeton University Press, 1974)

Fritjof Capra, *The Tao of Physics*(Colorado : Shambhala Publications, Inc., 1975)

Hans Meyerhoff, *Time in Literature*(Berkeley : University of California Press, 1974)

Hazard Adams(ed.), *Critical Theory Since Plato*(New York : Harcourt Brace Jovanovich, 1971)

James J. Y. Liu(劉若愚), *The Art of Chinese Poetry*, 이장우 역, 중국시학(동화출판공사, 1984)

_____, *Theories of Chinese Literature*, 이장우 역, 중국문학의 이론(범학사, 1978)

John B. Cobb. Jr, *The Structure of Christian Existence*, 김상일 역, 존재구조의 비교연구(전망사, 1980)

John Wild, *The Challenge of Existentialism*, 안병욱 역, 실존주의 철학(탐구당, 1958)

Jolande Jacobi, *The Psychology of C. G. Jung* : An Introduction with Illustrations, 이태동 역, 칼·융의 심리학(성문각, 1978)

M. Eliade, *Cosmos and History*, 정진홍 역, 우주와 역사(현대사상사, 1976)

_____, *Patterns in Comparative Religion*, 이은봉 역, 종교형태론(형설출판사, 1981)

_____, *Shamanism*, 문상희 역, 샤머니즘(삼성출판사, 1979)

M. H. Abrams, *A Glossary of Literary Terms*(India : The Macmillan

Company of India Limited, 1979)

Maud Bodkin, *Archetypal Patterns in Poetry*(London : Oxford University Press, 1978)

Maurice Merleau-Ponty, *The Primacy of Perception*(ed.) James. M. Edie(Northwestern University Press, 1964)

Michael Murray, *Modern Critical Theory* : A Phenomenological Introduction(The Hague : Martinus Nijhoff, 1975)

Northrop Frye, *Fables of Identity*(New York : Harcourt Brace Jovanovich, 1963)

Philip Wheelwright, *Metaphor and Reality*(Bloomington : Indiana University Press, 1962)

_____, *The Burning Fountain*(Bloomington : Indiana University Press, 1968)

Robert. C. Solomon(ed.), *Phenomenology and Existentialism*(New York : Haper & Row, 1972)

Sigmund Freud, *Civilization and Its Discontents,* 이용호 역, 문화론(백조 출판사, 1975)

칼빈·S·홀, 프로이트 심리학입문, 이용호 역(백조출판사, 1980)

M·마렌 그리제 바하, 문학연구의 방법론, 장영태 역(홍성사, 1982)

高懷民, 周易哲學의 理解, 정병석 역(문예출판사, 1995)

漢語大字典(四川 : 四川辭書出版社, 1991)

毛詩鄭箋(臺北 : 新興書局, 1979)

設文解子注(臺北 : 藝文印書館, 1980)

李漢三, 先奏兩漢之陰陽五行學說(臺北 : 維新書局, 1979)

周易今註今譯, 南懷瑾, 徐芹庭 註譯(臺北 : 臺灣商務印書舘, 1976)

中文大辭典(臺北 : 中華學術院印行, 1976)

牟宗三, 中國哲學의 特質, 송항룡 역(동화출판공사, 1983)

ABSTRACT

The Poetics of the Tao

This book is based on the premise that the Eastern way of thinking
and perception is different in structure from the Western one. While
in the latter the principle of spatial differentiation is emphasized, the
principle of temporal assimilation and generation is stressed in the
former. Thus, the latter leads to the scientific perspectives on the
mind, whereas the former gives rise to the humanistic tradition. It is a
truism that different perspectives and cultural traditions produce
different literatures as part of culture.

However, Korean poetry has been judged and estimated only by the
criteria of the Western literary theories until now in the name of
so-called universality of literature. When we roughly define literature as
human experiences verbalized in emotional form, the concept of

universality of literature has just as much significance as such definition of literature might encompass. And it keeps in the shade the essential difference between the Eastern and Western ways of thinking and perception.

Therefore, it is required that Korean poetry be understood and estimated in the light of the Korean cultural tradition and that a general culture-generating principle working at the core of the tradition serve as the frame of reference. This book pays special attention to the ultimate reality of changes expounded in *The I Ching (The Book of Changes)* which typifies both the Eastern temporal way of thinking and the core of the collective consciousness (*umanitá*) in Korean culture.

According to the traditional Korean literary outlook, "Writing carries the *Tao*." Regarding the *Tao* as the ultimate reality of changes, this book builds up a hypothesis that a methodological system to investigate into the meaning of the *Tao* might constitute a tenable theory of Korean poetry. In this book I construct a system of explanation by dividing the Supreme Ultimate *(T'ai-chi)* as the body of *I Ching*, into reality and its operation, considering *T'ai-chi* (the reality of the *Tao*) as the ultimate poetic mind, the generative principle of the cosmic polar forces *Yin* and *Yang* and five primary elements (the operation of the *Tao*) as that of poetic imagination and signification, and the signs of *Ch'i* (the vital energy or life force) as the universal finality of imagination underlying various meanings and imagery.

Let me briefly summarize the argument of this book.

First, *T'ai-chi* as the Supreme Ultimate behind all things and phenomena in the universe has the transcendental oneness as its essential attribute. The oneness refers to the transcendental undifferentiated quality of the whole before the individuation of the universe into *Yin* and *Yang*. The individuated phenomenal beings of the actual world are naturally forced into oppositions and conflicts, and accordingly harbor the longing and nostalgia for the oneness devoid of oppositions and conflicts.

This metaphysical longing and nostalgia is one of the fundamental and universal poetic emotions caused by the reality of the *Tao*. Poetry in essence aspires after this oneness. The objects of this longing and nostalgia for the oneness are figured in Korean poetry as the images of a lover, a hometown, the sea and a flower, being inflected with a Korean traditional emotion, *Han* (heart-burning grief). Symbolizing the oneness of *T'ai-chi*, these images might be called the central symbols.

Secondly, *T'ai-chi* has the empirical immanent nature as one of its essential attributes. Namely, we can find the immanent *T'ai-chi* in all things and phenomena which we perceive. Now *T'ai-chi,* incorporating the two natures in itself, acquires the paradoxical nature of transcendental immanence. The odd paradoxes, like reality as phenomenon, many as one, two as one, and something as nothing, and *vice versa,* arise from this transcendental immanence, and we call this paradoxical unity as cosmic unity. As the central symbol indicates *T'ai-chi,* this cosmic unity also reveals itself as the central symbol.

The true nature of the poetic mind manifesting the differentia of the poetic genres tends to express this paradoxical cosmic unity. In other words, a poet desires to express the paradoxical nature of all things as it is in his fully awakened state of mind without injuring the paradoxical structure of the being and the world by logic and abstraction. This desire serves as the dynamic force of the essential poetic mind, creating the dynamics of the uncommon and illogical tensions in all poetic expressions.

Thirdly, the poetic self finds a reason *(Li),* the self-unity, in the objects hidden by *Ch'i* with external features, and we call the poetic object revealing the self-unity the externalized self. The most prominent quality of the poetic self is found in its intuition of the objective world as the externalized self. When the poetic self's intuitive activities increase more and more, its encounter with the world is turned into the metaphysical experience of its encounter with the self in which the division between the subject and the object collapses.

In this intuitive experience the world takes on a very strange and, simultaneously, familiar look and the poetic self seems to be given a mysterious grasp of the world. Let's call it a pre-lingual grasp of the real world. To express it are needed a variety of techniques and figures of speech, including objective description, omission of predicates, and deconstruction of meaning. Consequently the language turns out to be an index to non-meaning and there arise such paradoxical propositions as "The *Tao* says," "The world says," and "Non-meaning says."

Fourthly, the activity of poetic imagination might be described as the work of *Gwisin* (good or bad spirit), the interplay of *Yin* and *Yang,* and of *Li* and *Ch'i. T'ai-chi* has a pure intent to generate all things in the universe, and the interplay of *Yin* and *Yang* begins as the intent comes to be realized. The field where figures of *Ch'i* are generated and then change becomes the true reality, and the area of consciousness where the self, once formed, engages in the interplay of *Yin* and *Yang* with meaning becomes the pseudo-reality. The pure intent of *T'ai-chi* is non-meaning figured as the white area. Once it is realized as *Yin* and *Yang* and *Li* and *Ch'i,* then it is materialized as the forces of desire like the will to life, the will to being, and the will to freedom. After all, the reality is the actualized desire and the meaning of language the sign of this desire.

Fifthly, the operation of the *Tao* represents the rhythm of *Ch'i.* In this case the *Tao* stands for the immutable route in which the *Yin-Yang* energy and five primary elements are generated and change forever. Clothed by a variety of phenomena, this *Yin-Yang* energy and five primary elements are materialized as poetic meanings and imagery.

It is in the poetry of Manhae Han Yong-un that the poetic figures of *Yin* and *Yang,* along with the paradox of cosmic unity, stand out most conspicuously. He might be classified as the poet of four seasons or of earthy nature, because the generative circulation of *Yin* and *Yang* is given a complete figuration in his poetry.

Early Park Tu-jin and Kim So-wol show themselves as the poets who frequently employ the imagery of wooden nature in their poetry. Park's poetry contains the wooden *Ch'i,* whereas Kim's has outward appearance of wooden nature with the wooden *Ch'i* being purged. Thus, the poets of spring as they are, they are of different character. And it is observed that most Korean poetry employing the imagery of wooden nature, like that of Kim So-wol, figures the outward appearance of spring.

It might be also argued that Seo Jung-joo is the poet of summer who mainly employs the imagery of fiery nature, that Yu Chi-hwan and Kim Hyon-sung the poets of autumn who employ the imagery of metal nature and that Yi Yuk-sa the poet of winter who employs the imagery of watery nature.

Sixthly, "the intent" in the proposition that "Poetry expresses the intent of the heart *(Chih)* in words" *(The Shoo-king,* or *The Scripture of Documents)* refers to the pure intent of *T'ai-chi* as non-meaning and is often compared to the seed. Having been filled with *Ch'i,* it shows itself as the figures of *Zhen* (☳), *Li* (☲), *Dui* (☱), *Kan* (☵) that correspond to wood, fire, metal, and water. Therfore, *Chih* reveals itself as the signs of *Ch'i,* the signs of *Ch'i* show themselves as the concrete emotions and will, and the emotions and will are settled down to words. All these processes constitute the levels of poetic meanings and the traditional Oriental poetic views attach great importance to the signs of *Ch'i* on these levels of poetic meanings.

인명 색인

사항 색인

(ㄱ)

새로운 道의 시학

인쇄일 초판 1쇄   2006년 03월 25일
          2쇄   2015년 07월 20일
발행일 초판 1쇄   2006년 03월 30일
          2쇄   2015년 07월 23일

지은이 김 영 석
발행인 정 찬 용
발행처 **국학자료원**
등록일 2006.113.02 제2007-12호

서울시 강동구 성내동 447-11 현영빌딩 2층
Tel : 442-4623~4 Fax : 442-4625
www. kookhak. co. kr
E- mail : kookhak2001@hanmail.net

ISBN 978-89-5628-246-6   93800
가 격 22,000원